Ronso Kaigai
MYSTERY
234

十一番目の災い

Norman Berrow
The Eleventh Plague

ノーマン・ベロウ
福森典子［訳］

論創社

The Eleventh Plague
1953
by Norman Berrow

目次

主要登場人物

ウィリアム（ビル）・ウェッソン……オーストラリア警察犯罪捜査局《CIB》刑事
タイソン……犯罪捜査局《CIB》警部
ジミー・スプリング……〈イーグル・アイ興信所〉所長。私立探偵
マーリーン・シムズ……〈イーグル・アイ興信所〉秘書
スタンリー・フィッシャー……輸入会社社員
アローラ・テレイ……ナイトクラブ〈マルコ〉のダンサー
ジョセフィン・スピロントス……ナイトクラブ〈グリーン・クカブラ〉経営者
カルロス……〈グリーン・クカブラ〉ウェイター長
マックス……〈グリーン・クカブラ〉ウェイター
ベラ・カルメッツ……マリファナ密売組織のメンバー
アルノー……マリファナ密売組織のメンバー
アーサー・ドノヴァン（アート）……下宿屋〈ダニーン〉の主人
リリアン・ドノヴァン（リル）……アートの妻
ウィニフレッド・コーマック……〈イーグル・アイ興信所〉の依頼人
ベッラ……場末の酒場の女主人
J・モンタギュー・ベルモア……ラジオドラマで活躍中のベテラン俳優

十一番目の災い

第一章

シドニー。シドニー湾とハーバー・ブリッジの街。〝ダウン・アンダー〟と呼ばれるオーストラリアの中心地。

この街にあるのは、細長い貿易関連会社のビル群と、明るく賑やかな商店街に並ぶ小さな宝物庫のような店々。ハーバーの岸辺には舗道から高くそびえる広く豪奢なマンションが何棟も建ち並び、黄色い砂浜と深く青い海に面して、茂みに覆われた斜面にゆったりとした家屋が建っている。広々としたハーバーを幅広の大型フェリー船が悠々と横切っていく。かと思えば、狭いがらくた店や、地味でうら寂しい小ぢんまりとしたコーヒーショップやワインバーもある。狭く暗いセミデタッチハウス（一軒の建物の中が二つの住宅に分かれている家）、粗末な共同住宅、そしていくつも密集した不気味で崩れ落ちそうな一間《ひとま》のアパート。人であふれ返る騒々しい狭い路地を、薄汚れたぎゅうぎゅう詰めの路面電車《トラム》やバスがガタガタと乱暴に突き進んでいく、そんな街でもある。

太陽がさんさんと照らす温暖な街。誰もが簡単にひと儲けでき、人々はみな気さくで親切な街。一方で、突然の嵐や雷雲に襲われる街。物価は目が飛び出るほど高く、ゆすりまがいの大家と、欲の皮の張った朝食付き宿の女主人のいる街。ここには、ありとあらゆる国の人間が集まって来る。ただし、白人ばかりだ。美しい女と特徴のない男ばかりが目立つ街。そして放浪者とホームレスの集まる悪名高き街。

シドニー。南太平洋における女王のごとき都市。ところが、この女王は際だった優雅さも見目麗しさもない。陸に大きく入り込んだハーバーの絶景を別にすれば、シドニーには美しいところなどひとつもない。人を寄せつけない険しい表情を浮かべた顔、目の疲れるような赤一色の髪、そして不健康な部分を何ヵ所も抱えた体。漆喰を塗っていないレンガの塔——赤レンガ、茶色いレンガ、レバー色のレンガ、薄汚れたパン生地色のレンガの塔——がいくつも建ち、その上の赤タイルの屋根が、何マイルも先まで続いている。

ところが、夜になるとこうした醜さはすべて隠れてしまう。夜のシドニーは姿を一変させる。生レンガと陰気な石の作り出す印象を、夜闇がぼやかせ、まったく別の景色に見せる。ローブ・デコルテを身にまとった女王は、急に誘惑的に、魅惑的に変身する。昼間は地味な灰色の髪飾りに過ぎなかったハーバー・ブリッジが、きらめく黄金の宝冠となる。点滅する屋上広告は、女王の暗い髪に留まったホタルだ。ハーバーの岸に沿って連なる赤や緑、青や黄色の光は、その胸元を彩る宝石の首飾り。煌々と明かりの灯るフェリー船は、首に巻いた漆黒のベルベットのリボンに散らばる宝石。毎晩クルーズに出る遊覧船〈カラン号〉の目も覚めるようなまばゆい光は、揺れながら輝く胸のペンダントなのだ。

ウールームールーの波止場と、その背後に広がるキングスクロスの、人出が絶えることのない〝るつぼ〟——これらは女王のコサージュを留めるきらめくブローチになる。いくつもあった女王の体の欠点は、夜という化粧に覆い隠され、擦り切れて色あせたドレスのつぎはぎは、スパンコールできらきらと光りだす。一日の終わりに解放感を楽しむ人の群れは、刺すのをやめて飛び回る蚊の大群だ。

そうして女王自身も人々に同調するようにゆったりとくつろぎ、安定した静かな呼吸を始める。まばゆいビーチというブレスレットを両手首にさりげなく飾って。

この瞬間、女王は人の心を惹きつける魔女となる。この時間のシドニーは、限りなく美しい。南の夜空というマンティラに覆われた今だけは、この都市は気高く、もの憂げで、魅惑的だ。そしてほかの大都市同様に、少しばかり狡猾で、少しばかり危険にもなる……。


ある夏の夜のことだ。こうした姿と雰囲気のシドニーの中心に、ひとりの怪しい男がやって来た。髭を生やし、太い黒縁眼鏡をかけている。とある任務を帯びた男だ。

そんな外見では、いかにも人目を引きそうなものだ。が、ここシドニーでは彼を気に留める者などひとりもいない。素通りするだけだ。なぜなら、この大都市では男性の十人に三人は太縁の眼鏡をかけており、髭を生やしている者は多くはないものの、珍しくもなかったからだ。シドニーの一般市民で顎髭を生やしているとしたら、それは何かの主張であり、抵抗の体現だ。でなければ、芸術家か作家か音楽家の卵や、公共放送局という人工的な促成栽培温室で弱気だった蕾に大輪の花を咲かせた社交家たちが見せびらかすための象徴だった。

その髭の男はキングスクロスの〝ボヘミアン〟と呼ばれる外国人街の一画から出て来た。偽りの家庭生活が営まれている例のレンガ塔の一棟で、この一週間ほど人目を避けて寝泊まりしていたのだ。男はキング・ストリートから中心街へ入り、ピット・ストリートをゆっくりと歩きながらサーキュラー・キーへ向かった。まだ夜は浅かったものの、辺りはすっかり暗くなっていた。この緯度の地域では、あっという間に夜のとばりが降りるのだ。どの通りからも人出が消えていた。暗い夜空に、空より黒いハーバー・ブリッジの丸い影がそびえて見えるマーティン・プレイスを過ぎると、ほとんど誰もいなくなった。

　だが、サーキュラー・キーまで来ると、そこはまだいくらか賑わっていた。いつものように、見るからに行く当てのない放浪者たちがフェリー船の桟橋の入口をうろついていた。海面は音もなく揺らめき、波止場沿いの建物の掲げるネオンサインが反射して、赤、青、銀色、黄色、緑にきらめいていた。岸から少し離れた海上では、まるで大きな光の塊のような遊覧船が、金色に輝く絨毯を自ら敷いては踏んでいくかのように優雅に遠ざかっていく。それ以外にもいくつか小さめの卵型の光――穏やかに海を渡りたい人向けのシドニー・ハーバー・フェリー船の明かり――が、慌てず、急がず、行き来している。サーキュラー・キーの東側にある第二埠頭では、大型の旅客兼貨物船が一隻停泊していた。フランスのダンケルク港に船籍をもつ〈ビル・ダケム号〉だ。船は遠い母港を出航した後、いくつかの港に立ち寄って新たな客をひとり、ふたりと乗せて来た。髭の男が探していたのは、そのうちのひとりだった。

　髭の男はぶらぶらとその埠頭までやって来た。ゲートが閉まっていて中には入れなかったが、柵の向こう側に男がひとりで立っていた。誰かを待っているらしい。ゆったりと煙草を吸いながら、光が反射する海面を眺めている。髭の男のほうを振り向くと、その顔をしばらく凝視していた。それから静かな声で尋ねた。「ムッシュー・カルメッツですか?」

　髭の男は驚いたようだ。「ああ」彼は答えた。「そうだ、おれの名前はカルメッツだ」母国語ではなかったものの、問いかけに合わせて彼もフランス語で答えた。

　埠頭のゲートの向こう側で男が背筋を伸ばし、吸っていた煙草を海に投げ捨てた。その背後に、不気味にそそり立つ〈ビル・ダゲム号〉の船首が見えた。

「その名前の方を探していたんです。特徴も聞いたとおりだ。ムッシュー・カルメッツ、あなたはムッシュー・アルノーに会いに来た、そうでしょう?」

「そうだ」カルメッツは短く答えながら、それがこの男と何の関係があるのだろうかと訝った。「そのとおりだ」

「よかった。ここでムッシュー・カルメッツに会うようにと、ムッシュー・アルノーに言われて来たんです。ムッシュー・カルメッツという人が来たら、ムッシュー・アルノーは船内ではなく、あの大きな橋の支柱の下であなたを待っていると伝えてくれって。本当ですよ」その礼儀正しいフランス人は熱っぽくまくしたてた。「今の伝言をムッシュー・カルメッツに伝えるようにと言われたんです。わたしはこの〈ビル・ダゲム号〉のただの甲板員なんですが、お客様からの頼みとあってはね。そのムッシュー・アルノーから指示されたんです、ムッシュー・カルメッツという人が自分を探しに来るはずだから、ここで代わりに待ってろって。相手がムッシュー・カルメッツ本人だと確認した後で、ハーバーのこちら側の岸に高くそびえている柱、あの巨大なブリッジを支えている大きな支柱の陰でムッシュー・アルノーが待ってると伝えてくれって」

「そうか、このとおり、おれはここに来た」カルメッツは陽気な調子で言った。「そしてあんたは伝言を伝えた。お疲れさん。あんたはもう帰っていい」

だが、フランス人は彼の結論には同意していないようだった。ぼんやりと考えるような調子で言った。「いえ、まだ帰れませんね。せっかくシドニーまで来たというのに、この哀れな船乗りは街で楽しむ代わりにひとり寂しく埠頭で人を待ってなきゃならなかった。その不都合を、賢明なるムッシュー・アルノーはよくご理解くださったのですがね……」

カルメッツは色とりどりの光が点滅する暗闇の中で冷たくにやりと笑った。ポケットに手を入れると、柵の向こう側で期待しながら待っている相手の手のひらに手を伸ばした。

「メルシー、ムッシュー！　やはりあなたもご理解とお心遣いのある紳士だったのですね、ムッシュー・カルメッツ！」

「その名前を忘れるための金だ」カルメッツは鋭く言い返すと背を向けた。「二度と思い出すな」

「もう忘れましたよ」船乗りの男がうきうきしながら言った。「さよなら《アデュー》、名なしのムッシュー」

アデューか。直訳すると〝神に向かって〟という意味だ。フランス人というのは、無意味な挨拶にも軽々しく神の名を使う。だがその夜、カルメッツと名乗っていた男は本当に神の御許《みもと》へ向かうことになるのだった。なぜなら、女王はその夜、いつにも増して狡猾な気分だったからだ。女王が彼にほほ笑みかける。誘い込むような笑みで。宝石で飾った胸の中に彼を温かく掻き抱く。片手で優しく撫でながら――今にも殴りかかろうと、もう片手を高く振り上げた……。

カルメッツは来た道を戻って白いペンキ塗りの桟橋の入口を通り、いずれ電気鉄道のサーキュラー・キー駅の駅舎となるはずの混沌とした工事現場を過ぎ、埠頭の西側へ回った。早足になっていた。埠頭に並ぶ小屋や保税倉庫や船員用の宿泊施設の前を通り過ぎると、そこから先の建物は、ハーバー・ブリッジへとのぼっていく道路の下にもぐり込んでいるように見えた。ハーバーの岸沿いに大きな曲線を描く道路に向かってコンクリートの歩道が伸びており、きれいに刈り揃えられた堅い草がびっしりと生えた空き地が、その道からなだらかに下っている。ここまで来ると、人影はほとんど見えなくなった。誰でもゆっくり座れるようにとシドニー市議会がご親切にも設置したベンチに、はたして狙いどおりと言えるのか、じっと座り込んでいる人影が二つ、三つあるだけだ。どれも孤独な人間だ。傷心の者、帰る家のない者、失望した者。自分たちには目もくれない冷たい女王に、無意識のうちに魅了されてしまった奴隷たちだ。無言の浮浪者たちの横を素通りし、カルメッツは巨大な石造りの支柱に向かって伸びるコンクリートの歩道をずんずん歩いて行った。歩道の奥で大きなダブルアーチを描くブリッジが、まるでハーバーを跳び越えようと屈み込んでいるように見えた。

彼の頭上百七十フィートではトラムやバス、電車や自動車が、広い橋の上をひっきりなしに走っていた。巨人の体を車輪のついた昆虫たちがせかせかと這いまわり、苛立った巨人が轟くような唸り声を上げている。こちらとは対を成す支柱が立つ向こう岸では、目もくらむほどまぶしい櫓や仏塔が寄り集まって、橋の下の水面を明るく染めている。二本の塔のあいだに間《ま》の抜けた顔が宙に浮かんでいるように見えた。頭から生えた電気仕掛けの髪が明るく点滅している。口は真っ暗なままだ。いや、そもそも口がないのだ。口の代わりに、まるでモレク神に生贄を捧げるような穴がぽっかりと空いている。ルナパークの入口だ。

だが、やがてカルメッツの目の前に支柱が立ちふさがって、その恐ろしげな顔もルナパークの暗い穴も見えなくなった。シドニーの中心を向いた支柱の側面には、音が反響するだけの巨大な空洞への入口である木の扉がついており、その前にひとりの男がじっと立って待っていた。暗闇の中で葉巻の先が光り、香りが漂って来たが、男の姿はまったく見えなかった。それでもカルメッツは、彼こそ目当ての男だと確信した。

「アルノーか?」彼は声をひそめて尋ねた。

「カルメッツか?」甲高い声が訊き返してきた。

「そうだ、カルメッツだ」

「そうか」アルノーはフランス語で言った。「この国ではこんなとき〝初めまして〟というべきなのだろうな。そして次に天気の話をする。ちなみに、今夜はお気づきのとおり、この完璧とはほど遠い世界にしてはこれ以上望めないほど完璧な天気だ」

「そして天気の話題に続くのは」とカルメッツはとげのある口調で返した。「どうして〈ビル・ダケム号〉の船員なんかに指示されて、こんなところまで来なきゃならなかったのかという質問だ。あんたとは船で会う約束じゃなかったのか?」

「危険すぎる」アルノーは即答した。「人が多すぎるし、明るすぎる。〈ビル・ダケム号〉は今朝シドニーに着いたばかりで、波止場の周りをうろついているやつらはまだあの船に注目している。船に乗り降りすれば、必ず人の目につく。ここの暗がりなら、誰にも見られずに済む。ここなら、あの連中の中に紛れ込める」

そう言いながら、ベンチで身動きもせずに座っている暗い人影のほうへ葉巻を向け、灰をまき散らした。

「話を聞かれるかもしれないぞ」

「その可能性はきわめて低い。だが、仮に聞かれたとして、だからどうだと言うのだ? フランス人以外に、この国でフランス語を理解できる人間などいるのか? この国の連中だぞ?」オーストラリアの全国民を侮辱するかのように、葉巻の火が大きな弧を描いた。「やつら、まともな英語さえ話せないじゃないか」

「そういうことなら――」カルメッツは暗闇の中で苛立ったような身振りをした。「さっそく仕事の話に入ろう。よく聞け、アルノー！　伝えなきゃならないことがたくさんあるんだ。〝包み〟を載せた船はすでに到着し、荷降ろしも済んでいる。が、偶然にも――この先何度も同じ〝偶然〟が起きるのだがね――至極合法的で堅気な輸入会社である〈マーカンティ・ブラウン・アンド・ユーエル社〉の、同じく至極合法的な委託輸入品の荷物に紛れ込んでしまった。ナポレオン・ストリートにある輸入会社だ。今われわれが立っているここからそう離れていない――」

「どこかはわかる」アルノーが遮るように言った。甲高い声で、関心がなさそうに言う。「その辺りには行ったことがある……通りの名がナポレオンとは――しゃれが効いてるじゃないか！　かの皇帝はかつて、ある都市についてこんな言葉を残している。『いかにも略奪しやすそうな街だ！』とね」

「どこの大都市にも門番の立っていない門は必ずあるものだ」カルメッツが無感情に答えた。「その輸入会社に、ある若者が働いている。名前はウィリアム・スタンリー・フィッシャー。輸入した商品の発送を担当している。そしてこのフィッシャーという若者は、われわれの協力者でもある。そこで、あんたは彼を訪ね、届いた荷物の中にムッシュー・ルヴァン宛てのエジプト煙草の包みが紛れてしまったので引き渡してほしいと伝えろ。彼は即座に承諾し、包みを渡してくれるはずだ。具体的に何と答えるかまではわからないが、すぐに包みを渡して――」

「彼が何と答えるかは聞くまでもない」アルノーはクスクス笑いながら言った。「オーストラリア人なら『あいよ、相棒《メイト》』と言うに決まってる。そうでなかったとしても、同じく不作法で間の抜けた言い回しのはずだ」

カルメッツはその侮辱は無視して言った。「今教えた固有名詞を繰り返してみてくれ」

「〈マーカンティ・ブラウン・アンド・ユーエル社〉」アルノーは素直に応じた。「住所はナポレオン・ストリート。そこで働いているのがウィリアム・スタンリー・フィッシャー。エジプト煙草の包みの宛て先はムッシュー・ルヴァン」

「よし。包みを手に入れたら、次にそれをキングスクロスにあるナイトクラブへ届けてくれ。ナイトクラブの名前は〈緑のワライカワセミ《グリーン・クカブラ》〉だ……キングスクロスの地理には詳しいのか、アルノー？」

「よく知っている。〈グリーン・クカブラ〉という店は聞いたことがないがね。そう言えば」またクスクス笑いが混じった声で言った。「オーストラリアのワライカワセミなら見たぞ——ロバが笑っているような鳴き声だったな——だが、緑色のは見たことがない」

「単なる店の名前だ——大事な忠告だがね、アルノー、絶対に午後十時より前には行くなよ。それで店に着いたら〝ビッグ・ジョー〟を訪ねろ」

「ビッグ・ジョーというのは？」

「そのナイトクラブの経営者だ。フルネームは知らない。本名を知っている人間はほとんどいないんじゃないか」

「まあいいさ、ビッグ・ジョーで……なあ、カルメッツ、あんたも気づいているだろうが、オーストラリアというのはイミテーションの国だ。オーストラリア人は、アメリカが嫌いなくせに憧れずにいられない。あらゆる面で——ビジネスも、ファッションも、ラジオや新聞も——アメリカの真似ばかりしている。ラジオと新聞は特にそうだし、ラジオ・コメディアンなんてのは、その最たるものだ。アメリカに掃いて捨てるほど〝ビッグ・ジョー〟がいると思ったら、オーストラリアにまで〝ビッグ・ジョー〟が現れたか。〈グリーン・クカブラ〉のビッグ・ジョー。そいつを訪ねろと言うんだな。なるほど！」

「そうだ。ビッグ・ジョー自身はブツを売りさばくことはしないが、あんたに常連客を紹介してくれるはずだし、今後客になりそうな人脈も持ってる。うまくいくさ」

「もちろん、うまくいくとも」アルノーは力強く同意した。「すべてはきちんと段取りができているのだから。計画のすべては素晴らしく単純だ。商品は、ご承知のとおり、委託輸入品の荷物の中に偶然――おそらく同じ港で積み込まれたときに――紛れ込んだ。至極合法的でまったく何も知らない〈マーカンティ・ブラウン・アンド・ユーエル社〉という会社の荷物の中に。そこの商品発送担当者で、われわれの協力者でもある男が輸入品を受け取って通関手続きを済ませ、〝ムッシュー・ルヴァン〟宛ての〝エジプト煙草〟の包みも一緒に保管している。そこへ当の〝ムッシュー・ルヴァン〟が現れて、一丁上がり！　何の問題もなく、滞りもなく、税関のお偉いさんとの気まずいやり取りもない――なあ、素晴らしい計画じゃないか！」

「ああ。たしかにそうだな」

「ただし、ひとつ引っかかる点がある。些細な点だ。エジプト煙草、レバント（エジプトを含む地中海東部地域）、ルヴァン（レバントのフランス語読み）――あまりにも発想が安直じゃないか……」

カルメッツはまたしてもかすかな苛立ちを見せた。「あのフィッシャーという若者にあんただとわかれば、名前なんて何だっていいんだ――あんた以外にそう名乗るやつはいないんだし。計画は何もかもしっかり考え抜かれているんだ、アルノー、あんたがけちをつける隙もなく」

「もちろん、そうだろうとも。おれが馬鹿だった」

「さて、これで全部だ。指令は伝えたぞ。全部理解したか？」

「完璧に」

「オーストラリアにはなじみがあるのか?」

「オーストラリアという国にはなじみがないが、シドニーの街だけなら、目をつぶっていても歩けるさ」

「よかった。ではここで分かれよう。まずおれから出る。あんたは十分か十五分ほど待ってから立ち去れ。それでいいか?」

「いいとも」アルノーが甲高い声で言った。

カルメッツは一瞬ためらってから手を差し出した。アルノーは持っていた葉巻を口にくわえ、握手に応じようと手を伸ばした。カルメッツはしばらくその手を握ったまま、何やらアルノーの指をいじっていた。すると突然、まるで火傷でもしたかのように手を引っ込めた。

「どういうことだ? あんた、アルノーじゃないな!」

一瞬、緊迫した静寂が流れた。

アルノーが平然と言った。「おいおい! 何の冗談だい? おれはアルノーに決まってるじゃないか」

「いや、アルノーじゃない!」カルメッツが険しい声で繰り返した。「本物のアルノーなら右手の小指がないはずだ!」

そう言って再び手を伸ばすと相手の腕を摑み、支柱から二、三歩離れたところへ引きずり出した。男の顔に光が当たった。

「なんてことだ、そんな馬鹿な! だって、あんたは――」

次に何が起きたのか、カルメッツは永遠に知ることはなかった。ただ、突然喉の辺りに押さえつけられたような痛みを感じ、息ができなくなった。激しく抵抗したが無駄だった。耳の奥で鼓動が激しく響きだした。その音はどんどん大きくなって雷のように轟いた。天と地と、そして水面に映ったすべての光が、かすんでいく目の前で踊っていた。何か言おうとしたが、息が詰まって声にならない。自分の上に屈み込んでいる人影がぼんやりと見えた。頭上高くにハーバー・ブリッジの黒い輪郭が見えた。首ががっくりと横に垂れると、ずっと遠くの空の上に青みを帯びた金色の十字がきらめいているのが目に入った。

それが彼の見た最後の光景となった。彼の周りにあった天地のすべては、南十字星を構成する五つの星に集約された。その星の光も弱まって完全に消え、後には炎に染められた暗闇だけが残った。やがて何も見えなくなり、何もわからなくなり、彼の存在自体がこの世からなくなった。

第二章

翌日は蒸し暑い一日になった。その午後、ビル・ウェッソンはアッシュ・ストリートへと入って行った

アッシュ・ストリートは、ピット・ストリートとジョージ・ストリートという二本の大通りに挟まれた空間で、日の当たらない、風の吹き抜けない中庭のような袋小路だ。その二本の大通りの双方から、アッシュ・ストリートの入口まで狭い路地が延びている。ジョージ・ストリートからはもう一本、まるで壁に穴を空けてアッシュ・ストリートの裏側に繋げたような細い通路でも通じていた。両方の通りから延びる狭い路地の名前は、エンジェル・プレイスという。そしてジョージ・ストリートから繋がるミニチュア渓谷のような壁の穴にも、どういうわけかパリングス・プレイスという呼び名がついていた。袋小路状のアッシュ・ストリートを初めて訪ねる者は、誰もが困惑した。なにせ標識らしいものと言えば、エンジェル・プレイスには〈一方通行〉、パリングス・プレイスの壁の穴には〈貼り紙禁止〉としか書かれていないからだ。

アッシュ・ストリートのどこを見ても、ただ垂直に立つレンガ壁に、すすけて汚れた大きな窓が何列も並ぶ単調な景色が取り囲んでいるだけだ。わずかな例外は、一階部分がレストランになっている二軒だ。パリングス・プレイスからの穴を抜け出たほぼ真向いが〈ハーミテージ・レストラン〉で、

長いファサードにクリーム色と赤に塗られたパネルが並んでいる。パネルの一枚一枚には流れるような字体で店名が書かれ、神秘的な紋章が描かれている。もう一軒、エンジェル・プレイスとの角の近くにあるのが〈金の雄鶏《コックドール》〉だ。店名から推察されるとおり、オーナーはフランス人で、オムレツが絶品の店だ。

だが、その午後ビル・ウェッソンの興味の対象は、レストランでも料理でもなかった。無感動な顔で——若いわりには何事にも無感動なところのある男だった——ずんずんとアッシュ・ストリートの奥へと入って行った。そこには、〈ハーミテージ・レストラン〉の端のパネルと、袋小路の一番奥にあるガレージに挟まれるようにして、木の扉があった。そこに扉があることを知っている人間は、シドニーでもほんのわずかしかいない。そしてその誰もが、この扉を訪ねて来る客だ。なぜならここは〈鷲の目興信所《イーグル・アイ》〉の入口だからだ。〈イーグル・アイ〉は顧客の秘密厳守を謳う、離婚相談専門の興信所だった。

扉を入ると暗く短い廊下があり、その先にもうひとつ扉があった。内側の扉は白く塗られ、事務所の名前が黒文字できっちりと書いてある。その下には、ひどく不機嫌そうなハゲタカらしき生物が狂暴な目でこちらを睨みつけている、恐ろしげな絵が描かれていた。おそらくは、興信所の用心深さと知性を象徴する鷲《イーグル》のつもりなのだろう。そのさらに下には、招き入れるように〈どうぞお入りください〉と書いてあった。

その招きに応じたビル・ウェッソンが扉を開けて入ると、そこは小さなオフィスだった。リノリウムの狭い床にカウンターがひとつ、テーブルと椅子が一脚ずつ、タイプライターが一台、そして気だるそうな若い娘がひとり。娘は赤褐色の髪、紫色の唇、そして洋紅色の爪をしている。十六歳ぐらいにしか見えず、明らかに化粧に関しては初心者だ。が、年齢の割には鋭いらしく、ひと目でビルが何者かを見抜いた。タイプライターに向かったまま立ち上がりもせず、簡潔に尋ねた。「ご用件は？」

「所長は？」ビルも同じく簡潔に訊いた。

「いるわよ。所長に用なの？」

「用があるから来たんだ……ああ、かまわなくていい——勝手に入るから」

「ちょっと待ってよ！」気だるそうな受付係の娘が金切り声を上げ、怒りをあらわにした。「お客さんと面会中かもしれないでしょう？」

ビルが立ち止まった。「へえ、面会中なのか？」

「それは……ちがうけど」

「じゃあ、いいじゃないか」ビルが落ち着いた声で言った。「あんたが怒る必要もないだろう？」

ビルは彼女の返事を待たず、帽子も脱がずに、カウンターの奥の〈所長室〉と書かれたドアを開けて中に入ると、ドアをそっと、だが悠然とした態度で閉めた。その部屋も外の受付と変わらないほど狭かったが、調度品は少しだけ高そうだった。鈍い光沢のあるデスクが、オフィスにはお決まりの窓の真正面という好位置に据えられ——と言っても、大して日の射さない窓だったが——壁際にくたびれたソファが置いてあった。

デスクの向こう側には、窓の光を背にして〈イーグル・アイ興信所〉の所長が座っていた。黒っぽい髪、黒い瞳、黒い口髭の、三十代後半から四十代前半の男だ。淡い色のギャバジンのスーツを着ていたが、上着は脱いで椅子の背にかけてあった。こげ茶のスエードの靴を履き、太陽が爆発したような模様のネクタイを締めている。どこか魅力を感じさせる男だった。きらきらとした瞳に、いたずらっぽい笑み。ここを訪ねて来た客は、予想とはちがったその印象に戸惑うことだろう。少なくとも、あのドアの外の気だるそうな娘や、彼女以外の二百万人のシドニー市民には、言われなければこの男が何者なのかは見抜けないように思えた。

　ビルはゆっくりと部屋の中を見回し、興味深そうにソファを眺め、勧められる前に椅子に腰を下ろすと、デスクの向こうの男を神妙な目で見つめた。相手も同じく神妙な目で見つめ返してきた。「そのえらそうな態度」と、デスクの男は独り言のようにつぶやいた。「部屋に入っても帽子を脱がない。臭いものでも見るような目で人を見る。わかった、きみ、シドニー警察の刑事だね」

　ビルはまったくひるむことなく、口をほとんど開けずに言葉を漏らした。「あんたがイーグルアイ酋長か？」

「へえ、口は利けるんだな！」デスクの男が感心したように言った。椅子に深くもたれ、にっこりほほ笑んだ。「今の質問が、わたしがこの興信所の所長かという意味なら、答えはイエスだよ。ちなみに名前はスプリングだ。ジェイムズ・ソーントン・スプリング」

「ウェッソンだ」ビルがぼそぼそと言った。「犯罪捜査局《CIB》の殺人課の刑事だ」

　ミスター・ジェイムズ・ソーントン・スプリングはかすかに眉を上げた。「今、殺人課と言ったかい？」

「言った……あのソファは何のために置いてるんだ、ミスター・スプリング？」

「ああ、あれか？　ミスター・ウェッソン、きみにも想像できると思うが、うちは懺悔室みたいなところでね。依頼人は――もちろん、女性の依頼人だが――ここで胸の内を残らず吐き出し、しばしば涙腺も決壊させる。あのソファで気のすむまで泣かせてやったら、すっきりするらしい」

「ふーん。営業許可証を見せてくれ、スプリング」

興信所の所長は座ったまま上体をひねるようにして、椅子の背にかけてあった上着の胸ポケットを探った。財布を取り出し、許可証を提示した。「どうして殺人課の刑事が？　最近は人を殺した覚えがないんだが。それに、あのソファの中にも死体なんて詰め込まれていないと断言するよ」

悠然とした性格のウェッソンは、許可証をじっくりと眺めてからスプリングに返した。「新参者か」

「そうなんだ。二ヵ月前に前所長のパーキンソンが引退した後、ここを引き継いだばかりでね。それにしても、重ねて尋ねるが、どうして殺人課の刑事が突然、このジミー・スプリングに注目するんだい？」

「巡回だ」ビルがぼそぼそと言う。

「巡回なものか！」スプリングが大きな笑みを浮かべると、手入れされた黒い口髭の下に、きれいに並んだ白い歯が見えた。「うちの商売は知ってるんだろう？　離婚専門なんだ、死人とは無関係だよ。秘密は絶対厳守。浮気調査引き受けますってね」

「ああ。浮気性の女房やプレイボーイの亭主がいなけりゃ、あんたたち私立探偵は飢え死にだろうな。離婚と言えば、あんたの依頼人の中で、最近急に旦那がいなくなったって話は聞かないか？」

「いなくなったっていうのは？　うちの女性客のほとんどは旦那が帰って来ないからね」

「おれが〝いなくなった〟って言ったら、意味はわかるだろう」

「なるほど！」スプリングが小さな声で言った。「毎日欠かさず起きている殺人が、またしても起きたというわけか。今回の被害者は誰だい？」

「あんた、知らないのか？　情報に疎いんだな、スプリング」ビルはドアのほうへ頭を振ってみせた。

「外にいるデイジー・メイに新聞を買いに行かせて、最新情報を抑えておいたほうがいいんじゃないか?」

呼ばれたのが聞こえたかのようにドアが開き、例の気だるそうな若い娘が紅茶のカップをひとつ持って入って来て、ジミー・スプリングのデスクの上に音をたてて置いた。

「ありがとう、マーリーン」スプリングはうわの空で言った。はっと気づき、「CIBの刑事さんの分は?」と訊いた。

「この人のこと?」マーリーンは馬鹿にするように言った。

「いいかい、マーリーン、わが〈イーグルアイ興信所《EEPIA》〉が昔ながらのもてなしの心を欠いていたなどと言われてはならないよ。ところで、うちにカップはもうひとつあったかな?」

「探してみるわ」マーリーンは澄ました声で言うと、部屋を出て行った。ビル・ウェッソンは彼女の姿が見えなくなるまで目で追っていた。

「今の娘、学校を出たばかりじゃないのか?」

スプリングは不思議そうに彼を見つめてから、自分の紅茶をスプーンでかき混ぜた。「出たばかりってわけでもないよ。マーリーンのことなら心配いらない――しっかりした子なんだ。それより、さっきの話を聞かせてくれないか。殺し合い、殺人、突然死」

「ちょっと待て」ビルはぼそぼそと言うと、黙って無感動な顔で座っていた。しばらくしてマーリーンが彼の分の紅茶を持って来た。ビルはにっこり笑って礼を言った。いかつい顔がそのときだけはやわらいで、まるで少年のように見えた。

「どういたしまして」マーリーンは陽気な声で答え、元気よく部屋を出て行った。

「あれは大人になったら、明るくて賢い女になるだろうな」

「うちの社員がお気に召したようで嬉しい限りだね」スプリングは小さな声で言った。「それで、話の続きだが……」

「そうだった」ビルは考え深そうに自分のティーカップを見つめ、ポケットから煙草のパックを取り出してスプリングに勧めてから、自分も一本口にくわえて火をつけた。「今朝、水上警察がハーバーの海中から男を引き上げた。ブリッジの少し先で発見したらしい」

「死んでいたのかい？」

「完全に。二回殺されたと言ってもいい。首を絞められて、それから海に突き落とされたからな。しかも、犯人が誰であれ、徹底した仕事ぶりだった」

「どういう意味だい？」

「死んだ男が何者なのかわからないし、手がかりになるものも何ひとつ残っていない。どのポケットも空っぽで、上着の胸の内ポケットについていたはずの仕立て屋のラベルは切り取られていたし、シャツのカラーとネクタイは外され、シャツのネックバンドも一部が切り取られていた——トレードマークか何かがついていたんだろう」

「ずいぶん用心深い殺人犯だな」

「ああ。被害者は首を絞められた後で海に投げ捨てられたことはわかってる。肺の中に海水はなかったし、首に絞めた痕が残っていたからな」

「ふーん、なるほど。それはちょっと珍しいな。組織犯罪の取り締まり法案が通ってからというもの、〝カミソリ少年〟たちは刃物で遊ぶのはやめて、銃を持った殺し屋になってしまった。いまやシドニーのどこを見ても銃があふれ返ってるじゃないか、ウェッソン」スプリングはさらに踏み込んで言った。「しかも、簡単に手に入ってしまう」

「まあな。でもそれはおれたちのせいじゃない」ビルは落ち着いた調子で言った。「ほとんどはアメリカ人が置いて行った銃だ。だからこそ、おれたちも銃を――」

「そう、そこもわたしには納得できないんだ。ロンドンの人口はシドニーの四倍もあって、いったいどれほどの悪党がいるのかは神のみぞ知るだが、あっちの警察は銃を携帯していないじゃないか。シドニーじゃ、どんな警官でも必ず拳銃を持っている――一日の平均殺人件数は一件しかないと言うのに」

「それが警官の拳銃と関係あるのか?」

「さあ、どうかな。でも、興味深い意見だと思わないか」

「おれたちが銃を持っていることが気に食わないようだな」

「ああ、気に食わないよ。そう言っただろう。きみたちは銃の使い方もわかっていないし、分別が足りない。いや、きみ個人のことじゃないよ、ウェッソン――CIBは別だ――わたしが言ってるのは、そこらへんの制服警官のことだ」

「あんたの話はまるで筋が通ってないな、スプリング。シドニーには銃があふれ返っていると言ったくせに、おれたち警察は丸腰でそれに立ち向かえってことか? なんにしても、不満があるならおれに言わずに警視総監に言ってくれ。さっき話してた事件には、銃はまったく出て来ないんだから。ある男が首を絞められてハーバーに放り込まれただけだ。それで、さっきも言ったように、その男が誰なのかがまるでわからないんだ。手がかりもない。そこで、とにかく手当たり次第に訊き回ってるってわけだ、あんたみたいな私立探偵のところまで」

「それは光栄だね。認めてもらったのは嬉しいが、うちに訊きに来たところで何の役にも立たないよ。そういう恐ろしい犯罪には関わらないことにしているんだ」

ビルの声がかすかにとげとげしくなった。このスプリングという男はまだまともなようだが、とにかく私立探偵という連中が嫌いだった。「当たり前だ、殺人なんかに関わるな。それはおれたちの仕事だ。あんたらはおとなしく家庭内のスキャンダルだけ扱ってりゃいいんだ。まあ、一応これだけ見てくれ。被害者の顔写真だ。海から引き上げた後に撮った」

スプリングは興味深そうに写真に見入った。「何だか不思議な感じだね。鳥肌が立つよ。うつろな目をしているが、死体には見えない……きれいに髭を剃った顔、濃い眉毛、こめかみの辺りの髪は少し白髪混じり……全体の髪は何色だった？」

「黒っぽい色だ。あんたの髪よりもさらに黒に近い。瞳は茶色。身長五フィート十インチ、体重二百ポンド、肌の色は真っ白」

「真っ白？」

「ああ。黒い髪と茶色い瞳には不釣合いに白かった。南ヨーロッパ出身者の特徴があるのに、肌だけが妙に白いんだ。生まれつき蒼白だったんじゃないかと監察医は言っている――血球に問題があるとかなんとか……そんな特徴の人物に心当たりはないか？」

ジミー・スプリングは首を振った。「知らないな。さっぱりわからない――オーストラリア市民八百万人のうちの誰かだね」

「ああ。どこから手をつけていいかわからない以上、該当者がいないかひとりずつ調べるしかない。

というわけで、ミセス・コーマックの亭主はどこへ行った、スプリング？」

「ミセス・コーマック？　いや、その件ならとっくに解決済みだよ。業界用語で言うところの〝成功案件〟だった。わたしとミセス・コーマックはご主人を、よくある不名誉な状況下で押さえたんだからね。なんにせよ、あのご主人はこの写真とはまるで似ていない」

「これがその亭主だとは言ってない。今どこにいるかと訊いたんだ」

「それは……依頼人に関する情報は漏らしてはならないことになっているから――」

「いいから言え。これは殺人の捜査なんだ」

「そうか。たしか、パースにいるんじゃなかったかな。浮気相手の女も一緒のはずだ。奥さんとの離婚が成立次第、再婚するんだとか」

「確かな情報か？」

「彼がパースにいるということがかい？　いや、絶対に確実だとは言えないが、きみたちなら簡単に確認が取れるだろう」

「ああ、そうだな」ビル・ウェッソンは煙草を灰皿に押しつぶすと立ち上がった。スプリングは座ったまま、興味深そうに刑事を見上げていた。

「なあ、教えてくれないか、どうしてミセス・コーマックのご主人が海で死んでいた男と関係があると思ったんだ？」

ビルは肩をすくめた。「その亭主が行方不明だからだ」

「どうして彼が行方不明だとわかった？」

「それは、まあ……情報はいろいろと入って来るからな……そっちももうひとつ答えてくれ、スプリング。ミセス・コーマックはどこか具合が悪いのか？」

「どういう意味だい？」

「先週開かれるはずだった離婚裁判が、彼女の都合で延期されたらしい。ポッツ・ポイントの住民のあいだじゃ、ミセス・コーマックは具合がすぐれないって噂だ。病気か何かなのか？」

「そんなことまではわからないな。調査が完了したら、もう依頼人とは会わないから」

ビルは帽子を脱ぎ、考えにふけりながらその内側をぼんやりと眺めた。「かつてこの街に、ある探偵がいたんだが、へまをやって営業許可証を没収され、収監までされた。どうやら、依頼人たちを脅迫していたらしいんだな」

スプリングは何も言わなかったが、すっくと立ち上がってデスクの奥から出て来た。両手を拳に握っている。

「怒るなよ」ビルは穏やかに言った。「あんたのことを言ってるんじゃない。やたらと〝机上の仮説〟を持ち出す、うちの捜査官のひとりを思い出していたんだ」

「きみが何を思い出そうとかまわないがね」スプリングは怒った口調で言った。「今のは明らかにわたしに対する侮辱だぞ、ウェッソン。きみもわかってて言ったはずだ。ミセス・コーマックは〝机上の仮説〟じゃない、わたしのかつての依頼人だ」

「わかった、わかった」相変わらず動揺ひとつ見せないビルは、また帽子をかぶった。「おれはただ、どうして彼女の離婚裁判が延期になったのか、不思議に思っただけだ。ひょっとすると、本当に病気なのかもしれないな。旦那の不貞があまりにショックで——その——まいってしまったとか」

「そうかもしれない。実のところ、それは大いに考えられるよ」

「ふーん。ショックを受けると、目が充血するのか？」

スプリングはビルをじっと見つめた。「さあね。医者に訊いてみたらいいじゃないか。ひょっとすると、目を泣きはらしたのかもしれない」

「いくら泣いたところで、真っ赤に充血したりはしない。泣くのは目にいいんだ。汚れを洗い流して、ぴかぴかになる。〈ポピュラー・ダイジェスト〉誌にそう書いてあった」

「それなら、その記事の真偽も医者に確かめてみるといい。医療関係者はその印刷物のことを〝危険な雑誌〟と呼んでいるらしいから」

「本当か？　そりゃいいことを聞いた、ありがとう。じゃ、またな」

そう言うなり、いきなりドアを開けて出て行った。受付スペースまで来ると足を止め、じっと考えるような目でマーリーンを見つめた。「おまえ、いくつだ、デイジー・メイ？」

「誰がデイジー・メイよ！」頭に血がのぼったように、マーリーンが鋭く言い返した。「それに、あたしがいくつだろうと、あんたには関係ないでしょ」

「歳を訊くのもおれの仕事なんだ。後でおまえのボスに訊いてみな、そのとおりだって言うから。それで、いくつなんだ？」

「十七よ、どうしても言えって言うんならね」マーリーンはビルに向かって長いまつ毛をパチパチと瞬かせた。「十七歳と三ヵ月。それから、名前はマーリーン――でも、あんたにはミス・シムズって呼んでもらいたいわ」

「デイジー・メイのほうがいいな」ビルが無感動な顔で言った。「もうボーイフレンドなんかはいるのか？」

マーリーンはその質問に答えようとはせず、得意げな顔で胸を張った。情熱的な求愛者が多すぎて喧嘩になるほどだとでも言いたいらしい。

ビルはカウンター沿いに、鷲の絵が描いてあるドアの前まで歩いて行った。「おまえの口紅、ひどい色だな」

頭に来たマーリーンは、ビルに投げつけてやるものはないかと探すように辺りを見回した。急に思い直し、彼女なりに精いっぱいの威厳と冷ややかさを見せようとした。

「もうお帰りなさい、坊や」彼女は気だるそうに命令した。

ビルは例の少年のような、親しみのこもったほほ笑みを浮かべた。顔のいかめしさと目つきの険しさが消えた。「明るい口紅に変えたほうがいい、もっと赤に近い色に。それに、そういうぎらぎらしてないやつだ。きっと似合うよ」彼はドアを開けた。「じゃあな、デイジー・メイ。また近いうちに」

マーリーンは貴婦人の威厳をかなぐり捨てた。「二度と会うもんか！」ビルの後ろ姿に向かって叫んだ。

第三章

ナポレオン・ストリートの〈マーカンティ・ブラウン・アンド・ユーエル社〉に勤めるウィリアム・スタンリー・フィッシャーは、ベルヴュー・ヒルの下宿屋に住んでいた。正確に言うなら、彼は〈ダニーン〉という名の下宿屋のひと部屋を借りてそこで寝起きし、二階のバスルームを四人の男性住人と共有し、提供される朝食と夕食を合計十五人ほどの住人たちとともに食べ、庭と、大げさに〝プール〟などと呼ばれているセメントの浅い水槽とを自由に使う権利を有していた。

ベルヴュー・ヒルは人気の高い高級住宅地だ。だが、たいていの朝食付き宿屋は周りの土地柄など尊重しようとせず、地域全体の格を落とすきっかけを作っている。なぜなら、一般的な下宿屋の存在する意味《レゾンデートル》は、社会への奉仕ではなく、ホームレスから金をむしり取ることにあるからだ。一般的な朝食付き宿屋は悪の元凶であり、町をスラム化させる種を蒔くだけでなく、立派に育て上げる。宿の女主人はたいてい強欲でふしだらで、客に寝床とまずい朝食を与えると同時に、さっさと帰ってくれというあからさまな態度まで押しつけるのだ。

ところが、〈ダニーン〉はその一般的な基準とはかけ離れた素晴らしい例外だった。きちんと掃除が行き届き、温かい雰囲気に包まれ、おいしい食事を、それも朝食だけでなく、ちゃんとした夕食まで提供していたのだ。たしかに下宿代は高かったが、不当な値段とは言えなかった。

〈ダニーン〉の下宿人をひとくくりで言い表すなら〝堅苦しくない〟人ばかりだった。住まいとして長期で部屋を借りているのは、ウィリアム・スタンリー、ヘイティン夫妻と幼いふたりの娘たち、アローラ・テレイという魅惑的な若い女性、ちょっと風変わりでいつも自分のことを第三者のように話すJ・モンタギュー・ベルモア、そしてミス・シムズ――アッシュ・ストリートの〈イーグル・アイ興信所〉で受付嬢兼紅茶係をしている若い娘――だ。ミスター・フィッシャーは誰からも〝スタン〟と呼ばれており、通りに面した二階の真ん中の部屋を、週に三ポンド十五シリングで借りていた。J・モンタギュー・ベルモアはスタンの隣の似たような部屋を、同じぐらいの賃料で借りていたが、ミス・テレイはスタンの反対隣のほとんど同じような部屋に、三ポンドちょうどで住んでいた。ヘイティン一家はダブルベッドのある角部屋と、その向かいにある子ども用の小さな部屋のふた部屋を借りており、いったいいくら払っているのかを想像すると、ほかの下宿人たちはぞっとした。マーリーンは女性用バスルームの隣にある狭い部屋にひとりで住んでいたが、週にわずか一ポンドしか払っていなかった。が、それは彼女が〈ダニーン〉の女主人の姪だからであり、下宿屋の雑用をあれこれ手伝わなければならなかったからだ。雑用というのは主に皿洗いと、週末に掃除機と格闘することだった。ミスター・ヘイティンによれば、マーリーンが掃除機をかける姿は、彼がベルギーから移り住んで以来目にした光景の中で、ドイツ軍の大爆撃に最も近いとのことだった。一方、J・モンタギュー・ベルモアはマーリーンが掃除をすると、帽子のつばをふさふさの白い眉毛の片方まで引き下げ、ステッキをあちこちへ振りかざしながら〈軽騎兵隊の突撃〉（イギリスの桂冠詩人テニスンの物語詩）の一節を暗唱するのだった。

下宿屋の所有者であり、すべてを切り盛りしているのはミセス・リリアン・ドノヴァンで、ときどき思い出したようにその手伝いをするものの、大した戦力にならないのが、彼女の夫のミスター・アーサー・ドノヴァンだ。マーリーンはふたりを〝リル伯母さん〟と〝アート伯父さん〟と呼び、いつの間にか若い下宿人たちまでがそれを真似るようになった。ミセス・ドノヴァンはてきぱきとした性格で、エネルギーに満ちあふれ、鳥のように元気に飛びまわる女性だった。どうしてこのふたりが？と首をかしげたくなる世の夫婦の見本のように、彼女の夫は大柄で、おしゃべりで穏やかで、そしてまるきりの怠け者だった。話し方は下品に聞こえない程度にだらしなく、〝h〟の発音が曖昧だった。ミセス・ドノヴァンの結婚相手としては不釣合いに格下の男だと、誰もが感じていた。〈ダニーン〉の中でアート伯父さんに務まる役割があるとしたら、料理人兼庭師かもしれない。毎朝早く起き出して一日じゅうぶらぶらしながら過ごし、仕事をさぼっては、話を聞いてくれそうな相手を見つけておしゃべりに興じた。夜になると、夕食のテーブルに着く前に、一日じゅうシャツの喉元からイボのように突き出ていた金属製のスタッドにカラーを取りつけるように、そしてネクタイもきちんと締めるようにと、さんざんせっつかれなければならないのだった。彼の仲間、すなわち彼の同類で「ちょっくら煙草休憩だ」だの「ひとっ走り酒を買いに行って来る」だのと家を抜け出す男連中からは、「アートのやつ、すっかり飼い慣らされちまって」と言われ続けていた。だが、たとえそのとおりだったとしても、〝アートのやつ〟はそんな生活に満足していた。

マーリーンはと言えば、典型的なシドニー娘だった。薄いヒップ、細いウェスト、すらりと伸びた脚、丸くて形のきれいな小さめのバスト——自然な形ではなく、美しく見えるようにあれこれ工夫していた——それに小さくて可愛らしい顔。だが、彼女の声は少しキンキンと甲高く、オーストラリア風の話し方に慣れていない耳には、言葉の発音に違和感を覚えるかもしれない。人並み程度には、気の置けない若い男友だちが何人かいたが、特定のボーイフレンドはなく、粋で世慣れて見えるスタンリー・フィッシャーに、なんとか自分のほうを振り向いてもらいたいと思っていた。ところが、スタンはと言えば、金髪で美しく洗練されたアローラ・テレイに夢中で、若いマーリーンの暗い赤毛の髪やみずみずしく滑らかな肌やすらりとした体といった天然の魅力には目もくれないのだった。

それは、アローラの輝くような薄い金色の髪が、見ようによって青になったり紫に近かったりする瞳や、まっすぐでかわいらしい小さな鼻や、片側だけに魅力的なえくぼができる完璧な形の口を引き立てていたからだ。彼女の体はマーリーンと同じようにほっそりしていたが、少しだけ背が高かった。無意識に体を左右に揺らしながら歩くアローラに、近くの男たちはひとり残らず視線を向けずにはいられなかった——咎めるような目つきのアート伯父さんを含めて。マーリーンに比べて脚のラインがさらに美しく、バストの丸みはもう少したっぷりとしていて、より色気を感じさせた——アローラの場合、美しく見せるための工夫は必要なかった。さらに、彼女には素っ気ない、物憂げなところがあり、相手を寄せつけない冷たい態度は男をじりじりさせた。実のところ、〈イーグル・アイ〉で働いているときのマーリーンは、アローラ・テレイの真似をしているのだった。

アローラはダンサーだった。シドニーでも一番人気の高級ナイトクラブで、毎晩二回行われるショーに出ていた。十人いる女性ダンサーたちはみな厳しい審査を経て選ばれており、美しくあるために気を配る娘ばかりだった。アローラはほかの九人の美女たちと一緒に毎晩二回、〈ダニーン〉の彼女の部屋と変わらないほどの広さのダンスフロアに走って登場すると、完璧な脚線美を見せながら何曲かダンスを披露し、コーラスとして流行歌に合わせてかぼそい声で歌うのだった。ときにはほかの九人とともに客席に入って行き、感じのよさそうな男性客たちに一緒に踊るよう誘うこともあった。その任務を除けば、アローラはできるだけ男たちを遠ざけることを人生の目標にしていた。だが、幼い頃からそれは難しいことだと実感してきた。彼女は嫌悪感を押し殺し、正確に〝狼〟を見分ける目を光らせながら、男たちの気分を害することなく上手に距離を置いていた。それがまたマーリーンの怒りを掻き立てていた。マーリーンから見れば、せっかくのチャンスを無駄にし続けているアローラを横目で見ながら、自分にもそんなチャンスのかけらでいいから巡って来ないものかと切望していたからだ。とは言え、マーリーンはアローラ自身を妬んだり、うらやんだりしているのではなかった。アローラは自分の身体的魅力にまったく無頓着だったからだ。否定することのできない顔や体の美しさや、強烈な性的魅力といったものは、彼女にとっては客観的なものに過ぎなかった。それらは魅力と効力を発揮し続けるべき特質であり、彼女がひそかに抱いている一番大事な目標、つまり有名なバレリーナになるために、最高の状態で維持するべき道具なのだ。

　アローラはそんな女性だった。そしてマーリーンはスタンリー・フィッシャーを愛していた――いや、それは大げさかもしれない。〝愛〟というのは慎重に使うべき言葉だ――マーリーンは、自分で創り出したスタンリー・フィッシャーの理想像に感情を掻き立てられていた。そのスタンはと言えば、アローラの魅力に夢中で、彼女のとりことなって苦悩していた。そのアローラは……そう、アローラにはダンス以外のものは一切目に入らなかった。ロバート・ヘルプマン（オーストラリアのダンサー、俳優、振付師）は例外だったが、直接会ったこともなければ、今後会えるとも思えなかった。そしてこの三人は、同じ人物に悩みを打ち明けていた。おしゃべりで信用できないアート伯父さんにではない。同じくおしゃべりで信用できないJ・モンタギュー・ベルモアにだ。

　さて、J・モンタギュー・ベルモアという人間は、直接会わなければ実在するとはとても思えない変わった男だ。まるで何かのキャラクターか、漫画の登場人物のようなのだ。根っからの舞台人で、役になりきるタイプの役者の最後の生き残りだった。ライオンのたてがみのようなふさふさとした真っ白い髪、ふさふさの白い眉毛、ローマ皇帝のような鼻、寛大な貴族のように優しい表情、そして大天使のような声の持ち主だった。類を見ないほど深く、よく響く声だ。外見は恰幅がよく、威厳があった。立ち居振る舞いは礼儀正しい。動作は大げさだ。話は妙に古めかしく、やや保守的。そして服装は、頑ななまでに風変わりだ。柔らかな黒い帽子をかぶり、その広いつばをふさふさの眉毛の片方の上まで引き下げている。普通のネクタイの代わりに、首の周りに二重に巻いて細い蝶結びにするクラバットなるものを愛用している。外を歩くときには必ず頑丈そうなステッキを持ち、その象牙の持ち手は長年使い込まれて黄ばんでいた。話を強調するときには決まって、その象牙の持ち手で相手の胸骨を軽く叩くのだった。シドニーの暑さなど気にならないらしく、かつては故サー・ヘンリー・アーヴィング（一八三八年〜一九〇五年、ドラキュラ役で有名な英国の俳優）のものだったというふれこみの黒いマントを所有していた。

J・モンタギュー・ベルモアは老いぼれ役者であり、使い古しだった。舞台俳優としての活躍は、すでにひと昔前、いや、ふた昔以上前に終えていた。現在の基準から見れば、大根役者の最たるものだった。だが、彼は忘れ去られた過去の人ではない。その正反対だ。ラジオの発明とラジオドラマの登場、とりわけオーストラリアの一般的な民間放送局による〝主婦向け連続ドラマ〟のおかげで、彼は命拾いした。それどころか、大変な人気者になった。なにせ、立派な大根役者こそはオーストラリアの民間放送局には絶対に不可欠なのであり、連続ドラマに必要なのは響きのいい声だったからだ。そして老いぼれモンティ・ベルモアの声はラジオ局にとって、まさに天の恵みだった。彼はもう何年もラジオドラマに出演しており、それは現在まで続いていた。彼はもはや普通のひとりの人間ではなくなり――それまでもけっして普通の人間ではなかったが――ラジオで演じるすべての役柄の集合体となった。ひとりの人間の中に、ドクター・ジム、マシュマロ公爵、ウェアリング卿、オフリン牧師、円卓の老騎士、スネークベンドの謎に満ちた哲学的な隠修士、それに六人ほどの普通の叔父さんが同時に存在していた。本当は〈女房征服〉――あれは白豪主義政策にはそぐわないドラマだった――のジョン・ブラウンも彼の中にまだ残っていたのだが、ジョン・ブラウンは第一八六話で非業の死を遂げていた。そういうわけで、ジョン・ブラウンの肉体は墓の下で腐敗しつつあったが、その魂は今もモンティ・ベルモアとともに元気に生き続けていた。今なお現役のドクター・ジムやマシュマロ公爵、ウェアリング卿やオフリン牧師、それにそれ以外にも、出番があればすぐに現れて観客を魅惑し、喜ばせるキャラクターたちの中に、いつかジョン・ブラウンが埋もれ、平穏な眠りにつく日まで。

そういうわけで、人生の晩年に金と成功を得て、少しばかり尊大になったJ・モンタギュー・ベルモアは、〈ダニーン〉の誰からも尊敬されていたのだった。

第四章

　老役者はマシュマロ公爵の人格を強く引きずったまま、録音スタジオを後にした。愛嬌はあるがすっかり年老いた公爵の面白おかしいエピソードの第七十一話を録り終えて、よぼよぼとおぼつかない足取りでブライ・ストリートへ入った。時刻は午後五時で、狭い道は家路を急ぐ人たちで混み始めていた。ハンター・ストリートへと曲がったモンティは、トラムやバスに乗ろうと走っている若い娘が驚くほど大勢いることに気づいた。無意識のうちに背筋をぴんと伸ばして膝に力を込め、ステッキを大げさに振った。すると、よぼよぼの足取りのマシュマロ公爵はご親切にも引っ込んで、より若く颯爽としたウェアリング卿に出番を譲ったのだった。

　エリザベス・ストリートへ来ると、モンティはまるで農家の荷車に乗せられた貴族のような無関心さでトラムに乗車し、空いている席を見つけて素早く腰を下ろした。二つ三つと停留所に停まるうちに車内はすっかり混み合ってきた。車掌が乗客を掻き分けて車内を進むひと悶着でモンティが目を覚ますと、すぐ肩先で優雅に揺れながら立っている女性がアローラ・テレイだと気づいた。すぐに立ち上がり、白髪頭にかぶっていたつば広の黒い帽子を仰々しく脱いで、彼女にその席を勧めた。アローラは魅力的な笑顔を浮かべて、その申し出を辞退した。このときには円卓の老騎士に変わっていたモンティは、帽子をひと振りして彼女の辞退をさらに却下した。

「お嬢さん、お座りなさい。いいから、言うことを聞くのだ。きみはおそらく今日の午後ずっとあのダンススクールで練習のし通しだったうえ、この後も夜中まで踊らなきゃならないのだろう……わたしはね」と、そこで突然マシュマロ公爵が戻って来て引き継いだ。「わしはな、こういうちょっとした親切を、今では誰もやらなくなったのは知っとるよ。シドニーの男どもは恥を知るべきじゃな。それでも、この老いぼれモンティ・ベルモアには礼儀を尽くさずにいられないときがあるんじゃ」そこでウェアリング卿がひょっこり出て来て、ステッキの象牙の持ち手で老モンティ・ベルモアの胸を軽く叩き、優しい声で断言した。「そうとも、J・モンタギュー・ベルモアの目の前で、ご婦人を公共交通機関で立たせるわけにはいかないのだ！」

アローラは慌ててお礼を言って席に座った。モンティのほうは、今は役名のない叔父さんたちが混ざっているようだった。「それで、調子はどうだね？」彼は穏やかな口調で言った。「舞踏の道に精進しているのかね？」

ほかの乗客たちにじろじろ見られ、こっそり笑われていることを気にして、アローラは聞き取れないほど小さな声で何か答えた後、もっと近くまで身を屈めてほしいと身振りで伝えた。「ミスター・ベルモア、ご相談したいことがあるの。今じゃなくて、もう少し車内が空いてから。あなたのアドバイスがいただけたらと思って」

原子から放出された中性子のように、オフリン牧師が表面に出て来た。オフリン牧師というのは、モンティの演じてきたラジオドラマの中でも最も愛された、最も有名な人物のひとりだ。「何やら思い悩んでいなさるんじゃね、いとし子よ」アローラがうなずいた。「よしよし、安心しなされ。ふたりで頭を寄せ合って、何かいい解決法がないか考えてみよう」

モンティは神の祝福を授けるために、あやうくアローラのつやつやとした髪を撫でそうになったが、すんでのところで思いとどまった……。

　少しするとトラムの乗客は減り始め、アローラの隣に座っていた女性が席を立って下車したので、モンティは内心安堵しながらその席に腰を下ろした。

「こういう偶然は嬉しいね」老役者は、今回は特定の役ではなく、すべてをひっくるめたような上品な口ぶりで話しかけた。「こんなところできみに会えるとは。いつもはバスに乗って帰るんじゃなかったのかね？」

「いつもはバスなんだけど、今日はある人を避けたくてトラムに乗ったの……ねえ、あれを見て、ミスター・ベルモア」

「何をだね？」

「このトラムの一番前に乗ってる……こっちに背中を向けてる人よ」

「ほお！」モンティは前方に目を凝らしながら言った。「うん、見えたよ。あれは、フィッシャー君だね」

　初対面から三分も経てば、相手をファーストネームどころか、これ以上削りようがないほど省略したあだ名で呼ぶのが当たり前の国にあって、モンティ・ベルモアは時代錯誤も甚だしかった。彼には〝フィッシャー君〟のことを〝スタンリー〟、ましてや〝スタン〟などと呼ぶことは考えられなかった。たとえば〝ノーマン〟という男を〝ノーム〟（〝基準〟という意味）などと呼んだりすれば、名前の主は自分が何かの測定の指標になったような気分になるからだ。モンティは必ず相手を苗字で呼び、たいていはその後に〝君《くん》〟をつける。お気に入りの知人の場合は単に〝きみ〟と呼んだり、より開放的な気分になっているときには〝お若いの〟と呼んだりもした。

「ほお！」モンティはなるほど、と言うように繰り返した。

「そうなの」アローラは言った。「今夜ぐらいは顔を合わせたくないと思って、バスはやめてトラムにしたのに、彼もこっちに乗ったのね――ああやって、わたしが降りるのを待ってるのよ、そのとき初めて気づいたようなふりをしようとして。ミスター・ベルモア、あの人のこと、どうしたらいいのかしら？　最近、本当に迷惑しているの」

「美しい者の定めだよ」モンティは曖昧な答え方をした。「美しいがゆえの」

「ありがたいけど、わたしにはどうしようもないことだわ」アローラの言うことは部分的に正しかった。「スタンのことが嫌いなわけじゃないのよ、ミスター・ベルモア。でも、わたしが女神か何かのように、どこにでもついて回るのはやめてほしいの。それに、遠くからじっと見つめられるのにもうんざりしているのよ」

それはモンティも以前から気づいており、そう伝えた。「だがね、言うまでもないことだが、きみの美しさはこのモンティ・ベルモアの老いぼれた目にさえ、大変な喜びと慰めになっているのだよ」

そんな言葉はまったく心に響かないという表情で、アローラは彼にほほ笑みかけた。「ええ、でもそれはまた別の話だわ。そういうのには慣れてるの――ああ、こんなことを言って、うぬぼれてるなんて思わないでね」

「大丈夫。そんなふうには思わないとも」

「たしかにわたし、いろんな人から注目されてしまうの。でも、スタンの場合……」

「わかっている」モンティは鋭く言った。「フィッシャー君は、きみたち若い者が言うところの〝狼〟

なのだろう――あるいは、自分が〝狼〟だと思いたいだけなのか。だが、きみが醸すその雰囲気――何と呼べばいいかわからないのだがね――きみには人を冷たくあしらうようなところがあって、それが彼を少年のような気分にさせるのだろう。それも、小汚い悪ガキの気分に」

アローラは静かに笑った。「わたしがそんな雰囲気を？　嬉しいことを言ってくださるのね、ミスター・ベルモア……でも、真面目な話、あなたならきっといろんな経験をなさってきたでしょうから――」

「これこれ、おだて過ぎだよ、お嬢さん！」

「だから、わたしの代わりにスタンに話をしていただけないかしら？　あなたが言ってくだされば、彼もちゃんと聞いてくれると思うの。彼よりも年配で、ずっと賢くていらっしゃるんだもの」彼女はモンティの反応を伺うように、長いまつ毛越しに彼をちらりと見た。「スタンに、こんなことをしても時間の無駄だって、おまけにわたしに恥をかかせているんだって伝えていただけないかしら？　彼には全然興味がないってことを。わたしはどんな男性に対しても、そういう興味は持てないのだから……」

モンティは疑わしそうに、ステッキの取っ手で自分の鼻先をこすった。「話をするぐらいはかまわないがね――だが、はたして彼のほうは聞く耳を持っているだろうか？　残念ながら、J・モンタギュー・ベルモアのことを出しゃばりのお節介老人だと思うんじゃないかね」

「わたしに頼まれたと言えば大丈夫よ」

「それなら、きっときみ自身で伝えたほうがうまくいくだろう。まあ、やるだけはやってみよう。困っている美女に助けを求められて、J・モンタギュー・ベルモアが耳を貸さなかったなどと言われてはならないからな……若さ――ああ、その若さだ！」老モンティ・ベルモアは、マシュマロ公爵のふざけたような口調でうらやむように言った。

ベルヴュー・ヒルの停留所に着くと、ベルモアはアローラの先に立ってトラムを降り、彼女が八十歳を超えたか弱い老女であるかのように、昇降段を降りるのに手を貸した。当のアローラは頑健な肉体と機敏な動きに恵まれた十九歳の娘だったにもかかわらず。その瞬間、予想通りに、スタンリーがふたりに合流した。

「やあ、ロージャないか」彼は、まさかアローラが同じトラムに乗っていたとはまるで知らなかったかのような口ぶりで言った。「こんばんは、ミスター・ベルモア」

モンティは挨拶の代わりにステッキを振った。アローラはいつもの冷たい大人びた声で言った。

「小さな子どもじゃないんだから、わたしを〝ロー〟って呼ぶのはいい加減やめてもらいたいわね。わたしの名前はアローラなのよ……ミスター・ベルモア、わたし、急ぐの。六時半のバスでまた街へ戻らなきゃならないのに、すっかり遅くなってしまって。お先に失礼するわね」そう言うと、彼女は〈ダニーン〉に向かうのぼり坂を走りだした。ダンサーの長い脚でいとも簡単そうに、優雅に駆け上がっていく。

スタンリーは彼女の後に続いて走りたがっているように見えたが、思いとどまったらしく、モンティと並んで歩き始めた。

「うんうん」と老役者はつぶやいた。「あれはたしかにかわいらしい娘っ子だ。だがな、坊や、今は本当にわしらとは一緒にいたくないらしいぞ」

「それはまちがいないね！」スタンリーもつぶやいた。

スタンリー・フィッシャーは見たところ、シドニーのごく普通の若者だった。シドニーに限って言えば、チップス・ラファティ（オーストラリアの映画俳優）に代表される、痩せて背が高く、手足がひょろ長いという昔ながらのオーストラリア人の特徴を持つ人間など、どこにもいなかった。スタンリーは、靴を脱いで測ったときには身長が五フィート八インチ、ネズミのような茶色い髪に、頭から大きく突き出た耳、そして日に焼けてごわついた肌をしていた。顔は悪くはなかったが、それぞれのパーツをいい加減に組み立てられたような印象は否めなかった。口調はだらしなく、なるべく口を開けずにしゃべろうとしているかのようだった。言葉を発するのではなく、勝手に口の隙間からこぼれ落ちていくのだ。そうした話し方に慣れていない相手は、彼の言葉を捕まえようと懸命に聞き取らなければ、その言葉は次から次に地面に落ちてしまうのだった。それをうまく捕まえられない者にとって、彼の発言は無意味なつぶやきでしかなかった。簡単な〝イエス〟さえ言えず、アメリカ風の〝イェー〟を引き伸ばして〝イャー〟とか〝イャーズ〟となってしまう。さらには、〝ぼく〟という意味の〝ミー〟をときどき奇妙に発音し、〝モィー〟のような音になった。いかにも自己主張の強いオーストラリア人らしさを強調するときに彼が好んで使う言い回しは「それはモィーには受け入れられないな！」だった。

　だが、スタンリーのこうした特徴は、ハーバーの街シドニーではけっして珍しくなく、手の届かない映画スターの代替品として、彼はマーリーンや彼女に似た少女たちからは好ましく思われていた。なぜなら、スタンリー・フィッシャーは思いつくままに深く考えない自信家であり、斜に構えた世渡り上手であって、それらは未熟で影響を受けやすい年頃の少女たちにはひどく魅力的に映るからだ。アローラがいないところでは、スタンリーは無頓着でなかなかの伊達男だった。アローラと同様に彼にも高い目標があったが、自分に過剰な自信を持っているところは彼女にも勝《まさ》っていた。世界は自分の思い通りになると信じ、その第一歩となる手段もすでに見つけてあった。その手段のいくつかは違法だったが——どうりで〈ダニーン〉で比較的豊かな暮らしができていたわけだ——どのみちスタンリーは法律など何とも思っていなかった。法律なんか気にするのは、チンピラだけだ……。

彼は遠ざかっていくアローラに向けていた熱烈な視線を、いやいやながらモンティへと移した。

「モィーのどこがいけないんだろう、ミスター・ベルモア？　いやな匂いでもするのかな。彼女、なんでモィーに目もくれないんだと思う？」

「なあ、坊や」老モンティは重々しく答えた。「たぶんきみは、彼女に圧力をかけ過ぎてるんだ」

「どういう意味？」

「つまり、言わせてもらうなら、きみは無理に押しつけてはならないものを他人に押しつけようとしているんだよ。若い者にとっては人生の不可思議のひとつに思えるだろうがね、何かに強く引きつけられる力は、必ずしも逆向きにも働くとは限らないのだ」

天性の抜け目のなさはあっても頭脳明晰とは言えないスタンリーは、その法則をもっと簡単に言い直してくれと求めた。

「つまりだ」モンティは、その不可思議なことわりを定めたのは、残念ながら自分ではないと言いたげに、ステッキを振りながら説明した。「つまり、若い男が若い女に恋したからと言って、その若い女もその若い男に恋すると言いきれないのだよ」

「イヤー」スタンリーは暗い声で言った。「あんたの言ってる意味がわかったよ。たしかに一理あるね、ミスター・ベルモア。でもそれなら、そいつはいったいどうしたらいいんだい？」

「残念ながら、その——そいつには何もしようがない。わたしにはせいぜい、陳腐ながらも見事に真実を説いたアドバイスを授けることしかできない。つまり、海の中にはもっといい魚がまだまだいるはずだ、と」

「それはぼくには当てはまらないね」スタンリーは強情に言い張った。しばらく考えてから、また口を開いた。「そうだよ、当てはまらない——欲しい魚はもう決まってるんだから」

第五章

土日を除いた毎日、夕方五時半になると、マーリーンは〈イーグル・アイ興信所〉のドアを勢いよく閉め、そこに描かれた奇妙な鳥に向かってしかめっ面をしてから帰路につくのだった。

マーリーンが帰って来ると、いつも小さなつむじ風が吹き込んだようになる。その時間には〈ダニーン〉の下宿人のほとんどは自分の部屋で、夕食を知らせる銅鑼の音が鳴るのを待っている。ただし、ヘイティン夫妻はたいてい、いわゆる〝プール〟に落っこちることが人生最大の目標であるかのような幼いふたりの娘を見守りながら庭を散歩しているし、J・モンタギュー・ベルモアは誰かひとりかふたりと一緒にベランダでゆっくりとくつろいでいる。マシュマロ公爵、ウェアリング卿、円卓の老騎士、オフリン牧師、それにトム・コブリーじいさんたちまで総動員して、モンティは葉巻を吸いながら相手にあれこれ指図するのだった。

マーリーンは門を入るなり、甲高い声で次々と挨拶の言葉をかけていった。「こんにちは、ミスター・ヘイティン。こんにちは、ミセス・ヘイティン。ハーイ、ジルにキャロル……ただいま、ミスター・ベルモア――あら、その葉巻、本当にいい香りね。ハーイ、ピート。ハーイ、ジョン」そんな調子でダイニングルームを通り抜け、キッチンに入って行った。

リル伯母さんは、鶏舎の中のスズメのようにせわしなく立ち働いており、夕食を皿に盛りつけていた。手助けをしたがっているふりをしながら、アート伯父さんはうろうろするばかりで邪魔になっていた。

「おかえり、マーリーン」リル伯母さんは心ここにあらずで姪を迎えた。「ちょうどよかった。このお皿を押さえててくれない？……ああ、もうアーサーったら、さっさとシャツのカラーを——あら、もうつけてたのね」

「当たり前だろう」アート伯父さんは、きちんと絞めたネクタイを軽く叩きながら、えらそうに言い返した。

「スタンは？」マーリーンが尋ねた。

「二階にいるよ」アート伯父さんがクックッと笑いながら言った。「すっかりめかし込んじまってさ」

「スタンのことはほっときなさい」リル伯母さんが言った。「これはアローラの分よ、テーブルに運んでちょうだい」

「おれが代わりに運んでやるよ」アート伯父さんは、思いやりでそう言っているふりをした。「マーリーンはゆっくり手を洗って、着替えて来たらいい」

「あんたは行かなくていいの」リル伯母さんがすかさず夫に向かって言った。「マーリーンは今の恰好で大丈夫——それに、マーリーンなら料理を出した後、さっさとキッチンに戻って来るからね！」

マーリーンは大急ぎでキッチンからアローラひとり分の食事をテーブルに運び、またあっという間に戻って来た。アローラの仕事を考慮して、ひとりだけほかの住人よりも早い時間に夕食を出すことになっていた。

「スタンったら、きっとまた〈マルコ〉へ出かけるつもりなのね。こんなに追いかけ回されて、アローラもいい加減いやになってるんじゃないかな」

そう言うマーリーンを、伯母が賢明な言葉で諭した。「いいかい、マーリーン、アローラが誰のことをいやになろうとなるまいと、あんたとは何の関わりもないんだよ。それに、スタン・フィッシャーが何をして夜を過ごそうと、それは本人の勝手さ」

「そうじゃなくて、あたしが言いたかったのは――」

「下宿人については、何も言わないのが一番だよ。さあ、二階で身支度をしておいで。すぐに夕食だよ……アーサー、夕食の銅鑼を鳴らして来てちょうだい。さっさと戻って来るのよ、ふたりとも」

マーリーンは飛び跳ねるように二階へ上がっていく途中で、降りて来たスタンリーとばったり顔を合わせた。黒い礼服用ズボンとオフホワイトのタキシードのジャケットに身を包み、海老茶色の蝶ネクタイを着けている。胸ポケットから海老茶色のシルクのハンカチがちらりと見えている。

「うわぁ、ずいぶんとおしゃれなのね！」

「当たり前だろう」スタンリーは落ち着いた声で言った。

「今夜もまた〈マルコ〉へ行くの、スタン？」

「イヤー。いい店だからね」

マーリーンは〝フロアでアローラのダンスが見られるのはそこだけだもの、あなたにとってはどこよりもいい店なんでしょ〟と言いたいのをぐっとこらえ、代わりに頭に浮かんだことを口にした。

「今日ね、うちに刑事《ディテクティブ》が来たのよ」

「探偵《ディテクティブ》が？　ああ、警察のほうか？」

マーリーンはうなずいた。「ＣＩＢよ。生意気なやつでね。あたしのこと、デイジー・メイなんて呼ぶの」

「なんでデイジー・メイなんだ？」

「あたしのほうが知りたいわよ。お気に入りの名前なのかもね。その刑事、ミスター・スプリングに会いに来たんだけど、今朝ハーバーで発見された男について尋ねてたわ」

「そのニュースならぼくも聞いた。どこの誰か、まだわからないらしいね。それがジミー・スプリングと、どういう関係があるんだ？」

「何の関係もないわよ。男の身元を割り出すのに、ミスター・スプリングに心当たりがないかって訊きに来ただけ。手当たり次第訊いて回ってるんだって。まったく手がかりがないみたいよ」

「手がかり！」スタンリーが馬鹿にしたように繰り返した。「やつらは手がかりが欲しいんじゃない、犯人に自首してもらいたいんだよ。シドニーの刑事なんて、たとえ象が一面の雪の上に足跡を残したって行方を見失うんだから」

マーリーンは赤毛の頭をいたずらっぽく上下に振った。「あなたなら立派な刑事になったでしょうね、スタン――誰かの後をつけるのは得意だもの」

スタンリーがようやくマーリーンの言葉の本当の意味に気づいた頃には、アート伯父さんが銅鑼を思いきり鳴らし、マーリーンは階段を駆け上がって自分の部屋に飛び込んでいた。

〈マルコ〉というのは、シドニーできちんと経営されているほかのナイトクラブと似たような店だった。レストランではあるが、ダンスフロアでショーも見せる。エアコンの効いた広く涼しいひと部屋だけの店は、ジョージ・ストリート裏の地下を降りたところにあった。店内には、天井に取りつけられた薄暗い照明器具、オーケストラのための壇、司教のようなウェイター長、そして外交官のような、だがもっと身ぎれいなウェイターたちがそろっていた。

スタン・フィッシャーは午後七時頃にぶらぶらと〈マルコ〉にやって来て、クローク担当の若い娘に愛想よく会釈をしながら、ウェイター長に「やあ、ガス」と声をかけた。本当はアンゴスティーノという名前なのだが、スタンリー風に省略したらしい。

アンゴスティーノは床に引きずりそうなほど長い燕尾服を着ており、エドワード・G・ロビンソン（ギャング役で有名なアメリカの映画俳優）の見た目とシャルル・ボワイエ（フランス出身の映画俳優）の魅力を兼ね備えていた。〝ガス〟などと呼ばれることは不快に思いつつ温厚な態度で受け入れ、まるで祝禱を上げているかのような挨拶をスタンリーに返した。

「今夜はダンスフロアに近い席を頼めないかな、ガス？」

アンゴスティーノはいかにも詫びるかのように、耳につきそうなほど肩を大きくすくめた。「今夜もおひとりですか？　それでしたら、申し訳ございませんが、そちらのお席にはご案内できかねます」

アンゴスティーノはゆったりと流ちょうな英語を話した。スタッカートが効いた発音と、口を大げさに動かす点さえなければ、ヨーロッパ出身者だとはわからないほどだ。

「何とかならないかな、ガス」スタンリーが言いくるめようとした。「初めて来たわけじゃないんだ、もう何度も――」

ほかの客が到着して、アンゴスティーノは急いでいた。「申し訳ありませんが」彼は繰り返した。

「そのお席にはご案内できません。こちらへどうぞ」

彼はスタンリーを太い柱の脇にある隅のテーブルに連れて行き、チャールズという少し格下のウェイターにあとの応対を任せた。

〈マルコ〉に来るのは初めてではないと言ったスタンリーの言葉は事実だった。もう何度も通い続け、その目的があまりにもあからさまだったために、店のスタッフからは陰で〝忠実な犬〟と呼ばれていた。

「いらっしゃいませ」チャールズが滑るようにテーブルに近づいた。

「やあ、チャールズ。うまくやってるかい?」

チャールズはその質問を、特に答えを求めているわけではない口先だけのものと判断した。彼はタイプ打ちのリストを取り出して確認した。

「今夜のご注文は、シャンパンのボトルが一本に、ビールが二本でしたね?」

オーストラリアでは、酒に関する規制は州ごとに異なる。ここニューサウスウェールズ州では、このナイトクラブを見てもわかるとおり、午後六時を過ぎても酒を飲むのはまったく合法だが、酒を買うことは完全な違法行為とされていた。そのため、〈マルコ〉のような店でアルコールが飲みたいと思ったら、前もって予約しておかなくてはならないのだ。午後六時という不可解な制限時刻よりも前に注文したものについては、六時以降も好きな時間に飲んでかまわない。言うまでもないが、シドニーにはこの規則や筋の通らないほかのルールを無視し、平然と破っている店はおそらくいくらでもあるだろう。だが、〈マルコ〉はちがった。〈マルコ〉は厳格に規則を守る店だった。

「イヤー」スタンリーは引き伸ばした発音で答えた。「それで頼む……なあ、チャールズ!」

「何でしょうか?」

「あのさ、教えてくれないか。なんでこの小汚い店は、ぼくをフロアに近い席に座らせてくれないんだ？」

「小汚い店？」チャールズは上品な口調で、抗議するようにもう一度繰り返した。「今、小汚い店とおっしゃいましたか？」

「なあ、モィーのどこがいけない？　ほかの客と同じだけ金を払ってるじゃないか？」

「ええ、そうですね。おっしゃるとおりです」

「それなら、なんでガスはモィーをリングサイドの席へ案内してくれないんだ？」

チャールズは詫びるように小さな咳をした。「おそらく、そちらの席はすべて予約が入っているのではないかと」

「全部じゃないよ。ずっと見てたからわかる。なあ、どういうわけなんだ、チャズ？」

「本当にわたしにはお答えのしようがないんです。ですが、通常はひとりでいらした男性のお客様をそういう席にご案内することはないんです。失礼——ご注文のシャンパンを持ってまいります」

ウェイターがアイスバケットとシャンパンとビールを持って戻って来たとき、スタンリーはぼんやりと十シリング札をいじっていた。指に札を巻きつけてチャールズを指さした。

「ちゃんと答えてくれよ、チャズ。さっきの理由がすべてじゃないだろう？　なあ、どうしてダンスフロアのそばの席に座らせてもらえないんだ？」

チャールズは戸惑ったようにその指を見つめた。スタンリーは手を広げ、十シリング札をテーブルクロスの上に落とした。

「実は」チャールズは内緒話をするように声をひそめた。「ここだけの話ですが、次にミスター・アンゴスティーノに席の案内を頼むときに——その——彼が拾いやすいところで五ポンド札を落とすようなことでもあれば、あるいは……」

スタンリーはチャールズのほうへ十シリング札を指で弾いて飛ばし、椅子の背にもたれかかった。

「本当かよ！　そんな簡単なことだったのか？　あいつはチップを受け取らないとばかり思ってたよ。ちょっとずつ仲良くなってから、ランドウィック競馬場の勝ち馬予想を教えてやるとか、ダイヤモンドの指輪を贈るとか、絶対に値上がりする株の情報をこっそり伝えるとか——そういう類のことだと思ってたんだ。馬鹿だな」

チャールズはまた詫びるような小さな咳をしてから、スタンリーにメニューを渡した……。

それからしばらく経った頃、ダンスフロアで踊っていた数組のカップルが席に戻るよう促され、壇の上の赤と金色のカーテンが左右から閉まった。まぶしいスポットライトがフロアとカーテンを射す。客がそれぞれの席に落ち着くまで一、二分置いてから再びカーテンが開くと、そこには人数が増えて急に活気づいたオーケストラがいた。にこやかな紳士がひとり、胸ポケットに赤い〝M〟の文字をつけたグレイのタキシードに身を包んで、壇上に登場した。それから一時間、その男の笑みは一瞬たりとも消えることがなかった。彼はマイクを調節すると、客の全員に向かって「こんばんは」と挨拶をした。みなさんにお会いできて嬉しい、と言ってから、これからフロアでくり広げられるショーの流れを説明し、締めくくりに拍手をしながら大声で紹介した。「さあ——ダンサーたちの登場です！」するとアローラ・テレイと九人の美女たちが、満面の笑みを浮かべながらフロアに走り出て来てダンスを始めた。

その頃には、スタン・フィッシャーはすでに二本めのビールを飲み始めていた。背筋を伸ばしてアローラをじっと見つめる。アローラの可愛らしい顔、光を受けて輝く肩や胸やきれいな長い脚。ショーが半ばにさしかかったところで例のにこやかな紳士が再び出て来て、これからダンサーたちがサンバのお手本を踊りますので、その後で男性のお客様を何人か選んで一緒に踊っていただきます、と言った。

これこそスタンリーが待っていた瞬間だった。早くも期待が膨らんでいく。アローラの細くしなやかな体をこの腕に抱き締めるんだ。あの可愛らしくて魅力的な唇が、ぼくの唇のすぐ先まで近づいて……。ダンサーたちによるサンバのお手本が終わらないうちから、スタンリーは立ち上がって少しずつダンスフロアに近づいていった。アローラがパートナーに適していそうな男性客を探しにダンスフロアを降りかけた瞬間、行く手をふさいで彼女の腰に手を回した。

「やめて、スタンったら！」アローラは抗議したが、スタンは彼女を引っぱってフロアへ戻って行った。

「ねえ、かまわないだろう、ロー」アローラと一緒にいるときに、いつも内側から湧いてくる自分の未熟さや劣等感に抗うように、スタンリーは懇願した。「ここにいる毛のないハゲタカじいさんどもより、ぼくのほうがずっとうまくパートナーを務められるよ。ぼくら、ダンスの息がぴったりじゃないか。きみもそう思うだろう、ロー――いや、アローラ」彼は慌てて言い直した。

「たしかにそうだけど、あなたのやり方、あまりにも露骨だわ」

「悪いかい？　ここは現金払いの客と踊る店だろう？　それがぼくってだけさ」

「ねえ、スタン、わたしがたまには別のお客さんと踊りたいとは考えないの？」

「イヤー、まあ、そうかもしれないけど。でも、ほかの客とも踊ってるじゃないか――ぼくは毎晩ここに来ているわけじゃないんだ。毎晩来られたらいいんだけど――このためだけに」

そのときまた音楽が大きく鳴りだし、女性ダンサーとパートナーたちは、先ほどのお手本を下手くそに真似たような踊りでフロア内を移動し始めた。

「ねえ、アローラ」スタンリーがおそるおそる言いかけた。ふたりとも意思とは無関係に、勝手に脚が動いているようだった。

「いやよ、スタン。お断り」

「だって、まだ何も言ってないじゃないか！」

「何が言いたいのか、聞かなくてもわかるわ。出番が終わったら、あなたのテーブルで一緒に飲もうって言うんでしょう？」

「来てくれるだろう？　きみのためにボトルを一本、用意してあるんだ」

「もう、スタンったら！　またシャンパンなんか注文したの？　この店、いくらするかわかってるの？」

「きみのためなら、その二倍払っても惜しくないよ、アローラ」

「ああ、そんなことしないでちょうだい……よく聞いて、スタン。あなたを傷つけたくないけど、はっきり言わせてもらうわよ。今後一切、あなたのテーブルには行きません。こんなふうに捕まえられたら一緒に踊るしかないけど、ショーが終わったらそこまでよ」

「そんな、どうして？」

「ひとつには、わたしが店から睨まれるからよ」

「わからないな。ぼくはちゃんと自重してるよ、何もこの場できみに――ぼくの気持ちは知ってるだろう、ロー――いや、アローラ」

「たぶん、あなたの気持ちを知らない人なんてひとりもいないでしょうね、スタン――こんなに露骨なやり方をするんだから。まさにそこが問題なのよ。悪いけど、わたしはあなたのこと、そんなふうには思えないの、これからもずっとね。だから、もうこんな卑怯な――」

「だって、モィーのどこがいけないんだよ？」

「どこも悪くないわ。あなた個人がどうというわけじゃないの、わたしがどんな男の人にもそういう興味が持てないってだけよ。さあ、これでわかったでしょう？　悪いけど、そのシャンパンは今夜、あなたひとりで飲んでね……いやよ、スタン。いやなの。これきりにしてちょうだい。誰かほかの女の子を誘えばいいじゃないの、きれいな子なんていくらでも――」

「ほかの子なんて要らない」スタンリーはふてくされて言った。

アローラが白い肩をすくめたところで、ちょうどダンスが終わった。「とにかく、申し訳ないけど、わたしは興味がないの。それから、お願い――本当にお願いだから、スタン――こんなふうにわたしを追いかけ回すのはやめてちょうだいね」

音楽が止んだ。すかさずダンサーたちがパートナーから離れ、残された男性客たちはそれぞれのテーブルと仲間の元へ引き上げて行った。スタンリーはためらっていた。

「だったらさ、ロー、家まで送らせてくれよ。だって、帰りはずいぶん夜遅く――」

「だめよ！」アローラはきっぱりとそう言うと、スタンリーをダンスフロアから押し出した。

スタンリーは自分のテーブルに戻り、偏見に満ちた目でショーの残りを眺めていた。アイスバケットに入れたままのシャンパンに手をつけることもなかった。ショーがフィナーレを迎え、アローラは九人の美女とともにお辞儀をして、最後にもう一度、まぶしいが実は表面だけの笑顔を見せると、ひとかたまりになって走って退場した。赤と金色のカーテンが壇上で閉まり、スポットライトが一斉に消えた。再びカーテンが開いたときには、オーケストラはどことなく活気を失って見え、客たちはダンスフロアの上を歩きながら、演奏も聞かずに話し始めていた。急に店内全体が拍子抜けしたように感じられた。今夜の営業の前半にあたる夕食の部がそろそろ終わりに近づき、ウェイターたちは遠慮がちにテーブルを片づけながら夜食の部の準備を始めていた。テーブルに残っている客の元に、おずおずと請求書が運ばれた。

スタンリーがひとり寂しく座っているテーブルに、チャールズがそっと近づいた。「夜食の部まで残って行かれますか?」

スタンリーが残りたいと言えば、追い出されるいわれはなかった。もう一度テーブルチャージを払わなければならないだけのことだ。だが、スタンリーが不機嫌そうにチャールズを睨んで低い声で「帰る」と言ったのは、その追加料金が惜しいからではなかった。

「ありがとうございました」チャールズは落ち着き払ってそう言うと、まるで信任状を提示する大使のように威厳たっぷりに請求書を差し出した。「こちらのシャンパンは……」彼はそれとなく尋ねた。

「下げちゃってよ。流しに捨てるか――あんたが飲めばいい……いや、待てよ。なあ、モィーの頼みを聞いてくれないかな。楽屋へ持って行って、ミス・テレイにプレゼントしといてくれよ。モィーからだって、スタン・フィッシャーからだって伝えてさ。頼んだよ」

「ええ、かしこまりました……本日はありがとうございました」

スタンリーは立ち上がって店を出て行った。

その頃〈ダニーン〉では、マーリーンがキッチンで夜を過ごしていた。脱いだ靴が両方とも床に転がっている。マーリーンはティーンエイジャーでなければ痛くてとても真似ができないような体勢で片方の素足を体の下に折り込み、背もたれがまっすぐで座板が固い木製の椅子の脚にもう片方の足を絡めて座っていた。両肘をテーブルについて、片方の手で顎を支え、もう片手で赤毛の髪をいじっている。目の前のテーブルの上には夕刊紙が広げてあったが、彼女の目は新聞を見ていなかった。うつろな目つきで、腑抜けた姿勢で座っている姿は、世の中の全部から見捨てられた小さな子どものように見えた。

だが、それはあくまでも見た目だけだ。マーリーンはひとりきりだったが、孤独ではなかった。唯一の楽しみの真っ最中で、目つきはぼんやりしていても、頭と耳は活発に働かせていた。伯父と伯母は自分たち専用の居間にいた。マーリーンが望めば、ふたりと一緒にそこで過ごしてもかまわないことになっていた。だが、彼女にはキッチンのほうがよかった。ここにいれば、リル伯母さんの作業台の上の小さなラジオを自由に聞くことができたからだ。

ラジオ。世界の七不思議ならぬ、八番めの不思議だ。天から与えられた恵みや幸いなのか、あるいは昼間の太陽の下で振り下ろされる鞭、夜中に駆け巡る災いなのか——捉え方によってまるでちがったものになる。この驚くべき能力を秘めた機器をオーストラリアで支配している人間は、ただひたすらに、たったひとつのメッセージを流すために利用している。オーストラリアのすべてのラジオは声高にこう呼びかけているのだ。「金を使え！」と。買え！　朝早くから夜遅くまでずっと、祝祭日も休むことなくそうわめいている。買え！　劇的に、遠慮がちに、攻撃的に、情熱的に、気まぐれに、残忍に、そして無限に叫び、懇願している――買え、買え、買え！　金があろうとなかろうと。その商品が欲しくても欲しくなくても。買えと言われているその商品、金を使えと言われている対象物が、聞き手にとって、また世界全体にとって、ちょっとでも役立つのか、ちょっとでも便利になるのか、そんなことはどうでもいい。何でもいいから、とにかく買え！　買わないなんて考えられない、買わないと災難が起きる、買わないと世界が終わってしまう……。

だが、このあからさまで子どもじみた広告は、聞き手の感覚を呼び覚ますと同時に、それを鈍らせてもいるらしい。企業スポンサー番組の〝コマーシャル〟は、まるでサソリの毒のように刺した相手をじわじわと麻痺させている。すでにその段階に達してしまったラジオの聴取者が何百万人もいるのだ。マーリーンや同年代の若者たちはまさしくそんな状態だ。マーリーンに関して言えば、そんな熱烈な購買奨励活動など完全に聞き流していた。一本調子で同じ文言を繰り返し何度も聞かされて、彼女の耳は自動的に取捨選択ができるようになっていた。コマーシャルのときは何も聞こえなくなる。コマーシャルが流れているあいだは、意識を遮断する精神的な衝立《ついたて》を立て、〈スーパーマン〉や〈スピード・ゴードン〉や〈ディック・バートン〉といった彼女の好きなラジオヒーローたちがかかると、再びその衝立を外すのだ。そうして、この類の連続ドラマには、えらく熱心に耳を傾ける。知性が足りないせいではなく、まだ十七歳になったばかりの少女だからだ。スーパーマンも、スピード・ゴードンも、ディック・バートンも――みんな男だ。しかも、そろいもそろってかっこいい！

そういうわけで、その夜リル伯母さんとアート伯父さんが夕食の後片付けを済ませ、スタン・フィッシャーがより実在的な、肉体的魅力を備えた対象を求めて出かけてしまうと、マーリーンはひとりキッチンに残って次から次へと連続ドラマに聴き入り、次々とコマーシャルを遮断していたのだった。

続けざまに放送されていたドラマの時間帯が終わり、別のジャンルのエンターテインメントが流れ始めた。

今度はテノールの歌とアリアの時間だった。こうした番組を流すのは一局だけではなかった。だからこそ、番組のテノール歌手たちと、前に述べたオーストラリアのラジオ放送にはびこっている女っぽい外向家たちとのあいだに、何か奇妙な関連があるように怪しまれてもしかたがなかった。なぜなら、出演するのは決まってテノール歌手だけで、バスやバリトンは絶対に登場しないからだ。ときにはバスかバリトンの声が聞こえることもあったが、それはコマーシャルの合間の繋ぎ役としてだ。三十分番組をひとり占めできるのはテノールだけだった。

そんなテノール歌手の雑音混じりの必死の歌声がマーリーンに〝ソレントへ帰れ〟と促していたところに、キッチンのドアが開いてスタンリーが入って来た。マーリーンは驚いたように顔を上げて彼を見た。

「おかえり。今日は早かったのね」

「イヤー」スタンリーは興味なさそうに言った。「氷水をくれないかな、マーリー」

マーリーンは椅子を滑り降り、適当に靴をつっかけると冷蔵庫へ向かった。「どうかした？　アローラには会えなかったの？」

「イヤー」スタンリーはもう一度そうつぶやいて、グラスを受け取った。水を飲み、しばらく考えごとをするように黙り込んでいた。「どうやらぼくなんかじゃ、アローラ・テレイ様にはもの足りないらしいや。最近のアローラ様ときたら、ずいぶんとえらそうでさ——きっとぼくらはみんな彼女にとっちゃ、取るに足らない存在なんだろうな」

「なんで?」頭に来たマーリーンは強い口調で言った。「アローラったら、勘ちがいにもほどがあるわ。自分を何様だと思ってるんだろう?」

スタンリーは何も答えなかった。水を飲み干し、グラスをテーブルに置いた。「もう寝るよ」

「あたし、ナイトクラブって一度も行ったことないのよね」マーリーンは含みのありそうな口調でぽつりと言った。

スタンリーにはその意味がまったくわかっていないようだった。

「ねえ、スタン」マーリーンが優しい声で言った。

「イヤー?」

「そのうちあたしをナイトクラブへ連れて行ってくれない? 別に〈マルコ〉じゃなくていいの——どこでも。一回だけでいいから、ね、スタン。どんなところかわかればいいの」

スタンリーはその提案を面白がっているようだった。熱心に頼むマーリーンの顔をじっと見ているうちに、彼の薄い唇が歪んだ。突然、表情が一変した。考え込むような、何かを企てているような目つきでマーリーンを観察した。その視線が、彼女の細く若い体から足までゆっくりと下りていった。と思うと、素早く顔へと戻った。ほんの一瞬、マーリーンはなんとなく気まずい気分になった。だが、それはあっという間に消えた。にこやかな笑顔になったスタンリーがこう言ったからだ。「オーケー、マーリー。連れて行ってやるよ——いつにする?」

その同じ夜、以前ハーバー・ブリッジの支柱の下でカルメッツと会っていた男が、キングスクロスのとある高い建物に入って行き、とある上階の部屋へ向かった。途中ですれちがった人たちは誰も彼のことを気に留めなかった。彼がそこにいることにさえ気がつかない人もいた。しばらくして建物を立ち去ったときも、やはり彼に注意を向ける者はひとりもいなかった。なぜなら、シドニーの、特にキングスクロスの住人というのは、他人のことは無視するという素晴らしい美徳を編み出していたからだ。

男は建物にやって来て、いなくなった。まるで影のように——まるで鏡に吹きかけた息のように。

第六章

〈ダニーン〉での朝食は、まるでリレー競走のようだった。七時を過ぎると、下宿人たちは各々の都合のいい時間に入れ替わり立ち替わり降りて来ては、シリアルの皿の前に座り、ソーセージか卵をがつがつと掻き込み、コーヒーを一気に飲み干し、走って職場へ向かう。午前五時から起きて元気いっぱいのアート伯父さんは、早めに朝食を食べる者たちの世話をあれこれと焼くのだが、そのうちリル伯母さんがキッチンから出て来て、喉元から真鍮製のスタッドが突き出ている伯父さんをキッチンへと引き戻すのだった。いつものマーリーンなら、アート伯父さんの独り言をなんとなく聞きながら、さらには、化粧の仕上げをしたりアクセサリーをつけたりしながら、立ったまま朝食を食べるところだ。が、その朝はスタンリーに話がしたくて、キッチンを大急ぎで通り抜けて行った。バスに間に合うように急いで家を出ようとしていたスタンを、玄関ホールで捕まえることができた。

「おはよう、スタン」

「やあ、マーリー」

「スタン、ゆうべ言ってたこと、本気なのよね？　あたしを連れて行ってくれるって……」

「本気さ。今日、予約を入れておくよ。金曜に行くって――金曜でいいかい？」

「うわぁ、もちろん――もちろんいいわよ」

「何の話？　予約だの、金曜だのって」ダイニングルームへと急いでいたリル伯母さんが、そばで足を止めた。

スタンリーは彼女に向かってにこやかにほほ笑んだ。「たまにはマーリーに羽根を伸ばさせてやろうと思ってね、リル伯母さん。金曜日に〈マルコ〉へ連れて行くんだ」

「そうなの、スタン？　へえ、それはご親切だと思うし、マーリーンにも嬉しい話でしょう。でもね、スタン！」

「やめて、リル伯母さん！」マーリーンが割って入った。「まさか、頭の固いことを言うんじゃないわよね」

「ちがうわよ。あんたにとっても嬉しい話だって言ったでしょう？　ただ、ちゃんとした時間までにあんたを連れて帰るように、スタンに念押ししようと思っただけよ」

「そんなの、言われなくても早く帰って来るわよ……そうよね、スタン？」

「心配ご無用さ、リル伯母さん」スタンリーはすぐに答えた。「遅くならないよ、夕食の部だけだから」

「夕食か」マーリーンが言った。「ダンスもしていい？」

「いいとも。それでどうだい？」

「嘘みたい」マーリーンは有頂天になっていた。「ありがとう、スタン、最高よ！」

彼女はハンドバッグを取りに階段を駆け上がった。一階に戻ってみると、リル伯母さんはキッチンにいて、襟のスタッドが突き出たアート伯父さんの不機嫌そうな声を聞かされているところだった。

「マーリーンはまだ若いんだ、ナイトクラブだの何だのに出かけるなんて、気に入らないな。ほんの子どもじゃないか」

「誰がほんの子どもですって？」マーリーンが強い口調で訊いた。

「おまえだよ」

「あたしは少なくとも、自分の面倒ぐらい自分で見られるわ」

「みんなそんなふうに言うのさ。おれは反対だな、おれは――」

「よしなさい、ふたりとも！」リル伯母さんが素っ気なく命令した。「マーリーンは一人前にお勤めもしてるんだから、少しぐらい外の楽しみを見て来てもいい歳だよ」

「ほらね？」マーリーンは伯父に向かって勝ち誇ったように言った。

「それでもね、マーリーン、伯父さんの言うとおり、あんたはたしかにまだ若くて世間知らずなんだからね」

「それを言うなら、自分で体験してみなきゃ世間を知ることなんてできないじゃないの」マーリーンはかなり筋の通った主張を返した。「それに、あたしぐらいの歳でナイトクラブに遊びに行く女の子なんて、何百人もいるわよ」

「おい、本当か？　たしかな情報なのか？」

「ひとくくりにナイトクラブって言っても、いろいろあるからね」とリル伯母さんが言いかけたところへ、アート伯父さんが割って入った。

「要は、ナイトクラブに何をしに行くかってことだ。それから、さっき体験しなきゃわからないと言ってたが――後悔するような体験はしないほうがいいからな」

「アーサー！　そういう言い方はやめてちょうだい！」

「ほら、それがおまえの悪いくせだよ、身の回りで毎日起きてることには目を閉じて、見えないふりをする。いるんだよな、そういうダチョウみたいな女！」

「待って」マーリーンが弁護するように言った。「〈マルコ〉は悪い店じゃないのよ。みんな遊びに行ってるわ。スタンはちゃんとした人だし」

「もちろん、ちゃんとした人よ」リル伯母さんが、迷うことなく言葉を差し挟んだ。「そうじゃなきゃ、一緒に出かけるのを許すわけがないでしょう？」少し考えてからつけ加えた。「スタンはいい人よ、たぶんね、ほかの誰もと同じぐらいには」

「だったら、なんでこんな大騒ぎをするの？」

「騒いでるわけじゃない」アート伯父さんが重々しく言った。「おまえに忠告してるんだ」

「何の忠告？」

「それは……」

「人生の現実についてって言うんなら、すでにいろいろ知ってるわよ！」

「いい加減にしなさい」リル伯母さんがぴしゃりと言った。「ふたりとも、もう充分でしょ。あんたはナイトクラブへ行きなさい、マーリーン。楽しんで来るといいよ。ただし、スタンにちゃんとした時間に連れて帰ってもらうこと……。さあ、急いで朝ごはんを食べちゃいなさい、バスに乗り遅れるよ」

　ハーバー・ブリッジの西側には、湾岸に沿って建物が密集した細長いダーリング・ハーバー地区が広がっている。その全長にわたってサセックス・ストリートと、それより一段高いところにケント・

ストリートが延びている。工場ばかりが建ち並ぶその二本の幹線道路のあいだはさまざまな形で繋がっているのだが、通りや路地、幹線道路の出入り用道路からただの石階段に至るまで、そのすべてに〝なになにストリート〟と名前がついている。そのうちの一本がナポレオン・ストリートだ。もっとも、ナポレオン・ストリートは本物の道《ストリート》だ。距離は短いが幅の広い道路の先が九十度の弧を描く緩やかな坂になっており、おかげで車がひどく混み合ってもうまく流れるのだった。

ナポレオン・ストリートのカーブの内側のほとんどは、まるでひとつの岩から削り出したかのような巨大な石壁のビルで占められていた。ところが、そのビルの足元をよく見ると、ずっと小さな、今にも倒れそうな木製の建物が一軒、ケント・ストリート下の崖に寄りかかるように建っている。その建物が〈マーカンティ・ブラウン・アンド・ユーエル〉の事務所だ。そして、スタン・フィッシャーはその薄暗い隠れ家の中で、勤務のある日には毎日およそ八時間も過ごしているのだった。

その午後の四時半近くに、アルノーと名乗っていた男が地下鉄のウィンヤード駅からヨーク・レーンに上がって来て、マーガレット・ストリートに入った。その数分後には、ナポレオン・ストリートののぼり坂を越えて、さらに下っていた。そのさらに数分後、彼は〈マーカンティ・ブラウン・アンド・ユーエル〉の事務所を訪れ、ミスター・フィッシャーに面会を申し込んでいた。

カウンターの事務員の男が、開いたままのドアのほうへ顔を向けた。ドアの奥の階段を四段下りた先に荷物の散乱した広い部屋があり、事務員はそこに向かって大声で呼びかけた。「スタン！」

「イヤー？」どこか奥からスタンリーの声が返って来た。

「あんたに会いたいって人が来てるぞ」

「オーケー」すると、ドア口にスタンリーが現れた。ワイシャツ姿で、鉛筆を煙草のように口にくわえている。

「あなた、ミースター・フィーシャーですか?」

「ああ、モィーだよ」

「小包が……」アルノーはためらいながら、興味がなさそうな様子のカウンターの事務員にちらりと目を向けた。

「イャー」スタンリーはすぐに答えた。「あんたが何の用で来たか、たぶんわかったよ――あんたの荷物がまちがってうちのに紛れ込んだんだろう……こっちへ来てくれるかい?」

スタンは訪問者を連れて四段の階段を下り、乱雑な広い倉庫を抜けて、犬の運搬用の箱ほどしかない小さなオフィスへ案内した。

「それで?」スタンは話を促すように、斜めに傾いた高いデスクに両肘をついた。

「あなたの会社宛てに届いた荷物の中に、ミースター・ルヴァンに送られるべき小包がひとつあるはずなのです」

「そうかい?」

「ええ、ここにあるはずです……〈ビル・ダケム号〉が運んで来た委託輸入品に紛れて。エジプト煙草の包みです。ミースター・ルヴァン宛てです」

「よし、いいだろう」スタンリーはにやにや笑いながら言った。戸棚の前でしゃがみ、鍵を開けると、四角形の茶色い段ボールの箱を取り出した。「これだよ。あんた、持てるかい?」

「ありがとうございます、持てます」

「オーケー。取りに来てくれてほっとしたよ。本当は昨日のうちに来ると思ってたからね」

「すみません、こっちへ来るのは久しぶりだったので、よくわからなく――」

「じきに慣れるよ」スタンリーは励ますように言った。「よし、解決、解決。じゃ、モィーについて来てくれ。通用口まで案内するから」

ふたりが倉庫を横切って通用口に向かっている途中で、アルノーは甲高い声で、その場にいるほかの社員に聞こえるように言った。「荷物の宛て先がまちがっていて、ご迷惑をかけました、ミースター・フィーシャー」

「気にすることはないよ」スタンリーはいかにも心がこもっているような口ぶりで言った。「荷物がまちがって届くなんて、ここじゃよくある話なんだから」ドアまで来ると、声をひそめた。「同じものが、どんどん届くことになってる。あんたに連絡するにはどうすればいい、ミスター・ルヴァン？」

「中央郵便局留めで」と〝ミスター・ルヴァン〟は、同じく声をひそめて答えた。

スタンリーは犬の箱のような部屋に戻った。アルノーはウィンヤード駅まで戻った後、まるで姿が消えたようにいなくなった。だが、その夜の九時頃、彼は再びキングスクロスに現れ、前と同じ建物の前と同じ部屋に入って行った。大きめの小包を小脇に抱えて。一時間後、彼は建物を後にした。小包を持ったまま〈グリーン・クカブラ〉というナイトクラブへ行った。そしてその店で、またしても姿を消すことになるのだった。

第七章

ビル・ウェッソンが再び〈イーグル・アイ興信所〉のオフィスに現れたのは、その二日後の金曜日の朝だった。

マーリーンは午前十時半か、少なくともそれに近い時間帯に、モーニングティーとしてミスター・スプリングにカップの紅茶を持って行った。ジミー・スプリングはデスクの上に両足を載せて座ったまま、うつろな目で宙を見つめていた。

「紅茶の時間ですよ！」マーリーンは明るい声で歌うように言った。

「え?……ああ、ありがとう。悪いね、マーリーン」スプリングは勢いをつけて足を床に降ろし、背筋を伸ばして座り直した。「客は来てるかい?」

「誰もいないわ、ミスター・スプリング。誰か来るはずなの?」

「うちには予告して来る客なんていないさ、みんないきなりやって来る。マーリーン、もし誰か来たら、悪いけど午後に出直してくれるように伝えてくれるかい？　これを飲んだら、ちょっと出かけるから」

「どこか特定の目的地があるの？　それともぶらぶらして来るだけ?」

「ポッツ・ポイントだ。ミセス・コーマックを覚えているかい、マーリーン?」

「もちろん。髪を染めた、真珠のネックレスの人ね」

ジミー・スプリングは不思議そうに片方の眉を歪めた。「彼女、髪を染めてたのか？　きみと同じ色だったじゃないか」

「たしかに」マーリーンは落ち着いた声で言った。「でも、あたしのは生まれつき。あの人のはボトル入りの染料の色。染めなかったら、絶対真っ白よ」

「手厳しいな、マーリーン。それは言い過ぎだぞ。ミセス・コーマックはそんなご高齢じゃない――まだ四十前だ」

マーリーンの表情は、十七歳三ヵ月の娘から見れば四十など老人も同然だと言っているようだった。

「とにかく」ミスター・スプリングは話を続けた。「彼女に会いに行こうと思うんだ。われらのミセス・コーマックに何か問題があるらしくてね、確かめて来るよ。うちに調査を依頼してくださった方々には、馬鹿騒ぎするほどの幸福とまでは言わないが、せめて満足した気持ちで今後の人生を過ごしてもらいたい。だが、彼女の場合、何かがうまくいかなかったらしい」

「男が絡んでるわね」マーリーンがずばりと言った。「実は旦那さんのほうは、あたしたちが睨んでたほど悪くなかったのかもよ」

「きみが睨んでたほど、だ」スプリングは冷ややかに言った。「わたしは依頼人についてそんなふうには考えないからね。とにかく、そういうわけで、すぐに出かけるから、わたしが戻るまで狼どもはきみがなんとか食い止めておいてくれ」

「わかったわ」マーリーンが穏やかに答えて外のオフィスへ戻ってみると、ウェッソン刑事がそこでおとなしく待っていた。カウンターにもたれながら、開けっぱなしのドアに描かれた鷲の絵を無感動な顔で睨み返している。

「あら！　またあんたなの」

「ああ」ビルはそう答えたが、そのいかつい顔はまったくの無表情だった。「おれだ。〝リトル・ボーイ・ブルー〟（マザーグースの詩に出て来る、仕事をせずに居眠りをする羊飼いの少年）だよ。〝ボー・ピープ〟（マザーグースの別の詩で、羊たちを見失った羊飼いの少女）のご機嫌はどうだい？」

マーリーンは、アローラ・テレイ風の気だるさを発揮した。「それって、あたしのこと？　それとも、ミスター・スプリングのことを言ってるのかしら」

ビルがクックッと笑った。「冷たいな。おまえはどっちのことだと思う？　羊がみんないなくなっちゃったって困ってるような、大きくて丸い目をしているのは、いったい誰だ？」

「待って、まだ答えを言わないで。今、考えてるから」

ビルは彼女にほほ笑みかけた。「わかった、わかった。〝ばね足《スプリング・ヒール》ジャック〟（十九世紀イギリスに出没したという怪人）はいるかい？」

「今度こそミスター・スプリングのことを言ってるんなら、ちょうど出かけるところよ」

ビルの顔に、かすかに警戒の色が見えた。「何だって？　出かける？」

マーリーンはタイプライターの前の席に着いて、飲み込みの悪い子どもに向けるように言った。

「ミスター・スプリングは緊急の用件ができて、これから外出しなければならないの」

ビルは疑うように低い唸り声を上げた。「嘘をつくなよ、ボー・ピープ。あいつは誰だ――医者か？　探偵なら、緊急の用件は夜と決まってる。あのドアの鳥の絵はまちがってるな――コウモリにするべきだ。じゃ、また後でな」マーリーンが反応する間もなく、ビルはさっさとミスター・スプリングのオフィスのドアを開けて入って行った。

「ふん、あたしはあの鳥が好きなのよ！」マーリーンは誰もいない空間に向かって叫んだ。しばらく腹を立てたまま黙って座っていたが、やがて小さな鏡を取り出すと、そこに映る自分の目を長いあいだ熱心に確かめていた……。

ジミー・スプリングが準備を終えて出かけようとしていたところに、いきなりＣＩＢの刑事が入って来たが、彼は親しみを込めた笑顔で迎え入れた。

「これはこれは。犯罪捜査局の局長がまたお越しくださるとは。光栄な話だ」

ビルは前回同様、椅子を勧められる前に帽子をかぶったまま勝手に腰を下ろし、厳しい目でスプリングをじっと見つめた。

「コーマックの亭主の件、調べて来たぞ、スプリング。やつはパースにいなかった」

「いなかった？」

「そう、いなかった」

「それなら、いったいどこにいるんだろう？　シドニーにもいないんだ」

「本当にいないのか？　どうしてわかる？」

「ミセス・コーマックがそう言ってたからだ。夫はパースへ行ったと。彼女もそれを信じていたようだったけどね。パースにいないのなら、どこへ行ったんだ？」

「こっちこそ、それが知りたい」

スプリングはデスクの椅子に座り、顔をしかめた。「おかしいな。どうなってるんだろう。相手の若い女は？」

「女だけは、あんたの言ってたとおり、今もパースでそいつを待ってる。ところが、男は現れない。シドニーでも見つからない……なあ、スプリング」一瞬の間を置いてつけ加えた。

「何だい？」

「ミセス・コーマックは、どっか悪いのか？」

ジミー・スプリングはビルをじっと見た。「このあいだも同じ質問をしていたね。何が言いたいんだ？　ミセス・コーマックはどこが悪いんだね？」

「こっちが訊いてる」

「いや、わたしにはわからない。つまり、きみの質問の本当の意味がわからないんだ。このあいだそう訊かれたときには、夫に裏切られたショックと面倒な離婚裁判が迫っているプレッシャーで体調を崩しているんじゃないか、何か重い病気にかかったんじゃないかと答えた。だが、そもそもハーバーで発見された死体とそのことに、どういう関係があるんだ？　それに、わたしにいったい何の関係がある？」

「あんたなら、彼女について何か知ってるんじゃないかと思っただけだ」

「でも、わたしにもきみたちが知っている以上のことは何もわからないよ。それどころか、明らかにそっちのほうが彼女についてよく知っているようだ」

「たとえば、どうして彼女がキングスクロスのあちこちのナイトクラブをふらついてるのか、あんた知らないか？」

ジミー・スプリングは驚いた顔をした。「彼女がそんなことを？」

「昨夜はいたぞ。ひとりきりで、あっちの店からこっちの店へとはしごしてた――ああいうタイプの婦人には異常な行動だ。どこの店でも楽しんでいるようにはとても見えなかった。真夜中を過ぎた頃に自分で車を運転して帰ったが、目をらんらんとさせて、何か独り言を言ってた。なあ、どういうことだと思う、スプリング？」

「わからない。たぶん、誰かを探していたんじゃないか？」

「かもな。だとしたら、相手は見つからなかったらしい」

ジミー・スプリングは考え込むように黒っぽい茶色の髪を掻き上げた。内ポケットから銀のシガレットケースを取り出して開け、刑事に差し出した。

「どうして相手が見つからなかったのか？」スプリングは言ってみた。「それは、彼女が探していた男――相手が男だったとして、それに、彼女が誰かを探していたとしてだが――その男がハーバーの海の中から水上警察に引き上げられて、遺体安置所の台の上に横たわっているから……そういうことかい？」

「かもな」ビルはもう一度言った。「えらく乱暴な推理だってことは百も承知だが、そうかもな」

「それなら、どうして直接彼女に訊きに行かないんだ？　仲間を引き連れて会いに行って、きみたちの紳士的なやり方で、彼女をしょっぴいて強引に聞き出せばいいじゃないか？」

「どうしてかって、彼女は何もしゃべらないに決まってるからだ。あんたは知らないのかもしれないが、おれたちは訊かなくても彼女の問題行動の原因を知ってるし、どんな手を使ったって彼女が口を割らないことも知ってるんだ。だが、あんたは別だ、スプリング――あんたが相手なら、彼女も口を開くかもしれない。旦那の調査をしてやったんだから、彼女もあんたを信頼してるだろう」

「いや、待ってくれ！」ジミー・スプリングは突然、背筋を伸ばした。「ははーん、読めたぞ……なるほど、きみたちは私立探偵を毛嫌いしてるくせに、利用できそうなときだけは寄って来るんだな」彼はいたずらっぽくほほ笑んだ。「面白いじゃないか、このタイミングでそんな話を持って来るなんて——ちょうどこれからミセス・コーマックに会いに、ポッツ・ポイントのアパートメントへ出かけるところだったんだよ。きみが何を考えているか、わたしにもわかったよ、ウェッソン。彼女が麻薬をやってるって疑ってるんだろう」

ビルは広い肩をすくめた。「そういうあんたの考えは？」

「わたしはまだ何も考えないことにする、彼女に会うまではね。いや、向こうが会ってくれたらだが。でも、もしきみの考えてるとおりだとしたら、わたしには驚きだ——彼女、そういうものに手を出すようなタイプには見えなかったから。どうだい、きみも一緒に来るかい？」

ビルは首を振った。「あんたひとりのほうがうまくいく」そう言って立ち上がり、いかつい顔を少ししかめて私立探偵を見下ろした。「情報をできるだけ探って来てくれ、スプリング」

「できるだけでいいなら、やってみよう。警察への協力はいつだって惜しまないよ」

「ありがとう」ビルはいつものように、唐突に部屋を出ようとドアのほうを向いた。それを呼び止めるように、スプリングが質問を投げかけた。

「ウェッソン、ひとつだけ教えてくれ。どうして殺人課はそんなにこの件に興味があるんだ？」

「突然死はおれたちの担当なんだろう？」

「それはそうだが、わたしが言ってるのは、どうしてきみたちがミセス・コーマックに興味を持ったのか……」

ビルがゆっくりと言った。「どうしてかって、これはおれの直感だ。タイソン警部にそう言ったら、じゃあ調べてみろってお許しが出たんだ。ミセス・コーマックの周辺では、麻薬やら死人やらが絡んだ犯罪が密かに起きていると、おれはそう睨んでる。殺人よりたちが悪いかもしれないな。何だかんだ言っても、殺しは一瞬で片がつくから」

スプリングは訳知り顔でうなずいた。「ヤクか……。でも、それなら麻薬取締課か、風俗取締課の管轄じゃ――」

ビルは急ににっこり笑った。例の驚くほど少年っぽい笑顔だ。「おれはCIB全体の使いっ走り小僧なんだ。管轄に関係なく、いいようにこき使われてる。こつこつと地味な捜査をして、もしも何か見つけたら――上のやつらがさらって行くんだ」

「きみならじきに警視になれるさ」スプリングが励ますようにつぶやいた。「ハーバーから引き上げた男の死体だけど――まだ身元はわからないのかい？」

ビルの表情がまた険しくなり、首を振った。「どこの誰だか、見当もつかない。誰もそいつのことを知らないし、誰かがいなくなったという報告もない。医者は彼に興味を持っているがね」

「どういうことだい？」

「前にも言ったが、被害者は異常に肌が青白かった。珍しい血液の病気だとしたら、何かの手がかりになるかもしれない」

「それはまた、薄い望みだね」

「もっと望みの薄そうな事件は、いくらでもあった」

「楽観的だな」スプリングは彼にほほ笑みかけた。「死体を収容してから何日か経つんだろう？　いつ埋葬するんだい？　それに、いったい誰が埋葬してやるんだい？」

「誰も」ビルが素っ気なく言った。「埋葬なんてしない」

「何だって？　でも、いつまでも保管しておくことはできないだろう？……いや、そのつもりなのか？　死体をどうする気だ？」

「防腐処置をして、冷蔵保存する……つまり、こういうことだ、スプリング。埋葬許可証がなきゃ死体を葬ることはできないが、その許可証は死体には発行されない――死んだ人間に対して発行されるんだ。死亡証明書も同じことだ。死体の状況は、ある人間がこれこれの原因によって死亡したという証拠になる。ところが、今あるのは人間じゃなくて死体だ。そこで、特定の人間だと判明するまでは、〈証拠品A〉として保管され続けるわけさ……ミセス・コーマックの件、調べておいてくれるな？」

そう言うと、いきなり話を打ち切った。「じゃ、また」

ビルがミスター・スプリングのオフィスのドアを閉め終わらないうちに、マーリーンは今度こそ先手を打とうと、大急ぎで「さよなら」と生意気な口調で言った。

「じゃあな、ボー・ピープ」ビルは平然と返した。「そのひどい口紅、今日もつけてるんだな。そんな色、やめたらどうだ？　せっかく小さくて可愛らしい口をしてるのに、口紅のせいで肝臓の切れ端がついてるように見えるぜ」

ビルが急ぎ足で出て行ってしまうと、マーリーンは言葉を失ったままひとり残された。

その三十分後、マーリーンの電話に所長から連絡が入った。

「行き違いだったよ、マーリーン。彼女、出かけた後だった――〈オーストラリア〉へランチに行ったそうだ。事務所の様子はどうだい？」

「お客さんがふたり来たわよ、ミスター・スプリング。また午後に出直して来るって」

「時間の約束はしたのかい？」

「いいえ、所長は午後に戻りますと伝えただけよ。そっちが何時になるかわからなかったから――」

「女性かい？　つまり、さっき来たっていう客は」

「そうよ。ひとりはしかめっ面の婆さんで、もうひとりはもう少し若くて、ずっと泣いてたの」

「その女性はまた来るね」ミスター・スプリングは自信たっぷりに言った。「だが、ひとりめは逃してしまったな。まあ、いい。よく聞いてくれ、マーリーン。午後一時に〈オーストラリア〉のラウンジまで来てほしいんだ」

「ええと、わかったわ」マーリーンはためらいがちに言った。「でも、それだとあたしの昼食時間がつぶれちゃうんだけど」

「それがきみの昼食時間だよ。わたしとランチを食べるんだから」

「〈オーストラリア〉で？」突然マーリーンの甲高い小さな声が、明らかにまた高くなった。

「そうだよ……ああ、変なふうに考えないでくれ。遊びに誘ってるわけじゃない、仕事の一環だからね。きみにはその分の時給も払ううえに、えらく高価な昼食までおごるって話だよ」

「でもあたし、〈オーストラリア〉になんて行けないわ！」マーリーンは軽いパニックを起こして叫んだ。

「どうして？」

「帽子がないんだもん！」

「いったいいまた、帽子と何の関係があるんだ？」

「〈オーストラリア〉みたいに高級なところでランチをするなら、帽子は絶対かぶらなきゃ」

「ああ、馬鹿らしい！」ミスター・スプリングが苛立ったように鼻を鳴らした。「そのままでかまわないよ。心配しなくていい、あそこに来ているめかし込んだ婆さんどもよりも、帽子なしのきみのほうがはるかにあの場にふさわしいよ。じゃ、一時にホテルのラウンジで待ち合わせしよう。もしわたしが来ていなかったら、座って待っててくれ。自分はこのホテルのオーナーだというような大きな顔をして座ってるんだよ。椅子の端に浅く腰かけて、びくびくしながら待ってるんじゃないぞ。わたしはこれから通りに出て、タクシーを捕まえてみるから」

「わかったわ、ミスター・スプリング」マーリーンは少し息を荒げて言った。受話器を置くと、再び小さな鏡を取り出して、あらゆる角度から自分の姿を映してみた。


　シドニーでは誰もが〈ホテル・オーストラリア〉と呼ぶその建物は、正式には〈オーストラリア・ホテル〉という名前で、ひどく上品で洗練された入口を一歩入ったとたん、空気を吸うだけで金を取られそうだった。この国最高の隊商宿《キャラバンサライ》のひとつというふれこみだが、実際そのとおりなのかもしれない。大きな四角いエントランス・ラウンジは、ホテルのラウンジというよりも、まるで買い物客向けの市場《バザール》兼旅行代理店のようだ。そこはまた、社交界と産業界の両方から成功者や注目の人物が好んで集まる場所でもあった。〈オーストラリア〉で見られるそのふたつの世界のちがいと言えば、産業界の人間はランチをしに来るのに対し、社交界の人間は一杯か二杯飲みながらゴシップを交わした後、ランチは〈プリンス〉か〈ロマーノ〉へ場所を移すというところだ。だが、どうやらミセス・コーマックは今日、ここで昼食まで摂るつもりらしい。そして今、ミスター・スプリングの頭を占めているのは、「はたして、誰と?」という疑問だった。

一時ちょうどに、マーリーンはキャッスルリー・ストリートからの階段をスキップしながら上がってホテルのエントランス・ラウンジに入り、先に来ていたミスター・スプリングを見つけてほっとした。彼はパナマ帽を片手に、当てもなくうろうろしながら、ラウンジに誰かが入って来るたびに注目していた。マーリーンのこともすぐに見つけ、近づいて来た。

「いい子だね。時間ぴったりだ」

「いい子かどうかはわからないわ」マーリーンが言い返した。「やっぱり、あたしなんかが来るべきじゃなかったんじゃないかな」

「どうして? きみはわたしの右腕だろう? 秘書で、受付係で、タイピストで、紅茶係で、そして事務員だ」

「そうだけど――ここは事務所じゃないから」

ジミー・スプリングは、これ以上ないほどいたずらっぽい笑みを彼女に向けた。「そんなことばっかり言うなよ。マーリーン、よく聞いてくれ、はっきりさせておこう。ホテルのランチにかこつけて、きみを誘惑しようとしてるわけじゃない。これは逢引きじゃない、仕事だ。きみにはミセス・コーマックが現れないか、見張りをしてもらいたいんだ。ほら、ここに座って」

スプリングはマーリーンを、入口に面した巨大な椅子に座らせ、自分も隣の同じような椅子に腰を下ろした。「力を抜いて、マーリーン、そんなに緊張しないで。椅子に深く腰かけなさい――ちっともくつろいでるように見えないぞ」

「どうしてくつろいでるように座らなきゃならないの?」

「いかにも場違いに見えたら困るからだよ――目立つからね。椅子にもたれてごらん。ほら、脚を組んで――」スプリングの目は急に凍りついたように、ナイロンのストッキングに包まれたマーリーンの細い脚に釘付けになった。「おやおや！」

マーリーンはくつろいだポーズをやめて、また背筋を伸ばした。「だって」彼女は言い訳するように言った。「帽子をかぶらずに来るのもいやだったけど――ストッキングを穿かないなんて、考えられなかったんだもん！」

スプリングがのけ反るように大笑いするのを、マーリーンは怒った目で睨んでいた。笑いが落ち着くと、彼はポケットに手を入れた。

「いくらだ？」

「え？」

「そのナイロンのストッキング、いくらだった？」

「あたしの有り金全部よ。六ポンド十一シリング」

ミスター・スプリングはポケットから手を出すと、フロリン銀貨四枚を差し出した。

「何のお金？」マーリーンは訝しそうに尋ねた。

「何だと思う？　返金してるんだ」

「だって、そんなの受け取れないわ！」

「受け取ってもらわないと！　さっきも言っただろう、これは仕事なんだ。興信所の業務のために、きみに自腹を切らせるわけにはいかないんだ。必要経費だと思ってくれ。ほら、受け取って……よし、それでいい。さあ、頼むから力を抜いて座ってくれ」

「わかった」マーリーンはそう言うと、再び椅子にもたれかかった。「でも、脚は組まないわよ、いくら興信所の業務でも――それに、煙草も吸わないからね」

ビルは彼女のほうへ体を向け、ぽかんとした表情で見つめた。「誰も煙草を吸えとは言ってないじゃないか。いったいどこからそんな考えが？」

「それは」とマーリーンは上目づかいで彼を見上げた。「このラウンジに来て、今のあたしみたいにこうやって座って待つ女の子たちがいるのよ。帽子をかぶらずに、脚を組んで、煙草を吸って、それで……それで……」

ジミー・スプリングは彼女に向かってほほ笑んだ。「ああ、そういうことか！　そんなことは考えたこともなかったし、まったく頭になかったな。大丈夫だよ、マーリーン、大丈夫。きみのことをそういう女の子だと思う人間など絶対にいないよ。そもそも、そんな話は嘘だ、単なる噂だと思う。きみの好きなように座ったらいいよ。さて、何か飲むかい？」

「えっ、それは無理、無理！」事務所ではあれほど落ち着いた大人の女性を演出しようと、クールで自信に満ちたアローラ・テレイの真似をしていても、やはりマーリーンには幼いところが大いに残っていた。花も恥じらう十七歳という年齢に達するまでには、それなりにロマンチックな経験――映画館で手を繋ぐとか、家のドアの外でぎこちないキスをするとか――もあったが、もしロマンチックな瞬間が訪れたとしても、今でもゲラゲラと笑いだして雰囲気をぶち壊してしまうにちがいなかった。

「ソフトドリンクに決まってるだろう、馬鹿だな！」

「ああ、そうか。でも、何も要らないわ、ミスター・スプリング。喉は渇いてないの」

「わかった。飲み物を勧めたのは、しばらくここで待つ可能性があるからだ。今から二時までのあいだに、ミセス・コーマックがここへランチをしにやって来る。彼女の隣の部屋に住んでる女性がそう教えてくれた。ミセス・コーマックをもう一度見かけたら、顔はわかるね？」

　マーリーンはうなずいた。「でも、どうして急にミセス・コーマックにこれほど興味を持ったの？」

「彼女と話がしたいんだ。彼女が落ち着きをなくして、すっかり取り乱しているという、そのわけを聞き出したいんだよ——どうやら離婚の件だけが原因じゃないらしい。具体的に言えば、彼女がひとりで食事をするのか、誰かと会うのかが知りたい」

「つまり、彼女の秘密の全部が知りたいってことね」マーリーンが鋭い点を突くようにつぶやいた。

「まさしく、そうだね、マーリーン。そのとおりだ。だが彼女には、目で見ただけじゃけっしてわからない、裏の顔がありそうな気がするんだよ——少なくとも、きみのきらきらした青い目じゃわからないような」

「あたしの目は緑色よ」マーリーンは大真面目に言った。

「そうかい？　まあ、緑でもいいよ。きみはここに座ってミセス・コーマックが来るのを見張っててくれ。わたしは彼女がすでにどこかに来ていないか、その辺を見て来るから」

　彼は礼儀正しく断ってから席を立つと、ホテルの中をひと回りしに行った。だが、一般客向けのほかのラウンジや部屋のいずれを探しても、赤毛のミセス・コーマックは見つからなかった。スプリングは全部を見て回った後、暑さと喉の渇きからバーに顔を出し、混雑する客のあいだを縫ってお気に入りのバーテンダーの娘の元へ少しずつ近づいていった。

「あら、いらっしゃいませ、ミスター・スプリング！　何になさいますか？」

「きみのお勧めでいいよ、モーディー」スプリングはお得意の親しみのある、いたずらっぽいほほ笑みを浮かべてそう答えた。「細長くて、冷たくて、ジンが入っているなら、何でも大歓迎だ」

「なんという偶然！」ビルの肘の辺りから大きな声がした。深くてよく響き渡る声だ。「こんな偶然があろうか、今おっしゃったのは、わたしが愛する女性のことだよ！」

ジミーが驚いてそちらを向くと、恰幅のいい老紳士の姿が目に入った。自己主張の強い黒い帽子をふさふさの白髪頭にかぶり、首には奇妙な時代遅れのクラバットを二重に巻いている。

「たしか、ミスター・スプリングだったね？」老紳士はおかしそうに笑いながら言った。

「ええ。失礼ですが……」

「わたしの名はベルモア。J・モンタギュー・ベルモアだ。以後お見知りおきを。きみの若き秘書、ミス・マーリーン・シムズと同じ建物に住んでいる。以前外を歩いているときに、彼女がきみを見かけて教えてくれたんだよ」

「ああ、そうでしたか。お会いできて光栄です、ミスター・ベルモア。以前からよく存じ上げてはいましたけどね、もちろん」

こういう言葉は老モンティを大いに喜ばせた。「もしよかったら、このモンティ・ベルモアと一杯飲んでくださらんかね、ミスター・スプリング？」

「それは……ありがとうございます、ではちょっとだけご一緒させていただきます。実はこんなところで飲んでる場合じゃないんですよ、仕事で来ているもので。マーリーンも一緒に来ているんです――今はラウンジで、わたしが戻るのを待ってるはずです」

「おお！」モンティの声が轟いた。「ホテルのラウンジなんかに女の子をひとりきりで長く待たせておくわけにはいかないな。大急ぎで飲もう」

モンティは空になったグラスをカウンターに置き、モーディーにおかわりを大急ぎでと頼んだ。

「ああ、おかげで思い出したよ、ミスター・スプリング」モンティは分厚い金の懐中時計をベストのポケットから引っぱり出して言った。「わたしもラウンジで待ち合わせをしているんだった。あるご婦人とランチの約束をしていてね。きみがそれを飲み終えたら、一緒にラウンジへ戻ろうじゃないか」

長年の積み重ねで習得した素早さで、モンティは自分のグラスを一気に空けた。こうしてふたりは、目もそらさずにホテルの入口を凝視して座っているマーリーンのもとへ、のんびりと歩いて行った。成果を問いかけるスプリングの視線に答えるように、マーリーンは素早く首を横にひと振りした。それからモンティのほうを向いた。

「こんにちは、ミスター・ベルモア！　こんなところでお会いするとは思わなかったわ！」

「わたしはここの常連だからな」モンティは満足げに返した。彼女の正面に立ったまま、時代遅れとなった礼儀作法を守って、椅子にかける許可を女性から賜るのを待っていた。だが、不作法とまでは言わないが、今時のくだけた振る舞いに慣れてしまったマーリーンは、そんな彼の期待に気づくことはなかった。ジミー・スプリングが老人の肩を優しく押して椅子に座るよう促し、シガレットケースを差し出した。

「いや、遠慮させてもらうよ、煙草は吸わないのでね。わたしの悪習慣は葉巻なのだ」

「ふたりは知り合いだったの？」マーリーンは驚いて尋ねた。

スプリングは外の通りに目を向けたまま、ただうなずいた。一方のモンティが説明を始めた。

「きみの上司のミスター・スプリングとそこで――その――外で、ばったり会ってな、自己紹介を交わしたところだ。ここには何度か来たことがあるのかい、お嬢ちゃん？　ほう、初めてか。いいところだよ。避難するには持ってこいだ。わずらわしい人混みから逃れることはできないがね、少なくとも巻き込まれずに済む」

　モンティの説明はマーリーンには難しすぎた。「避難？」彼女は戸惑ったように訊き返した。

「まさしく、そのとおりじゃ」そう答えたのがマシュマロ公爵なのかウェアリング卿なのかは、疑問の余地があった。「近頃の世の中は下品で野卑で、人が多すぎるからな。ここへは大衆《ホイ・ポロイ》から逃れるために来る。ここへ来れば、もっと優雅だった時代、紳士が紳士らしく、淑女が淑女らしくあり、互いに敬意を払っていた頃に戻れる。ひと言で言えば」と老役者はふさふさの眉をひそめて見せた。「ここへご婦人を食事に連れて来れば、それだけでも名誉なことだと、自分は高く評価されているのだと、そう感じてもらえるのだよ」

「そういうことなのね！」マーリーンはようやく理解すると同時に、今日のＪ・モンタギュー・ベルモアはずいぶん緊張しているようだと内心で思った。「それで、今日もどこかのご婦人を昼食に連れて来るつもりなの？　ミスター・ベルモア」

「そうとも、お嬢ちゃん、そうなのだよ。彼女、もうすぐ来るはずでな、こうして待ってるわけだ」

「あら、まさか本当だとは――」マーリーンは言いかけて慌ててやめた。顔を赤らめ、よく考えてからしゃべるべきだったと後悔した。

　モンティの突き出た眉の下で、年老いた両目がきらりと光った。「いつも女性と会っているわけではないよ。女性の知り合いが大勢いるのはまちがいないが、彼女たちみんなを〈オーストラリア〉へ昼食に連れて来ることはない。今日は特別なのだ」

マーリーンは何も言わなかった。だが心の中では、世の多くの男性を悩ませてきた苦しい道に、ミスター・ベルモアもこの歳で陥ってしまったのではないかと疑い始めていた。この人を毒牙にかけているのは、どれほど顔のいかつい、髪の派手な女なのだろう？

ベルモアのほうも訊きにくそうに口を開いた。「きみたちも、ここで誰かを待っているのかな？」

ジミー・スプリングが即座に答えた。「一時十五分に仕事の関係者とここで会う約束をしているのですが、どうやら遅れているようですね」

「ほお！」モンティはもう一度、金のカブのような懐中時計を引っぱり出した。「わたしも同じ境遇だな。ただし、わたしが待っている相手はご婦人で、当然ながら、男を待たせるのは女の特権だ。会いたい気持ちを高める効果がある」そう言って時計を見た。「とは言え、おお、これはどうしたことじゃ」――〝どうしたことじゃ〟などと言うのは、マシュマロ公爵にちがいなかった――「これはどうしたことじゃ、時が早足で駆けている。すでに一時を二十分も過ぎているじゃないか、ウィニフレッドは一時きっかりに来ると言っておったのに！」

スプリングはホテルの入口から一瞬視線を外した。「ウィニフレッド――それがお相手の女性の名前ですか？」

「そうじゃ……まあ、しかたあるまい」モンティは、いつものように不用心にも饒舌に語りだした。「忍耐強く、心穏やかに待つしかない。寛大さと同情を持ってやらねばならん、なにせ彼女は最近、心を引き裂かれるような災難を経験したばかりなのだから」

「そうなんですか？　それはお気の毒ですね」

「そうだな。彼女のご亭主が、どこかの女に入れあげているとわかってね――当然ながら、自分よりずっと若い女にだ」マーリーンは、老モンティとランチの相手についての自分の思い込みは誤解だったかもしれないと思い始めた。「痛ましい体験だったそうだよ。それはそれは痛ましい。彼女がその場に踏み込んだとき、罪深きカップルはちょうど――その――犯行現場を押さえられたわけだ。当然だが、ウィニフレッドのような繊細な女性には――」

「ミスター・ベルモア、ひとつお訊きしてもいいですか？」

「もちろん、かまわんよ。何でも訊いてくれ」

「それが、少々立ち入った質問なのですが、どうしても訊かなければならないわけがあるんです。さしつかえなければ、その女性の名前を教えていただけませんか？」

「いいとも。秘密でも何でもない。実のところ、わたしの友人だったのは彼女の父上のほうでね。いいやつだった。もう何年も前に亡くなったがね、気の毒に。気の毒なトミー・グラミス。彼の娘はコーマックという男と結婚したから、今の名前はミセス・ウィニフレッド・コーマックだよ……」

第八章

ミスター・スプリングの手が伸びて、マーリーンの腕を強く摑んだ。おかげで彼女が思わず姿勢を起こしかけたのは止められたが、口から驚きの悲鳴が漏れるのは防ぎようがなかった。

「ほお！」モンティはふたりを疑わしそうな目で見つめた。「きみたち、彼女を知ってるのかね？」

ジミー・スプリングがうなずいた。「以前、依頼を受けたことがあるんです。お話を聞いていたら、どうもミセス・コーマックのことじゃないかと思いまして」

「彼女には残酷な経験だったよ」モンティが低い声で言った。「まったく残酷だった」

「ええ、残念ながら、うちで扱う事案はたいていそうです。ですが、できる限り依頼人の役に立つように、ご満足いただけるようにするのがわれわれの仕事ですから」彼は立ち上がり、マーリーンに手を差し出した。「さてと、マーリーン、どうやら仕事相手は来ないつもりらしい。あきらめて、ふたりだけで昼食に行こうか。お先に失礼してよろしいでしょうか、ミスター・ベルモア。昼食後も仕事が待っているので」

女性に対する礼儀を重んじるモンティは、よろよろと立ち上がった。「もちろんだよ、きみ、かまわないとも。忙しい人を引き止めてはいけないな。お会いできて楽しかったよ、ミスター・スプリング」

スプリングは老人に温かくほほ笑みかけた。「わたしこそ、本当に楽しかったです。どうぞ素敵なランチを」

来ぬ人を待ち続ける老役者をひとり残して、彼はマーリーンを連れてグリル・ルームに入って行った。マーリーンは椅子を引いてもらって腰を下ろし、その目新しい環境に少し慣れてから口を開いた。

「どうしてあんなふうに急いで逃げ出さなきゃならなかったの？」

「急いで逃げ出したりしたかい？」

「だって、ミセス・コーマックが来るまで待つはずじゃ……」

「それはもういいんだ。あれ以上あそこで待ってる必要はなくなった。なにせ、尊敬すべきJ・モンタギュー・ベルモアが彼女を待ちながら、われわれの代わりに見張りをしてくれているんだから」スプリングはマーリーンにメニューを手渡した。「このページから好きなものを選んで。たまにはきちんとした食事を摂りなさい――きみたち若い連中ときたら、わたしの目には、いつも栄養が足りていないように見えるからね」

「あたしたちの年代をみんな太らせたいの？」マーリーンは生き生きと言い返した。彼女はメニューを何分もじっくりと眺めた挙句、途方に暮れたような顔で上司に返した。「何を選んだらいいか、全然わからない。あまりにもいっぱい書いてあって。あたし、サラダだけにするわ」

「何のサラダがいいんだい？　ここにはサラダだけで二十四種類ぐらいあるぞ」

「そうなの？……何でもいいんだけど――じゃあ、パイナップルとチーズのサラダにしようかな」

「そんなものが食事と呼べるのか？」ミスター・スプリングはため息をついた。

「どこがいけないの？」

「いけなくはないよ、たぶんね。ただ、わたしにはそれが〝食事〟ではなく、単なる〝養分〟としか思えないだけだ。わたしだったら、そうだな」彼は、早くも料理の味を堪能しているかのようにつけ加えた。「フィレ・ミニョンのシャンピニョン添えにしよう」

「何添え？」

「シャンピニョンだよ」

「それ、何？――添えてあるって、何本《なんほん》ぐらい？」

「簡単に言えば、マッシュルームだよ。それから、細かいことを指摘して申し訳ないが、なんほんじゃなくて、なんぼんだ」

マーリーンは修正された点は無視して言った。「へえ、マッシュルーム！　あたしはまた、カタツムリか何かかと思っちゃった。流れ者たちはカタツムリを食べるんだって。あたしには無理――吐いちゃうわ」彼女は大げさに身震いして見せた。

「カタツムリはね、マーリーン」スプリングは高圧的に言った。「フランス料理では〝エスカルゴ〟と言うんだ。食用に飼育された特別な種類で、慣れれば非常に美味なものだ。それから、きみにもうひとつ言っておきたいのだがね。慈悲深いわれらの政府は賢明にも、国内で爆発的に増える外国人移住者について〝あの流れ者ども〟などと卑下した呼び方はやめて、より簡潔で丁寧な呼称である〝ニュー・オーストラリアン〟を使うようにと要請を出しているのだぞ」

「そうね」マーリーンは無関心に答えた。それから急に笑いだした。

「何がおかしいんだい？」

「今の言い方、ミスター・ベルモアにそっくりだったんだもの。あなた、ときどきそういう話し方になるわ。ミスター・ベルモアは、いつもだけど」

「高度な教育の賜物だな」スプリングはつぶやいた。ウェイターが注文を取ろうと足音を忍ばせて近づいて来るのを見ながら、つけ加えた。「ミセス・コーマックが来ないか、しっかり見張っていてくれよ――尊敬すべきJ・モンタギュー・ベルモアがエスコートしていても、いなくても」


その一時間後、ふたりはまだレストランにいた。どちらも押し黙ったまま席に座り続けている。マーリーンは周りのすべてのものに興味津々で、ほかの女性客の帽子やドレス――この暑さでは当然誰もが簡素なワンピース姿だったが、ここの客の着ているものはびっくりするほど高価そうだった――を観察しており、一方のスプリングは何やら顔をしかめながら、テーブルクロスのパンくずを掃き集めたりしていた。すると、尊敬すべきJ・モンタギュー・ベルモアが入って来た。ひとりきりで、不安そうな様子だ。ふたりを見つけると、まっすぐそのテーブルに向かって来た。

「どういうことだ、スプリング！」

ぼんやりしていたジミー・スプリングは我に返り、顔を上げた。モンティはふーっと息をついて、眉毛をぴくぴくさせた。

「どういうことだ、彼女、まだ来ていないのだよ！　まさか見逃したということはないと思うが――見逃したのだろうか?」

その口調から、マーリーンはミスター・ベルモアがラウンジの心地いい椅子に座っているうちに、しばし居眠りをしてしまったのだと見抜いた。

「ミセス・コーマックですか?」スプリングはそう尋ね、首を横に振った。「いいえ、こちらには来られてませんよ——きみは見たかい、マーリーン？」

マーリーンも同じ答えだとばかりに、真似るように赤毛の頭を激しく横に振った。

「そうか、これではっきりした。彼女はこのホテルのどこにもいない……ああ、わたしのことは気にせんでくれ、きみ」席を勧めるスプリングに、モンティは言った。「あっちにテーブルを用意してもらっている。それにしても、おかしな話だよ、スプリング。今、ウィニフレッドのアパートメントに電話をかけたのだがね、もしやわたしが約束の時間を勘ちがいしたのかと思って。だが、誰も電話に出ないのだ——」

「ええ、彼女、出かけているんです。さっきお伝えすればよかったのですが、その必要もないかと思いまして。実はわたしも今朝、彼女のアパートメントを訪ねたのです。十一時半ぐらいに行ってみると、隣の部屋の女性から、ミセス・コーマックはランチをしにこのホテルへ出かけたと教えてもらったんです——もちろん、誰かと約束をしているとは聞いていなかったのですが。でも、まだわかりませんよ、こちらへ向かっている途中かもしれません」

「約束を一時間半も過ぎてかね？　いや、もっと過ぎているじゃないか。まったく、ウィニフレッドらしくないな」

ジミー・スプリングは、すでに聞いていた情報から察するに、最近のミセス・コーマックは何もかもが彼女らしくないのだと伝えてもよかったのだが、やめておいた。代わりに慰めるように言った。

「女性というのは、あてにできないものですから」

「ウィニフレッドはあてにできると思っていたのだが」老モンティは不満げに言った。「残念ながら、これ以上は彼女を待つことができないな。二時半にスタジオに戻らなければならないのだ——何でもいいから大急ぎでつまんで行く時間しかない」

そんな時間もないわよ、とマーリーンは細い腕時計を見ながら思った。この店じゃ無理。モンティが午後のうちに、何でもいいからつまめそうなものにありつくまでには、マシュマロ公爵は脇役たちをスタジオでひどく待たせることになるわ。

モンティはふたりに、何に対してかは曖昧ながら礼を言い、礼儀正しく別れの挨拶をしてから、離れた壁際の席に向かった。ろくでもない女に振り回されたウェアリング卿の後ろ姿を、マーリーンは見送っていた。

「古き良き時代か」彼女はいたずらっぽくつぶやいた。「紳士は紳士らしく、淑女は淑女らしくて、互いに敬意を払っていた時代だったんでしょ。その時代には、人を平気でまる一時間も待たせたの?」

「いまだに待ち続けているかもね」スプリングはにっこり笑いながら言った。「いや、きっとあの頃の人だって、そんなに待たせはしなかったと思うよ。きみならボーイフレンドを一時間も待たせるかい、マーリーン?」

歯に衣着せぬマーリーンが、鼻を鳴らしながら言った。「そんなことをしたら、相手は最初の十分で帰っちゃうわね。でも文句は言えないわ――あたしだって、どんな男でも十分も待たないもの」

「条件によるだろうがね」

「どういうこと?」

「そうだな……例外はあるということだ。たとえば相手がヴァン・ジョンソンだとか、フランク・シナトラだとかの場合さ。ところで、きみはシナトラ信奉者なのかい?」

マーリーンは答える代わりに、軽蔑するような目つきを返した。すると、急に子どもっぽい表情に戻って言った。「あっ、それで思い出した。今日は少し早めに帰ってもいいかな？　デートなの。ボーイフレンドに〈マルコ〉へ連れて行ってもらうのよ」

「〈マルコ〉に？　それはまた、ずいぶんと背伸びをするんだな」

「そうなの？　行ったことがないからわからないけど」

「ダンスショー付きの上等のレストランってだけだがね。ちょっとダンスを見て――そして高額な請求書をもらう。そのボーイフレンド、かなり金に余裕があるんだね」

「わからないわ」マーリーンは曖昧に答えた。それはけっして嘘ではなかった。スタンリー・フィッシャーの私生活は、マーリーンにはわからないことだらけだった。「それで、少し早めに帰ってもいいかしら、ミスター・スプリング？」

「ああ、そうだな。うん、帰っていいよ」

「うれしい！　それから、ランチをごちそうさまでした。ふー、すごくおいしいサラダだったわ！」

「おいしかったのならよかった。わたしのフィレ・ミニョンも最高に美味だったよ。だが、ミセス・コーマックに関してははずれだったね。彼女の気が変わったか、わたしたちが場所をまちがえたのか」

「だって、ミスター・ベルモアも――」

「ああ、そうだね。わかってるよ、マーリーン。それにしても、わからないな」矛盾するようなことを言って、ミスター・スプリングは考え込みながらつやつやした黒っぽい髪を撫でつけ、向かいに座っている若い同席者をぼんやりと見た。「〈マルコ〉に行くんだっけ？　早めに帰るということは、夕食の部に行くんだろうな。その時間じゃ早すぎるかもしれないが……マーリーン、ひとつ頼んでもいいかい？」

「もちろんよ、ミスター・スプリング」

「今夜その店に行ったら、そのきらきらした青い瞳を――いや、緑色だったね――きみのきらきらした目を大きく見開いておいてほしいんだ。もしも、万が一、その店でミセス・コーマックを見かけたら、わたしに知らせてくれ」

「わかった。いいわよ。でも、どうやって――？」

「何も、見かけたらすぐに知らせろということじゃない。明日の朝、出勤したときに教えてくれればいい」

「でも、明日は土曜日よ」マーリーンが指摘した。

「そうか！　たしかにそうだ。じゃあ、電話をくれないか。わたしの番号は知っているね？」

「オーケー」マーリーンが律儀に言った。「彼女、〈マルコ〉に現れると思う？」

「正直に言うと、それはないと思う。だが、ひょっとしてということもあるからね。もしも現れたら、できる限り目を離さずに、彼女の様子とか、ひとりなのか誰かと一緒なのかとか――とにかく何でもいいから報告してくれ」

「オーケー」マーリーンがまた言った。それから少し間を空けてから「それで――これからどうするの？」と訊いた。

　ミスター・スプリングはまた髪を手で撫でつけた。「暑苦しい事務所へ戻るしかないな。たしか、お客さんが戻って来るんだろう？」

彼は立ち上がり、代金を払ってウェイターにチップを渡し、マーリーンが先に歩けるように道を空けて立った。マーリーンは、魅力的でハンサムな男性にエスコートされて〈オーストラリア〉でランチをしていたことにすっかり気をよくして、最高にクールな雰囲気を漂わせ、ゆっくりと店を出て行った。つんと鼻を高くし、小さなヒップをアローラ・テレイのように左右に揺らしながら。

マーリーンが応対したという〝しかめっ面の婆さん〟は、その午後アッシュ・ストリートの事務所に再び現れることはなかった。だが、泣きっぱなしだった若い女性は戻って来て、ミスター・スプリングとふたりでしばらく所長室にこもり、だいぶ落ち着いた様子で出て来たものの、今にも泣きそうな表情で事務所を後にした。四時四十五分になると、マーリーンはタイプライターの蓋を勢いよく閉め、寛容な上司のほうへ「お先に」と甲高い声をかけて、ウイリアム・スタンリー・フィッシャーとのデートに備えて着替えるために大急ぎで家路に就いた。

何を着て行くべきかについては、真剣に考慮しなければならない。ここは是非、リル伯母さんの知恵を借り、じっくりと相談および議論を重ねなくては。マーリーン自身は、裾が長くて、歩くと衣擦れの音がする模様織りのタフタがふさわしいと思った。胸元深くまで切れ込んだドレスを着て、髪は高く結い上げたい。あいにく彼女の箪笥にはそんな素敵なドレスが入っているわけもなく、候補になりようがなかった。それなら、あのストラップのないオーガンジー——心配性のアート伯父さんの不安を掻き立てるドレス——がいいと思ったが、時と場所にふさわしくないとリル伯母さんに却下された。結局、丸くて低いネックラインの花柄のワンピースに、マーリーンの赤い髪に映えるという理由でリル伯母さんのエメラルドのネックレスをつけることで話がついた。

リル伯母さんは常日頃、姪が流行に流されて髪を今どきの〝バタフライ〟スタイルに短くカットすることを断固禁じていたのだが、今日は髪を結い上げたいというリクエストも一切聞き入れなかった。そんな大人びて洗練された髪型をするには、マーリーンはまだまだ若すぎる。今のままの肩までかかる艶やかなボブカットの髪を、ぴかぴかに磨いた銅のように光るまでブラッシングするようにと言いつけた。こうして、少しがっかりはしたものの、マーリーンは花模様のワンピースを身につけ、以前そのドレスを見てアート伯父さんが言った感想――「満載喫水線付近の花が一輪しぼみかけてる」という謎のつぶやき――が本当かどうかを、鏡に身を乗り出すようにして確かめ、大丈夫だと判断すると、腰を下ろして一心不乱に髪にブラシをかけ始めた。

スタンリーは六時に帰って来て、ウィリアム・ストリートのレンタカー会社で借りて来た小さな車を〈ダニーン〉の正面に駐めた。二階へ駆け上がり、シャワーを浴びて着替え、六時半にはマーリーンに声をかけていた。

「やあ、マーリー！　準備はできたかい？」

絵のように小じゃれて可愛らしくなったマーリーンは、スタンリーに見せるように玄関ホールでくるりと回ってみせた。スタンリーは彼女に合格点を出してやるだけの優しさを持ち合わせていた。

「なかなかいいじゃないか、ガキんちょ。うん、なかなかいい」

彼のほうは、ジミー・スプリングが着ていたのと瓜二つのベージュ色のギャバジンのダブルのスーツを着て、派手なペイズリー柄の蝶ネクタイを締めていた。マーリーンは彼を見て、本当に素敵だと思った。スタンリーも自分の恰好に満足しているようだった。

「じゃあ、行こうか」

マーリーンは短くて明るいグリーンのボレロ・スタイルのジャケットを肩に羽織り、スタンリーよりも先に玄関を走って出た。表に車が駐まっているのを見つけると、足が止まった。

「乗れよ」スタンリーが短く命令した。

マーリーンは小さく喜びの悲鳴を漏らした。「スタン！　すごいわ！」

彼女はウサギのように車に飛び乗った。スタンリーは反対側のドアへ回り、J・モンタギュー・ベルモアも一目置いたであろう礼儀正しさで運転席に乗り込んだ。車が走りだした。リル伯母さんとアート伯父さんと下宿人の何人かがポーチに出て来て、手を振って見送った。

「あいつめ、ちゃんと運転できるんだろうな」アート伯父さんがぶつぶつと不機嫌そうに言った。

「当たり前でしょう！」彼の妻が言い返した。「運転できなきゃ、車を借りられないじゃないの。運転免許証を見せなきゃ貸してくれないんだから」

アート伯父さんは疑い深そうに低い唸り声を上げ、夕食の続きを食べに中に戻った。その頃、マーリーンは〈マルコ〉に向かって、東部の郊外地域のスイッチバックの道路を車で走っていた。初めて体験するシドニーの夜の幕開けだった。

アンゴスティーノはスタンリーをいつもより温かく出迎えた。それはおそらく、彼がマーリーンをエスコートして来店したおかげだろう。アンゴスティーノは次に、ふたりをダンスフロアのすぐ目の前のテーブルに案内した。だがそれは、スタンリーが二日前に手渡した五ポンド紙幣のおかげなのだった。マーリーンは勧められたクッション付きの椅子に腰を下ろし、目をきらきらさせて店内を見回した。〈オーストラリア〉でランチをして、〈マルコ〉でディナー――あたしったら、けっこううまくやってるじゃないの……。

チャールズはふたりが店に入って来るのを見ていた。別のウェイターと一緒に、壁際の小さなテーブルのアルコールランプの明かりをつけているところだった。

「また〝忠実な犬〟のお出ましですね」チャールズがつぶやいた。「珍しく、ご婦人同伴で。今夜はあなたが担当のようですよ」

チャールズは客の前であろうとなかろうと、まるでハリウッド映画に出て来る貴族のような立ち居振る舞いと話し方をした。もうひとりのウェイターのほうは、客がいないときには生粋のオーストラリア人に戻った。その若いカップルを目の端でちらりと見ると、言葉を引き伸ばして発音した。「ふーん、そうらしいな……どうやら、アローラを追っかけるのはあきらめて、作戦を変えて子どもと付き合うことにしたらしい」

彼は足音を立てないようにふたりのテーブルに近づき、敬意を込めて「いらっしゃいませ」と挨拶をした——声と発音が、驚くほど見事に切り替わっていた。

「やあ」スタンリーが気さくに言った。

ウェイターは、お決まり通りにタイプ打ちのリストを確認した。「お客様、本日はビールを二本とシャンパンが一本でよろしかったでしょうか?」

「イヤー、まちがいないよ……なあ、今夜はチャズはいないのかい?」

「おりますが、彼はこちらのテーブルの担当ではありませんので」

「へえ、そうなのか?　ここの担当はあんたってわけか?　オーケー。あんたの名前は?」

「グスタフです、お客様」ウェイターは静かにそう答えた。だが、トムやらディックやらハリーやらというありふれた名前が似合う男がいるとしたら、このグスタフはまさしくそんな顔をしていた。

グスタフは酒を取りにテーブルを離れた。マーリーンはスタンリーのほうへ身を乗り出して尋ねた。

「シャンパンまで頼んだの？　誰が飲むの、スタン？」

「ぼくたちだよ、当たり前だろう。きみも飲むんだ」

「でも、あたしお酒は飲まないの。少なくとも、今まで飲んだことがないわ」

「シャンパンなんて、あんなの酒じゃないよ」スタンリーはえらそうに言った。「シャンパンなら、きみもひと口ぐらい飲んだってどうってことないよ――本物の酒より、ジンジャーエールに近いから」

「そうなの……」

グスタフが三本の瓶が入ったアイスバケットを運んで戻って来た。仰々しい手順を踏んでシャンパンのコルクを抜き、スタンリーのグラスの上に瓶の口を近づけて、テイスティング用に注ごうとした。スタンは素早くグラスの上に手を置いた。

「ぼくはビールにするよ……うん、そのシャンパンでよさそうだ。レディにさしあげてくれ」

レディ。スタンリーが口にするには不似合いな言葉だった。彼にとって女性と言えば、女の子か、婦人か、若い娘か、あるいは〝おんな〟か、そんな程度のものだ。グスタフは顔色ひとつ変えなかった。テーブルの反対側へ回り、マーリーンのグラスにシャンパンを注いだ。それからそのボトルを彼女の右側に置き、スタンリーが好きに飲めるように、ビールの一本を彼の右側に置いた。それからマーリーンにメニューを渡すと、戸惑うほどずらりと並んだ高価な料理名の上を彼女の視線が激しく行ったり来たりするあいだ、ひたすら辛抱強く待っていた。

マーリーンはシャンパンを舐めるように飲み、彼女のほうから送り続けるあからさまなサインにスタンリーが気づいてくれるのを待って、何度でもダンスフロアへ連れて出してもらい、一緒に踊った。スタンリーのほうも、J・モンタギュー・ベルモアの言うところの〝舞踏の道〟の能力を出し惜しみしていたわけではない。彼は滑らかに動き、上下に揺れ、回転し、マーリーンをリードして驚くような旋回をしてみせた。一方、体の火照りと幸福感に満たされ、若々しく上気した健康的な美をまとったマーリーンは、そんなスタンリーの動きをすべて受け入れ、もっと踊りたがった。

すると、フロアでショーが始まった。ヌードに近い衣装を着て、息をのむほど美しいアローラが、ふたりの座るテーブルのすぐそばまで来た。マーリーンは新たに顔を輝かせ、アローラに魅入られたようににっこりほほ笑んだ。アローラはと言えば、マーリーンに気づいて一瞬驚いたものの、温かく親しみのこもったほほ笑みを返したのだった。

やがて、ダンサーたちによるサンバのお手本が始まった……。

アローラは不安そうな目をスタンリーに向けたままフロアから降りて来た。だが、スタンリーは跳び上がって彼女の元へ駆けつけることはせず、近づいて来る彼女を平然と、冷たいとさえ言えるような目で見つめながら、ことさら支配的な態度でマーリーンに接した。アローラはほっとしながらも、解せないという表情で、適当なパートナーを選んでフロアへ連れ戻った。そのとき、はっと気づいた。スタンリーは戦略を変えて来たのだ！　荒っぽい、ほとんど子どもじみたやり方で、彼は自分に焼きもちを焼かせ、無視される寂しさを味わわせようと、何も知らないマーリーンを利用しているのだ。なるほどね。アローラは面白がっていた。マーリーンが真相に気づかない限り、わたしにはどうでもいいことだわ。スタンは気が済むまでこのゲームを続ければいい。

音楽がまた大きくなり、ほかのダンサーの娘たちはそれぞれ選んで来たパートナーと一緒に踊り始めた。アローラはそのとき初めて自分のパートナーに目を向け、自分が選んだ相手が競馬の騎手だったことに気づいた。小さな猿に似たその男は、アローラよりも頭ひとつ分も背が低かった。だが、それもまた彼女にはどうでもいいことだ。なぜなら、彼女にとってこんなものはダンスではなく、あくまでも仕事に過ぎなかったからだ。その数分間だけは、足を何度も踏まれさえしなければ、誰の腕に抱かれようとかまわなかった。店にとっても望ましい展開だった。なぜなら、シドニーではどういうわけか騎手の動向は社交界のトップニュースになり、そんな重要な常連客がついてくれることは〈マルコ〉にとって何より大歓迎だったからだ。

しばらくしてダンスのショーが終わると、アローラは着替えてスタンリーのテーブルにやって来た。もしスタンリーがひとりで来ていたなら、もちろんそんなことはしなかったはずだ。マーリーンは有頂天になって彼女を迎えた。スタンリーは最大限に礼儀正しく振る舞い、アローラのために椅子を引いてやった。

「こんばんは、マーリーン、こんなところで会えるなんて嬉しいわ。楽しんでくれてるかしら？」

「ええ、それはもう！」マーリーンは甲高い声でそう答えると、ひどく的外れな発言を熱っぽくまくしたてた。「スタンがこのお店に足繁く通うのも無理ないわ――あなたがフロアで踊ってる姿は、そりゃあ素敵だもの、アローラ！」

アローラはほほ笑みを返した。ウェイターのグスタフが背後の影の中から静かに現れ、どこから出したのかワイングラスをひとつ彼女に手渡した。その手品のような妙技が完了するや、またすっと影の中へ引っ込んだ。スタンリーがアローラにシャンパンを勧めると、彼女は承諾し、スタンリーは顔には出さなかったものの内心喜んでいた。アローラはさらに煙草を一本ねだって、ふたりを驚かせた。

「煙草なんて吸わないと思ってたわ」マーリーンが言った。

「昼間はほとんど吸わないけど、ここでは吸うの。よくないんだけどね。次のショーまでの時間つぶしになるから」

アローラはこれまで一度もスタンリーから煙草を受け取ったことがなかった。もしかすると今回初めて受け取ったのは、マーリーンを楽しませようと努力しているスタンリーを見て、彼にいつもより優しく接してあげようと思ったからかもしれない。アローラはスタンリーに親しみのこもった目を向け、きらめく髪を揺らしながらマーリーンに向かってうなずいた。

「マーリーンを連れて来てあげるなんて、優しいのね、スタン。もっと早くそうすればよかったのに」

「まあ、ほら、わかるだろう」スタンリーは気楽な調子で言った。「マーリーはまだ子どもだし、リル伯母さんが賛成してくれるかどうかわからなかったからさ」

「あたし、子どもじゃないわ！」すかさずマーリーンが言うと、アローラが笑った。

オーケストラはまた演奏を始めていたが、フロアのショーでエネルギーを使った後だからか、少々精彩を欠いていた。何組かのカップルが彼らのテーブルの横を通った。アローラに気づく男性客もいて、そこで立ち止まって期待を込めた色目を送ろうとした。ウェイターたちは徐々にそわそわしだし、客の何人かはすでに帰りかけていた。九時頃には店内は再び平穏になるだろう。そしてまた、新たなカップルや四人組や六人組の客が到着して、ナイトクラブの活気は本番を迎えるのだ。

「アローラ」マーリーンが真剣な声で言った。「スタンと踊って来たらどう？　彼、素晴らしいダンサーなのよ」

「そんなことをしたら、狼の群れの中にあなたをひとりで残して行くようなものじゃないの。絶対にだめ！　あなたたちふたりで踊って来なさいよ、わたしはここに座って、たまには人が踊るのを見ているわ」

マーリーンは、一応アローラに対して礼儀は尽くしたとばかりにスタンリーのほうを向いた。だが今回は、スタンリーはそのサインに気づいてはくれなかった。何かの算段をするかのように、腕時計を見つめていたのだ。

「なあ、聞いてくれないか、マーリーン。ちょっと考えたんだけどさ、夕食の部はそろそろ終わりで、そしたらきみを連れて帰る約束だ。でも、まだ帰るにはちょっと早いだろう？——どうかな、途中でキングスクロスにある別の店に顔を出して行くってのは？」

マーリーンの目は新たな興味にきらめいたが、アローラがすぐに鋭く尋ねた。「別の店ってどこ？」

「ただのナイトクラブだよ、ロー」

「キングスクロスにはナイトクラブがいくらでもあるわ。どんなナイトクラブ？　名前は？」

「〈グリーン・クカブラ〉だ」

「グリーン・クカブラ」アローラはゆっくりと、疑わしそうにその名前を繰り返した。「聞いたことがないわね」

「きみが知らなくても無理はない、そこではダンスショーをやってないから。でも、ちゃんとした店だ——嘘じゃないよ、ロー」

アローラは名前を二度も省略されていることに関しては聞き流すことにした。「どうしてマーリーンをその店に連れて行きたいの？」

「それは……その、ここはちがう感じの店だからだよ。面白い連中が来てるらしいし、バンドの演奏がかっこいいんだ。それに、今の今まで忘れてたんだけど、そこである人と会う約束をしててさ……」

「しまった！」マーリーンもまた、今の今まで忘れていたことを思い出した。不安そうに辺りを見回す。もっとよく見えるようにと椅子から立ち上がった。アローラは驚いて彼女を見ていた。

「どうしたの、マーリーン？　何かあったの？」

「大変！　ここに誰かが来るかもしれないから、見張ってなきゃいけなかったの」

「あなたが？　いったい誰を？」

目を凝らしたまま、マーリーンが答えた。「ああ、あなたの知らない人よ。ミスター・スプリングの依頼人だった女性——ミセス・コーマックっていうの」

「驚いたな！」スタンリーがにやにやしながら言った。「女探偵にでもなったのかい、マーリーン？」

「まさか」マーリーンは吐き捨てるように言って、また椅子に座った。「そんなんじゃないの。ただ、今夜ここへ連れて来てもらうってミスター・スプリングに話したら、それなら彼女が現れないか、気をつけておいてくれって頼まれただけ……ねえ、スタン、一緒に踊ってくれたら、見張りがしやすい——」

「やめとけよ」スタンリーがぶっきらぼうに言った。「そんなことこそした真似、ジミー・スプリングに任せときゃいいんだ」

「わたしもスタンに賛成よ」アローラがぴしゃりと言った。「張り込みなんて、ミスター・スプリングが自分でやるべきだわ。あなたみたいな子どもにやらせるなんて――」

アローラはマーリーンと二歳しか違わなかったが、ときどきその差が十歳も開いているように感じることがあった。世間や、社会の不文律に揉まれながら二年多く積んだ経験は、十年分にも相当するからだ。

マーリーンが甲高い声で言った。「こそこそした真似じゃないわ。それに張り込みでもない。言ったでしょ、ミセス・コーマックはミスター・スプリングの依頼人だったの――つまり、彼女の味方なのよ」

「わかった、わかったわ――全部新聞に出てたもの。でも、やっぱりそんな見張りなんてやめておきなさい。それよりわたしは、スタンがあなたを連れて行きたがってる、その〈グリーン・クカブラ〉ってお店のことがもっと聞きたいわ」

「なあ」スタンリーがすかさず言った。「もっといいことを思いついたよ。聞いてくれ、ロ――――」

「アローラよ!」その名前の持ち主は、少し腹を立てた様子で言った。

「オーケー、オーケー……聞いてくれ、アローラ、きみもぼくたちと一緒に行かないか? 次のショーまで、まだ二時間以上もある。どうだい? 三人でその店に行って――外に車があるんだ――どんなところかちょっと覗いて、一曲か二曲ほどダンスをして、よかったらビールでも飲んでさ。それなら、ぼくが約束の相手と会ってるあいだもマーリーをひとりきりで待たせなくて済む……」

アローラはそっと、だがきっぱりと首を横に振りながら話を聞いていたが、そこでぱたりと動きを止め、それまでとはちがう表情をその可愛らしい顔に浮かべてスタンリーをじっと見た。急に気が変わったのは、車があると聞いたからではない。たしかに自分には時間がたっぷりあり、マーリーンを見守ることができると気づいたからだ。

「わかったわ、スタン、でもわたし、次のショーが始まるまでに余裕を持って戻らなきゃならないの。それにマーリーンだって、そう遅くまで連れ歩いちゃいけないわ」

「もう！」とマーリーンは激しい口調で言った。「いまいましいったら！」怒ったときのお気に入りの言葉だった。「あたしを子ども扱いして！」

「子ども扱いなんてしてないじゃないか！」スタンリーがにっこり笑った。「リル伯母さんが聞いたらどんな顔をするか、想像がつくよ……本当のことを言うとさ、ロー――いや、アローラ――人と会う約束があるって話はさておき、ぼくは本当にマーリーのためを思って言ってるんだ。あの店に行けば、きっとこの子だって楽しいと思う――そうだろう、マーリー？　ここに残っていたって面白くない――同じショーをもう一回やるだけなんだから」

マーリーンは赤毛の頭を激しく縦に振った。「楽しいことなら何でも見たいわ。あたしは普段どこにも出かけないし、今まで何もしたことがないんだから。お願い、アローラ、あたしたちと一緒に行ってよ」

「わかったわよ、わたしも行くわ……それで、あなたが会わなきゃならないっていう謎の人物は誰なの、スタン？」

「ああ、特に誰ってことじゃないんだ」スタンリーはさりげなく言った。「仕事関連の男さ。その店で働いてて、ほかの時間には会えないんだ」

アローラが立ち上がった。マーリーンの椅子にかかっていたジャケットを取って、彼女の肩にかけてやった。「何か羽織って来るから待ってて」彼女はダンスフロアを突っ切って、オーケストラのいる壇の脇のドアへと歩いて行った。その優雅な、揺れるような歩き方を目で追っていたのは、スタンリーひとりではなかった……。

　三人は〈マルコ〉を出て、蒸し暑いジョージ・ストリートへと階段を上がって行った。マーリーンは広くて涼しい地下の部屋を後にしながら、きょろきょろとあちこちを見回した。だが、なかなか姿を見せないミセス・コーマックは、やはりどこにもいなかった。ひょっとすると見逃してしまったのかもしれない、とマーリーンは少しばつが悪かった。が、実はそんな心配は無用だった。ミセス・コーマックはその夜、〈マルコ〉には一度も来なかったのだから。

第九章

外へ出ると、湿度と熱を帯びた空気が毛布のようにまとわりついてきた。ジョージ・ストリートは色とりどりの光で賑やかだったが、星明かりを掻き消された頭上の空は真っ黒だった。遠い海の上では、幾重にも低くかかった雲の裏側で夏の雷が光を放ち、またたいていた。

　スタンリーは女性ふたりを乗せてジョージ・ストリートからパーク・ストリートへとレンタカーを走らせ、そこから市内をまっすぐ横切ってウィリアム・ストリートの長いスロープへ向かった。女性たちは薄いドレスのおかげで涼しかった。だが、ベージュ色のギャバジンのダブルのスーツと派手な蝶ネクタイのスタンリーは、蒸し暑さにぐっしょりと汗をかいていた。

　交通の激しいウィリアム・ストリートの坂のてっぺんに差しかかった。そこはキングスクロスの中の文字通りの交差点《クロス》であり、東側の郊外地域に向かう車がその狭い入口へと集まって来る。スタンリーはそこからスプリングフィールド・アヴェニューへと入って行った。生活感が感じられない細長い建物が並ぶその道を、少し走ったところで車を止めた。

　ずらりと並んでいる建物が一ヵ所だけ途切れており、その隙間から六段ほどの石段を下りた先で路地裏のような道に繋がっていた。そのひっそりとした道の両端に街灯が立っている。道の中ほどで、何もないレンガの壁から飛び出すように、緑色のネオンサインが光っていた。大きな頭と、恐ろしげな大きなくちばしの鳥をかたどったネオンサインだ。頭を高くもたげ、くちばしを大きく開けている。鳥の下には文字が並んでいた。〈ザ・グリーン・クカブラ〉そのネオンサインだけの、人をよせつけない雰囲気のレンガ壁の奥から、くぐもった音楽や賑やかな騒ぎが聞こえてくる。

　アローラは石段の上からマーリーンと並んで、その光る鳥を見下ろしていた。

「へえ、ここなのね。今まで聞いたことのない店だわ」

「何事も経験だよ」スタンリーは満足そうに言った。「さあ、店の中を見に行こう」

　入ってみると、〈マルコ〉と同じような感じの店だった。似たところもあれば、ちがうところもある。似たような玄関。白い燕尾服に身を包んだ、似たようなウェイター長。似たような広く、照明の薄暗い、クーラーの効いた店内には、まぶしいダンスフロアを取り囲む白いテーブルクロスのテーブルと、奥にはオーケストラ用の壇もある。だが、そのダンスフロアではダンサーによるショーはなく、来ている客層も〈マルコ〉と少しちがっていた。ここで伝統的な正装に身を包んでいる男性は、ウェイターとオーケストラのメンバーだけのようだ。オーケストラの団員たちが着ているオフホワイトのタキシードの胸ポケットには、緑色のワライカワセミが描かれていた。ほとんどの男性客は、カジュアルなスポーツシャツに派手なネクタイを締めている。一方の女性たちは、それぞれに好き勝手な恰好をしているようだ。

　ウェイター長はお決まりの礼儀正しい作り笑いで彼らを出迎え、テーブルに案内すると、通りかかったウェイターに向かって指をパチンと鳴らした。三人は椅子に腰を据え、女性陣は興味深そうに店内を見回した。アローラが驚いたことに、ダンスフロアで踊っている人々の中に、何人か〝ボジー（一九五〇年代にオーストラリアで流行した若者文化に傾倒した若い男）〟が混じっていることに気づいた――型破りの、ひどく無感動な若者たちで、みなコーネル・ワイルド（アメリカの映画俳優）を真似たヘアスタイルと、パッド入りの肩から小麦粉の袋のように垂れた短い上着と、裾の折り返しが足首の三インチも上で細く絞られたズボンを穿いていた。スタンリーがあと数年若ければ、同じようにボジー・ルックに身を包んでいたかもしれない。だが、どうやら彼にはその流行の到来はいくぶん遅すぎた。スタンは彼らの年齢を追い越し、すでにいっぱしの大人になっていたからだ。

全般的に見て、〈グリーン・クカブラ〉はきちんと運営されていた――アローラはひと目見てすぐにそう感じ取った――が、常連客の雰囲気は〈マルコ〉よりも自由なようだ。

スタンリーは何か飲もうと提案し、ビールが無難だろうと言った。ところが、注文を取りに来たウェイターは躊躇を見せた。

「六時よりも前に注文をいただきましたでしょうか、お客様？」

「モィー相手に、そんな能書きは要らないよ」スタンリーはうんざりしたように言った。「黙って持って来りゃいいんだ」

だが、ウェイターはまだためらっていた。「大変申し訳ありませんが、六時までに注文がないと――」

スタンリーは途中で遮るように、そんなたわ言は聞き飽きた、世間知らずの赤ん坊じゃないんだぞ、と言った。「何をぐずぐずしてるんだ？　ここじゃぼくはまだ常連じゃないって言いたいのか？」

ウェイターは再度詫びたが、それでも法律は守らなければならないので、と言った。

「おまえにはうんざりだ」スタンリーがだるそうに言った。「オーケー、もういい。うせな」

「何とおっしゃいましたか？」

「うせろ。行っちまえ」

　このときのスタンリーの言葉遣いがずいぶんアメリカかぶれだと、映画やラジオドラマといったメディアを通してさんざんアメリカ俳優の口調を聞かされてきたオーストラリア人が感じたとしたら、スタンの年代全体がそれを懸命に真似し、習得してきたことを忘れてはならない。

「行っちまえってんだ」スタンリーは、ギャングの物真似の成果を発揮して言った。

　ウェイターは肩をすくめ、影の中へ引っ込んだ。壁際に控えていた別のウェイターのそばへ行くと、今のふざけた野郎をどんな目に遭わせてやりたいか、胸の内を小声で伝えた。スタンリーは立ち上がって女性ふたりを見下ろした。

「ここで待ってな、ビールはすぐに持って来させるから」

　それだけ言うと、彼は席を離れ、テーブルのあいだを縫うように店の入口へ戻った。そこではウェイター長が、店内のすべてを掌握しているという様子でじっと立っていた。

「ジョーはいるかい？」スタンリーはほとんど口を動かさずに、その高官にこっそり尋ねた。

「もう一度おっしゃっていただけますか？」

「ジョーだよ。ビッグ・ジョー。今日は来てるのか？」

「失礼ですが、何のことか――」

「モィーの言ったことは聞こえただろう。なら、何のことかわかるはずだ……なあ、あんた。あんたがとんでもないまちがいをしているってことは、すぐにわかる。ビッグ・ジョーのオフィスへ行って、スタン・フィッシャーがここで待ってるって、そう言ってみなよ――いったいどんな答えが返って来るか」

ウェイター長はためらい、疑わしそうな目でスタンリーを見つめた。スタンリーも相変わらず自信たっぷりに見つめ返しながら、落ち着いた声でつけ足した。「ぼくはかまわないんだぜ――ぶっ殺されるのはあんたのほうだからね、ハニー」

玄関ホールのすぐ脇に、ドアのない小部屋があった。ウェイター長は上体を反らすようにその部屋の中に首を突っ込み、指をパチンと鳴らした。すると、中から若い女が出て来た。きれいな顔をした、派手な金髪の娘で、体にぴったり貼りついた黒いドレスを着ている。スタンリーが嬉しそうにその姿を眺めているうちに、ウェイター長は彼女に何やら小声で耳打ちした。

金髪の娘は、玄関ホールの角から延びる狭い通路の奥へ歩いて行った。ウェイター長はダンスフロアの客たちを穏やかなまなざしで眺めていた。そのウェイター長を、スタンリーは冷静なまなざしで眺めていた。やがて娘が戻って来てウェイター長に何かささやいた。スタンリーに向けられた独裁者の態度が瞬時に一変し、彼はへりくだるように言った。「お客様、もしよろしければ、この者の後について奥へお入りください……」

スタンリーとしては、その者について行くことに何の異論もなかった。薄っぺらい黒いドレスの上からでもはっきりとわかる、その素晴らしいボディの後なら、どこまででもついて行きたかった。だが、娘の案内は先ほどの角までだけで、そこから延びる通路の奥に閉まったままのドアがあるのをスタンに指し示した。

「あちらのドアです、お客様。ノックをして、返事があるまでお待ちください」

「オーケー、ベイビー」スタンリーは無頓着に言って、ドアに向かって通路を進んだ。言われたとおりにノックをすると、少し間があって、甲高い声が返って来た。「どうぞ！」

スタンリーは眉根を寄せた。聞き覚えのある声だ、どこかで聞いたことがある。彼はドアを開けた。部屋の中は真っ暗だった。その暗闇の中からさっきの声が愛想よく言った。「ああ！　ミースター・フィーシャー。中へ、どうぞ中へ、ミースター・フィーシャー――入ったら、ドアを閉めて」

スタンリーは何も考えずにドアを閉め、完全な暗闇の中に目を凝らした。突然、声を上げた。「わかった！　あんた、ルヴァンだな！」

「ミースター・ルヴァンだ」相手の声が修正した。

「えっ――イヤー、悪かったな。そう、ミスター・ルヴァン。でも、ぼくはビッグ・ジョーを探して……」

「ビッグ・ジョーだろうと、ミースター・ルヴァンだろうと、かまわないじゃないか？　わたしはきみがここへ来ることは知っていた、何をしに来たかも知っている、そしてきみのお目当てのものはここにある。こっちへ来てくれ、ミースター・フィーシャー。このデスクまで、障害物は何もないから」

スタンリーは声がするほうへ探るように手を伸ばした。こわごわ五、六歩進んだところで、指先が滑らかに磨かれたデスクの平らな天板に触れた。

「どうして明かりをつけないんだ？」

「気まぐれだよ、ミースター・フィーシャー。気まぐれ、わかるかな？　まぶしいと目がとても疲れるんだ。このあいだ訪問したきみの勤め先でも、気づいていたかもしれないが、わたしは黒いサングラスをかけていただろう？……きみが探しに来たものは、このデスクの角に置いてある。持って行くといい、ミースター・フィーシャー――心配要らない、全額そろってる」

スタンリーの探るような手が、積んであった紙幣に触れた。「あった。ありがとう、ミスター・ルヴァン、確認しなくても全額あると信じよう……それにしても、よくわからないな。ビッグ・ジョーを訪ねて来たのに、あんたがここで待っているとは……」

「謎でも何でもないよ、友人のフィーシャー。わたしはただ、友人のビッグ・ジョーに些細な役目を頼まれただけだ」

「なるほど」スタンリーは低く唸りながら紙幣をすくい上げて、ポケットに詰め込んだ。「そうか、あのさ、ミスター・ルヴァン、あんただろうとあんたの友人のビッグ・ジョーだろうとどっちでもいいんだけど、ちょっとした頼みを聞いてくれないかな?」

「ちょっとした頼みだって、ミースター・フィーシャー?」

「スタンって呼んでくれよ。さっきから〝ミースター・フィーシャー〟って呼ばれるたびに、モィーは気持ち悪くてさ」

デスクの奥の男はクスクスと笑った。「わかった、スターンリー。それで、ちょっとした頼みとは?」

「実は、この店のテーブル席に女をふたり待たせてるんだけどさ、ビールを出してもらえないかな?」

「ああ、もちろんいいとも」〝ミスター・ルヴァン〟は心を込めて言った。「友人のビッグ・ジョーも、きっとそのぐらいは、きみたちの言葉で言う〝店からのサービス〟にしてくれるだろう。いや、ちょっと待って――友人とここへ来たと言ったね? レディたちと一緒だと」

「イヤー」

「友人のスターンリー、それは賢明ではないね。二度としてはいけない。ここに来るときはひとりで来るんだ。わかったかい？」

「オーケー」スタンリーは愛想よく言った。「わかったよ。でも、何の危険もない、ごく普通の女の子たちなんだ」

「女というものはね、スターンリー」とデスクの奥の男が真剣な声で言った。「危険でないはずがない。これはビジネスだ。ビジネスと女を混同してはいけない。さあ、彼女たちとビールを飲んで来るといい、ただし長居はしないで。なるべく早く彼女たちを連れて帰りなさい」

「オーケー」スタンリーはもう一度、今度は相手をなだめるようにそう言った。両手はデスクの上に広げて置いていた。その右手が、何か丸くてすべすべしたものに触れた。どうやらテーブルランプのようだ。「それじゃ、どうもありがとう、ミスター・ルヴァン、これで用は済んだよ。ドアまで戻るのに明かりをつけてもいいかい？」

デスクの向こう側で、慌てたようにカーペットを踏む足音が聞こえた。それまでの冗談交じりの甲高い声は急に影をひそめ、より深い、耳障りな声が早口で言った。「そのランプに触れるな！」

「別にいいじゃないか！」驚いたスタンリーが懇願した。「ぼくはフクロウじゃないんだから」

なぜか急に声音が変わった男は、どすの効いた声のままで言った。「その明かりをつけてみろ、フィッシャー、おまえの首の骨を折ってやるぞ！」

スタンリーはさらに驚いた。そして困惑していた。それでも、怖くはなかった。ルヴァンと名乗るこの男、光に対して強烈な嫌悪を抱いているらしいこの男には、前に直接会ったことがあるからわかる。強がって脅迫なんかしたって、恐れるほどの相手じゃない。だが、スタンリーはまだ知らなかった。ルヴァンという男が、別の場所ではアルノーと名乗っていたことを。それから、カルメッツの身に何が起きたのかを――水上警察がハーバーで髭のない男の死体を引き上げたことなど、スタンリーには何の関わりもなかった。

「馬鹿言うなよ！」スタンリーは何も考えずに言った。「その面《つら》、もう一度拝ませてもらうぜ」

この場ではそんなしゃべり方をしてもかまわないような気がした。なぜなら、彼流の言い方をするなら、今はこっちがルヴァンより〝格上〟になったからだ。おれはやつらに役立つ働きをして、ビッグ・ジョーから報酬をもらった。これでおれもやつらの立派な一員だ。

スタンリーはランプをつけた。

一瞬、デスクの椅子が空っぽなのが見えた。誰もいない。そう思った瞬間、世界が爆発したように感じた。彼の後頭部に何かが恐ろしい威力で打ちつけられたのだ。彼はデスクによりかかり、カーペットの上に崩れ落ちた。

ルヴァン、別名アルノーは、顔をしかめてスタンリーを見下ろした。「頭の悪い若造め！」怒りのこもった低い声でささやく。「おまえの始末を、いったいどうしたらいいんだ？」

何も出て来ないテーブルで、マーリーンとアローラは座ったまま待ち続けていた。マーリーンは焦りを募らせ、アローラは焦りに加えて、ある別の感情もむくむくと湧いていた。

「何がほんの数分よ」マーリーンがぶつぶつと言った。「あとどのぐらいかかるのかな？」

アローラも、その答えが知りたいと言った。「と言っても、スタンと一緒にいるのがたまらなく好きだからじゃないわ、早く帰って来てもらわないとわたしたちが困るからよ」

その発言の意味は、若いマーリーンには理解できなかった。「どうして？」

「それはね、お嬢さん、ふたりだけでこんなふうに座っていたら、男に誘われるのを待っているみたいに見えるからよ」

「アローラったら！」マーリーンは怒ったように息をのんだ。すると、不謹慎にもゲラゲラと笑いだした。「そうなったら、スタンリーにはいい気味よ」

「面白くない冗談ね」アローラは真面目な顔で言った。手鏡を取り出すと、自分の髪や化粧を確かめた。「男が誘って来る目的なんてひとつしかないわ。そして世の習いとして、素敵な言葉を並べるやつほど、心の中は狼なのよ、まちがいなくね……スタンリーったら、いったい何を企んでるのかしら。彼の言うとおり、ここはきちんとした店らしいから、酒を出せって駄々をこねて店と揉めてるんじゃないかしら」

「それなら、揉めることないのに。あたしはこれ以上飲みたくない、踊りたいの」

「ええ、そうよね。でも、スタンはそういうのが好きなのよ、いい恰好をしてみせるのが。まるで成長しきれなかった子どもみたい――」

アローラはそこで口をつぐんだ。鏡越しに、後ろから男が近づいて来るのが見えたのだ。明らかにこのテーブルに向かって来る。若い、体の大きな男だ。レスラーのような肩と、無表情ないかつい顔をしている。マーリーンはまだ気づいていないらしく、アローラの美しい顔に見惚れている。

「おや、おや、おや……こんなところで〝ボー・ピープ〟に出会うとは！」

「ほらね！」アローラは鏡をしまいながらささやいた。「さっそく声をかけて来たでしょう？」

マーリーンは顔を上げて仰天した。地味だがきちんとした青いスーツと白いピンストライプのシャツを着たビル・ウェッソンが、彼女を見下ろして立っていた。

「こんなところで何をしてるんだ、ボー・ピープ?」

マーリーンは落ち着きを取り戻した。「あら、いちゃいけないの? あんたこそ、こんなところで何してるのよ?」

「別に」ビルが言葉少なに答えた。彼の視線はしばらくアローラのほうに向けられたが——彼女を見て、この状況に急に興味が湧いたらしい——再びマーリーンのほうを向いた。「ボーイフレンドと来なかったのか?」

「もちろん、ボーイフレンドも一緒に決まってるじゃない。少なくともあたしは……いえ、ふたりとも……」怒りのあまりしどろもどろになったマーリーンの表情を見て、アローラがほほ笑んだ。

「そら、大きく息を吸って、もう一回最初から説明してみな」とビル・ウェッソンが促した。

「どうして説明しなきゃならないの? あんたに何の関係があるのよ?」

「児童と幼児の保護のためだ」ビル・ウェッソンが口先だけの返事をした。

「児童ですって!」マーリーンは火を噴かんばかりに怒っていた。

ビルは視線をまたアローラに向けて、かすかに顔をしかめた。「あんた、知った顔だな。前にどこかで見たはずだ……たしか、マルコの女《ガール》のひとりじゃないか?」

「誤解されそうな言い方ね! 〝マルコ・ガールズ〟の一員だけど、悪い?」

「いや、そういうわけじゃないが。なんでこんなとこにいるんだ? 今夜は仕事を休んだのか?」

アローラはビルを見上げてほほ笑んだ。すぐに彼の人柄を見抜き、狼ではないとわかった。「やけに質問ばっかりする人ね」

「この人、質問するしか能がないのよ！」マーリーンが興奮気味に言った。「刑事なんてやってるから、そうなっちゃうのかも」

「へえ！　刑事さんなの？」

「そう。ＣＩＢだって——本人によれば」

「あら、マーリーン、あなたにＣＩＢのボーイフレンドがいたなんて知らなかったわ」

「ボーイフレンドなんかじゃないわよ」マーリーンは怒ったように言った。「こんな人、誰かからプレゼントされてもお断りだわ。ミスター・スプリングに会いに事務所に来るだけよ」

「それで思い出した」まったく動じることのないビルが言葉を差し挟んだ。「ジミー・スプリングも来てるのか？」

マーリーンが彼を睨みつけた。「あたしが知るわけないでしょう？　あんた、質問する以外には何も言えないの？」

「言えるさ」ビルは優しく応じた。「おまえ、やっと口紅を変えたんだな。ずっとよくなった。似合ってる」

たしかに、マーリーンはより適切で自然な色合いの口紅を新たに買ったし、そうしようと思ったきっかけがビル・ウェッソンの歯に衣着せぬ感想だったことはまちがいない。だが、ほかの女性の面前でそんな恥ずかしい事実をさらしてしまうとは、いかにも気の利かない男だ。ところが、ほかでもないマーリーン自身が、幼稚な反応でますます自分の内面をさらけ出してしまった。

「別に、あたしが口紅を変えたのは、あんたとは全然関係ないんだからね！」

テーブルの前に立ち止まってから初めて、ビルは顔の筋肉を動かした。マーリーンに向かって愛想よくほほ笑みかけ、隣の友人を紹介してくれと言ったのだ。

「彼女のほうが嫌がるかも」マーリーンは高慢な口調で言った。

「仕方ないわね、わたしはいいわよ」とアローラが言った。今夜のアローラはよくほほ笑むとマーリーンは思った。

「そう？　あなたがそう言うなら……アローラ、この人はウェッソン刑事よ。ウェッソン刑事、こちらはミス・テレイ」

「初めまして」アローラとビルが声をそろえて言った。「これでお知り合いね」アローラは続けて言った。「そこに座って、しばらく一緒にいてちょうだい」

だが、ビルはスタンリーの座っていた椅子の背に両手を置いたまま、座ろうとしなかった。「ボーイフレンドたちはどうした？」

「ほらね？」マーリーンが大きな声でアローラに訴えた。「この人、いやな質問しかできないのよ」

ビルは穏やかな口調で言った。「邪魔者になりたくないだけだ」

「邪魔なんかじゃないわ」アローラが言った。「マーリーンの言ってたことは不正確なの。わたしたち、ふたりともボーイフレンドと来たわけじゃないわ、マーリーンだけよ」

「へえ！　やっぱりボーイフレンドがいるんだな、ボー・ピープ？」ビルは椅子に座った。

「あのね」怒りを取り戻したボー・ピープが言った。「あたしの名前はマーリーンよ。マーリーン・シムズ」

「オーケー、オーケー。おれにはボー・ピープにしか見えないけどな」

「それから、スタンはあたしのボーイフレンドじゃない、今夜遊びに連れて来てくれただけ」

ビルはそれには何も言わなかったが、アローラには彼が納得したように見えた。

「ミスター・ウェッソン、今夜はお仕事でいらしたの？」

「まあね」

「あら、どういうこと？　この店をガサ入れしようとしているとか？」

「いや。ガサ入れされるような店なのか？」

「わたしにはそんなことわかるはずもないわ、初めて来たんだもの。わたしの見た限りでは、何も悪いところはなさそうよ——あそこの男の子たちの髪が長すぎるぐらいかしら」

ビルはアローラの言う〝あそこの男の子たち〟——先ほどの〝ボジー〟——の実例をひとり、ふたり観察した。「あの中には、いずれ髪を切ることになるやつもいるだろう」彼は不気味な予言のように言った。「いやでも短く刈るはめに」

「ガサ入れじゃないけど仕事で来ているっていうのなら、それはいったいどんな仕事なの？」

「ボー・ピープを見守ってやることだ……よし、今度はこっちが訊く番だ。スタンとかいう男が、あんたを楽しませてやろうとこの店に連れて来たと言ってたが……」

「わたしじゃないわ。マーリーンよ」アローラはこれまでの経緯を説明した。「わたしはマーリーンがひとりにならないようについて来ただけ」

「じゃ、あんたもあの子の守護天使ってわけか。まあ、ふたりぐらいついててやらないと危なっかしいからな。それで、そのスタンってやつはどこへ行った？」

「こっちが知りたいわ。仕事関連で誰かに会わなきゃならないって言ってたの。ほんの数分で戻って来るって。もう二十分経ってるわ」

ビルは興味を持ったようだった。シドニーのナイトクラブでほんの数分で終わる仕事など、完全に合法な類のものとは思えなかったからだ。スタンの言った数分の用が長引くことはもちろんあるだろうが、このふたりの話を聞く限り、長く放っておかれるとは思いもしなかったようだ。

「二十分か」彼は考え込んだ。「何があろうと、女を待たせておくには長すぎるな。そのスタンってのは何者だ？　保険のセールスマンか？」

何人かの輸入業者が共同経営している会社で、スタンは比較的重要でない立場の事務員をしている、とアローラが説明した。

「そうなのか？　それならきっと、今夜の夜遊びだけで一週間分の稼ぎが飛んだことだろうな。〈マルコ〉とこの店をはしごしたんじゃゃ……仕事の話っていうのは、どういう――？」

「知らない」マーリーンが不機嫌そうに言った。「そんなの、わからないわよ。何かあったんじゃないかって心配してるだけ」

「二十分か」ビルはもう一度そう言ってから立ち上がった。「そううろたえるなよ、ボー・ピープ、ちょっと訊いて来てやるから」

「ああ、よかった！」アローラが小さく漏らした。彼女にとっては、スタンが永遠に帰って来なくてもどうということはなかった。「正義の味方、ＣＩＢが助けてくれるのね」

ビルはその発言を無視した。「そいつは最後にどっちへ向かった？」

「あの奥へ入って行ったの。その前に、入口でウェイター長と話してたわ」

ビルはいつものように、同席者を戸惑わせるほど唐突にその場を立ち去ると、行方をくらましたスタンリーを探しに行った。

スタンリーは見つからなかった。その代わりに、ちょうど外から玄関ホールに入って来た興信所の探偵、ミスター・ジェイムズ・ソーントン・スプリングにばったり出くわした。ふたりはすでにその夜、同じ人物を探して別のナイトクラブでも顔を合わせていた。

「やあ、また会ったな」ジミー・スプリングが言った。「きみもここに来るとは思ってなかったよ」

「見つかったか？」ビルはぶっきらぼうに尋ねた。

スプリングは顔を曇らせて首を横に振った。朝からずっと着ているはずなのに、淡い色のギャバジンのスーツにはしわもなく、型崩れしていなかったが、スプリング本人は少し疲れているようだった。

「そっちもまだ見つけられていないようだね？」

「ああ。それに、ここにも来ていないことがわかった」

「いやな予感がするな、ウェッソン。だんだん雲行きが怪しくなってきた」

「だんだん？」ビルが険しい声でスプリングの言葉を捉えた。「もう何日も前から怪しいままだ」

「おや！」スプリングはドアから店内を覗き込んでいた。「あそこにいるのは、マーリーンじゃないのか？」

「そうだ。ボーイフレンドを見失ったらしい。ちょうどそいつを探しに行くところだ」

「なんでここにいるんだ？　たしか〈マルコ〉に行くって言ってたのに」

「〈マルコ〉にも行ったそうだ。その後で来たんだ」

「マーリーンと一緒にいる、あのすごい美人は誰だい？」

「アローラ・テレイって娘だ。〈マルコ〉のショーガールだよ」

「ずいぶんと可愛らしい、魅力的な子だね」ジミー・スプリングはアローラを誉めた。「目の保養になるよ……ちょっと待て、マーリーンがボーイフレンドを見失ったって、どういうことだい？」

ビルが手短に説明すると、スプリングは不思議そうな目で彼を見た。「つまり、きみは義侠の騎士の役目を買って出たわけか。まさか、きみがそんなことをするとはね」

ビルはその発言を無視し、ウェイター長にこっちへ来いと呼びつけるように指を曲げて合図した。その独裁者は、普段であればそんな不作法で横柄な召喚に応じることなど考えもしないのだが、その刑事の目からは、今回ばかりはおとなしく従ったほうがいいと思わせるものを感じたらしい。ビルは前置きなしに核心に迫った。

「よく聞け、ドン・ジョヴァンニ、初めにはっきり言っておく。おれはウェッソン――ＣＩＢの刑事だ」

「何かご用でしょうか？」ウェイター長は、酒の注文は六時までという例の規則を頭に浮かべ、礼儀正しく応対した。ＣＩＢには礼儀正しく接しておくに越したことはない。

「あそこにふたりだけで座っている娘がいるだろう？」

「はい」

「あの子たちを連れて来た男を覚えてるか？　ちょっと前にあんたのところへ行って、何か話してたらしいじゃないか」

「はい、覚えています。はっきりと覚えています」

「へえ、はっきりと？　どうして？」

「その方は注文時刻を過ぎたのに酒を出せと、それはしつこく要求なさいましたから」

「むろん、酒は出さなかったんだろうな？」

「はい、出しませんでした」

「オーケー、信じるよ。それで、彼はどうなった?」

「どうなったか、とおっしゃいますと?」

「あの子たちが言うには、あんたと話をした後、どこかへ行ったらしい。まだ戻って来ないんだ」

「どうされたのかは、わたしには何ともお答えしかねますね。ひょっとすると、〝紳士用化粧室〟にいらっしゃるのでは?」

「おかしな呼び方をするものだな」ビルが素っ気なく言った。「じゃあ、その〝男の化粧部屋〟とやらに案内してくれ」

ウェイター長が腕を伸ばして指し示した。「あちらです、お客様、玄関ホールの奥の左手に――」

「おれは案内してくれって言ったんだ!」ビルが低く唸るように言った。

ウェイター長はふたりを従えて玄関ホールを横切り、婉曲的な呼び名の紳士用化粧室へ連れて行ったが、スタンリーがどこかで化粧直しをしていたとしても、そこにはいなかった。

「もしかすると、その紳士は店の外へ出て行かれたのかもしれませんね」玄関ホールへ戻ったところで、ウェイター長が言った。

「もしそうなら、そいつは紳士じゃないな」ビルがぼそぼそと言った。「若い女をふたりきりで放って行くなんて――」

ジミー・スプリングが指をパチンと鳴らした。「その男の特徴は?」彼はビルに尋ねた。

「知らない、おれはそいつを見てないからな。あんたが答えろ、エラスト（新約聖書に登場するコリントの会計係の名前）」

ウェイター長がスタンリーについて、かなり正確に描写するのを聞いて、スプリングが言った。

「ウェッソン、もしかするとわたしはついさっき、その男を見かけたかもしれないぞ。外に駐まっている車の中にいた。寝ているのかと思ったんだが、もしかすると……一緒に見に行ってくれないか?」ウェイター長に向かってつけ足すように言った。「すぐに戻って来るよ、カルロス」

「わかりました、ミスター・スプリング」

ビルはふたりの男を交互に見た。「あんたら、知り合いだったのか?」

「ええ、そうです」ようやく誰かに本名を呼んでもらえたウェイター長が言った。「当店の者はみな、ミスター・スプリングのことはよく存じております」

「わたしは活動範囲が狭くてね」スプリングが説明した。「この店には、夜になるとよく顔を出すんだ。暑さや湿気から逃げ出すには一番手近な店だからね。カルロスの言うとおり、みなわたしのことをよく知ってくれている。ついでに言えば、ウェッソン、わたしもこの店のことをよく知っている――きちんとした店だよ」

「なるほど。それで、外に何があるって?」

「きみの探してる男だよ――たぶんね」

ふたりは外の路地に出た。上から緑のワライカワセミが光を浴びせ、ふたりを青白く照らした。小さな通りは人影もなく静まり返り、キングスクロスの喧騒が遠くからくぐもって聞こえていた。ジミー・スプリングはビルを連れて階段をのぼり、スプリングフィールド・アヴェニューへ出た。そこにスタンリーが借りた車が駐まっていた。そしてその車の中で、まるで運転席で眠り込んでいるかのようなスタンリーを発見した。

第十章

ビル・ウェッソンが車のドアを力任せに開けた。「おい！」

スタンリーはぴくりとも動かない。聞こえないらしい。

「彼、大丈夫なのか？」スプリングが不安そうに尋ねた。

ビルはスタンリーのぐったりとした体に触れ、車内の匂いを嗅いでみた。「大丈夫だ」ビルは肩越しに素っ気なく答えた。「スイッチが切れたように気を失ってるが、酒を飲んだせいじゃないようだ。手を貸してくれ、スプリング、店に連れて行こう」

ふたりはスタンリーを車の中から引きずり出して〈グリーン・クカブラ〉に運び込むと、長い受付カウンターの裏の床の上に寝かせた。ビルは先ほどの金髪女性にマーリーンとアローラを呼びに行かせ、ウェイター長にはブランデーを持って来るようにと指示した。当然ながら、その偉大なる男は酒など取りに行かなかった。ただ指をパチンと鳴らし、部下を走らせた。その全員がほぼ同時に戻って来ると、玄関ホールに小さな人だかりができた。

「スタンよ！」マーリーンが金切り声を上げて、刑事の横に膝をついた――ジミー・スプリングはなぜか急に姿を消していた。

「そうか」ビルが短く言った。「やっぱりこいつがスタンなんだな――それさえわかれば、もういい」

「アローラ！　スタンがいたわ！　怪我をしてるみたい……」

「こいつなら大丈夫だ」ビルが冷たく言い放った。「さあ、どいてくれ、ボー・ピープ。手当てするから」

マーリーンはビルのことなど眼中になかった。彼の言葉も耳に入らなかった。そこに膝をついたまま、怯えた目を大きく開けてスタンリーの青白い顔を見つめていた。アローラが彼女の肩を抱いて連れて行かなければ、いつまでもそうしていたかもしれない。ビルはスタンリーの喉にブランデーを流し込もうとして彼の首を持ち上げ、頭にたんこぶができていることに気づいた。

そのとき、ジミー・スプリングが再び現れてウェイター長に向かって何か言うと、ウェイター長は集まっていた客にレストランの中へ戻るよう誘導し始めた。ボジーどもはひとりも出て来ていなかった。彼らは殺人だの暴力だのには何の興味もないのだ。店に来る目的は明らかにただひとつ、踊るためであり、彼らはすべてを忘れて踊りに没頭していたのだった。スプリングは人混みを掻き分けてカウンターへ近づき、マーリーンの隣へ到着した。

「ミスター・スプリング！」

「こんばんは、マーリーン。やっぱりこの人がきみのボーイフレンドだったんだね」

「そうだけど、どうして……いったい……？　あなたがスタンを知ってたなんて――」

「知っているも何も」スプリングが厳かな口調で言った。「彼を発見したのはわたしだぞ……さあ、落ち着いて」スプリングはなだめるようにつけ足した。「彼の怪我、大したことはなさそうだから、じきに気がつくと思うよ。わたしに訊きたいことはあるだろうが、ちょっと待っててくれ。ウェッソンと話がしたいんだ」彼はカウンターの裏側へ回り、ビルの隣にしゃがんだ。「彼、どんな具合だ？」

「こいつの後頭部を触ってみろ」ビルが言った。

スプリングは言われたとおりスタンの頭に触れると、口笛を吹くように唇をすぼめた。「殴られたのか！」

「ああ。あんた、ここはきちんとした店だって言ってなかったか？」

「きちんとしてるとも。どうしてこの店の誰かが殴ったなんて思うんだ？　外に駐めた車の中で発見したんだぞ――誰にも見られずにこのホールを通って、気を失った男を店の外まで連れ出せると思うかい？」

ビルはその主張を認めた。「たしかに、あんたの言うとおりかもしれない」

「当たり前だ……さて、どこか人の少ないところへ移動させたほうがいいだろう。きみは彼の頭を持ってくれ。わたしは足を持つから。奥へ案内するよ」

「奥ってどこだ？」

「奥のオフィスだよ。すぐそこだ。あんたもこの男に訊きたいことがいくつかあるんじゃ――」

「あるに決まってるわ！」マーリーンが、カウンターの向こう側から怒ったように言った。「その人の得意技なんだから――人を質問責めにするのが」

ビルはその発言を無視した。彼がスタンリーの肩を抱え、スプリングは足首を掴んで、ぐったりとしたスタンリーの体をふたりで玄関ホールの奥の角へ、そこから通路の先のオフィスへと運んだ――そこはスタンリーがアルノー、別名ルヴァンと会い、悲惨な結果に終わった部屋だった。ドアは閉まっていたが、彼らが近づくと、誰かが内側から開けた。

後ろ向きに歩いていたビルが、マーリーンたちに指図するように頭を振った。「おまえらふたりは……あんたじゃないよ、アルフォンソ」――最後のは、葬列について来ようとしていたウェイター長に向けた言葉だ――「おまえらふたりはこの部屋の外に立って、誰も中に入れるな」

ウェイター長は肩をすくめて、ついて行くのをやめた。ビルが後ろ向きのまま、開いたドアの中へ入って行くと、女の声が聞こえた。「ごめんなさい、この部屋には寝かせられるような家具が何もないの。でも、カーペットはわりと柔らかいと思うわ」

柔らかいどころではなかった。オフィスのカーペットは贅沢そのものだった。スタンリーをカーペットの上に降ろすと、ビルは声の主を確かめようと振り向いた。大きなぴかぴかのデスクの脇に立っていたのは、すらりと背が高く、曲線的な体のラインの美しい女性だった。黒っぽい髪、黒っぽい瞳、滑らかでしっとりとした肌。若い盛りは過ぎているが――四十近くだとビルは推測した――しなやかな体形を保ち、出るべきどころは出て、引っ込むべきところは引っ込んでいた。大きな黒い瞳がきらめいている。鮮やかな緑色のイヴニングドレスが豊かな乳房の膨らみを強調し、アローラとマーリーンがうらやましくてため息をつきそうな宝石が、彼女の首と両手首と指の何本かを飾っていた。

彼女は堂々と自信たっぷりに立ち、値踏みするようなビルの目を静かに見つめ返していた。「何か持って来ましょうか……ブランデーはどうかしら……」

「いや」ビルがぶっきらぼうに言った。とは言え、その女が誰であれ――すぐに聞き出すつもりではあったが――彼女の態度には妙な感謝を覚えていた。あれこれ質問したり、無駄な憶測をまくしたてたりしないからだ。「ブランデーならさっき飲ませた。後は、昔ながらの〝ワン・ツー〟で目を覚ますだろう」

ビルが披露した昔ながらの〝ワン・ツー〟というのは、両頬を強く平手打ちすることと、目を覚ませと叱咤激励することの組み合わせを指しているらしかった。マーリーンは思わず、その方法はあまりにも乱暴すぎるのではないかと声をかけた。だが、どうやら効果的な手法ではあったらしく、数分後にはスタンリーにかすかな反応が見え始めた。すると、スプリングは空いたグラスをビルに手渡し、デスクの後ろのキャビネットからデキャンタを持って来て、そのグラスにブランデーを注いだ。

「このタイミングで飲ませたほうがいい、意識を取り戻しかけているところに」

「オーケー、ドク」ビルは低くつぶやいて、従うことにした。スタンリーの唇にグラスを近づけた。ブランデーはほとんどスタンリーの顎へこぼれ、派手なペイズリーの蝶ネクタイにしたたり落ちたが、ほんの数滴は食道へと流れ込んだ。スタンリーはそれを弱々しく飲み込んでむせ、痛そうに頭を動かした。

「スタン！」マーリーンはそう叫ぶと、彼の横にしゃがみ込んだ。

ジミー・スプリングが彼女を抱き起こして近くの椅子に座らせ、諌めるように指を振って見せた。スタンリーは目を開け、自分を見下ろすようにしゃがみ込んでいる刑事に向かってぼんやりと瞬きをした。緑色のドレスの女性が、ゆっくりと、しなやかに歩いて来て、ビルが伸ばした手からブランデーのグラスを受け取った。ビルはスタンリーの上体を起こして座らせ、しっかりしろと低い声で呼びかけた。スタンリーはビルからマーリーンへ、アローラへ、そしてまたビルへと視線を移した。さらに何度か瞬きをして、立ち上がろうとした。ビルが手助けをして立たせた。スプリングは椅子をそばまで持って来てやった。スタンリーはその椅子によろけるように腰を下ろし、部屋の中を見回した。その視線はデスクと、その隣に立っている女性の上で、いくぶん長く留まった。

ビル・ウェッソンはスタンリーの意識がはっきりするまでしばらく待ってから、鋭い口調で問いかけた。「オーケー、若造、何があった?」

「殴られた」スタンリーはまだ朦朧とした様子でささやいた。

「ああ、それは知ってる。誰に殴られた?」

スタンリーは何かつぶやいた。〝ジョー〟と言ったように聞こえた。

「ジョー?」ビルが訊き返した。「ジョーって誰だ?」

スタンリーは答えなかった。とろんとした視線がもう一度、部屋の中をさまよった。戸惑ったように、緑色のドレスの女性を見つめた。

「ジョーって誰だ?」ビルは顔をしかめながら、重ねて訊いた。

「彼、ジョーなんて言わなかったぞ」スプリングが言った。「〝知らない《ドント・ノー》〟って言ったんだ」

ビルが疑わしそうに低く唸った。スタンリーは頭がズキズキと痛みだし、激しい吐き気に襲われた。明かりを避けようと片手で目を覆った。椅子から前へ倒れ込みそうになったところを、ビル・ウェッソンのたくましい腕が抱き止めた。

「ああ！　気分が悪い……」

マーリーンがまたしても床に膝をつき、彼の椅子の肘掛けのそばに座り込んだ。スタンリーの腕の代わりに、その肘掛けをぎゅっと握り締める。

「スタン、いったい何があったって言うの……?」

「いい加減にしろ!」ビルが腹を立てて叫んだ。「そうやって飛びつくのはやめろ、ボー・ピープ!」

ジミー・スプリングがまたしても彼女を抱き起こし、椅子に連れ戻した。ビルはスタンリーのネズミのような髪を乱暴すぎない程度に引っぱって、がっくりと垂れていた首を起こした。

「ほら、若造、しっかりしろ……よし。事情を話してもらおうか。誰に殴られた？」

スタンリーは床を睨みつけた。まだひどく気分が悪かったものの、頭は急速にはっきりしてきて、彼は大急ぎで考えを巡らせていた。そうか、ようやく自分の置かれた窮状が理解できたぞ。頭を素早く、必死に働かせる。

〝やつら〟に協力すると約束したとき、任務が完了したら、この店のビッグ・ジョーを訪ねろ、仕事に見合った報酬を必ず支払ってくれると、髭の男から言われていた。そして今、彼は頼まれた任務をやり通した。禁制品の入った小包をひとつ、正規の輸入品に混ぜて税関をくぐらせ、それを受け取りに来た男に引き渡した。ルヴァンと名乗っていた男だ……スタンリーの頭の回転がふと止まった。こうして思い返してみると、あのときの男はルヴァンとは名乗らなかった。ミスター・ルヴァン宛ての荷物を取りに来たと言っただけだ。彼の名前が何なのか、まるでわからないじゃないか……まあ、何にしても、自分は頼まれたことをやった。それから、ビッグ・ジョーに会いにここへ来て、あのウェイター長のやつとちょっとした諍いになった後、オフィスに通された。おそらくは、この店の経営者のオフィスに。このオフィスに。ただし、ビッグ・ジョーはいなかった。代わりにルヴァンが暗闇の中で待っていて、そいつから金を受け取った——約束の報酬は新札で五十ポンドだった。そしてあの金は、まちがいなく新札で五十ポンドだったと信じている。その後、ふとした好奇心からつい明かりを——きっとデスクの上の、あのランプだ——つけてしまって、次の瞬間……。

そう、次の瞬間、殴られたのだ。それ以上は何も覚えていない。何か固くて重いもので殴りつけられた。ひょっとすると、デスクに載っているあのヌードの像かも知れない——明かりをつけて一瞬だけデスクの上が見えたときには、あんな像はなかった気がする。とにかく、それが彼の覚えているすべてだった。とは言え、今自分を見下ろすように立っているこのでかい男――まちがいなく刑事だ――に、そんな話を聞かせるわけにはいかない。何がなんでも、警察には隠し通さなければならない。これは後で直接〝やつら〟と話をつけるべき案件だ。こんな目に遭わせやがって、〝やつら〟を見逃してたまるか。

そのとき、恐ろしい考えが頭に浮かんで、スタンリーは即座に胸の内ポケットに手をやった――そしてそこでぴたりと止まった。おそるおそる刑事を見上げたが、手はポケットに貼りついたままだった。刑事のほうは、当然ながら、スタンリーの手の動きを興味深く観察していた。

「何か失くしたのか?」

スタンリーは思わず瞬間的に動いてしまったことを後悔した。が、今さらその動きをごまかすのは無理だと判断し、力の入らない手でポケットから財布を取り出した。中身を確かめるふりをしながらも、財布に触れた瞬間から、あの金がなくなっていることはわかっていた。

「財布の中身を盗まれたのか?」ビルが尋ねた。

「イヤー。ほとんど持って行かれた」

「なるほど」ビルはうなずき、さらに顔を近づけて財布を覗き込んだ。「家まで帰り着けるように、二ポンドだけ残してくれたらしいな。親切なことだ。元はいくら入ってた?」

スタンリーは答えをためらい、いくらぐらいと言えばいいのだろうと考えた。

「正確にはわからないけど、六ポンドか七ポンドぐらいは残ってたんじゃないかな」

「被害額としては小さいな。だが、金額の問題じゃない。さあ、何があったか教えてくれ。手だてを考えるから」

スタンリーは窮地に立たされていた。何があったか教える。それだけは何があってもできない話だ。ある程度の事情までは言ってもかまわない。殴られて、金を取られたことぐらいなら。だが、絶対に話すわけにいかないのは、殴られて金を取られた現場が、今いるこの部屋だったことだ。そんなことを言ったら、どうしてこの部屋に入ったのかと訊かれるに決まっている。そう言えば、あの緑色のドレスの女はいったいどこから来たんだ？　何者だろう？　あのときはここにいなかったはずだ――それとも、いたのか？　あのときもこの部屋にいて、だからこそランプの明かりをつけたとたん――？

ビル・ウェッソンの声にびっくりして、ひどく居心地の悪い現実に引き戻された。

「さっさと話せ、ひと晩じゅうぐずぐずとあんたに付き合ってられないんだ。具体的に、何がどうなった？」

スタンリーは懸命に視線を上げて、刑事の顔を見た。何もわからないふりをしろ。スタンにはそれしか道はなかった。ゆっくりと、少し苦しそうに言った。「そこなんだよ。わからないんだ。何も思い出せない」

「じゃあ、思い出すのを手伝ってやろう」スプリングが申し出た。「よく聞いてくれ、スタン。きみはテーブル席を立って、こちらのレディたちをほったらかしにして、ウェイター長のカルロスと話をしに行った。彼に頼んで酒を出してもらおうとしたが、どうにもならず、店の外へ出た。きっと自分の車に戻ったんだろうね、発見したとき、きみは車の中にいたんだから……どうだい、思い出さないかい？」

スタンリーはスプリングのほうへさっと顔を向けた。そのせいで頭痛が走ったが、彼の顔には一気に感謝の念が広がっていた。もしその表情に気づいていたなら、親切なジミー・スプリングも驚いたにちがいなかった。スタンリーは、自分が車の中で発見されたと聞いてびっくりしたものの、これ幸いとその話に合わせることにしたからだ。

「イヤー。イヤー、そのとおりだ、きっとぼくはそうしたんだ」それだけ言うと、また声がしぼんだ。「けど、はっきりとは覚えてない。たしか、ウェイター長と話をして――」そこで口をつぐんで、ビルを見上げた。「酒を出してくれと頼むだけなら、違法じゃないだろう?」

ビルは無感情にスタンリーを見つめた。「違法だが、まあ、聞き流しておこう。結局断られたんだろう? あんたにとっても店にとっても結果オーライだな」

「とにかく、酒を出してもらえなくて、それで車に戻ったんだ。車の中にビールが二本積んであったから」彼は間を置いてから暗い声で言った。「話はそれだけだ。それ以上は何も覚えてない」

ジミー・スプリングは艶やかな黒っぽい髪をくしゃくしゃと掻き上げた。「その後、何があったのかは、簡単に推測できそうだな、ウェッソン。そこにほかの誰かが、ひょっとすると浮浪者でも通りかかったのかもしれない。スタンはそいつを見ていなくても、相手はスタンが車まで行って中を覗き込むのを見ていた。車が駐まっていた辺りもそうだが、キングスクロスから少し離れると、スプリングフィールド・アヴェニューはかなり暗くて人通りも少ない。それに乗じて、誰かが暴行と窃盗を試みたのだろう」

「かもな」ビルがつぶやいた。「そうかもな……」

実のところ、ビルはスプリングの言うとおりだと思っていた。こんなのはよくあることで、シドニーのどこかで必ず毎晩起きるだけでなく、昼間でも起こり得た。そもそもビルにとって、こんなのはどうでもいいことだった。その夜はほかの件に関心が向いていて、スタンリーも、スタンリーに起きた災難も、いまいましい妨害でしかなかったからだ。実のところ、羊飼いの羊ならぬ、エスコートを見失ったと泣いているボー・ピープに出くわさなければ、今ごろは……。

ボー・ピープは、怒りのこもった目で彼を見ていた。ボー・ピープのやつ、おれを見るたびに腹を立てずにはいられないらしい、とビルは内心でにやりと笑った。

「それで、これからどうするつもりなの？」

マーリーンの質問の裏には、不安が見え隠れしていた。スタンがこの店に来るとき、ある男に会うと言っていたことを思い出し、その謎の男がこの惨劇と関係があるのではないかと心配していたのだ。言い換えるなら、スタンはいったいどんな厄介事に首を突っ込んでしまったのだろうかと考えていた。

ビルは考え込むように頭を掻いた。その困ったような、単純で自然な仕草を見て、マーリーンは思わず自分の頑なな心が溶けていくのを感じた。このCIBの男が、いかにも刑事だと言わんばかりにずかずかと興信所にやって来てからというもの、彼はマーリーンにとって潜在的な敵でしかなかった。それはシドニーでは珍しい考えではなかった。なぜなら、法と秩序の番人に対するシドニー市民の態度というのは、たとえばロンドンとは異なり、むしろニューヨークに近かったからだ。だが今、この瞬間だけは、彼女はこの刑事に親しみを感じていた。

ビルはマーリーンに答える代わりに、ぐったりしているスタンリーに声をかけた。「それだけの情報じゃ、調べようがないな、え？　あんた、フルネームは？」

「ウィリアム・スタンリー・フィッシャー」

「住所は？」

「ベルヴュー・ヒルの〈ダニーン〉」

「勤め先は?」

「〈マーカンティ・ブラウン・アンド・ユーエル〉社」

「どこのどんな会社だ?」

「ナポレオン・ストリートにある、輸入及び買い付け代理業者だ」

ビルは唸り声だけを返し、メモ帳に何か書きつけた。アローラがマーリーンの横から出て来て、スタンリーの座っている椅子の背に両手を置き、長い沈黙を破った。

「気分はどうなの、スタン?」

「最悪」スタンリーは優雅に答えた。「頭が地獄のように痛むよ」

いつの間にかデスクの奥の大きくて豪華な椅子に腰かけていた緑色のドレスの女性が、引き出しを開けてアスピリンの箱を取り出した。スプリングに向かって、落ち着いた冷たい声で言った。「これを二錠、飲ませてやってちょうだい、ジミー」

ビル・ウェッソンが太い眉をひそめた。女性からスプリングに視線を走らせたが、何も言わなかった。スプリングは箱を振ってアスピリンを二錠取り出すと、ついでにもう一錠追加して、グラスの水と一緒にスタンリーに渡した。

「これを飲むといい。気分がよくなるから」

アローラが尋ねた。「わたしを〈マルコ〉まで車で送れるぐらい?」

スタンリーはアスピリンをごくりと飲み込むと、口調ははっきりしないものの、勇ましく言った。

「すぐ元気になるよ、ロー」

だが、ビルはそうは思わなかった。批判的な目でスタンリーを睨みながら言った。「それはどうかな。とても元気そうには見えないぞ。今夜はもう車の運転はやめたほうがいい」

「けど、店まで送ってやらないと――」

「ああ、わかってる。ミス・テレイ、あんたの事情もわかってる。それでも、行き先がどこであれ、こいつは今夜、車を運転できるような状態じゃない。他人を乗せるなど、もってのほかだ」

「それじゃ、あたしたちはどうやって帰ればいいのよ？」マーリーンがすぐに詰め寄った。ビルに親しみを感じた瞬間はすでに過ぎ去った。またいつもの刑事らしい発言をするのね。国家権力が幅を利かせている声だわ。

「バスがあるだろう？」ビルが言った。「おまえには、手も足もついてるじゃないか、ボー・ピープ」

「バス！」マーリーンは普段から甲高い小さな声を、悲鳴に近いほど高く絞った。「こんな目に遭ったって言うのに？　スタンはこんなに具合が悪いのに？」

「タクシーで帰したらどうだろう？」スプリングが提案した。

「こいつらがどうやって帰ろうとおれはかまわない、フィッシャーが運転するんじゃない限り。このガキどもが今夜、これ以上のトラブルに巻き込まれるのはごめんだ」

「じゃ、あの車はどうするの？」マーリーンはまだスタンリーのために戦っていた。

「車がどうした？」

「あのね、あれはレンタカーなの。ひと晩じゅうあそこに駐めておくわけにはいかないのよ――そうでしょ？」

「どこで借りた？」

「知らない。スタンに訊いてよ……あっ、スタン！」

目を閉じたスタンリーの首が、がっくりと胸のほうへ垂れた。持っていたグラスが力の抜けた指からあやうく滑り落ちそうになるのを、ビルが手を伸ばして受け止めた。マーリーンは座っていた椅子から飛び出したが、今回は途中でミスター・スプリングに捕まった。

「スタンが、死んじゃった！」マーリーンが叫んだ。

「馬鹿言うな！」ビルが低い声で言った。「また気を失っただけだ」

彼はアローラに向かってグラスを差し出し、ほんの短く笑顔を浮かべただけで要請と感謝とを同時に伝えた。スタンリーの手首を摑み、脈を探った。アローラは受け取ったグラスをデスクのアスピリンの箱の横に置き、そのデスクに無言のまま座っている女性とのあいだで、女同士特有の、素早く値踏みし合うような視線を交わした。相手の女が唐突にほほ笑んだ。アローラも、ほんの少しちがう笑みを返し、またマーリーンの隣へ戻って立った。ビル・ウェッソンはスタンリーの力ない腕を放し、片方の瞼を押し上げた。

「ぐっすり眠ってるだけだ」彼は楽しそうに言った。アスピリンの箱を手に取って、製造社の名称をちらりと見た。「薬にアレルギーでもあるのかもしれないな。もしそうなら、ボー・ピープ、こいつは目を覚ましたらひどく具合が悪いはずだ。おまえ、ひと晩じゅう看病をすることになるぞ」薬の箱を手でいじりながらスプリングのほうを向いた。「これで決まりだな。タクシーで帰そう。ちょっとそこから顔を出して、〝アブドゥル・ザ・ブルブル〟（流行歌に登場するトルコの戦士）にタクシーを呼んでもらってくれ」

「え、今からかい？　すぐに？」

「ああ。タクシーが到着する前にこいつが目を覚まさなきゃ、おれたちで車まで担いで行かなきゃならないな」

「目を覚ましたって、担いで行かなきゃならないだろうね――店の評判に傷がつかないかな、ジョー」

その名前を聞いて、ビルの体が一瞬、猟犬のようにこわばった。だが、今度も何も言わなかった。女性は肩をすくめてかすかにほほ笑み、スプリングはドアへ向かった。そこでちょっとためらって、気を失っているスタンリーのほうへ頭を振った。

「タクシーの運転手はこいつを乗せたがらないんじゃ――」

「乗せるさ」ビルが落ち着いた声で言った。「おれが乗せさせる」

反論の余地はなかった。アブドゥル・ザ・ブルブル――本当はウェイター長のカルロス――が電話で呼んだというタクシーがあっという間に到着したのは、おそらくカルロスがその電話で、ビル・ウエッソンの名前はともかく、CIBという組織名を出したのが功を奏したのだろうとビルは推察した。アローラとマーリーンはオフィスを出て〈グリーン・クカブラ〉を後にし、スタンリーはビルとスプリングによって担ぎ出された。店の客たちにしてみれば、憶測を巡らせるネタができて、その夜の娯楽がひとつ増えたようだった。ただし、ボジーたちを除いて。ボジーは自分たちのダンス以外には一切の関心を示さなかったからだ。ただ真剣に、熱心に踊り続け、その合間に目にかかった長い髪を振り払うのだった。

ぐっすりと眠ったままのスタンリーがタクシーに押し込まれ、若い娘ふたりも乗り込んだところで、運転手に行き先が指示された。運転手の男はまずスタンリーを見て、それからアローラ、次にマーリーン、そして最後にビルの顔を見た。彼が何を考えているのかを理解したビルは、平然とスプリングのほうを見つめた。スプリングはいつものためらうような仕草で髪を撫で上げた。

「わたしもついて行くよ、ウェッソン。何と言っても、わたしにはマーリーンの安全を見届ける責任がある」

ビルが首を横に振った。「この子なら大丈夫だ。あんたはここに残るんだ、スプリング。訊きたいことがある。責任があると言うなら、運転手にタクシー代を払うだけにしてくれ」

マーリーンは瞬時に怒ったように口を挟んだ。「どうしてミスター・スプリングが払わなきゃ——」

「黙れ！」ビルが荒々しく言った。

スプリングはマーリーンに苦笑いをして見せ、ポケットから金をあさった。

「もしもその運転手が」とビルがさりげない口調で言った。「指示した二ヵ所までのタクシー代がいくらになるかわからないとか言うんなら、おれが既定の金額を調べてやってもいいんだぜ」

タクシーの運転手は、走りもしないうちに運賃がわかるか、ともっともな疑問を口にした。スプリングはマーリーンに向けていた苦笑を運転手に向けた。

「この男はCIBの刑事でね」彼は親しみのこもった口調で言った。「刑事っていうのは、いつも荒っぽいんだ。ほら、これで足りるだろう。それから、もしベルヴュー・ヒルに着いたときに、その若い女性が、昏睡状態の同乗者を降ろすのに手助けが要るようなら……」

運転手はスプリングの言いたいことが何となく伝わったらしく、「わかったよ、旦那、おれが面倒を見るよ」と言った。

タクシーが走り去った後で、スプリングは急にスタンリーのレンタカーのことを思い出した。

「そうだ、ウェッソン！　あいつの車……」

「おれがフィッシャーの代わりに返しに行く」ビルは車に向かって歩きながら言った。「今からな。

あんたは返却の証人として一緒に来てくれ」

「どこへ?」

「〈オート・ドライブ・ガレージ〉。すぐそこだ、ウィリアム・ストリートにある。さっきあんたが出て行った後、フィッシャーのポケットを探って車のキーを見つけた。ほら、乗れ」

それ以上は何も言えず、スプリングは車に乗った。ビルはスプリングフィールド・アヴェニューからウィリアム・ストリートのガレージへと車を走らせた。そこは夜中でも営業していた。ビルは無関心そうな夜勤の係員に車を返却し、保証金については、本当の借主であるベルヴュー・ヒル在住のミスター・W・S・フィッシャーが近いうちに受け取りに来ると伝えて——即座にその車を、今度はスプリングと共同で借りたいと申し入れた。

「保証金はこいつが払う」

「ちょっと待て!」スプリングが驚いて大声を上げた。「わたしにはとても払えないぞ。今は十五ポンドも持ってないんだ」

「おれも払えない。十五ポンドなんて、おれはいつだって持ってない。あんた、小切手で払ってやれよ」

ガレージの係員はそれとなく、現金のほうがありがたいと言った。特殊な例外を除けば……。

「特殊な例外だとも」とビルが言った。何かをポケットから取り出し、係員がよく見えるように提示した。「これで考えは変わったか?」

「ああ、そうだね、たぶん。まあ、いいか」

「まあ、いいんだよ。ほら、スプリング、小切手帳を出せ」

それから三分後、レンタル契約が成立して、車は一時的にジミー・スプリングのものとなった。

「無事に借りられた今、この車をどうするつもりだ?」

「乗るんだ。人探しをしてるのを忘れたのか? 歩いてもいいんだが、濡れたくないからな。どうやら嵐が来そうだ……乗れ、出発しよう」

「まずは、どこへ?」

「〈グリーン・クカブラ〉へ戻る」

「それはまたどうして? ついさっきまでいたけど、彼女はあそこにはいなかったじゃないか?」

「帽子を忘れて来たんだ」ビルが大真面目に説明した。

第十一章

街は息をひそめていた。

シドニー・ハーバーのノースヘッドに当たるマンリーと、サウスヘッドに当たるワトソン・ベイのはるか沖合いで湧き上がっていた雨雲が、岸まで到達した。その暗く巨大な雲の裏側や上部で光っていた稲妻が、徐々に頻度と明るさを増し、ついには空全体を駆け回る、ひとつの連なった炎と化していた。気に留めないほどだった遠雷の低い唸りは、今では稲妻が光った直後に上空から鋭く轟いていた。

何もかもが奇妙で不気味な静寂に包まれていた。雷の爆音のせいで、陸を覆う不思議な静けさがかえって強調されているようだ。風はぴたりとやんでいる。蒸し暑い空気が微動だにしない。ハーバーの海面はインクのように黒光りしていた。夢の中を進むように、フェリー船がさざなみひとつ立てずに行き交っている。シドニーじゅうで、翌日の土曜の朝から仕事に出なければならない者たちが、寝苦しさのあまりシーツも毛布も剝いだベッドから起き出し、涼を求めてさまよっていた。外に出ている者たちは気だるそうに歩きながら、雨が降りだすのを待っていた。目を覚ました鳩たちが抗議の声を上げるように、クークーと悲しげに鳴いている。ハーバーの端にあるタロンガ・パーク動物園では、さまざまな動物が眠りながら不機嫌な声を漏らしている。毛皮に覆われた獣たちは苦しそうにあえぎ、怒ったように吠えるライオンの声がクレモルネにまで届いていた。そして、海岸沿いのウールームールーの、とあるひどく薄汚い一杯飲み屋の中では、捜索の手をすり抜けていたミセス・コーマックが、ゆっくりと狂気に陥っていた。

〈グリーン・クカブラ〉のすぐ外では、暑さも不快さも感じていないらしいビル・ウェッソンが、車の中でミスター・スプリングをじっと見ていた。ふたりの周りで雷が恐ろしい音を響かせ、稲妻が考えられないほどまぶしい光で通りを包み、ナイトクラブに掲げたネオンサインの動く色彩を掻き消していた。ビルの頭には再び帽子がしっかりかぶられ、その目は厳しく光っていた。

「さあ、話してもらおうか、スプリング。この店について知っていることを洗いざらい聞かせてくれ」

「どうして急にこの店に興味を持つんだ?」ジミー・スプリングが穏やかな口調で訊き返した。「どこにでもある、いわゆるナイトクラブじゃないか」

「そうなのか? おれには、ひとつふたつ腑に落ちないところがあるんだがな……最初から順番に始めよう。オーナーは誰だ?」

「〈グリーン・クカブラ〉のオーナーであり、実際に経営までしているのは、ミセス・ジョセフィン・スピロントスだ」

「ミセス・誰だって——? ああ! あのとき事務所にいたかわい子ちゃんか。胸が〝いないいないばあ〟でもしてるみたいにざっくりと襟の開いたドレスと、お高くとまった目つきの女だな」

ジミー・スプリングが真面目な口調で言った。「その描写はどうかと思うが、きみのいう〝かわい子ちゃん〟はわたしの友人なんだ」

「だろうな」ビルが落ち着いた口調で言った。「そうだと思った。あの女、あんたのことをジミーって呼んでたし、あんたはジョーって呼んでたからな。仲良しってわけだ。だが、ミスター・ジョセフィン・スピロントスはどうした？　そいつはこの店とどんな関わりがあるんだ？」

「関わりなんてないよ。これは確かな情報じゃないんだがね、ウェッソン、彼女にはご主人はいないようなんだ。たぶん未亡人なんじゃないかな」

「へえ、そうか。それで、彼女はジョーと呼ばれてる。それは……」

一段と激しい雷鳴が轟いて、ビルの残りの言葉を掻き消した。同時に走った稲妻の光に、ふたりの男は思わず目をつぶった。

「今のはしびれる《ビュート》な」ビルが平然と言った。「雷がおれの窓からあんたの窓まで、一瞬で駆け抜けたかと思ったぜ」

「両方ともわたしの窓だ」スプリングが念押しした。「金を払って——きみに無理に払わされて——わたしが借りてる車だからね。それで、ミセス・スピロントスについて何か言いかけてなかったか？」

「ああ、何でもない。ちょっと考えごとをしてただけだ。ジョーか——誰に殴られたのかって訊いたとき、あのフィッシャーの若造が口にしたのと同じ名前だな」

「それはきみの勝手な空想だ。あのときフィッシャーは誰の名前も言わなかった、わからない《ドント・ノー》って言ったんだ。どのみち、自分でも何を言ってるかわからない状態だったのだろうがね」

「そうだ。だからこそ興味深いんだ」

「おいおい、ウェッソン、きみは子どもか！　いったいどんな空想を膨らませてるんだ？　ミセス・

スピロントスがフィッシャーを通りへ誘い出して、何かで殴りつけた後、ポケットをあさって五、六ポンドぽっち盗んだとでも？　そもそも荒唐無稽な話だというのを別にしても、彼女はそのときオフィスにはいなかったんだぞ。あの部屋は閉まっていて――」

「わかった、わかった、そんな大騒ぎすることじゃないだろう！　たしかにばかばかしい話だ、それは認める。だが、あいつは実際に殴られたんだ……どこかの誰かに……あいつ、どこから金をもらってるんだろう？」

スプリングがビルをじっと見ているうちに、頭上で雷が鳴り響き、稲妻の光が一面を光で染めた。

「会社勤めをしてるじゃないか」

「会社で事務の仕事をして週給十二ポンド稼いでるやつが、レンタカーの保証金に十五ポンド払い、ボー・ピープを〈マルコ〉に連れて行った後でここにも遊びに来て、それでもまだ誰かに盗まれるだけの金が残っていた」

「だから何だ？　不労所得があるのかもしれない。あるいは、競馬で当てたのかもしれない」

「あるいは、宝くじでも当たったのか」ビルがため息をついた。「それも、あんたの言うとおりかもしれない。〈グリーン・クカブラ〉の話に戻そう。なんでボジーどもが来てるんだ、スプリング？あいつらが出入りしそうな店とは、まるでちがうじゃないか」

「そうなんだ、それがこの店の欠点なんだ。ミセス・スピロントスはまだオーナーになって間もないんだが、それ以前は、いかにもボジーどもの出入りしそうな店だったんだよ。よくあるコーヒー・ラウンジ兼ミルク・バーの怪しげな店で、あいつらはたまり場に使ってた。それをジョーが――ミセス・スピロントスが――」

「ジョーでいい。めんどくさい」

「そうか……ジョーは店のリース権を獲得した後、ナイトクラブに改装したんだ。ずいぶんと金をかけてね。内装をがらりと変えて、営業形態も変更し、新しいスタッフを雇って〈グリーン・クカブラ〉と名づけた。今ではたぶん〈マルコ〉やほかのどの高級ナイトクラブにも引けを取らない基準に達しているんじゃないかな。店がすっかり様変わりした後は、当然ながらボジーどもは徐々に寄りつかなくなったんだが、そのうちの一部は、それでもときどき店の雰囲気を覗きにやって来ていた。その中でも比較的きちんとした連中に、ジョーは店に寄って行くようにと声をかけた。今も彼らに積極的に声をかけて誘っているんだ。おのぼりさんや観光客連中にとっては、珍しい話の種になるからね」

ビルは、話はだいたい飲み込めたと言って、退屈しきった世間一般の人間を皮肉ってみせた。「『ハニー、流行のボジーとやらを見に〈グリーン・クカブラ〉へ行ってみないか。きっとおもしろいぞ……』ってわけか。ところで〝ウィジー（ボジーと対をなす、同若者文化に傾倒した若い女）〟はどうした？　ウィジーにも声をかけてるのか？」

「いいや」

「どうして？　同じことじゃないのか？」

「いいや」ジミー・スプリングがもう一度言った。「同じじゃない。基本的な心理学の問題だよ。女というのはね、ウェッソン、男に興味を引かれる――」

ビルは嫌味っぽく遮った。「そして、男は女に興味を引かれる。そして、男女が抱き合って性的関係に至る。それがどうかしたか――？」

「勝手に進めるなよ！　さっきも言ったように、女は男に興味を引かれるものだ。さて、あのボジーどもは、わたしたちの目には奇妙な連中に映るし、奇妙な恰好をしているようにしか思えない。だが、あれでなかなかおしゃれなうえに、中には見た目のいい若者もいる。少なくとも、女たちにとっては、やつらは〝異性〟だ。さすがに〝異なりすぎる性〟じゃないかと、われわれのような野暮ったくて、おそらくは心の卑しい男としては、はなはだ疑問に感じるがね。それでも、ボジーが兼ね備えているそのふたつの特徴と、わたしたちだけが理解できない素質そのものが、女の興味を引き、魅了するんだ。ボジーは女を引き寄せる。だが、その逆――ウィジー――は、男の目からも見た目がいいとは思えないし、おしゃれとも思えない。彼女たちはいつどこへ行くのでも同じ恰好、つまりギンガムのワンピースを着て、ストッキングなしの素足にぺちゃんこのサンダルを履き、アヒルのしっぽみたいなヘアカットをしている。ほかの客を引き寄せる力はまるでない。だから、〈グリーン・クカブラ〉には不要なんだよ」

　ビルは、なるほどと言うように唸り声を漏らした。「そうだな。きっとあんたの言うとおりだ、ドク。男というのは、連れの女にはきれいな服を着てもらいたいものだからな――いや、何も着てもらいたくないと言うべきか。だからこそ、ダンスフロアのショーをやって、ああいうダンスガールたちを出すんだ……そう言えば、新聞でボジーとウィジーの記事を読んだよ。新聞ってのは情報の宝庫だな。記事によれば、ボジーの連中はアル・カポネ予備軍として注意しなきゃならないそうだ。やつら以外にも〝ホット・ロッダー〟の連中もいるし――」

　稲妻が光る中で、スプリングが瞬きをした。「何ていう連中だって？」

「なんだ、〝ホット・ロッダー〟も知らないのか？　私立探偵にしちゃ遅れてるな、スプリング」

「たしかにそうだな」ジミー・スプリングはつぶやいた。「それは認めるが、わたしの調査対象は、主に上流階級の人間なのでね」

「そりゃそうか！　説明すると、その〝ホット・ロッダー〟というのは〝ボジー〟よりも少し若い、分派のようなものだ。ただし、ファッションはボジーとはまるきりちがう。どんなときでもスクエアダンスをしそうな恰好なんだ。ブルージーンズを穿いて、派手なウールのシャツを着ている。一方、そういう女は〝マイス〟と呼ばれてる。マイスはホット・ロッダーとまったく同じ恰好をするらしい。ちがいと言えば、マイスのほうがホット・ロッダーより少しばかり曲線的な体形をしていることと、少しだけ髪が長いってことぐらいだ。昼間は何をしているのかは知らないが、夜になるとボンダイやクーギーのビーチ小屋の裏に集まって、暗がりで性的なダンスに興じている」

「そんな、まさか！　若い悪魔どもめ！　本当にそんなことをしてるのか？」

「まあ、新聞にはそう書いてあった」

「どうして〝ホット・ロッダー〟なんて名乗ってるんだろう？」

「さあね。そこまでは書いてなかった」

　フロントガラスを雨粒がぽつぽつと叩き始めた。

「そら来た！」スプリングは顔を輝かせて声を上げた。「やっぱり降って来たな。じゃんじゃん降らせろ、ヒューーイ！」

　どういうわけか、ユピテル・プルウィウス（古代ローマ神話で〝雨を遣わす者〟）はオーストラリアでは〝ヒューーイ〟と呼ばれている。そして、スプリングの言葉通りに、ヒューーイは雨をじゃんじゃん降らせたのだった。何かの恨みを晴らすかのように、天から水をぶちまけた。フロントガラスにぽつりぽつりと当たっていた雨粒の音は轟音に変わり、車の屋根に叩きつける雨音が雷鳴さえ掻き消した。ほんの短時間、雨粒はまるで装甲板に当たって跳ね返る弾丸のようにアスファルトに叩きつけられていたが、やがて道路に水が溜まりだすと、今度は小さな水音を無数に立て始めた。

「すごい」ミスター・スプリングが感想を漏らした。「これは素晴らしい！　マーリーンならきっと〝めちゃくちゃしびれる《ビュート》〟とか言うんだろうな」

無感動でポーカーフェースのビルは何も言わずに、まるで頭の鈍い牛のようにうつろな表情を浮かべたまま、その気象現象を見つめていた。

「それで？」ジミー・スプリングが尋ねた。「これからどうする？　どこへ向かう？」

「何だって？」

ミスター・スプリングは声を張り上げた。フォルティッシモで質問を繰り返す。「どこかへ移動するかい？　それともここに留まって、引き潮に乗って沖に流されるかい？」

「もうしばらくじっとしとけ」ビルが言った。「今は一ヤード先さえ見えやしない。別に危険な雨ってわけじゃない、ただ壮大なだけだ。危険があるとすれば、この滝のような水じゃなくて、先の割れた稲妻のほうだ。雨ならあと数分もすれば止んでくるだろう。こんな降り方をしてたんじゃ、そう長くはもたないはずだ」

「わかった」スプリングは快く同意した。「きみはこの実に素晴らしい気象ショーを見事なまでに簡潔な言葉でまとめたし、きみの言うとおり、本当にあと数分で雨が止むとして、さて、その後はどうする？」

「もう一回ナイトクラブ回りをするかな」

「ここで？　このキングスクロスで？　だって、ナイトクラブならもう全部見たじゃないか」

「わかってる。でも、彼女は必ずどこかにいるし、それはここからそう遠くないはずだ」

「どうしてそんなことが言えるんだ？　すでにどこにいてもおかしくないと思えるが」

「いや、そんなことはない。彼女の車はここに残されてたんだから……あれ？　そのことはあんたに言ってなかったか？」

「そのことって？」

「彼女の車を発見したことだ」

「そうだね、それは知らなかったよ」スプリングは温かい口調で言った。「どうやらきみは、そのほんの些細な情報をわたしに伝え忘れたらしい」

ビルはひと声唸っただけでその皮肉を聞き流した。すっかり水に浸かった目の前の道路に視線を向けたまま言った。「今夜早くに、ウィリアム・ストリートから脇に入った裏道で、誰も乗っていない車を巡査が発見した。キングスクロスから数ヤード離れたところだ。調べてみると、ミセス・コーマックの車だとわかった。だから、彼女はこの近辺にいるにちがいないと言ったんだ」

「なんてことだ！」

「どうした？」ビルは端的に尋ねた。

「彼女、朝からずっと行方がわからなかった。裏道で車が見つかったと言っても、彼女自身は相変わらずどこにもいない。今どうしているのか、誰も知らない。それなのに、きみたち警察ときたら、何の手も打っていないんだからな。それとも、探してくれてるのかい？」

「それは……通りいっぺんの聞き込みだけだ」

「通りいっぺんの聞き込み！　どうして――？」
ビルはしゃがれた声を張り上げた。そこにはかすかな熱意――ひょっとすると怒りかもしれない――が混じっていた。「どうしてかって？　誰も乗っていない、乗り捨てられた盗難車なんてのは毎日のように見つかってて、大騒ぎするほどのことじゃないからだ。彼女の親戚や友人からも、捜索願いは一切出ていない。それにな、そんなものはおれの考え過ぎだって、上層部から言われたからだ」

そこからほんの半マイル離れた波止場のそばで、ベッラは通常通りに商売をしていた。ベッラにとって〝通常通りの営業〟は店のスローガンのようなもので、サツが訊き回りに来たとき同様に、吹き荒れる嵐の最中でも店を開けておくのは、特別料金を請求できるいい機会だった。なにせ、ベッラの店というのは、暗く汚く狭い路地の奥にある、暗く汚く狭い掘っ建て小屋で、そこで提供しているのはビールとボローニャ・ソーセージのふたつだけなのだ。

　シドニーには二種類の裏社会が存在する。本物の裏社会というのは、卑劣で無法なスラム街のことを指す。そこでは、凶悪犯やチンピラ、殺し屋やならず者たちが恐怖で街を支配し、日が暮れればジャングルよりも危険な地帯となる。だが、もうひとつの裏社会というのは比較的無害なイミテーションにすぎず、〝スラム街見学者〟と呼ばれる観光客のために存在し、また彼らのおかげで存続できていた。そこでは、どうやって情報を仕入れたのか、薄汚いホテルや怪しげな酒場、密売酒を出す店や売春宿など、生きるためにはどんなあくどい商売でもするというふれこみのさまざまな店を網羅したガイドブックのようなものまで提供しているのだった。

　ベッラの店も、そうした悪の巣窟と噂されるうちの一軒で、スラム街見学者の一夜きりの冒険は、彼女の居酒屋《エスタミネ》に立ち寄らずには成立しないのだった。ベッラ自身は中年のだらしない女で、錆びついた霧笛のようなしゃがれた声でしゃべり、その言葉の下品さと前科の多さは驚くほどだった。彼女の店の貯蔵庫には生ビールの瓶が常にたっぷりと入っているようだった。当時の瓶ビールはかなりの高値で、そのほとんどをナイトクラブの経営者たちが闇市場で買い占めていたことを考えれば、彼女の潤沢な貯蔵庫だけでも客にとっては非常に魅力的だった。

ベッラは毎晩休むことなく、当座しのぎで作ったようなバーの奥に立ち、カウンターでたくましい腕を組んだ上に乳房を載せていた。畏怖の念を覚えるほど巨大な乳房だった。ブリッカーズ・レーン近辺の噂では、ベッラはブラジャーの代わりにハンモックをつけているのだそうだ。店には彼女に雇われたチンピラが何人かいて、酒を飲む合間にバーテンダーの真似事をしていた――ベッラ自身が酒を出すことはなく、現金を受け取るだけだった。壁沿いに並ぶしみだらけのがたついたテーブル席には、雑多なろくでなしどもがじっと座ったまま、瓶の中のビールを憂鬱そうに見つめているのだった。スラム街見学者やおのぼりさんたちに対して、ベッラはそのろくでなしどものことを、あらん限りの想像力で作り上げた最悪で残忍な殺人犯として紹介していた。そんな無気力で落ちぶれた客の中には、女が混じることもあった。そう、今夜来ている、あの客のように……。

その夜もいつものように、好奇心に駆られたスラム街見学者の一団がカウンターに並んで立ち、店の瓶ビールを試しながら、人間の赤裸々な生きざまを観察していた。店の中は耐え難いほどの暑さで、湿った空気がべっとりとまとわりつき、出されたビールは生ぬるかった。頭上で雷鳴が鋭く響いては低く轟き、恐ろしいほどの光が荒れ果てた狭い店内を満たす中で、ベッラは自分の乳房にもたれかかりながら、競走馬の速さについてしゃがれた声で機嫌よくしゃべり続けていた。

「あれがいい馬かって？」スラム街見学者がお勧めの馬を紹介するのを受けて、ベッラが言った。

「もちろん、いい馬さ——あの馬の血は瓶詰めにするべきだね！」

するとと突然、激しい大雨がブリッカーズ・レーンに襲いかかった。

「なんてこった！」ベッラが霧笛のような声で叫んだ。「こいつは——しびれる《ビュート》ね！」

ベッラが汚い言葉を使うのは、ほとんどスラム街見学者の前だけだった。求められる役柄に信憑性を持たせられるかどうかは、彼女の演技にかかっていた。そしておそらくは、瓶ビール一本に五シリングも請求し、釣り銭をうまくごまかすためには、その役柄に信憑性を持たせなければならないのだった。

「こんな夜にゃ、外を出歩くより店の中にいるほうがなんぼかましってもんよ」そう言うと、彼女は陽気な声——捕食性のサイのような陽気さ——でつけ足した。「そうだろ、あんた？」

彼女はすべての客のことを親しげに〝あんた〟呼ばわりしたが、彼女と会話をするのは難しかった。片目に眼球振盪があるからだ。片方の目だけはしっかり固定されていても、もう片方は眼窩の中で勝手にぐるぐると回るのだった。そのために相手はぎょっとして、誤解が生まれやすくなった。少なくとも、初めて来た客はそうだった。雇われたチンピラたちと常連客のろくでなしども、それに彼女と同じ〝裏社会もどきの裏社会〟の住人たちはもう慣れっこで、ベッラの目を見ずに乳房に向かって話をするという単純な解決策をとっていた。

汚れた窓のほうを向いていた眼球振盪の目が戻って来て、ふたりのスラム街見学者の男たちの中間で止まった。正常なほうの目は、ひとりめの男をじっと見つめていた。

「ビールはうまいかい？」彼女は彼に向かって言った。

ふたりめの男が自分に話しかけられたと思い込み、この〝プロンク〟はすごくおいしいからおかわりをしようかな、と慌てた口調で答えた。

「そいつはプロンクなんかじゃないよ」ベッラがしゃがれた声で言った。「プロンクってのは、シェリー酒とかマスカット・ワインとかソーテルヌとか――そういう安っぽいワインのことを言うんだ。そいつを〝ワロップ〟って呼ぶやつもいるが、ワロップでもないからね。ワロップってのがどんなものか、あんたら知ってるかい？」

スラム街見学者たちは、是非ご教授願いたいという反応を示した。

「変性アルコール（飲用を防ぐために変性剤を混ぜて飲めないように加工した工業用アルコール）とウースターソースを混ぜて、香りづけにちょいとバニラを足したものさ。それがワロップなんだよ。変性アルコールを扱う業者が作ってるんだ。変性アルコールが手に入らないときには、金属の研磨剤を使ってる」

「でも、そんなもの、飲めないじゃないか！　死んでしまう！」

「まさか！」ベッラが軽蔑するようにしゃがれた声を張り上げた。「死にゃしないよ。ただ、失明して、頭がおかしくなって、酒が切れると体が震えるだけさ、本当の話。それにしても、人間ってのは何でも飲むもんだね。あんたら、〝モス〟って知ってるかい？」

「モス？」

「そうさ。教えてやろう。モスっていうのは、ガス入りの牛乳のことだよ。まず、どっかの家の玄関先から、配達された牛乳を盗むだろう？　それを持って帰って、ガスコンロからゴム管を外して、その先を牛乳瓶の中に突っ込むんだ。そして、ガス栓を開ける。牛乳の中にガスがいっぱい混ざったら――それを飲むのさ。これが〝モス〟だよ、あんたらにも作れるだろう？　酒が手に入らなかった戦時中にゃ、モスを飲む連中はいくらもいたもんさ。まる一本飲んで、ザ・ドメイン（シドニーにある広大な公園）へ行って寝っころがる。数分後にゃ意識を失っちまう。そのまま三日も意識が戻らないんだ。本当だよ。サツの連中に訊いてみな。あそこじゃ毎日、モスを飲んだ連中を保護してたからね……ちょっと、ルド！」

空想力豊かな両親にルドルフなどと名づけられたルドが、バーカウンターの奥をそっと横歩きして彼女の乳房の脇に立った。バーテンダーの真似事をしているチンピラのひとりで、体格は痩せた猫背、片方の頬に長い傷痕があり、まったく特徴のない目をしている。唇は引き絞ったまま、動くことがない。

「こちらさんに同じものを出してやんな、ルド。〝モス〟はごめんだってさ」

ベッラは自分の冗談に耳障りな笑い声を上げ、代金をくれとばかりに太った手を差し出した。ルドは無言のまま客のグラスに素早く、乱暴にビールを注いだ。それからまたすぐに、自分のグラスと読みかけの競馬新聞を置いたままの元の位置までそっと戻った。スラム街見学者たちの視線が彼を追っていた。その長い、恐ろしい傷痕に魅入られていたからだ。それに気づいたベッラは、乳房の上に上体を乗り上げるように、内密の話を聞かせてやろうと首を突き出した。

「剃刀ギャングの最後の生き残りなんだよ」閉じた口の端から、しゃがれたひそひそ声で言った。

実のところ、ルドの傷は少年の頃におもちゃの剣で戦いごっこをしていたときについたものなのだが、そんなことをスラム街見学者に教えるつもりはなかった。彼らはますます貪欲に彼の傷痕を凝視し、女性たちは連れの男性に少し身を寄せた。

「心配しなさんな」ベッラが陽気な調子で言った。「あいつのことなら、もう怖がらなくていいよ、あんた。剃刀は捨てちまったからね」短い首をますます突き出し、眼球振盪のある目が店内をぐるりと見回した。「この店にゃ、いろんな連中が来るんだよ。ほら、向こうの壁際にいるふたり組が見えるかい?」

小さなテーブル席のひとつに、男がふたりで座っていた。ひとりは背が高く、不恰好に長い手足をしており、もうひとりは背が低く、妙にこざっぱりしていた。ふたり連れにもかかわらず、互いにひと言も口を利かない。そこに座ってちびちびとビールを飲むだけで満足しているらしかった。

「メーガンとデュワーズだよ」ベッラはさも重要なことを伝えるかのように、声を出さずに口だけ動かした。

メーガンとデュワーズというのは、つい最近ロングバーの刑務所を脱獄したばかりの悪名高き銀行強盗で、今頃は警察がシドニーじゅうをくまなく探しているはずだった。言うまでもないが、テーブル席の男たちはどちらも、ミスター・メーガンでもミスター・デュワーズでもなかった。別々に動くベッラの両目が、陰鬱に黙り込んでいたり、ずっと何かをつぶやいていたりしている店内のろくでなしどもを不規則に観測し続けた。あそこにいる元気のない、不機嫌な顔をした非社交的そうな小柄な男は、噂だと銃を持っていて、少しばかりの報酬と引き換えに、喜んで人を撃ってくれるらしい。ベッラは彼を〝撃ちたがり屋〟と表現した。〝相手が誰だろうと、一シリングで依頼通りに殺してくれる〟のだそうだ。それから、あっちの男は〝スノー〟の調達屋で……。

「スノー?」スラム街見学者のひとりが尋ねた。

「そう。コーク、〝白い粉〟さ。そいつをひと吸いしたら、外に飛び出してトラムをひっくり返しちまうよ。それで、もっとくれって戻って来る——また欲しくなる——その後も、もっと、もっとってね。そのうちに、今あいつと一緒にいるやつみたいな間抜けが出来上がる」

男と一緒にいた〝間抜け〟は、眉をぴくつかせ、痙攣したように頭を何度も振っていた。だが、そんなひどい状態になった原因は、連れの紳士に売りつけられた〝スノー〟などではなかった。この三日間というもの、酒以外は一切口にしておらず、プロンクのグラスに何匹ものカブトムシが入っているように見えだしていたからだ。とは言え、これもまたスラム街見学者には知る由もなく、そのうちのひとりなどは大胆にもこんなことを言い出した。「関わりを持たないに越したことはないが、ことが麻薬がらみとなると、これはさすがに警察に……」

「何言ってんだい！」ベッラが突然叫んだ。「もう何べんもサツにしょっぴかれてるんだよ。〝売人のハリー〟って、サツでも名が知られてるんだから」

実のところ、それは本当だった。警察は彼のことをよく知っていた。知り抜いたうえで、自由にさせていた。何度も連行するたびに、彼の持っているコカインやらヘロインやらが本当はベビーパウダーだと確認されて、すっかりうんざりしていたからだ。

ベッラの視線はさらに動き、隅のテーブルに座っている女性の上で止まった。すると、おしゃべりな彼女の舌が一瞬凍りついた。スラム街見学者たちでさえ、何かがおかしいと、この異常な世界にあってさえ何かがまちがっていると感じていた。その女性の恰好はこの辺りの住人にしては上品すぎたが、かと言ってスラム街見学者にも見えなかった。明らかに、ひと晩の気晴らしを求めて来ているわけではなさそうだ。この危険な店に彼女を向かわせたのは、怖いもの見たさなどではない。若くはないが、髪はまだ白くない。いや、髪は染めているらしい。というのも、強い明かりを受けると奇妙な色合いに光る特性の、暗く濃い赤毛だったからだ。今朝早くにポッツ・ポイントのアパートメントを出たときには、彼女はその頭におしゃれな小さい帽子をかぶっていた。ここへたどり着くまでの長い道中で、いつの間にか帽子はなくなっていた。だが、それもまたスラム街見学者には知る由もなく、彼女に関しては、その壊れかけた店内の誰も、ベッラでさえ、何も知らなかった。彼らはみな、上品で高価そうな服に身を包んでいるその女性が、あまり身ぎれいにしていないことに注目していた。赤い髪は少し乱れ、爪の先のマニキュアがはがれ、口紅もほとんど取れていた。

彼女はほかの客から離れてひとりで座っていた。酒は飲んでいないし、何もしゃべらないし、身動きひとつしない。彼女はまったく何もしていなかった。ただ座っているだけだ。うつろな目は真っ赤に充血していた。

スラム街見学者たちは不思議そうに彼女を観察した。ベッラも、あれはどういうわけだろうと考え始めていた。初めて見るその女の客については何も知らなかった。しばらく前に入って来て、ふらふらとあのテーブルに着いてからというもの、耳も目も口も不自由だとしか思えない以外には。だが、ベッラは鋭い推理を働かせてみた。邪魔な乳房の上にさらに身を乗り出し、懸命に頭を働かせたせいで、まだらだった顔色が紫一色に染まり、声はいっそうしゃがれた……。

「イラクサにやられたんだよ、あの女」ベッラは〝イラクサ〟という言葉の意味を説明しなかったが、その低く唸るような声音から、それが何であれ、ベッラ自身がよく思っていないことだけはみなに伝わった。「それに、何か厄介事に手を出したんだね。サツの目を逃れようとしてこの店に飛び込んだんだろうよ、あたしの見立てじゃ」

「彼女、いったい誰なんです?」スラム街見学者のひとりが尋ねた。

ベッラはその太く短い首が許す限り、大きく横に振った。「それはあたしにもわからないね」

バーに固まって立っていた小さな集団に沈黙が流れた。その沈黙は徐々に店内の雑多な客たちにまで広がり、見学者や常連客、チンピラやろくでなしどもは、ひとりまたひとりと、それぞれのひそひそ話や独り言や競馬新聞の研究をやめて、店の隅で身動きもせずに座ったままの女に目を向けていった。海からゆっくりと街の上を通過していた嵐は、当初の激しい突発的な勢いを失いつつあった。細い窓からは相変わらず稲妻の光が飛び込んで来たが、雷鳴は獰猛な、天が割れんばかりの轟きから、安定した雨音を時おり掻き消す不機嫌そうなゴロゴロという低い響きへと変わっていた。外の嵐の騒音とは反対に、店の中は静寂に包まれていた。静寂と、風変わりな謎の人物に集中する視線。

だが、自分ひとりの世界に閉じこもっているミセス・ウィニフレッド・コーマックには外の嵐などほとんど認識できず、自分がその場の注目を一身に浴びていることに気づいてすらいなかった。

第十二章

その世界は、初めはわくわくとした、活力にあふれたものだった。すべての抑制が解き放たれ、自意識を形成する日々の恐怖や幻想は彼女の前から消え去った。異常なほど明るく幸せで、どこまでも自信に満ちていた。眠っていた、あるいは抑えつけられていた欲望や情熱が呼び覚まされた。状況さえ許せば、彼女はその欲望や情熱に完全に身を委ねていたかもしれない。その場に、ある女性が一緒にいたのでなければ。その冷たく狡猾で用意周到な女性が、まぶしく素晴らしい世界への門を開け放ったのだった……。

だが、それは初めだけの話だ。しばらくすると、何もかもが変わり始めた。記憶や認識の能力に欠陥や歪みが出てきて、ついにはまったく機能しなくなってしまった。夢の中で生き、時間の概念が失われた。一時間が一分のように過ぎたかと思えば、一分が一時間にも思われた。さらに、彼女の感覚はどんどん混乱していき、初めの頃に世界に感じた喜びや活力は、味気ない前兆、さし迫った大惨事の不安な予感と化した。

今は何もかもが、恐怖に満ちた世界に変わってしまった。文字通り、味というものがすっかり消えて、彼女の人生は言い表せない絶望と苦悩が永遠に続いているだけとなった。すえた匂いの立ち込める狭い店の隅のテーブルに座り、どこをどうやってその店までたどり着いたのかの記憶もなく、何も目に入らず、何の反応もせず、外見上は平然として見えるものの、実は心の内側ではパニックに陥っていた。刻一刻と、自分の存在そのものがいよいよ耐え難い苦痛に感じられる。彼女自身はもはや時間の経過を認識することができず、いくつかの出来事が混沌の中で断続的に起きているように思えた。男が――女が――ぼんやりとした薄い人影が、彼女の横を通り過ぎ、まっすぐ正面を向いたまま動かない彼女の視界の中を何時間もかけてゆっくりと横切っていた。別の誰かがグラスを口に運んだかと思うと、まるで石に変えられたかのようにそのまま動きを止めた。一方で、彼女がそこにいた二時間は一瞬のうちに過ぎたようにも思えた。

感覚の混乱はますます悪化していった。視界、音、そして触感が、驚くことに、そして恐ろしいことに、互いに融合しだした。もはや音は聞こえるだけでなく、見え始めていた。目に入るものを見るだけでなく、その衝撃を肌で感じてもいた。近くにいる幽霊のひとりが彼女の狭い視界に入って来る――すると、その眺めは雷鳴のように響いた。ほかの幽霊がしゃべると、その言葉は無意味な音の羅列となり、その列が細い煙の渦を作って空中を漂った。そして、煙のように薄らいで消えた。稲妻が窓から飛び込んで来て彼女を圧迫し、押しつぶそうとする。雷が黒と濃い紫の波となって彼女の上に押し寄せ、視力と聴力を攻撃する……。

ベッラはしばし言葉を失い、彼女を疑わしそうに、少し遠慮がちに睨みつけていた。スラム街見学者たちは茫然としていた。チンピラたちと、ろくでなしどもと、取り巻きたちは、失いかけていた好奇心をかすかに呼び起こされはしたものの、ぼんやりとした冷淡な目で見つめるだけだった。

だが、ミセス・コーマックはそんな彼らを気に留めることはなかった。緊張したように椅子の端に浅く腰かけ、彼女にしか見えない混沌とした非現実的な光景を凝視し、存在し続けることの耐え難い苦痛を自分の内側に感じていた。

次に雷が轟いたのがきっかけとなり、彼女はショックを受けて動きだした。その雷鳴が特別に大きいわけでも長いわけでもなかったというのに、それは金槌のように彼女を打ちのめした。驚くほど突然立ち上がったかと思うと、夜の街へと勢いよく飛び出してしまった。

乳房の上にのしかかっていたベッラは、慌てて体を引いた。

「何なのさ――まあ、よかったよ！」彼女は息をのんだ。

ほかのスラム街見学者たちよりも少し頭の回転の早い男が、持っていたグラスをカウンターに置いて言った。「驚いたな！　あの女、いったいどうしたんだろう？　ちょっとわたしが様子を見て――」

「やめときな！」ルドが素早く、軽蔑したように言った。「あんたが行ったってどうにもなんねえ。やめときな、メイト」

そのメイトはやめとくことに決め、驚いたように頭を掻くと、カウンターに置いたグラスに再び手を伸ばした。

外ではミセス・コーマックが狂ったように通りを走っていた。どれだけ走り続けたか、どれほどの速さで走っているのか、本人にはまるでわかっていなかった。ブリッカーズ・レーンはどこまでも無限に続いているように思えた。まるで足が地面にくっついて離れない悪夢のように、彼女は次の曲がり角までたどり着こうと懸命にもがいた。ほんの数分で着けるはずの短い距離だったが、彼女には長い年月のように思えた。それでもようやく角を曲がってみると、その先はウィリアム・ストリートへと向かう細い小道が急勾配で延々と続いており、ブリッカーズ・レーンとは比べものにならない厳しさだった。

のぼり坂のせいでスピードが落ちた。その頃には嵐は街を通り過ぎて、西の内陸に向かって遠ざかっていた。雷の低い轟きはまだ遠くから聞こえていたが、すでに恐ろしさはなくなり、稲妻は早くもブルーマウンテンを脅かし始めていた。雨は勢いを失って静かな細かい霧雨に変わっており、じきにそれも止みそうな様子だ。だが、シドニーではよくあることだが、嵐が過ぎても相変わらず蒸し暑いままだった――空気が一変するのはもっと後、夜明け近くに風向きが変わってからだろう。いや、今は雷を伴った雨雲のはるか上空を吹いている南西の風が地表に降りてきてから、というほうが正しい。今はむしろ、それまで以上に気温が上がり、空気は一段と蒸して息苦しかった。

とは言え、ミセス・コーマックはその暑さも、帽子のない頭や薄いドレスをまとった全身に降り注ぐ雨も、まったく気に留めていなかった。先ほどのベッラの牢獄のような店で、注目を浴びても無関心だったのと同じだ。彼女はウィリアム・ストリートの青緑色の明かりに向かって、のぼり坂をよろよろと進んでいた。その光は、まるで測定しようのない何億光年も彼方の星と変わらないほど、はるか遠くにあるように思えた。コナー・ストリートには、彼女を坂の上まで導くように薄暗い黄色い光がいくつか並んでいた。彼女はそれらを一度にひとつずつしか認識できなかった。ひとつの光の下を通り過ぎたときに、ようやく次の光の存在に気づくからだ。ひとつひとつの光は、彼女にとって終わりのない巨大な黒いトンネルの先のかすかなともしび程度にしか見えず、いくら歩いてもトンネルの出口は一向に近づいて来ないようだった。延々とトンネルの入り口に近づき、さらに延々とトンネルの中を進み、それでも出口の先の明かりは見つけたときとまったく変わらず遠くにぽつりと浮かんでいる。すると突然、その光はすぐ近くにあり、彼女はその下をくぐり、光はまるで青白い彗星のように通り過ぎ――そしてまた新しいトンネルが目の前に現れるのだった……。

彼女の両側には家がずらりと建っていた。とうに死んでしまった建築屋が大急ぎで建てたであろう暗くて小さなレンガの四角い建物が、何ブロックも、何列も並んでいる。歩行者がまだ何人か外を歩いていた。ほとんどが男だ。夜勤で疲れきり、無言で家路に就く男たち。ぶつぶつと独り言を言いながら、見えない相手に長々と説教を垂れながら、しゃがれた大声で歌の一部を歌いながら、酒に酔って帰る男たち。だが、充血したうつろな目で催眠術にかかったかのように街灯をじっと見つめる女には、何列も広がって建つ家々は黒い虚無としか映らなかった。そして男たちは、彼女の横を幽霊のようにすり抜けて行くのだった。幽霊のように無言で通り過ぎ、彼女の息に混じる鼻をつく匂いに気づき、好奇心で顔を向けた。

ミセス・コーマックの頭には、前向きな考えと呼べるようなものは何ひとつ残されていなかった。自分が何をしているのかはほとんどわからず、どうしてそんなことをしているのかはまったく理解していなかった。ただひたすらに、光を目指して進んでいた。蛾のように……。

こんなふうにして、彼女はウィリアム・ストリートまでたどり着いた。そこは広い幹線道路ではあったが、昼夜問わず往来する車がすべて安全に走行できるほどの道幅はなかった。ブリッカーズ・レーンと、ようやく全長をのぼりきった狭い小道とで、すっかり暗さに慣れた彼女の目には、ウィリアム・ストリートは光の洪水だった。まぶしい青緑の明かりが夜の闇を生気のない昼間の明るさに変え、そこに店やガレージの正面を飾るネオンがさまざまな色をつけている。幅の広い道路が無限に広がる大草原のように彼女の前に横たわっていた。彼女は道の向こう側へ渡ろうと、歩道から車道へ一歩踏み出した。どうしてそんなことをしたのか、自分でもわからなかった。ひょっとすると麻薬で破壊された脳みそに、彼女の日常生活にとって重要な要素だった自動車のぼんやりとした、かすかな記憶がよみがえったのかもしれない。

どれだけ大胆不敵な人間も、ウィリアム・ストリートを横断するときには躊躇するものだ。車の運転手はみな、のぼり坂を越えようと、エンジン音を唸らせながら勢いよくアクセルを踏み込む。彼らは、頂上の交差点の真ん中で交通整理をしている交通警察官の指示しか見ていない。昼間の歩行者は、指示を受けた車が急発進することを念頭に入れて道を渡る。ところが、夜間は交通整理の警察官が立っておらず、歩行者は渡れそうな機会を見つけては、命がけで突進するのだ。

だが、ミセス・コーマックはまったく躊躇しなかった。何の考えもなしに車道へ踏み出した。たしかに彼女の右側からは、大きなトラックが走って来ていたが、それは何マイルも離れた、はるか何百マイルも離れた遠くにあった。そして、彼女から見えるすべてがそうであるように、そのトラックもまた、いかにも非現実的に、カタツムリのようにゆっくりと、夢の中のようにふわふわと走っていた。

彼女はトラックを見るのではなく、その存在を感じ取った。どうでもいいものと判断し、無視した――そして、トラックの真ん前へと歩み出た。

誰かの怒鳴り声とブレーキの甲高い音が響き、歩道を歩いていた人々が一斉に立ち止まった。その後は、畏れを伴った静寂が広がった。


その日撃者の中に、ビル・ウェッソンとジミー・スプリングもいた。疲れて意気消沈しているのに加えて、ミスター・スプリングはかなり退屈もしており、実のところ、ふたりはこれからレンタカーを返却しようとウィリアム・ストリートを走っていたのだった。暗い横道から女性が出て来てトラックの正面に歩いて行く様子を、ふたりは見ていた。

「なんて馬鹿な真似を！」ビルが苦々しく叫んだ。

スプリングは何も言わなかった。心臓が口から飛び出そうになり、一瞬言葉が出なかった。それでも車を路肩へ寄せて止め、ふたりで外へ飛び出した。好奇心と人の不幸を見ようというねじれた心から、あっという間に集まった群集を掻き分けて前に出てみると、どこから来たのか、警察官がひとりトラックの運転手に手を貸しながら、ミセス・コーマックをタイヤの下からそっと引っぱり出そうとしていた。そこへビルが駆けつけて、その警察官に身分を明かした。

「死んでるのか？」

「そのようです」警察官は険しい顔で言った。「即死です。何が起きたか、本人も気づかなかったでしょう」

「大変だ！」スプリングが言った。「彼女だよ！　ウェッソン——彼女だよ！」

「は？」

「ミセス・コーマックだ……」

道路が濡れているのも気にせず、ビルは片膝をついた——死体の脇にはまだ警察官がしゃがみ込んでいた。死体の片腕と片脚が折れている。頭蓋骨の後ろ側がめり込んでいた……。

ふたりのすぐ横をトラックの運転手が不安そうにうろうろと歩いていた。観衆——残酷な光景に目をそむけずにいられた者たちだけ——は、首を伸ばして覗いていた。

「そうか」ビルはうわの空で答えた。その被害者が、その夜ずっと探していた女性にまちがいないと確信していた。「救急車を呼べ」と短く言うと、警察官が立ち上がり、押しかけた人々のあいだを乱暴に掻き分けて近くの電話ボックスへ向かった。

トラックの運転手が、言い訳めいたことをしゃべり始めた。ビルはそれを無視した。ジミー・スプリングが運転手の腕に手を置いた。「わかってるよ、わたしたちも見ていたから、全部見ていたから。きみのせいじゃない。だから、今は黙っててくれ」

ビル・ウェッソンは、かつてはミセス・コーマックだった損壊遺体の上に、さらに顔を近づけた。ひょっとすると、血まみれの口にキスをするんじゃないかと、スプリングは一瞬ぎょっとした。だが、すぐにビルが匂いを嗅いでいるのだと気づいた。

「なるほどな」ビルは静かな声で言った。「やつら、ついに持ち込むことに成功したわけか」

ビルが体を起こすと、隣に立っていたスプリングはわけがわからないという表情で彼を見つめた。

「わかるか?」ビルが尋ねた。

「わかるって、何が?」スプリングは、刑事の残忍な声に戸惑いながら訊き返した。

「おれたちが一番恐れていたことだよ。何とか食い止めようとしていたことだ。混ぜ物入りのやつじゃない、長ったらしい学名のついた植物じゃない、これは正真正銘の純粋なやつだ」彼はそこで口をつぐんで下を向いた。それからまた話を続けた。「旧約聖書に出てくる、大いなる災いの話（奴隷とされていたイスラエルの民を解放させるために神が古代エジプトにもたらしたとされる災害）は覚えてるよな、スプリング。全部で十種類あった、そうだろう? だがな、これはエジプトに端を発した十一番めの災いなんだよ。マリファナという名の……」

第十三章

週末になると〈ダニーン〉はのんびりとした雰囲気に包まれた。朝食もゆったりとした食事タイムとなり、下宿人たちはいつもより遅い時間に食堂に降りて来たし、食後も残っておしゃべりをしたがった。平日と変わらない時間にテーブルに着くのはスタンリー・フィッシャーぐらいのものだったが、それは、リル伯母さんの手厚いもてなしの宿に集まったさまざまな労働者の中でも、土曜の朝から出勤しなければならないのは彼ひとりだったからだ。ところが、その土曜日に限っては、スタンリーは朝早くから元気に食堂に姿を現したものの、いつもの気安い自信満々な様子は見られなかった。不機嫌な顔をして、妙に口数が少ない――アート伯父さんはすぐにその異変に気づいた。もっとも、彼はその朝すでに姪に会って、前夜のいきさつは聞いて知っていた。キッチンにいる妻にもその話を伝えた。リル伯母さんがそのすべてを、腹立たしいほど落ち着いて受け止めたので、アート伯父さんの当然の怒りはますます強まる一方だった。

「おれの言ったとおりだったろう?」彼は強く迫った。「な、言ったとおりだろう?」

「わかったわよ、アーサー」現実的な妻は、ガスコンロの前で忙しそうに働きながらそう答えた。「ほっときなさい。済んだことは仕方ないし、誰も本当にひどい目には遭ってないんだから」

だが、アート伯父さんは放っておくつもりなど毛頭なかった。何事も牛の反芻ほどしつこく嚙みしめるタイプだった。

「それは単に運がよかっただけで、責任ある行動の結果じゃないぞ」怒りのあまり、襟元のスタッドが揺れた。「おまえがあの子たちをナイトクラブやら何やらに行かせるから、こんな大変なことになったんじゃないか。スタンは頭をかち割られるし、マーリーンは警察に送り届けられたんだぞ！」

ちょうど朝食を食べようと降りて来たマーリーンが伯父の声を耳にして、キッチンに入るなり反論した。

「ちがうわよ！　ミスター・スプリングが店にいて、友人の刑事さんと一緒にタクシーを呼んでくれたのよ」

「なるほどな——それで、悪さをしたふたり組のガキみたいに、おうちに送り返されたってわけか！」

「全然ちがうってば！　タクシーを呼んでもらって、先にアローラを〈マルコ〉へ送ってから、あたしたちはここまで帰って来たのよ。伯父さんたちが早めに帰って来いって言うから、ちゃんと早めに帰って来たんじゃない」

たしかに彼女の言うとおりで、反論ができずにアート伯父さんは話題を変えた。「ほほう！　じゃ、アローラも一緒にいたのか、え！　そんな話は聞いてないぞ、お嬢さん」

アート伯父さんが聞いた話というのは、マーリーンから探り出したものだった。せっかちなマーリーンのこと、勢い込んで饒舌に語り始めたものの、最後にはもごもごと口ごもりながら、何も言わなければよかったと後悔したのだった。それでも、伯父に報告しなかった点がひとつふたつあった。具体的に挙げるなら、〈ダニーン〉に戻るタクシーの中でスタンが意識を失っていたことだ。幸いなことに、タクシーから降ろそうとした際に意識が戻ったので、マーリーンは手をわずらわされることはなかった。スタンはどうにか自分の足で自室までたどり着いたのだった。アローラの名前を出さなかったのは、単なるミスだ。伯父への説明の中で〝あたしたち〟と言ったとき、マーリーンは自分とアローラを指したつもりだったのだが、アート伯父さんは姪とスタンリーのことだと思ったらしい。

「そうよ、アローラもいたのよ」マーリーンはきっぱりと言った。「ずっと一緒だったの。それに、スタンが悪いんじゃなくて――」

「ほら、ふたりとも、もうよしなさいな！」リル伯母さんが、いつものきびきびとした威厳をもって命令した。「今はそのぐらいにしておきなさい。本当にひどい目に遭った人はいないんだし、みんないい教訓になったでしょ。特にスタンはね。アローラが一緒だったと聞いて安心したよ、マーリーン――スタンが誘ったの？」

「そうよ――リル伯母さん、本当のことを言うと、スタンはあたしのためを思ってアローラを誘ったの」

「そう、安心したわ」リル伯母さんがもう一度言った。「ちょっとだけスタンを見直したよ」

「そりゃよかったな」アート伯父さんがけんか腰で割って入った。「だがな、そもそもおれが知りたいのは、なんだってスタンはその〈グリーン・クカブラ〉とかいう店に行こうとしたのかってことだ。ゆうべは〈マルコ〉へ行くって話じゃなかったのか？〈マルコ〉だって、おれは初めからいい気はなかったけどな……」

その同じ疑問が、マーリーンの頭を大きく占めていた。満足のいく答えが出せず、黙り込んだ。アート伯父さんの喉の奥で低く唸る音がして、もう一度マーリーンを問いつめるつもりだと見たリル伯母さんが、機転を利かせて制止した。

「そこまでになさいよ、アーサー！　終わった話でしょ。放っておきなさい。ほら、タオルを持って、ちょっとは手伝ってよ。あんたもだよ、マーリーン」そう言うと、姪の両手に熱い料理の皿を持たせた。「これをスタンに運んでやって」

アート伯父さんはまだ少し唸り声を漏らしていたものの、引き下がった。マーリーンはスタンリーの朝食を持ってキッチンを飛び出したが、ダイニングルームに着くと、皿を大げさなほどそっと彼の前に置いた。

「頭はどう、スタン？」

「ああ、何ともないよ」スタンリーがぶっきらぼうに答えた。

マーリーンはためらいながら、テーブルクロスのフリンジ飾りをいじった。

「ねえ、スタン……〈グリーン・クカブラ〉で会わなきゃって言ってた相手の人って――ジョーって名前？」

前夜、気の緩んだスタンリーがその名前を口に出したように思ったのは、ビル・ウェッソンだけではなかったようだ。

「何だって！」スタンリーは腹を立てた。「きみまでそんなこと言ってるのか？　なんで〝ジョー〟って名前にこだわるんだ？」

「だって、ゆうべミスター・ウェッソンから訊かれて、あなた、その名前を言ったのよ……」

「あの間抜けなサツめ！」

「あの人、そんなに間抜けじゃないかもよ……ねえ、スタン、どうして――？」

「いいか、マーリー、よく聞け、よく聞くんだぞ！　ぼくはジョーなんてやつは知らないんだ、わかるか？　それから、ぼくはジョーなんて言ってないからな、知らない《ドント・ノー》って言ったんだ」

「そう、わかった。でも、もうひとつ気になることがあるの」彼女は少し息苦しそうに話を続けた。「ビールを取りに車へ戻ったとも言ってたでしょう？　スタン、あなた、店の外には出なかったわ――それに、車の中にビールなんてなかった……」

マーリーンを睨みつけて、しばらくスタンリーの目の奥が醜く光っていたが、ふっとその表情が軽蔑するような苦笑に変わった。

「馬鹿なことを言うなよ、お嬢ちゃん！　それは、あのビールがおまえの目に入らなかっただけだ。ビールは車の後ろに積んであったんだ、だからおまえには見えなかったんだよ。それに、おれは店の外へ出たさ、そうとも――じゃなきゃ、どこでこんな目に遭わされたって言うんだ？」彼は自分の頭にそっと触れた。

「あたしも、それが知りたいのよ」マーリーンが悲しそうな声で言った。「ああ、スタン、あたし本気で心配してるんだから！　あなた、いったいどんな厄介事に巻き込まれちゃったの？」

スタンは今度は怒りを隠そうとしなかった。「おい、マーリー、いい加減にしろよ！　もう充分だ、これ以上おれに関わるな！　それに、おれは厄介事になんか巻き込まれてない――巻き込まれるような厄介事なんてないからだ。さあ、もうあっちへ行ってろ――急いで出なきゃならないんだ」

スタンにそんなことを言われて嫌な気分になったマーリーンは、言われたとおりあっちへ行くことにした。実のところ、彼女の憧れの偶像《アイドル》は前夜から台座の上でぐらつき始めていた。過度なまでにあけっぴろげで歯に衣着せぬ物言いをするマーリーンは、こそこそと秘密めいた行動は嫌いで、特にこちらからの質問を威圧的にごまかされるのは気に入らなかった。スタンは何かを隠している、何かしら不名誉な、もしかすると違法なことを。彼女は少し悲しい気持ちでそのことについて考えてみた。

　マーリーンが去ると、スタンリーは朝食を食べ終えて仕事に出かけた。バス停までの坂をのぼりながら、復讐を心に誓っていた。相手が誰だろうと、いいように使われてたまるか。やつらでさえだ。今日の午前中はもちろん何もできそうにないし、午後も無理かもしれない。だがな、次のチャンスが巡って来たらすぐに、そう、開店と同時に〈グリーン・クカブラ〉へ乗り込んで、ルヴァンと名乗ったあの男に目に物を見せてやる。盗られた金を取り返すんだ――どんな手を使おうと！　今度は暗闇でふざけた真似なんかさせるか。

　その頃、ミスター・スプリングは自分のオフィスにいたが、ドアは開けたままにしていた。いつものように、二紙ある夕刊紙のうちの一方が出している土曜版の早朝刷りを読んでいると、男が入って来る音が聞こえた。

　新聞はミセス・コーマックの悲劇的な死については大して報じておらず、短い段落ひとつで淡々とした事実が二点、もう少し長めの段落の中で憶測と、捜査を担当するＣＩＢのチームの詳細が述べられているだけだった。表面的にはよくある交通死亡事故としか思えないことを考えれば、錚々たる顔ぶれが集まっていた。チームを率いるのは頭脳明晰、経験豊富な刑事のタイソン警部だ。それを支えるオールスター・キャストの名前が並ぶ一番下に、控え選手のような扱いでビル・ウェッソンの名もあった。予想通り、記事にはスプリングについては何も書かれていなかったものの、事故現場に居合わせた巡査の簡単なインタビューと、トラック運転手の名前、年齢、住所、そして次のようなコメントが載っていた……〈ミスター〝スパッジャー〟・ウィルクスは、不運な女性が突然暗い脇道から出て来て、自殺でもするかのように彼の大型トラックの前輪の前へと歩いて来たことに驚き、恐怖を覚えていると語った〉もっとも、〝つばめ《スパッジャー》〟・ウィルクスが実際に語ったのは、「あの女、気づく暇もなく飛び出して来たんだ。まるで地獄から飛び出したコウモリのように、コナーズ・ストリートからおれの真正面に出て来たんだよ。車の――タイヤの真ん前に……」だった。

ジミー・スプリングは新聞を脇へ置いて、部屋のドアまで行ってみた。外の受付スペースに立っていたのは初対面の相手ではなかったものの、その男が訪ねて来たのを見てスプリングは驚いた。〈グリーン・クカブラ〉のウェイターのひとりで、マックスという名前だということしかスプリングにはわからなかった。

「やあ、マックス！　わたしに会いに来たのかい？」

「ええと、そうです、ミスター・スプリング。あなたに――あなたに相談したいことがあって」

「中へどうぞ」彼はマックスを自分のオフィスへ案内し、ドアを途中まで閉じた。デスクの前に置いた椅子を彼に勧めた。「そこにかけて、心配事を全部吐き出すといい」

「ありがとうございます」

マックスはきちんとプレスされたズボンを注意深く引っぱり上げて椅子に腰を下ろした。スプリングはデスクの奥へ回って自分の椅子に座り、煙草入れを差し出した。

「後ろのドアを開けてあるけど、事務所にはわたしたちふたりしかいないから気にしないでくれ、マックス。誰かが訪ねて来たら聞こえるように、隙間を空けておきたいだけなんだ――土曜日はほかの社員が出勤しないのでね。煙草をどうだい？」

ウェイターは煙草を受け取り、スプリング自身が手に取った煙草の先に、素早く手際よく擦ったマッチの火を差し出した。日頃の習慣がすっかり身に染みついているらしく、そのためにわざわざ立ち上がりさえした。煙草に火がつくとマッチを吹き消し、再び腰を下ろしてから、自分の煙草用に改めてマッチを擦った。

「お店にいらっしゃったときに立ち話をするよりも、こちらへ伺ったほうがいいかと思いまして」

スプリングは同意するようにうなずいた。「そのための事務所だからね。ここならきみ同様、わたしのプライバシーも守られる。それで、マックス、どういう相談かな?」

「兄を探してほしいんです」

「お兄さんが行方不明なのか。ずっと前から生き別れになっていたのかい? それとも、最近になって理由もなく忽然と姿を消してしまったとか?」

「理由もなく忽然のほうだと思います。いきさつは――」

「ちょっと待って」スプリングは立ち上がり、デスクの中を引っかき回してメモ用紙を見つけ、シャツの胸ポケットから鉛筆を取り出した。前夜の嵐が去ってからいくらか涼しくはなったが、それでもやはり朝から暑く、スプリングは事務所にいるときにはいつもするように、シャツの袖をまくっていた。「まずは具体的な情報を書き留めておこう。マックス、お兄さんもきみと同じ苗字かな?」

「はい。カルメッツです。ベラ・カルメッツと言います」

ミスター・スプリングの鉛筆がぴたりと止まった。「今、何と……? カルメッツって言ったかい?」

「そうです。どうかしましたか? 驚いてらっしゃるようですが」

「ああ、ちょっと驚いたかな。その名前には——何というか、ハンガリーっぽい響きがあるのでね。なんとなく吸血鬼とか、廃城とかのイメージを連想してしまったんだ。失礼な反応だったね。申し訳ない、マックス」彼は言われたとおりの苗字を書き留めた。

「いいえ、気にしないでください」マックスはほほ笑みながら言った。「実のところ、おっしゃるとおりです。わたしの祖父が、当時はオーストリア＝ハンガリー帝国と呼ばれていた地域の出身なのです。が、祖母も母も生粋のイギリス人ですし、父もイギリスで生まれました。わたしたち兄弟もそうです——ただ、兄は祖父にちなんで彼の名前をつけられたのです」

「なるほど。では、ベラ・カルメッツという男性を探すという依頼だね。わかった。年齢は？」

「四十八歳です」

「外見は？」

「わたしより背が高いです。あなたよりも高いですね、たぶん少しだけ。わたしとよく似た顔つきですが、顔の輪郭はもう少し角ばっています。黒っぽい髪と、短く刈った黒くて四角い顎鬚。縁とツルの部分が黒くて太い眼鏡をかけています。服装は暗いブルーのものを着ていることが多いです」

「簡潔ないい描写だね、マックス」スプリングは満足そうにそう言いながら、素早く書き留めていった。「それにしても、ここまで聞いた特徴だと、人目を引きそうなものだがね、人混みに紛れてしまうタイプじゃなく」

「ひょっとすると……」マックスがためらいがちに切り出した。

「そうだね、わたしも同じことを考えていた……いなくなった日にはどんな服装をしていた？　それとも、そこまではわからないかい？」

「たぶんですが、一番気に入っていたブルーの服かと」

「なるほど。さてと、それじゃ、いきさつを聞こうかな」

「ベラはひと月近く前にエジプトからこっちへ出て来たんです。何年かカイロに住んでいました。ある日、ピッツ・ストリートで偶然会うまでは、兄がシドニーに住んでいるなんてまったく知りませんでした。そのとき兄は、わたしに連絡しようと思ったけど、どこを探せばいいのかわからなかったと言っていました――」

「きみと再会できて、お兄さんは喜んでいたかい？　それとも、ひょっとしてだが、きみに見つかってしまったことを悔やんでいなかったかい？」

「どうしてそんな質問を？」

「そうだな、きみに何も言わずに同じオーストラリアに来るなんて、おかしくないかなと思ってね」

「ああ、兄はそういう性格なんです。もう何年も手紙のやり取りもしていませんでしたし。兄は連絡もせず、突然わたしの前に現れて『やあ』と言う、そういう人でした。でも、まちがいなくわたしと再会できたことを喜んでくれていましたよ。どんな仕事をしてるんだと訊かれて、ナイトクラブでウェイターをしていると答えると、驚いていました。実のところ、面白い冗談だと思ったようです。とにかく、わたしは自分の仕事と自宅住所を伝え、兄はキングスクロスにある〈アルブマーレ〉というアパートを見つけたと言っていました――」

「いったい、どうやってアパートを借りたんだろう？　まさか、賃貸じゃなくて、買い取ったとか？」

「わかりません……その部屋は、わたしも一、二度訪ねたことがあります。最後に行ったときが、兄と会った最後になったのですが、兄はわたしに『月曜の夜はいつも通りに〈グリーン・クカブラ〉にいるか？』と尋ねました。わたしがそのはずだと答えると、兄は月曜日に店に会いに行くと言いました。午後十時から十一時のあいだぐらいに行くと。何か、わたしに紹介したい仕事があるとかで……」

そのとき、誰かが外の受付スペースに入って来た。音をたてずに入ったその人物は、ふたりの話し声に気づき、立ち止まって聞き耳を立てた……。

「それは、いつの月曜日だい？」

「先週の月曜日です。六日前の」

ジミー・スプリングはメモをとらなかった。椅子にもたれ、思案するような、心配するような視線を依頼人に向けていた。

「仕事の誘いというのは、何だったんだい、マックス？」

「まったくわかりません。兄はそのときには何も言っていませんでした」

「ふーむ……なあ、マックス、わたしに調査を依頼するのであれば、正直に話してもらわないと困るよ。どんな仕事の話か、心当たりもないのかい？」

「本当です、まったくわかりません」

「わかった。話を続けてくれ」

「それが……兄はその夜、店には来なかったのです。それ以来、一度も会っていません。兄のアパートを訪ねてみたのですが、そこにもいませんでした。何度訪ねてもドアに鍵がかかっていて、返事がないのです……」

「その〈アルブマーレ〉のほかの住人は、何か知らないのかい?」

「ええ。わたしが聞いて回った限りでは。とは言え、他人のことなど気にかけないような環境ですから――大きな建物が何棟も建ち並ぶうちの一棟でして。みんな、兄を見かけたこともないと言うのです」

「それでお兄さんが行方不明になっていると思ったわけだね。謎の失踪じゃないかと――ひょっとして、何日か出かけているだけでは?」

「すみません、この状況をどう捉えればいいのか、わたしにもよくわからなくて。わたしの知る限り、兄はたしかに姿を消してしまったのです――あなたのおっしゃるとおり、謎の失踪です。何と言っても、月曜日の夜に〈グリーン・クカブラ〉へ行くと、何か特別な目的があって訪ねると言っていたのに――それなのに、来なかったのですから……」

月曜日の夜か、とジミー・スプリングは思い返した。黒っぽい髪、ブルーのスーツ、それもほぼまちがいなく外国製のスーツだろう。黒っぽい顎鬚に太い黒縁の眼鏡……。

マックスは不安そうに額にしわを寄せていた。「おかしな話なんですけどね、ミスター・スプリング、実は水曜日の夜に、〈グリーン・クカブラ〉でベラを見かけた気がするんですよ――」

「何だって?」

マックスが激しくうなずいた。ドアの向こう側で静かに立ち聞きをしていた人影が、片手を奇妙に動かした。

「そうなんです」マックスが言った。「たぶん――ほぼまちがいなく――玄関ホールにいたんです。そのとき、わたしはテーブル席で料理を出していたのですが、もう一度そちらに目を向けると、もういなくなっていました。店の中には入って来なかったので、通路の奥のオフィスに行ったのかなと思いました。ところが、カルロスに訊いてみたら、夢でも見ていたんじゃないか、奥のオフィスには誰もいないぞと言われ、たしかにオフィスにはミセス・スピロントスも誰もいませんでした……。ですが、実のところ、考えれば考えるほど、あれは絶対にベラだったと確信――」

「でも、もしそれがお兄さんだったのなら、どうしてきみに店の中まで入って来なかったのだろう？　どうしてきみを避けたんだ？」

「わかりません。もしかすると――そう、もしかすると、やはり兄ではなかったのかもしれません。カルロスの言うとおり。ただ……」マックスの声は悲しそうにしぼんだ。

スプリングはしばらく黙っていた。やがて口を開いた。「マックス、わたしもカルロスの言うとおりだったんじゃないかという気がする。きみの見まちがいだったと思うし、そう考える根拠もある――」

マックスが大きな声を上げたが、スプリングは無視した。

「ひとつ教えてくれないか、マックス。どうしてわたしのところへ来たんだ？　どうして警察へ行かない？」

ウェイターは答えをためらった。「それは――ここだけの秘密にしてもらえますよね？」

「当たり前じゃないか。依頼人の機密を守れなきゃ、この商売は成り立たないよ」

「実を言うと、ベラがこの国でいったい何をやっていたのか、わたしにはわからないのです。いったいどうして突然オーストラリアへ来ようと思い立ったのか。わたしに持ちかけようとしていた仕事がどんなものなのか、まったくわからないのですが、少々怪しい話が絡んでいたとしても驚きません。

と言うのも、ベラは昔からずっと謎めいたところがあったからです。どうやって金を稼いでいたのかは知りませんが、必ずしも合法的でないこともしてきたはずだと思います」

「わかったよ、マックス、それ以上は言わなくていい。ひと言で言うなら、お兄さんは何かを企んでいたのかもしれないと」

「ええ……兄の身に何があったのかは知りたい、兄を見つけたい……でも、兄を危険な立場に追い込むようなことはしたくないんです」

ジミー・スプリングは椅子にもたれていた背中を起こし、デスクに両肘をついて身を乗り出した。「はっきり言おう、マックス」彼は真面目な口調で言った。「お兄さんの身に何が起きたのか、考えられる可能性はひとつしかないし、もしそれが実際に起きたのだとすれば、警察に知らせるべきだ――そして、警察は捜査に乗り出すだろう。だが、もしお兄さんが急に計画を中止して、その――しばらく身を潜めているのだとすれば、警察には秘密にしたほうがいい……ところで、〈アルブマーレ〉のお兄さんの部屋番号は？」

マックスが苦笑いを浮かべた。「兄の年齢と同じです。四十八号室。六階の部屋です」

スプリングはうなずき、メモに書き留めた。「さてと、もしやお兄さんの写真は持っていないかい？」

「いいえ。でも、似顔絵なら描けますよ。鉛筆画には自信があるんです」

スプリングはメモ帳と鉛筆を渡してやった。「描いてくれ」

マックスは煙草をもみ消し、人間の頭部と顔を描き始めた。才能ある画家のようなタッチで素早く描き進めるその似顔絵が完成する前から、どこへ行けばベラ・カルメッツが見つかるか、ジミー・スプリングにはたしかな目星がついていた。出来上がった絵を手に取り、熱心に観察した。

「マックス」彼はようやく切り出した。

「何でしょう？」

「今夜も〈グリーン・クカブラ〉に出るのかい？」

「ええ、もちろん」

「そうか。じゃ、今夜会いに行くよ。そのときに、きみに報告できることがあると思う。ただ、前もって忠告しておくがね、悪い知らせになるかもしれない」

「えっ、それはどういう意味ですか？　何か知って――？」

「何も知らないよ――今はね。だが、もう一度言うが、悪い報告になるかもしれない。とにかく、そのときまではあまり深刻に考えないことだ。今夜、店で待っててくれ――お兄さんとちがって、わたしはまちがいなく会いに行くから……」


マックスは重い足取りで事務所を出た。その直前に、ドアの後ろにたたずんでいた人物も影のようにひっそりと姿を消していた。残ったジミー・スプリングはデスクの上に両肘をついて頭を抱えたまま、目の前のスケッチ画に見入っていた。彼は今、板挟み状態に陥っていた。ベラ・カルメッツの身に何が起きたのか、常識的に考えれば結論は明らかだと思ったが、そう断定するには警察に確認をとらなければならない。だが、それでは依頼人の機密保持を破ることになる。マックスは、警察がこの件に目をつければ、兄にとって不都合なことが明るみに出るのではないかと恐れているのだから。だが、どのみち警察はすでにこの件に目をつけているのだ。それも、かなりの関心を持って……。

スプリングははっと顔を上げてドアに目を向けた。誰かが受付スペースに入って来た音がする。まったく慌てることなく、だがためらいもなく、こちらへ歩いて来る。ビル・ウェッソンだ。ウェッソンはまっすぐミスター・スプリングのオフィスの中まで入って椅子に座ると、真面目な顔で彼を見つめた。

「やあ」スプリングが言った。「ミセス・コーマックの件について、新たに何かわかったかい？」

「捜査中だ」ビルは曖昧に答えた。

「そうらしいね、新聞記事によれば。ＣＩＢの捜査チームを、積極的かつ聡明なる刑事であるタイソン警部が率いているとか。きみもまだ関わらせてもらってるのか、ウェッソン？」

ビルはうなずき、涼しい顔をしてスプリングの煙草を勝手に一本取った。

「どうして？」スプリングが訊いた。

「は？」

「どうしてかと訊いたんだ。きみは殺人課の刑事だろう？　この件はすでに麻薬取締課と風俗取締課が――」

「どうしてって、これは殺人課の捜査から始まった案件だからだ。ハーバーで見つけた死体、あの謎の男を覚えてるだろう？　あれは誰だ？　どこから来た？　この街で何をしていた？　誰が首を絞めて、海に突き落とした？　どんな理由で？」

「そこに、疑問がもうふたつ増えたわけか。トラックに轢かれるまで、ミセス・コーマックは昨日一日何をしていたのか？　そして、ミスター・コーマックはどうなったのか？　旦那についての情報もないのかい？」

ビルは暗い顔で首を横に振った。

スプリングが意地悪な口調で言った。「きみの捜査は素晴らしい成果を挙げてるんだな。見つけるつもりもなく見つけてしまった死体がふたつと、見つけようとしても見つからない生身の人間がひとり。なあ、コーマックはいったいどこでどうしてると思う、ウェッソン？　本当にちゃんとパースを捜索したのか？――たとえば、別の名前を使っているとか」

「そうだとしたら、やつのガールフレンドはその名前を聞かされてないらしい。心配を募らせている……ボー・ピープはどこだ？」ビルが唐突に尋ねた。

「ボー……？　ああ、マーリーンのことか。そう、彼女はね、特権階級の一員なんだ。土曜日は出勤しない。彼女がどうかしたか？」

「話がしたかった」

「話って、何の？　デートの誘いかい？　それとも、あの子が本当は変装したコーマックじゃないかと疑ってるのかい？」

「うるさい、黙れ！　あのボーイフレンドのほうに興味があるんだ、スタン・何とかって名前の。あいつ、おれたちには何も話さなかったがな、スプリング、ボー・ピープなら何か知ってると思うんだ」

「何を知ってるって言うんだ？」

「たとえば、ゆうべやつの身に、本当は何が起きたのか」

「そうか。マーリーンはうちで働いてもらって三ヵ月ぐらいになるが、昨日説明してくれた以上に話せることなんてないと思うがね。何と言っても、あの子はものすごく純情だし、まぶしい真っ昼間のように隠し事のできない、素直な子なんだ」

ビルのいかつい顔には、まったく何の表情も見られなかった。「それがどうした？　おれはあいつがスタンとかいう男に夢中になっていて、やつをかばうために何か隠してるんじゃないかと思う。彼女自身にもよくわかっていない、何らかの些細な情報を」

「ちょっと待ってくれ。まさかきみはうちの秘書が——馬鹿みたいに子どもっぽい、あの子が——何か関わってるとでも言うつもりか？　マリ——マリファナの密売に？」

ビルの顔にかすかな苛立ちが見え始めていた。「ふざけるな、スプリング。おれは手がかりを探しているだけだ。ボー・ピープからスタンについての情報を聞き出せば、何か事件に繋がる手がかりになるんじゃないかと考えている」

「どこに繋がるって言うんだ？」

「知るか。おれにわかるはずがないだろう？　何かに繋がるかもしれないし、まったく関係ないかもしれない。もし事件に関連する情報だったとしても、きっと彼女自身はわかっていないだろう。あの子のことなら心配無用だ、スプリング」

「わたしは別に心配なんてしていないよ、きみが何を考えているのかが気になっただけで。もしかすると、あのナイトクラブ、〈グリーン・クカブラ〉が絡んでると思ってるんじゃないだろうね？」

「かもな。だが、絡んでないのかもしれない」

「絡んでるものか！　言っただろう、わたしはあの店のことはよく知ってるんだ」

「店じゃなくて、あそこにいるあんたのガールフレンドのことをよく知ってるんだろう——」

「ガールフレンドじゃない！」スプリングが噛みついた。

ビル・ウェッソンの唇が歪み、一瞬だけ笑みを浮かべた。「わかった、わかった。おれが言いたいのは、いくらあんたがあの店のオーナーをよく知っているからと言って、店自体について知っているわけじゃないってことだ。まあいい、忘れてくれ。ボー・ピープはいないんだな――どこへ行けば会える？　自宅か？」

「たぶん。わたしには何とも言えないな……ウェッソン、マリファナの話だがね――CIBはずいぶんと本腰を入れて捜査を始めてるようじゃないか。でも、マリファナがらみの事件なんて珍しくないだろう？　船で渡って来た連中が、ちょくちょく大麻所持で捕まってる」

「まあ、そうだが、それはどれも個別の事件だ。それぞれが勝手に持ち込んだものだ。だがな、今度のは組織ぐるみで相当な量のマリファナを密輸してる兆候がある。そう考えざるを得ない情報が毎日のように届いてるんだ、ミセス・コーマック以外にもな。ただ、彼女はマリファナの犠牲になって命を落とした――死ぬまでに、いったいどれほどの苦しみを味わったことか。マリファナを吸った人間がどうなるか、あんたも知ってるだろう？　特に年齢層の低い人間が吸ったらどうなるか」

「ああ。それはわたしも知っている。若い連中は〝婚前ドラッグ〟とか呼ぶらしいね。セックス目的のドラッグ。刻み煙草と混ぜ合わせて紙で巻く〝リーファー〟とかいうやつだ」

「そう――だから、本人の気づかないうちにマリファナを吸わされてる可能性だってある。どんな犯罪よりも邪悪で卑怯だ……じゃ、またな」

「ちょっと待って！」スプリングが慌てて止めた。決心はついた。やはり警察には知らせなければ。ほかに方法はない。「ちょっとだけ待ってくれ、ウェッソン。見せたいものが……」

ビルがもう一度椅子に座った。

「ウェッソン、ハーバーから引き上げた死体の写真はまだ持ってるかい?」

「ああ」ビルは表情を変えずに言った。

「もう一回見せてくれないか」

ビルは財布の中から写真を取り出し、デスクの向こうへ滑らせた。スプリングはその写真をじっくり観察し、ビルはそんなスプリングをじっくりと観察した。

「それで?　どういうことだ?」ビルは低い声でそっと尋ねた。

「この男――たしか、奇妙なまでに青白い肌をしていると言っていたね?」

「医者はそう言ってた。おれが死体を見たときには、顔が真っ白にふやけた感じだったな」

ジミー・スプリングはゆっくりと背中を椅子にもたれた。「そんなので、よくもわたしを馬鹿呼ばわりできたものだね!　きみたち警察は、どうしてその男の顔が不自然なまでに白かったのか、その理由に気づかないのかい?」

ビルはげんなりしたように言った。「なあ、水が死体に及ぼす作用について講義でもするつもりなら――」

「ちがう、そういうことじゃない、まったく別の話だ。この男の顔――頰と顎と上唇の上の部分――が、胴体と同じように真っ白だった理由は、胴体と同様に、常に紫外線や外気を遮るように覆われていたからだ。顔を覆うと言ったら何だ、ウェッソン?」

ビルは少し苛立ったように言った。「おれは顔を覆ったりしないからな。くだらない話はやめ――」

彼は突然言葉を切り、スプリングをじっと見つめた。「なんてことだ!　髭だ……」

「そのとおりだよ。顎鬚だ。この男を殺した犯人は、その夜のうちに彼の髭を剃り落とし、所持品を残らず抜いて、着ていた服のラベルを全部切り取り、眼鏡を取り上げた――」

「どうして眼鏡をかけていたとわかるんだ?」

「これを見てくれ」スプリングは、マックスが描いた行方不明の兄の似顔絵を渡した。

「大当たりじゃないか、スプリング。同じ男――かもしれない……こいつは誰なんだ?」

ジミー・スプリングは説明し、マックス・カルメッツが数分前に訪ねて来たことを話した。「ちなみに、依頼人の機密保持を破ってしまって、胸が痛むよ」

「気にするな。遅かれ早かれ警察に届けなきゃならなかったはずだ。これは殺人なんだ。もし進んで情報提供しなかったら、そのせいであんたも共犯者とみなされていただろう」

「きみの口真似をするなら、〝かもな……〟ってところだね。わたしは善良な市民として警察に協力している。だが、私立探偵としては失格だ」

ビル・ウェッソンはその発言を無視した。「ベラ・カルメッツ」彼はつぶやいた。「エジプトか……」彼は視線を上げてスプリングを見ると、その朝アート伯父さんが言ったのと同じ台詞を吐いた。ただし、アート伯父さんとはちがって低く、ゆったりとした声で。「やっぱりおれの言ったとおりだったろう?　な、言ったとおりだろう?」

「わかってる――マリファナだって言いたいんだろう?」スプリングが苦笑いを浮かべた。「でも、ウェッソン、その推理はあまりにも乱暴すぎる」

その言葉が聞こえていたとしても、ビルは何の反応も示さなかった。再び写真と似顔絵を比べるように見下ろしてつぶやいた。「エジプトからの十一番めの災い……この男は密売ルートを開拓するためにシドニーへやって来たのだろう――あるいは、自分でマリファナを持ち込んだのかもしれない。

ところが、誰かに殺された。ライバルのしわざか。あるいはこの男が持っていたマリファナを——力ずくで盗んだのか……」

「どうして?」

「おれにわかると思うか」

「ほかにわかる人間がいると思うか? 仮にきみの言うとおりだったとしよう、ウェッソン。それで、何か見えてくるのかい?」

ビルが椅子を立った。「時間の無駄だ。行くぞ」

「行くって、どこへ?」

「そのマックスとかいう男を連れて、死体の身元確認をさせる……どうした?」

「わたしは馬鹿だ」ジミー・スプリングがしょげ返って言った。「マックスの住所を訊くのをすっかり忘れていたよ。行方不明だというお兄さんの特徴を聞いたときから——」

「オーケー。マックスは〈グリーン・クカブラ〉で働いてるんだったな——これで、ますますあの怪しいバーに興味が湧いてきたぞ」

「怪しいバーなんかじゃないって言ってるだろう、完全に真っ当なナイトクラブだよ。ただ、開店は午後六時だから、マックスは五時ぐらいまでは出勤しないだろう。今夜店に会いに行くと言ってあるんだ。そのときには何か報告できると思うってね。さっきだって、わたしはすでに報告すべき内容は確信していたんだが、あまりにも残酷で……」

ビルは情け容赦なく言葉を浴びせた。「まったく、そんなのでよくこの商売がやってられるな。なあ、あんたのガールフレンドに電話をかけてくれ——彼女ならマックスの住所を知ってるだろう。知らなきゃおかしい」

「彼女もきっと店にはいないよ」

「じゃあ、自宅にかければいいだろうが」

ジミー・スプリングは忍耐強く、噛んで含めるように言った。「よく聞け、ウェッソン、わたしの言うことをそのでかい頭にしっかり刻み込んでくれ。ミセス・スピロントスは、きみの言う意味合いでは、わたしのガールフレンドなどではない。彼女のことは〈グリーン・クカブラ〉の経営者として知っているし、ファーストネームで呼んでいるが、それだけの関係だ。彼女の自宅の住所も知らない」

「わかった、わかった。それなら、電話帳で調べてくれ」

スプリングは電話帳を調べ、番号を見つけてダイヤルを回した。一分ほど待った。「誰も出ない」

「かけ直してみろ。番号をかけまちがえたのかもしれない」

スプリングはダイヤルし直し、受話器を耳に当てたまましばらく座って待っていた。

「やっぱり出ないな。彼女、出かけてるにちがいない」

「わかった」ビルがいらいらしたように言った。「じゃ、ドン・ジョヴァンニにかけてみろ、ほら、あのウェイター長だ」

スプリングはゆっくりと受話器を戻して椅子にもたれると、いらいらした様子のビルを見上げた。

「彼の名前は？」

「あんたが知ってるんだろう？」

「ああ、カルロスだよ。でも、苗字は？」

「くそったれ！」ビルは鋭く怒鳴った。「電話をよこせ」

彼は電話帳を調べてナイトクラブの番号を見つけ、ダイヤルを回した。しばらく待ってから言った。

「もしもし、聞こえるか、おれは――おい！　もしもし！……」

「どうかしたのか？」スプリングが訊いた。

「誰かが電話に出たが、何も答えない」

「もう一回かけ直してみたらどうだ。きっと途中で回線が切れたんだろう」

ビルは受話器を一旦戻してから、同じ番号にかけ直した。わけがわからないと言うように眉を寄せてスプリングをじっと見つめる。「話し中だ。ほら」

受話器を渡すと、スプリングが再び自分の耳に当てた。

「たしかに話し中の信号音だな」

「ああ。最初にかけた電話が繋がったままになってるんだ。店には絶対に誰かがいる。そして電話に出ようと受話器を上げた――が、何も答えず、電話を切ってもいない……行くぞ。どうなっているのか、あの店に確認しに行く」

第十四章

ふたりはアッシュ・ストリートへ出ると、パリングス・プレイスなどという大げさな名前がついた壁の穴のほうへ向かった。ジョージ・ストリートは土曜日の朝からショッピングに出て来た人々で混み合い、のろのろとした人の流れができていた。ふたりは通行人をよけるように進みながらウィンヤード駅の前の横断歩道までたどり着き、そこで交通整理に当たっていた巡査にビルが何か話しかけた。すぐに巡査は、横断しようとしていた歩行者たちを制止して自動車の列に進めと合図すると、走って来たタクシーを呼び止めた。ふたりはそのタクシーに乗り込んで、キングスクロスを通ってスプリングフィールド・アヴェニューを走り、ちょうどスタンリー・フィッシャーが前夜レンタカーを駐めていた地点に着いた。運転手にそこで待っているようにと念押ししてから、ビルはスプリングを先導して六段ほどの石の階段を降り、〈グリーン・クカブラ〉のドアへ向かった。

ドアは閉まっており、その上に掲げられたワライカワセミは、夜とは打って変わって、ただの白い鳥の骨格のように見えた。ビルはドアを勢いよく叩いたが、何の反応もなかった。

「誰もいないようだね」スプリングがぼそぼそと言った。

「数分前には誰かいたんだ。ほかの入口はないのか？」

「さあね」

ビルは冷たい目で睨んだ。「本当に役に立つやつだな」

「だって、冷静に考えてみてくれよ、ウェッソン」スプリングが穏やかな口調で弁解した。「わたしは報酬もなしに、かなり長時間きみに振り回されている。それに、正直に言わせてもらえるなら、きみの言うようなマリファナ・ギャングとやらが、一応は法の規制を遵守しているはずのこの街にのさばっているとは、とても思えないんだ」

「あんただってカルメッツを見つけたいんだろう?」

「居場所ならわかってる。いや、夜になったら会えると言う意味だよ」ビルが睨むのを受けて、慌てて言い直した。「それに、もうひとりのカルメッツが今どこにいるかは、きみもわたしも知っている」

「いいから、ついて来い」ビルは鋭く言うと、低まった小道を歩きだし、スプリングはその後をぶらぶらとついて行った。その小道は少し先で、キングスクロスでよく見るような細い路地と交わっていた。路地と言っても、ふたつのレンガ壁に挟まれた隙間に過ぎず、壁の一階部分には窓がなかった。奥にあるのはアパートの建物の壁で、二階より上には窓があるものの、そのどれもが〈グリーン・クカブラ〉の横側の壁と屋根に面していた。その細い隙間のような路地の途中に、小さな木の扉があった。

スプリングは思考を巡らすようにその扉をじっと見ながら、帽子を脱いで髪を撫でつけた。「あの扉はいったい何だろう?」

「通用口だろうな」ビルは興味深そうにスプリングのほうを見た。「ここに扉があることを、あんたは知らなかったのか?」

「知らなかった。ここからビールを運び込んでいるのかな」

ビルがノックしようと拳で扉に軽く触れたところ、少し動いたので、さらに押してみた。扉は音もたてずに開き、ビルは茫然と立ち尽くした。

「どうかしたのか?」スプリングが尋ねた。

「何だ?……ああ、いや、何でもない——ちょっと考えていただけだ……よし、ドアは開いている、そしてここは公共の建物だ」

彼は敷居をまたいで、狭くて暗い廊下に入った。右側にドアがあり、すぐ目の前にも別のドアがあった。右側のドアは鍵がかかっていた。正面のドアにはかかっていなかった。ビルがそのドアを開けて入ると、そこは〈グリーン・クカブラ〉のレストランの中だった。

広い室内は暗く、誰もいなかった。ただ、楽団用の壇の照明はついており、そこに三人の人影があった。髪の長い、美しい顔をした若い男と、着飾ったふたりの若い女だ。美しい男のほうは楽団のリーダーで、ふたりの女性のうちのどちらかを新たに歌手として雇おうと、彼なりのオーディションのような面談をしていたのだった。

ビルとジミー・スプリングはまっすぐにその壇に向かって歩いて行った。「やあ、ウォリー」スプリングが言った。

「ハーイ、ジミー」バンド・リーダーが気だるそうに返した。少しして、「あれ、今どうやって入って来たの?」と訊いた。

「通用口からだ。開いていたんでね」

「困るなあ、コーラ」ウォリーが不機嫌そうに言った。「鍵をかけといてって言ったじゃないか」

ビルがいつものぶっきらぼうな口調で尋ねた。「ここにいるのはあんたらだけか?」

ウォリーは無関心な目をビルに向けた。「この人、誰なの、ジミー?」

「CIBだよ、ウォリー。ウェッソン刑事だ……ウェッソン、こちらはウォリー・マイヨ、〈グリーン・クカブラ〉の音楽マエストロだ」

ビルは唸り声をひとつ上げてから、質問を繰り返した。

「ああ、そうだよ」ウォリーは締まりのない口調で答えた。

「店の電話はどうした? さっき電話に出たのは誰だ? おれがかけたとき——」

「ああ、あの電話、あんたがかけてたの。そりゃ悪かったね。コーラが出たんだけどね。もう受話器なんか外しちゃって、そのままほっとけって、ぼくが言ったんだよ。取り込み中だから、邪魔されたくなかったんだ」

涼しい顔をした気だるそうな若者を、ビルが睨みつけた。その表情を見て、スプリングは思わず笑みを浮かべた。大騒ぎした謎の真相がこんなものだったとは!

「天才を相手に文句を言っても無駄だよ、ウェッソン。天才っていうのは、そんな行動をとるものさ」

その天才が、はっと何かに気づいた。再びビルに向けた目には、今度はかすかな興味が浮かんでいた。「CIBって? ぼくたちがいったい何をしたって言うの?」

「何も」ビルが言った。「情報を集めているだけだ。ウェイターのマックスに会いたいんだがね——彼の住所を知らないか?」

「サツの連中がマックスに何の用? 彼がいったい何をしたって言うの?」

「うるさいな、マックスも何もしちゃいないさ。ただ居場所を突き止めたいだけだ」

ウォリーの視線がスプリングに戻った。スプリングが説明した。「マックスのお兄さんが行方不明になってるんだよ、ウォリー。それで、発見したかもしれないから、確認のためにマックスに同行してもらいたいんだ」

ウォリー・マイヨは興味をなくした。マックスの私生活については何も知らなかったので、例の気だるそうな態度に戻って、そう伝えた。それでも、カルロスなら何か知っているのではないかと助言し、彼の自宅住所を教えた。早くオーディションの続きがしたいので、さっさと出て行ってくれという願望を態度に表しながら。最後に、「この人たちが帰ったら、今度こそあのいまいましいドアを閉めて、きちんと鍵をかけてくれよ、コーラ、頼んだよ」とつけ加えた。

ビルたちはウォリーを残してレストランを後にした。狭い廊下に戻ると、スプリングは鍵のかかったほうのドアを指さした。「わかった――このドアはジョーのオフィスに繋がっているにちがいない」

ビルはまた気づかれないほど素早く、スプリングのほうをちらりと見た。「そうだな――あんたがいつそれに気づくか、待ってたんだ」

ふたりは建物の外に出てスプリングフィールド・アヴェニューまで戻り、待たせていたタクシーで音楽マエストロに教わった住所へ向かった。カルロスがダーリング・ポイントの最高級マンションの最上階に住んでいると、さらには、身の回りの世話をする男の使用人を雇っていると知っても、ふたりはまったく驚かなかった。主人の立ち居振る舞いを真似ているにちがいないその使用人が、ドアを開けて応対した。

「カルロスはいるか?」ビルが低い声で言った。

「もう一度おっしゃっていただけますか?」

「カルロスだよ――まだ起きてないのか?」

「ミスター・カルロスは」と使用人は横柄な言い方で答えた。「休んでおられます」

「オーケー。じゃ、主人の御前《おんまえ》に案内してくれ……さっさとしろよ、まったく。おれは警察官だ、あんたの言うミスター・カルロスとやらに会いたい」

「はあ――警察、ですか?」

「そうだ」

男はドアを大きく開け、小さな玄関ホールにふたりを入れた。「こちらで少々お待ちください……」そう言うと、両開きのガラスのスイングドアを通って姿を消した。ビルは壁にもたれて、また低い声で何かをぶつぶつとつぶやいた。

ジミー・スプリングはビルを見てにやにやと笑った。「きみの長所は、その機転だね。いつになったら警察と名乗るのかと思ったよ――かわいそうに、今の男、最初はわたしたちが裏社会の人間だと勘ちがいしたにちがいない」

「ありゃいったい何様のつもりだ――五月祭の女王にでも選ばれたのか? 『ミスター・カルロスは休んでおられます』などと……」

使用人が戻って来て、ビルの表現を借りるなら、ふたりを〝主人の御前《おんまえ》に案内〟した。豪華な内装のラウンジ――シドニーにはリビングルームという部屋はなく、〝ラウンジ〟と呼ぶ――を通り抜けて、レンガに囲まれた外の小さなポーチへと、ふたりを連れて行った。外壁は大人の腰の高さほどだった。レンガは心を落ち着かせるような緑色に塗ってあり、白い鉢に植えられた細くて背の高い灌木が二本、開けっぱなしのガラス扉の両脇に立っていた。ポーチ用の家具にふさわしく、白く塗られた重そうな木製の椅子が何脚かと、ガラスの天板の錬鉄製のテーブルが置いてある。誰にも邪魔されないその私的空間で、広いハーバー全体を見渡し、ラッシュカッター・ベイやエリザベス・ベイに浮かんだ何艘ものヨットや遊覧船を眺めながら、かの偉大なる男はゆったりとくつろいでいた。服装もそれにふさわしいものだ。黄色い半袖のサファリ・ジャケットと明るいブルーのズボン、黄色いサンダル。おまけに、太陽はまだ建物のこちら側まで移動していないというのに、両目はサングラスに覆われていた。

ビルたちがポーチに出て来ると、カルロスは立ち上がり、職業柄身に染みついた礼儀正しさで出迎えた。「これはこれは、おはようございます、ミスター・スプリング。おはようございます……」彼は言い淀んだ。

「おれのことは知ってるはずだろう」ビルが言った。「名前を忘れたのか、ウェッソンだ。CIBの」

「ああ、そうでした、覚えていますとも。うちの者が、警察がどうとかと言っておりましたが、あなたのことでしたか……どうぞ、おかけください」

ジミー・スプリングは外壁から充分離れた椅子を選んで腰を下ろした。あの壁はやけに低いし、下の道路まではずいぶん高さがある。だが、ビルは立ったまま、険しい目つきでカルロスを睨みつけていた。

「〈グリーン・クカブラ〉に、マックスってウェイターがいるな?」

「ええ、おります」

「苗字は知ってるか?」

「ええ。ジョンソンです」

「ジョンソン?」

「そうです、マックス・ジョンソン。うちで雇うときに、彼自身がそう名乗りましたよ」

ビルは少し戸惑ったような目をスプリングに向けた。スプリングが言った。「たぶん偽名だ、ウェッソン。マックスはちゃんとした男だよ、カルロスもわたしもよく知っている。仕事上、都合がいいように、英語風の名前を使っているのかもしれない」

「かもな……」

カルロスはサングラスをさっと外し、ふたりの男を代わるがわる厳しい目つきで見た。「偽名——英語風の名前……いったいどういうことですか?」

スプリングが説明した。「マックスが今朝わたしの事務所へ来てね、カルロス、謎の失踪を遂げたお兄さんを探してほしいと依頼されたんだよ——」

「兄弟がいるとは知りませんでした」

「明らかにいるんだ——いや、いたんだ。そして、その男はジョンソンなどという名前ではなく、変わった名前だった。苗字は……カルメッツっていうんだ」

カルロスの顔を注視していたビル・ウェッソンは、彼がその名前を聞いたとたん、ショックを受けたにちがいないと確信した。驚いた表情などの、見てわかるような変化は何もなかった。むしろ、その反対だ。カルロスは一度瞬きをした後は、身動きひとつしなかったのだ。

「カルメッツですか?」

「そうだ」スプリングが言った。「ベラ・カルメッツだ。マックスは、わたしには自分の名前もマックス・カルメッツだと言っていた——特に隠すつもりはないようだったよ。それで——」そう言うと、ビルのほうへ帽子を振ってみせた――「ＣＩＢがそのベラ・カルメッツという男を発見したらしくて、こちらのミスター・ウェッソンがマックスの住所を教えてほしいそうだ。マックスを見つけて、一緒に身元の確認をしてもらいたいのでね、ＣＩＢが――その――保護している男の」

話を聞いているうちに、カルロスはショックから立ち直ったらしい。「保護？　どうしてその男は自分で身元の証明をしないのですか？」

「無理だ」ビルが素っ気なく言った。「自分じゃ証明できない。死んでるからな。そういうわけで、マックスの住所を教えてもらいたい」

「少しお待ちください」カルロスはそう言って建物の中へ入った。一、二分もしないうちに、指先でつまむようにして小さなノートを持って来た。「ここに書いてありました。ダブル・ベイ、エッジウォーター・ロードの二十三番地です」

ダブル・ベイと言えば、ダーリング・ポイントとはハーバー沿いのすぐ隣だ。住宅地を選ぶなら、まずはダブル・ベイに住み、成功の度合いによって、次はポッツ・ポイントやヴォークルーズやベルヴュー・ヒルといった高級住宅地へ移っていくのがお決まりだ。商業施設も、同じような経緯をたどる。だが、芸術やエンタテインメントの世界だけは――もちろん、キングスクロスのボヘミアンな一画は例外として――そのルールは当てはまらない。

ジミー・スプリングが椅子から立ち上がった。「どうもありがとう、カルロス。こんな朝早くから押しかけて申し訳なかったね。でも、どうしてもきみの協力が必要だったんだ」

ふたりが出て行くのを、ウェイター長はひとりでじっと見送った。まちがいなく下の階へ降りたと思われるまで時間を置いてから、彼はラウンジの電話に向かった。受話器を手に取る前に、電話が鳴りだした。カルロスは受話器を取った。

「カルロス？」女性のかすれた声がした。

「はい？」

「ジョーよ」〈グリーン・クカブラ〉の経営者が名乗った。フランス語だった。

「事情は聞きました。わたしもあなたに電話をしようとしていたところです。話があって」

「わたしもあなたに話があるのよ、カルロス。ここへ来てちょうだい――今すぐ」

「ですが――」

「ですが、じゃないの。どうしてもすぐに来てちょうだい――絶対よ」

「今、こちらで何があったか、知っていますか？　警察が訪ねて来たのです。そう！　ＣＩＢが来たのですよ。あの死体がカルメッツだと突き止めたようです。うちのウェイターのマックスというのが――」

「突き止められた？　なんてこと《モンデュー》！　こんなに早く！……ええ、マックスなら知ってるわ――当然でしょう。だからこそ、来てって言っているの――今すぐによ……」


タクシーはまだ建物の前で待機していた。シドニーのタクシー運転手がここまで辛抱強く客を待っていたのは、相手がＣＩＢの刑事だったからだ。ふたりはそのタクシーでダブル・ベイへ向かい、エッジウォーター二十三番が一軒家なのを見つけて驚いた。道路から少し奥まって建つその家には、小さくてきれいな庭があり、建物は手入れが行き届いて住み心地がよさそうに見えた。

「今度こそ、わたしに話を任せてもらえないかい？」ドアの前に並んで立つと、スプリングはビルにそう尋ねた。「何と言っても、彼はわたしの依頼人だし、悪い報告をしなきゃならないのだからね」

「今度こそ?」ビルが繰り返した。「おれに言わせれば、どこへ行ってもあんたが話をしてるじゃないか」

「わたしが言いたいことはわかるだろう? まずはわたしから彼に話をさせてくれ」

だが、結果的にはどちらもマックス・カルメッツとは話ができなかった。相手が留守だったという、至極真っ当で決定的な理由からだ。ドアを開けてくれたのは黒髪の魅力的な女性で、ミセス・ジョンソンだと名乗ったが、ビルに指摘されると、本名はミセス・カルメッツだと認めた。彼女は、夫は留守だとつけ加えた。朝早くから市内へ出かけ、まだ帰っていないのだと言う。

「昼食には帰って来るのか?」ビルが尋ねた。

「そうね、どっちとも言えないわ。実際に帰って来るまでは、いつ帰るかわからない人なの」

スプリングはいつものいたずらっぽい笑顔で言った。「それじゃ、彼の食事の支度にも困るでしょうね」

「正直に言うとね、彼がうちにいるとき以外は食事の用意はしないのよ。どのみち、わたしよりも料理が上手な人だから、予定外に早く帰って来たときには、自分の食事は自分で作ってもらうの。ときには、わたしの分までね……それで、どなたが訪ねてみえたと伝えればいいのかしら?」

その質問に、職務上の義務としてビルが身分を明かすと、彼女の表情に警戒の色が表れた。ジミー・スプリングが再び笑みを向けた。

「大丈夫ですよ、ミセス・カルメッツ、心配するようなことは何もありません。マックスは別にトラブルに巻き込まれているわけじゃありませんから。こちらのウェッソン刑事は、善良な市民であるマックスに用があって来ているのです」そう言われても、マックスの妻には意味がわからなかったが、何となく安心できそうな気がした。「スプリングが訪ねて来たと、それから約束通りに今夜店に会いに行くと、そう伝えてもらえませんか？」

ミセス・カルメッツは、そう伝えておくと言ってドアを閉め、ふたりの男は待たせてあったタクシーに向かった。

「さてと、ここまでだな」スプリングがつぶやいた。「きみがこれからどうするつもりかは知らないがね、ウェッソン、わたしはこれ以上マックス・カルメッツ、別名ジョンソンを探し求めて、東部の郊外をふらふらと走り回るつもりはないよ」

「じゃ、何をするつもりだ？」

スプリングは腕時計を確認した。「これからすぐに市内へ戻って、昼食を摂るよ。きみは？　一緒にどうだい？」

ビルは首を横に振った。「おれは反対方向へ向かう。バスで行くから、このタクシーはあんたが使うといい」

「ははん！」スプリングは茶目っ気たっぷりに言った。「ベルヴュー・ヒルだな。幸運を祈るよ。マーリーンによろしく伝えてくれ」

ビルを残してタクシーが市内へと走り始めた後で、ここまでの分も含めたタクシー代の全額を自分が払わなければならないのだと、スプリングは気づいたのだった……。

第十五章

〈ダニーン〉には誰もいなかった。もちろん、ドノヴァン夫妻とマーリーンはいたが、下宿人たちはそれぞれ外出していた。若者たちのほとんどはビーチへ、年配者たちは、市内まで出かける者もいれば、手近なカフェやレストランへ行っている者もいた。みな外に出なければ、昼間は食事にありつけないからだ。

ドノヴァン夫妻と彼らの姪はちょうど、自分たちの昼食の後片付けを終えたところだった。アート伯父さんは食後の昼寝をしようと、どこかひとりになれる秘密の場所を見つけて休んでいた。リル伯母さんはキッチンに残って家事にいそしんでおり、マーリーンは日光浴をしに庭のプールに来ていた。プールといっても、魚やら人魚やらで立派に装飾された巨大な噴水のある、小さめのコンクリートの箱に過ぎない。だが、かつて〈ダニーン〉が誰かの私邸だった頃には、そのプールは当時の主にとっての誇りであり、喜びの象徴だった。観賞用プールとして愛でられていた頃は、地下に繋がる謎の配管システムによって勝手に注水と排水がされていたのだが、今ではぴたりと水の循環が止まり、水位も半分までしか溜まらず、プール自体がすっかり愛すべき冗談と化していた。人々はそこを〝泥沼〟と――ただし、J・モンタギュー・ベルモアだけはいつも朗々とした声で〝遺物の堀〟と――呼んでいた。

オーストラリアの若い娘たちがあれほど陽射しを浴び続けてもなお、世界一美しくいられるのは、実に驚くべきことだ。マーリーンもまた日光浴をしようと、その哀れな小さなプールにやって来たのだった。帽子もかぶらずに芝生の上に腹這いに寝そべり、プールのコンクリートの縁に雑誌を立てかけた。雑誌と言っても、新聞の付録について来るような薄っぺらなものだ。サンドレスの肩ストラップを上腕まで引き下げ、ドレスの裾を膝の上までたくし上げる。そうやって横たわっている姿は、妙に幼く見えた。若々しく、無垢だ。

少なくとも、普段は無感動なビル・ウェッソンにはそう思えた。バス停から黙々と坂を下りて来たビルは、庭の入口の門にもたれて帽子を後ろへずらし、かすかな笑みを浮かべてマーリーンの姿に見入っているところだった。しばらくそうやって立ったまま、マーリーンが気づいてくれるのを待っていた。ところが、雑誌に夢中になっているマーリーンは、まさか自分に興味を持っている人物がすぐそばにいるとは夢にも思っていなかった。そこで、ビルは遠慮がちに咳払いをした。マーリーンはその音にすっかり仰天し、雑誌をプールの中に落としてしまった。辺りを見回すと、ビルがいやらしい目で見ている――と彼女は思った――のを見つけ、瞬間的に怒りと狼狽が入り混ざった感情が湧き上がった。ドレスの裾を下げると同時にストラップを上げようとして、どちらも失敗した。

「あああ！　あんた、いったい――！」

「やあ、ティッチ」ビルが真面目な声で言った。

マーリーンは怒りながら鼻を鳴らした。「へえ、今度はティッチなの！」

ビルは門の上にかけていた腕を降ろして、掛け金に手を伸ばした。「入っていいか？」

「だめ！」マーリーンが即答した。「なんで？　何をしに？」

「おまえに話があって」

「話って何よ？」

「いくつか質問したいだけだ」

「ああ、もう勘弁してよ！」マーリーンが悲愴な声を上げた。

その返事が、どうぞお入りくださいという意味だと解釈したビルは、門を開けて庭に入った。彼女のところまでずんずん近づき、びしょ濡れになった雑誌をプールから拾い上げると、彼女の隣に腰を下ろした。マーリーンは敵意をむき出しにして睨んだ。すでにどうにかストラップをきちんと肩に戻し、ドレスの裾をこれ以上伸ばせないほど引っぱり下ろしていた。ビルは仰向けに寝転がり、帽子を目の上にかぶせて満足そうにため息をついた。

「ああ、生きてるって感じがするな！　そのうち、一緒に午後のビーチへ行かないか？」

「あたしに質問をしに来たっていうのは、そのことじゃないんでしょう？」

「まあ、ちがうが――今のも本気だ……教えてほしいんだがな、ティッチ、あんたのボーイフレンドの〝スタンリー・何とか〟ってやつは――」

「ボーイフレンドじゃないってば」

「そりゃよかった。おれにもチャンスがあるってわけだ……とにかく、そのスタン・フィッシャーとかいう男――今、近くにいないだろうな？」

「いないわ」

「何をしている男だ？」

「どういう意味よ、何をしているかって」

「どうやって金を稼いでる？」

「市内で会社務めをしてるの。知ってるでしょ？」

「ああ――だが、そのほかには何をしてる？」

「どういう意味よ、ほかって。ほかには何もないはずよ、フルタイムのお勤めなんだから」

「不労所得はあるのか？　賭け事の胴元とか、その類のことをやってないか？」

「もう、馬鹿なことを言わないでよ！」

「あのな……ティッチ！」

「だから、ティッチって呼ばないで！」

「わかった、わかった……聞いてくれ、ティッチ、あいつはなんでゆうべ〈グリーン・クカブラ〉へ行ったんだ？」

「行きたくなったからでしょ、たぶん。逆に、どうして行ったらおかしいの――行っちゃいけないって法律でもあるの？」

ビルはため息をついて、帽子を顔から押し上げて起き上がった。「いつもいつも、そういう態度ばっかり取るのはやめろよ、ハニー。まるでおれが取って食おうとしてるみたいじゃないか」

マーリーンは緑色の瞳をきらりと光らせてビルを見た。「こういう態度ばっかりじゃないわ。でも、どうしてスタンに直接訊かないの？　どうしてあたしからこっそり聞き出そうとするの？」

ビルは無感動な、だが真剣な目を彼女に向けた。「よく聞くんだ、ハニー。おれはたしかにサツの人間だ。だがな、警察官にはやらなきゃならないことがあるんだ。警察官の主な義務が何だか知ってるか？」

「人を質問責めにすることでしょうね」マーリーンはぴしゃりと言い返した――だが、その目からは敵対心が薄れつつあった。

「ロンドンの中央刑事裁判所の扉の上に掲げられてる言葉があるんだ。〈貧しき子らを守り、悪事を行なう者を罰するために〉ってな。おれがやってるのは、そういうことだ。悪事を行なう者を探している。残念ながら、そのためにはたくさん質問をしなきゃならないんだ」

マーリーンは急に怖くなった。「悪事を行なう者……ミスター――ミスター・ウェッソン――」

「ビルでいい」

「あの――スタンは、厄介事に巻き込まれてるの？」

ビルは少しためらってから答えた。「わからない……今朝の新聞は読んだか、ティッチ？」

「いいえ、アート伯父さんが持ってるはずだけど――」

「ミセス・コーマックがゆうべ殺された」

「ミセス・コー――そんな！　まさか……！」

「本当だ。ウィリアム・ストリートでトラックに轢かれた。あんたの上司のミスター・スプリングと一緒に、おれもその瞬間を目撃した。幸いなことに即死で、彼女自身、何もわからないうちに死んだはずだ」

「ミセス・コーマック……でも、今〝殺された〟って言ったじゃない――あたし、てっきり――」

「殺人事件だと思ったか？　まあ、ある意味では殺人だ。実際に彼女の命を奪ったのはトラック――それと運転手――だが、それはあくまでも凶器にすぎない。殺人者の手に握られた銃のようなものだな。ただ、今回の犯人は、その殺人者よりもたちが悪い」

「でも、いったいいつそんなことが?」

「おまえが家に帰った後だ」

「だって、さっきはスタンのことを……その時間、スタンはあたしと一緒にいたのよ!」

「ハニー」ビルが少し疲れたように言った。「おれはスタンがやったとは言ってない、わからないって言ったんだ……おれはな、殺人者を追ってるんだ、ハニー。そいつはすでにふたり、もしかすると三人殺してるかもしれない。しかも、ひょっとすると、もっとひどい犯罪まで。そういうわけで、おれはスタンがおまえたち若い娘ふたりを〈グリーン・クカブラ〉へ連れ出した本当の理由が知りたいんだ。なんでかって、あの店がひどく怪しいからだ。いくらおまえに嫌われようと、真相を探るには質問して回るしかないし――」

「嫌いだなんて言ったことないわ」マーリーンが小さな声で言った。

「――どうしたって最初はおまえに事情を訊かなきゃならない。なんせ、スタンと一緒にいたんだからな。あいつ、本当はある男に会いにあの店へ行ったんだろう、ちがうか?」

「そうよ。そう言ってたわ。あたしたちも昨日、そう話したでしょ――」

「ああ――だが、相手は誰だ? いったい誰に会いに行ったんだ?」

「知らない」マーリーンが困ったように言った。「さっぱりわからないわ、本当に。スタンはただ、あの店である男に会わなきゃならないって、あそこで働いてる人だからほかの時間には会いに行けないって、そう言ってたの」

「ほう――そう言ってた――のか。相手の男があの店で働いてるって?」ビルは少しのあいだその情報について思案した。「どこか店の中で働いている男に会いに行ったのなら、どうしてスタンは店の外の道に出ていたんだ？　いや、彼は自分で外へ出たんだろうか？」

マーリーンはわけがわからないというように首を横に振った。「スタンは、車にビールが積んであったって言ってたわ」

「ああ――そう言ってたな。本当にビールは積んであったのか？」

マーリーンの返事は聞こえないほど小さかった。「わからない……」

「ティッチ」ビルが突然切り出した。「ジョーって誰だ？……おっと！」彼女がぎくりとするのを見逃さず、さらに言った。「やっぱりおまえも、スタンが〝ジョー〟って言ったように聞こえたんだな？」

「わからないのよ」マーリーンが激しい口調で言った。「あたしにはわからない……」

ビルはしばらく黙り込んだ。帽子を扇代わりにあおいだ。直射日光を浴び続けて、暑さにまいっていた。

「スタンのことが好きなのか？」

普通なら女の子にそんなことを訊いても、クスクスと笑ってごまかされるものだ。マーリーンにしても、九割方そんな反応を返したはずだった。だが、今回は残りの一割に当たったらしい。マーリーンはきっぱりと、軽蔑するように答えた。「ちがうわ！」

「スタンはおまえのことが好きなのか？」

「いいえ、彼はアローラが好きなの」

「へえ！」ビルが驚いた声を上げた。「そりゃ、お気の毒に」

マーリーンの怒りに火がついた。「どういう意味よ、お気の毒って！　アローラは素敵な女の子よ。

すごくきれいなんだから」

「そうだろうよ。遠くから見て楽しむ、知り合いになって喜ぶ——そして、一緒に暮らすうちにゆっくりと毒が回っていく」

「毒が回って——！」マーリーンは文字通り息が詰まった。

「そうとも。アローラはきれいな子だ、まったくおまえの言うとおりだ。だが、男を捕える罠でもある」

「頭がおかしいんじゃないの！　アローラは男になんて興味がないのよ」

「だからこそ罠なんだ。頭を使え、ティッチ。アローラは夢のように美しく、性的魅力をふりまいている、おまけに、とても優しい——だが、男が近づこうとすると、急に氷のように冷たくなる。〝冷ややかなブロンド美女〟ってやつさ、ティッチ。男に嫌悪感を抱いている。彼女自身にはどうしようもない、生まれつきのものだ。のぼせ上がった男は一気に冷や水を浴びせられて——馬鹿にされた気になって彼女を恨み、腹を立てる。どこをとっても、彼女自身に非はないにもかかわらずだ。この先も男たちは次々と望みのない恋心を抱き続けるだろうが、アローラにとっては何の意味もないだろう」

それはマーリーンにとって、まったく思いがけない話のように思われたが、実はそれほど思いがけないわけでもないのかもしれない。とは言え、とても優しくしてくれるアローラのことを、そんなふうに冷淡に分析されたことが気に食わなかった。

「それなら、あんたもきっとアローラの罠にかかったんでしょうね！」

「いや、それはない」ビルは帽子をあおぎ続けながら、ゆっくりと立ち上がった。「アローラなんて目にも入らないね。おれは、とある赤毛の娘があとほんの少し大人になるのを待ってるんだ。髪が赤くて、目が緑色で、すぐにかっとなって、その少しばかりの短気さの裏に元気と活力と温かい心《ハート》を隠し持っている小さな娘なんだ……」

その赤毛娘の心臓《ハート》の鼓動が、急に速まった。ビルは唐突に話をやめて、例の若々しくて親しみのこもった、めったに見せることのないほほ笑みを浮かべてマーリーンを見下ろした。「協力に感謝するよ、ハニー。じゃ、またな」

彼は帽子を無造作に頭に載せて、門に向かって歩きだした。マーリーンはその後ろ姿を複雑な気持ちで見送っていた。あの男はえらそうで、堅物で、サツだ。だが、彼女はサツに対する見方を少し変えてみようかという気になっていた。特に、私服であちこち歩き回り、神出鬼没で、どこへ行っても我がもの顔で振る舞い、質問ばかりするようなやつらについては。そういう警察官は、何かを背負っているのだ。とても重要で、彼らには背負いきれないほど巨大な何かを。〈貧しき子らを守る〉それは彼女のことだ……そして、彼女と似た境遇の子たちのことだ。警察は、彼女たちのために懸命に働いている。見たところ決まった勤務時間もなく、残業手当をもらうでもなく、ストライキを起こすこともなく、彼らは――少なくとも、そのうちのあるひとりは――誠実で純粋だ。

そしてそのひとりは、ずいぶん暑そうで疲れているように見えた。

「ミスター・ウェッソン！」ほんのかすかな緊張を秘めた声で呼び止めた。

ビルは振り向いて帽子を上げてみせたが、そのまま歩き続けた。

「ビル！」

ビルの足がぴたりと止まった。

「ビル、あんた、ずいぶんと暑そうね。ちょうど紅茶を入れて来ようかと思ってたところなんだけど――あんたも飲まない？」

ビルが引き返して来た。


ふたりはプールのそばの芝生の上で紅茶を飲みながら、あれこれと話をした。その頃にはビルは上着を脱いでいたが、マーリーンは世のすべての女性と同様に、彼がサスペンダーをつけていないとわかってほっとした。紅茶を飲み終えて食器類を家に運んでいたところに、ホールの電話が鳴りだした。マーリーンが電話に出ようとそちらへ向かっているあいだに、ビルはひとりでキッチンへ行って、トレーを流しの中に放り込んだ。キッチンから出て来ると、マーリーンが手招きをして受話器を差し出した。

「ビル、あんたに電話よ」

「おれ？」

「そう、ミスター・スプリングから」

ビルは疑わしそうな顔でマーリーンから受話器を受け取った。ミスター・スプリングが待ちきれずに話し始めていた。

「おいおい、ウェッソン、まだベルヴュー・ヒルの乙女と滑らかなる戯れを続けてるのか？」

「だったらどうした？」ビルが不満そうな低い声を出した。「普通に話せ」

「普通に話してるよ。よく聞いてくれ、ウェッソン、キングスクロスの〈アルブマーレ〉の玄関で落ち合えないか？　今すぐ」

「どうして？」

「見つけたんだよ」

「何を？」

「気分が悪くなるようなものを。きっときみも気分が悪く――」

「何を見つけ、け、け、けたんだ？」

「自分の目で確かめてくれ……当然ながら、わたしは大声で一番近くのお巡りさんを呼ぶべきだったんだろうが、最初にきみに見せてあげようと思ってね。歳をとって感傷的になってるのかな――きっとそうだ……来てくれよ、ウェッソン。大急ぎで」

「今行く」ビルは短く言って、電話を切った。

マーリーンは目を大きく開けてビルを見ていた。「どうしてあんたがここにいるって、ミスター・スプリングが知ってるの？」

「ここへ来ると言っておいたからだ……すぐに出なきゃならなくなった、ハニー、あいつの口ぶりが気になる」

「何て言ってたの？」

「何か見つけたそうだ」

ビルは正面玄関へ向かい、マーリーンは彼について行った。玄関に着くと、いつものビルとはちがってなかなか立ち去ろうとしなかった。

「その……紅茶をごちそうさん、ティッチ」

「どういたしまして」マーリーンがつぶやいた。視線を床に向けたまま、爪先でカーペットに線を引いていた。

「また会えるかな?」

「そうね、あたしの職場なら知ってるでしょ。それに、これで住んでるところまでわかっちゃったし」

「そうだな」

どういうわけか、ふたりはひどく近くに立っていた。ビルは帽子を頭にかぶった――いつもなら、どこへ行ってもめったに帽子を脱がず、珍しく脱いだと思ったら、今度はきちんとかぶらずに頭の上にひょいと乗せるだけだというのに。マーリーンは彼を見上げていた。今までに見たことのない彼女の恥ずかしそうな表情に、ビルは我慢ができなくなった。突然両腕で彼女を抱きしめ、キスをした。

「大急ぎで大人になってくれよ、ハニー」

そう言うと、慌てて手を放した。マーリーンが両目をかっと開いて睨みつけるのを見て、彼女が激怒していると思ったからだ。だが、マーリーンが不満に感じていたのは、キスされたせいではなく――それについては後でゆっくり考えてみようと思っていた――いつも子ども扱いされることが不満だったのだ。

「あたしはもう大人よ、失礼ね!」彼女はいつもの怒りのこもった甲高い声で言った。それから、アローラ・テレイのイメージを思い出して、急に涼しげな、世慣れた話し口調に変わった。「ああら、ミスター・ウェッソン、意外と手が早いのね」

ビルは彼女を見下ろしてにやりと笑った。「じゃあな、ハニー。用心を怠るなよ」

それだけ言うと、あっという間に姿を消した。

ジミー・スプリングは〈アルブマーレ〉の玄関の外で待っていた。ビルの姿を見つけるなり、吸っていた煙草を投げ捨てて彼のもとへ歩いて行った。ドアのそばの舗道に吸殻がいくつも散らばっていることにビルは気づいた。

「何をいらいらしてるんだ?」ビルはつっけんどんに訊いた。

スプリングは暗い顔をしたまま、短い笑い声を上げた。「いらいらか、そのとおりだな。きみも自分の目で見たらわかるさ……ここがどこだかわかるか?」

「〈アルブマーレ〉だろう」ビルが無感動に言った。「そこのドアの上に書いてある」

「今は亡きベラ・カルメッツが部屋を借りていたアパートだ」

「そうなのか?」

「そうだよ。六階だ。四十八号室。その部屋で見つけたんだよ、ウェッソン。ミスター・カルメッツじゃないぞ、絶対にちがう——彼がどこにいるかは、ふたりともよく知っているからね——ちがうやつだ。さあ、確かめに行こう」

彼はビルを玄関ホールに連れて行き、小さな自動エレベーターの呼び出しボタンを押した。

「マックスの居場所はわかったのか?」

「いや。連絡はない」

エレベーターが降りて来て扉が開き、ふたりは乗り込んだ。スプリングは六階のボタンを押した。ふたりの背後で扉が静かに、無情に閉まり、エレベーター・ボックスは動いていないかと思うほど揺れもせずに上昇していった。

スプリングが言った。「マックスがどこへ行ったかわからないし、せっかくだから彼のお兄さんが住んでいたというアパートを見てみようと思い立ったんだ——」

ビルが遮るように言った。「ふたりが本当に兄弟だったら、という前提つきだがな」

「それなら、ほぼまちがいないんじゃないのか？　本物の兄弟にちがいないさ、ふたりはあまりにもよく似ている……とにかく、わたしは四十八号室を覗いてみようと思い立ったんだよ——」

「ドアの鍵は閉まっていたのか？」

「ああ」スプリングはそれだけ言うにとどめた。

エレベーター・ボックスの床が持ち上がって、胃を圧迫されているようにビルが感じた頃、またしても自動エレベーター特有の無情で静かすぎる動作で扉が開いた。ふたりはエレベーターから出た。いくつもドアが並ぶ長い廊下の先へ、スプリングがビルを案内した。

「火事になったら逃げ場がないな」刑事が感想を口にした。「階段はないのか？」

「建物の外には階段がついてるよ。非常階段みたいになっている。わたしが言っていたのは部屋の中だ、あの部屋」スプリングは〈48〉と書かれたドアを指さした。

「あんた、さっきから何も説明してないじゃないか。いったい何を見つけたんだ？」

「すぐわかるさ。鼻でわかる……」

ビルは疑わしそうな薄目でスプリングを見た。「マックス・カルメッツか？」

「いいから、見てみろ」

ビルはドアノブに手を置いた。ぴかぴかに光るクロムのレバー式だった。レバーを回すと、ドアが開いた。どうやらスプリングは合鍵を使って開けたらしい。あるいは、何らかの別の方法を使ったのか――いや、今は彼の倫理感を質している場合ではない。ドアを押して開け、家具付きのラウンジにまっすぐ入って行った。匂いを嗅いでみる。本当だ。スプリングが予告したとおり、何らかの異変が鼻に伝わってきた。非常に不快なものにちがいない。恐ろしいほどに。ジミー・スプリングはドアの外にいて、一歩も中へ入ろうとしない。すでに自分の目で見たのだ……。

無感動で機械的な手際のよさで、ビルは部屋の中を調べていった。そこは角部屋だった。ラウンジの窓のひとつからマックリー・ストリートがずっと先まで見え、もう一方の窓からはハーバーがきれいに見渡せた。狭く短い廊下を通ってラウンジの奥に進むと、そのほかの部屋があった。ベッドルームがふたつ、バスルーム、それに簡易キッチンだ。全体的にきちんとした、居心地のよさそうな内装が施されていたが、どこにも生活感や、ここで暮らしていた痕跡は見られなかった。その狭い廊下が、悪臭に満ちていた。

広いほうのベッドルームもハーバーに面していたが、簡易キッチンの窓からは、隣の背の高いアパートの味気ない壁しか見えなかった。狭いほうのベッドルームのドアのところに……。

ビルは大慌てでスプリングのところへ戻って来た。

「中のドアは全部開いている――あんたが来たときも開けっ放しになっていたのか?」

スプリングは首を横に振った。いつもは愛想のいい顔が、気分が悪そうに見えた。「心配要らないよ、ラウンジより先では何も触ってないから。少なくとも、素手では触ってない。ハンカチを使ったんだ……どこもかしこもね。指紋を取る妨げにはなっていないはずだよ。どのみち、ほとんど何にも触れなかった、触れるまでもなかった……」

ビルはもう一度狭いほうのベッドルームのドアまで戻り、覚悟を決めて部屋の中に踏み込んだ。匂いはそこから、部屋の中のどこかから漂っていた……。

ベッドの下だ。そこには男の体が押し込まれていた。黒っぽい髪、黒い眉、小さな黒い口髭に、すべすべの肌をした整った顔。少なくとも、かつてはすべすべで整っていたはずだ。だが、男はすでに一週間もそこに押し込まれたままになっていた……。

ビルは死体には手を触れなかった。その上にあったベッドを押しのけたのだ。男の顔を見下ろし、生前の姿を想像してみる。急に息苦しくなり、スプリングのところまで駆け戻った。「ひどいな！」

「いい眺めだろう？　この先何年も夢に見そうだ」

「だが、あれは誰なんだ？」

「わからない」ジミー・スプリングが言った。「どこの誰だか、さっぱりわからない」

第十六章

その午後、J・モンタギュー・ベルモアは新しいラジオドラマの役をもらった。事前のリハーサルが行われ、それが終わると、老役者はスタジオを出てザ・ドメインに向かって市内を東へ横断した。新しい役柄を自分の中で摑みたいと思ったからだ。いつも通り一心不乱に役柄を追い求めた結果、今はJ・モンタギュー・ベルモアではなく、暫定的に〝イスタンブールから来た男〟になっていた。

さて、このイスタンブールから来た男というのは、言うまでもなく、超一級のスパイだった。そこでモンティは、超一級のスパイらしく行動した——あくまでもラジオ版としてだが。彼は用心深くザ・ドメインを通り抜けてボタニック・ガーデンズへ、あちこちに鋭い視線を配りながら歩いて行った。はしゃぎ回って遊ぶ幼児を連れた、いかにも無害そうな父親を見つけては、鷹のような目で変装を見破り、男たちの正体が危険なシークレットサービスだと見抜いて後をつけて回った。身を隠すように東屋《あずまや》や低木の茂みを出たり入ったりしながら、木の裏に潜んで、時おり思い出したように「静かに！」と独り言を言うのだった。あの古めかしいマント——サー・アーヴィングのお古——を、夏の衣替えで片づけてしまったことを後悔した。イスタンブールから来た男が昔からよくやるように、肩にかけたマントをさっと翻して顔の下半分を隠したら、さぞ劇的な効果が上げられただろうに。だが、大丈夫。この丸い象牙の取っ手のステッキがある。彼は安心した。超一級のスパイたるもの、信頼できる仕込み杖も持たずに危険を冒すことはできないからな……。

こうして二時間ほど無邪気な尾行ごっこを楽しんで、そろそろ飽きてきた頃に、前方にいる若い男に気づいた。その若者には何かしら、しぼみかけていたモンティの好奇心を掻き立て、注目を引くものが感じられた。超一級スパイが、常に頭を働かせなければならない人間だけが持つ注意深い目で観察すると、その若者が四角い小包のようなものを小脇に抱えていることや、明らかに人目を気にしている様子に気づいた。誰にも見られずに身を潜められそうな人気《ひとけ》のない場所を探しているらしく、その理由は抱えている包みと無関係ではなさそうだ。

そうか！とモンティは心の中で思った。時限装置だな。あれは爆弾だ……渡された台本の筋を頭の中で思い返した結果、これはまたしても〝片目のドミトリウス〟が仲間を裏切ろうとして何かを企てているのだと断定した――ドミトリウスというのは、敵味方を二股にかけるという悪癖をもつ脇役のひとりだった。

ドミトリウスは、背の高い灌木のあいだを縫うつづら折りの小道へと入って行った。モンティも注意深く後を追った。ドミトリウスが立ち止まったり、後ろを振り返ったりしそうなそぶりを見せるたびに、超一級スパイは、老モンティ・ベルモアにしては非常に機敏な動きで、茂みの中へ飛び込むのだった。しばらくすると、若者は本当に立ち止まり、軽く振り返って、誰もいない小道を疑わしそうに眺めた。茂みの葉のあいだから覗いていたモンティは驚いた。自分が尾行していたドミトリウスの正体は、ほかでもない、スタンリー・フィッシャーだったのだ。すると突然、スタンリーも同じように小道の反対側の茂みの中へ、まるで何かに驚いたウサギのように素早く飛び込んだのだった。

モンティは驚きのあまり、イスタンブールから来た男をやめて、自分自身に戻っていた。若きフィッシャー君だったとは、いやはや！　まるでギャング団から抜けようと逃げているチンピラじゃないか。彼はいったい何を……？

モンティは茂みの中から小道へ出て、じりじりと進みながら、スタンリーが消えた地点までやって来た。そこの茂みには小さな隙間が空いていた。あの若者がどこへ行って、何を企んでいるのか、突き止めたくてたまらなくなったが、その隙間から茂みに入って行けば、姿を見られてしまいそうでためらった。そこで、少し先で小道が折れている辺りまで忍び足で歩いてから、脇に密集している茂みの中へと、ゆっくりと入っていった。すると、モンティ自身のお手柄というよりも幸運のおかげで、スタンリーのいる小さな空間がはっきり見えた。スタンリーは草の上に座って、小包に巻かれた太い紐の結び目を懸命にほどこうとしていた。

モンティは眉根をぎゅっと寄せた。この若者は何かを企んでいる。何かよからぬこと、おそらくは法を犯すようなことだ。モンティはあらん限りの忍耐力を振り絞り――なにせ、普段は特に忍耐強いほうではなかった――大いに好奇心をそそられて、そのままじっと見守っていた。スタンリーは紐をほどき終え、今度は包んである麻布に注意を向けた。紐のときと同じく慎重な手つきで布も丁寧に剝がすと、飾り気のない木箱が現れた。出て来たその箱をしばらくじっくりと眺めてから、スタンリーは突然膝立ちになって、ポケットを服の上からポンポンと叩き始めた。

モンティの表情がいっそう渋くなった。ほとんど呼吸さえ止めて立つ姿は、スタンリーを非難する彫像のようだった。そのまま彼を見つめ続ける。不正現場を目撃したぞ！　他人宛ての郵便物を勝手に開けているにちがいない！　あれはどこから見ても、け﹅ち﹅な﹅こそ泥にしか見えないじゃないか。

まだ何も気づいていないスタンリーはポケットから万能ナイフを取り出し、爪で小さなねじ回しの先端を引き出すと、木箱の蓋のねじを外そうとした。一本外すたびに、地面の上に丁寧に、きっちりと並べていく。それから箱の蓋を外して中身を覗いた。すると、また座り込んで、考えごとをするために煙草に火をつけた。

　モンティはすっかり好奇心のとりこになり、じっとしていられずに足を踏み鳴らしたい衝動に駆られた。ああ、じれったい！　あの箱の中にはいったい何が入っているのだろう。あんな茂みの中に、まるで――そう、まるでジャッカルが巣穴に戻るかのように、こっそり持ち込まなきゃならないとは。まさか〝聖母の宝石〟（ヴォルフ＝フェラーリによるオペラの中で、聖母像から取り外して盗まれる宝石のこと）なのか……？　いや、冗談話じゃない！　本当にそういう類のものかもしれないぞ。盗品ということは考えられる。盗まれた貴重品。誰かが盗んだものを、彼がまた盗んだのではないか。若きフィッシャー君は……ああいうのを、何と呼ぶのだろう？　マシュマロ公爵も、そのほかのモンティの分身たちも、きっと一度も使ったことのない言葉……そう、彼は荷物強奪犯《ハイジャッカー》だろうか？　老役者は自分の鼻を激しくこすった。いや、そんなはずはない。もしそうなら、フィッシャー君はきちんとその役を演じていない。ハイジャッカーというのは、もっと大胆不敵で狂暴で、あんなにこそこそと、びくびくとはしないものだ……。

　スタンリーは何か決心をしたようだ。箱の中に手を突っ込むと、指先で中を引っかき回すようにして、ぐにゃりとした小袋を取り出した。防水加工をした絹布でできているようだ。その中に何かが包まれている。モンティにわかるのは、それだけだった。中身が何であれ、宝石には見えなかった。堅い物体ではなさそうだ。見たところ……あれは……。

　スタンリーは小袋を握り直した。まるで刻み煙草の小袋を持っているようにしか見えなかった。

　すると、老モンティ・ベルモアは突然凍りついたようになった。煙草の葉……。

彼の頭の中にはある光景が浮かんでいた。実際に見たわけではなかったが、空想だけでも充分に悲痛で背筋の凍るようなその場面は、昨夜ウィニフレッド・コーマックがトラックに轢かれたところだった。ウィニフレッドはそのとき、大量の麻薬を摂取していたのだと言う。彼女は麻薬のせいでトラックに轢かれた、麻薬に殺されたのだ。そしてその麻薬というのは、新聞さえ読めばすでに誰もが知っているとおり、マリファナだった。モンティはマリファナについてはよく知らなかった。だが、見た目には煙草とよく似ていること、そして煙草の葉に混ぜて吸うことは知っていた——マリファナの混ざった紙巻煙草のことを〝リーファー〟と呼ぶらしい……。

　突然、また新たな考えが浮かんだ。そう言えば、昨夜フィッシャー君はあの〈グリーン・クカブラ〉とかいうナイトクラブへ、まだ子どものようなマーリーンを連れて行ったと騒ぎになっていたな。あのときも、どうにも怪しい話だと思っていたのだ。何か秘密が隠されていると。マーリーンが説明した単純な筋書とはまったくちがう何かが——そうだ、説明したのはマーリーンだった！　フィッシャー自身じゃない。フィッシャーは口を開くことさえしなかった。あの一件も、このことと関係があったのだろうか……？

　すると突然、何の現実的な根拠もないままに、その若き悪党が明らかに誰かから盗んだ箱の中にはマリファナが詰まっているにちがいないと、モンティは確信したのだった。

　スタンリーの動きが速くなった。持っていた小袋を上着の内ポケットに入れ、箱の中からもうひと袋取り出して、それもポケットにしまった。箱に指を突っ込んで何やら動かしているのを見たモンティは、きっと抜き取った分だけ空いてしまった隙間をほかの小袋で埋めようと指で調節しているのだと思った。これで箱の中身は何事もなかったかのように詰まって見えるだろう。スタンリーは慎重な手つきで木箱の蓋を戻し、それぞれのねじを元のねじ穴に留め直した。同じく慎重に、丁寧に、彼は元の折り目に沿って麻布で箱を包み直し、紐を元通りの張り具合で巻き、元通りの位置で元通りの結び目を作った。それから立ち上がって箱を手に取り、吸っていた煙草を地面に捨てて踏み消した。そうして、注意深く茂みの中から小道へと出て来た。

モンティは隠れていた灌木の陰に身を屈めた。つばの広い黒い帽子の下で、白いふさふさの眉毛の眉根を強く寄せた。狼狽に、当然ながら怒りが混ざって、全身がぶるぶると震えた。なるほど、あの若く不徳な礼儀知らずが仕事のかたわら手を出していたのは、こういうことだったのか！

そこまで考えたところで、自分自身に問い直した。待てよ、こういうこととはいったい何だ？　人の命を奪いかねない、違法なものが詰まったあのような小箱を、フィッシャーはどうやって手に入れたのだろう——いや、それよりも、今からあれをどうするつもりなのだろう？

これは自分が探り出さなければならないことだと、もしも見過ごして被害者が出たら自分のせいだと、モンティは強くそう思った。そしてその瞬間、イスタンブールから来た男、超一級スパイ、さらには復讐神ネメシスが、四倍にも強化されて彼の中に戻って来た。注意深く茂みの中から出て来ると、スタンリーの行く先を最後の一歩まで必ず尾行すると心に固く誓った。スタンリーの後をつけながら、つづら折りの小道を戻ってボタニック・ガーデンズを抜け、マッコーリー・ストリートへ出た。その近辺のマッコーリー・ストリートは、広く見通しの効く幹線道路だ。片側にはヤシの木が並べて植えてあり、もう片側は病院や政府の省庁が入る高い建物が並んでいる。シドニー一の大踊りだ。モンティは獲物を常に視界に置くことができた。ただ、ひとつ難点があるとすれば、相手にもこちらの姿を見られないよう注意しなければならない点だった。もっとも、その点は問題なかった。スタンリーはあまりにも自信過剰で、あまりにも考えごとに没頭しており、誰が、あるいは誰かが尾行しているかなど、まったく気に留めていなかったからだ。

モンティはスタンリーを追ってマッコーリー・ストリートを渡り、ベント・ストリートを通ってフィリップ・ストリートに入った。

そこで彼を見失った。

想像できる限り、最も単純な見失い方だった。フィリップ・ストリートの停留所にちょうどトラムが停まっていて、今にも発車するところだった。スタンリーが慌てることなく飛び乗ると、二十ヤード後ろの舗道で立ち尽くしているモンティを置き去りにして、トラムは走り去ったのだった。

午後六時を数分ほど回った頃、スタンリーは相変わらず小包を小脇に抱え、目に好戦的な光をたたえて、〈グリーン・クカブラ〉に着いた。階段を降りて玄関ホールに入ると、角を曲がって〈関係者以外立ち入り禁止〉と書かれたドアへ向かった。ドアは閉まっていたが、鍵はかかっていなかった。スタンリーはそれを勢いよく開け、ずかずかと入って行った。

中にはあの緑色のドレスの女がいて、豪華なデスクに向かって座っていた。ただし、今夜は緑色ではなく、小さな金色の星でびっしりと飾られた真っ赤なドレスを着ていた。襟ぐりのラインは、ウェッソンなら〝いないいないばあ〟をしていると言いそうだ――胸元があの緑色のドレスよりも、さらに大きく開いているのだ。ウェイター長のカルロスもそこにいて、デスクの前で彼女と向き合うように立っていた。スタンリーがいきなり飛び込んで来たとき、彼女は彼に向かって話している最中だった。「そう、マックス自身が大丈夫だと言っているのなら、好きにさせてあげて。落ち込んでいるでしょうけど――」そこで急に話をやめ、カルロスとともにスタンリーに目を向けたのだった。

スタンリーがどすの効いた声で言った。「あんたに話がある！」

カルロスが急に怒りだした。「ここは立ち入り禁止ですよ――部屋に入るときはノックをするようにと、小さい頃に教わらなかったのですか？」

スタンリーは横柄な態度でふたりを交互に見た。「へえ？　ノックをしないと、聞かれちゃまずい話でもしてたのか？」

「この――！」カルロスはスタンリーに向かって行こうとしたが、女が思いがけない大声で呼び止めた。

「カルロス！……いいのよ、この若い方が会いに来ることは、予測していたんだから」カルロスは迷っているようだったが、女がさらになだめるように言った。「あなたはマックスにさっきのことを伝えに行って、カルロス。こっちはわたしひとりで大丈夫」

ウェイター長は、耳に肩がこすれてちぎれそうなほど大きく肩をすくめた後、堂々とした足取りで部屋を出て行った。すれちがいざまにスタンリーを睨みつけ、部屋じゅうがビリビリと震えるほど思いきりドアを閉めて出て行った。

女がまた口を開いた。落ち着いた声で言った。「きっと来ると思ってたのよ、ミスター・フィッシャー。こんな乱暴な登場は予想外だったけど。ほら、これでしょう」彼女は封筒を差し出した。

「何だ、それ？」

「ゆうべあなたが盗まれたお金よ」

「へえ！　じゃ、やっぱりあんたのしわざだったのか！」

「おかけなさい」女は静かに言った。

スタンリーは好戦的な目で彼女をじっと見ていたが、やがて贅沢そうな肘掛け椅子のひとつに腰を下ろすことにした。椅子の脇の絨毯に小包を置いた。

「全部吐き出せ！」彼は短く命令した。

女は再び封筒を差し出した。

「そうじゃない。ゆうべの一件で、おれの要求は上がったんだ。あのルヴァンって男はどこにいる？」

彼女は封筒をデスクの上に放り出した。「ルヴァン？　ああ、ミスター・アルノーのことね」

「はたしてそうかな？」スタンリーはすごみのある、無感動な声で訊き返した。「ひょっとすると、あいつが〝ビッグ・ジョー〟じゃないのか？」

それを聞いて女がほほ笑んだ。「それは実体のない名前よ。あなたがここを訪ねる口実として作り出された、架空の人物の名前。ここにはジョーと名のつく人間はひとりしかいないわ。そしてそのジョーは、大柄《ビッグ》な男じゃない」

「そうかい？　それなら、そのジョーっていうのはいったい誰なんだ？　その男はどこにいるんだ？」

「男じゃなくて、女よ。そしてその女は今、あなたと同じ部屋にいる。わたしがジョーよ。でもあなたは、ミセス・スピロントスと呼んでちょうだい」

スタンリーは頭の中を整理した。「つまり、ビッグ・ジョーという人間は存在しないというわけか？　あんたひとりで仕組んだことだと」

「わたしと、ミスター・アルノーと、カルロスもある程度は手伝ってくれてるわ。そしてその末端に、あなたも関わっているの。これでわかったでしょう？」

「わかっただって？　じゃ、あの顎鬚《ジフ》の男は誰だったんだ？　あいつはどうした？」

「何の男ですって？」

「顎鬚を生やした男だよ。あいつはどこに当てはまるんだ？」

「顎鬚の男のことは忘れなさい。もうどこにも当てはまらないわ」

「ひょっとすると、あの男の名前がスピロントスなんじゃないのか？」

「ミスター・スピロントスという人間は存在しないの。わたしは未亡人なのだから」

「オーケー。じゃ、ゆうべのことは？　ここでモィーと話をして、モィーを殴りつけたのは――あれがアルノーだったのか？」

「そう、あれがミスター・アルノーよ」

「おいおい、あいつはいったい何のためにそんなことをしたんだ？　モィーに金を渡したと思ったら、モィーを殴って気絶させ、渡したばかりの金を取り上げ、モィーを外の車まで運び出した――おかしいじゃないか！」

「あなたがデスクのランプをつけたからよ！」

「どうして明かりをつけちゃいけないんだ？　アルノーの顔なら前に見てるんだ。今さら顔を隠してもしょうがないんだ、モィーには――」

「ミスター・フィッシャー、あなたの知るべきことはそこまでよ。あなたは、わたしたちの命令に従う立場なの、命令を出すのではなく」

スタンリーは挑戦的な目を女に向けた。「へえ、そうかい？……そうか！　わかったぞ。ゆうべこの部屋の中には、ほかにも誰かがいたんだ。まだおれが会ったことのない誰かが、そうだろう？」

「ひとつはっきりさせておくわ」ミセス・スピロントスがきっぱりと言った。「ゆうべあなたがミスター・アルノーとここで会っていたとき、部屋の中にはほかに誰もいなかった。ミスター・アルノーは、顔を見られたくないときがあるの、それだけよ」

「そうなのかい？　本当なんだろうね、アルノーしかいなかったというのは」

「彼しかいなかったわ」

「それにしても、やっぱりおかしい。アルノーには、前にも会ってるんだから」

女がまたほほ笑んだ。「あなたが会ったことがあるのは〝ミスター・ルヴァン〟だけよ」

スタンリーは椅子に座ったまま、長いあいだ女の顔見つめていた。彼女には、スタンリーの脳みそが懸命に働いているのが目に見えるようだった。

「それでいいのよ。冷静に、分別をもって考えられるようになったようね。でも、理解しようなんて思わないで。あなたには理解する必要なんてないんだから。それから、何かを探り出そうとしないで。それは必要がないだけじゃなくて、とても危険な行為よ」

「何だと！　それはモィーを脅迫してるのか？」

「ちがうわ、ミスター・フィッシャー、単なる警告よ。さあ、全部忘れて、分別を持ちなさい。それから、このお金は持って行きなさい。ほら！」

またしても、彼女は封筒を差し出した。スタンリーはためらう様子を見せていたが、今回は立ち上がって封筒を取った。わざとらしく中の紙幣を取り出して、数えてみせた。

「あれ、コンポはついてないのか？」

「何を言ってるのかわからないわ」

「コンポもなしかよ」スタンリーはからかうような口調になった「労災補償《コンペンセーション》もつけてくれないのか、って訊いてるんだ。ゆうべの一件について」

「ゆうべの出来事については、忘れるのが賢明よ。あれはいい教訓だったと思って、今後に活かすことね」

女を見下ろしながら、スタンリーの無遠慮な視線は彼女の黒い目から、大きく開いた襟ぐりから覗く胸の谷間へとゆっくりと移っていった。

「なあ、ベイビー――」

「ミセス・スピロントスよ！」間髪入れずに女が言った。

「いやあ、それじゃ長すぎる。それに、やっとお互いについてわかり始めたところじゃないか。おれのことはスタンって呼んでくれ、おれはあんたを――」

「あなたはわたしをミセス・スピロントスと呼ぶのよ。それに、あなたは何もわかっていないことがはっきりしたわ。またゆうべみたいな目に遭いたいの？」

「何だと。言っとくが――」

「そんな目でじろじろ見るのはやめなさい！　さあ、座って。わたしがこのデスクの裏にあるボタンを押したら、あなたは、それはそれは後悔することになるわよ」

彼女の手がゆっくりとデスクの天板の下へ滑っていった。スタンリーは息を荒らげ、迷いながらデスクから退がり、再び椅子に腰を下ろした。

「オーケー、そっちがそういうつもりなら、モィーもはっきり主張させてもらおう。前回の報酬は五十ポンドだったな。残念だが、今回は値が上がったぜ。百ポンドだ」

ミセス・スピロントスは、彼が何の話をしているのかを即座に理解した。スタンリーの足元に置いてある小包を仰々しく指さした。

「それが……そうなの？」

スタンリーは愛情をこめて小包を軽く叩いた。「そのようだね。今朝届いたばかりだ。せっかくだから、アルノー――いや、ルヴァンか――の手間を省いてやろうと思って、直接持って来たんだ。値段は百ポンド――あくまでも、おれの報酬はね。その後であんたらがいくらで売ろうが、モィーには関係ない」

視線を上げると、女の目がこちらを激しく睨みつけているのが見えた。

「この愚か者！　間抜けな愚か者め！」

スタンリーはぽかんとして彼女を見ていた。

「ここへ持って来るなんて――隠しもせずに――ただ小脇に抱えて……」

「それがどうしたんだ？　アルノーだって――」

「アルノーは深夜に、辺りが真っ暗なときに持って来たのよ。この大馬鹿者が！」

「なあ、どうしてそんなに大騒ぎするんだ？　アルノーがうちの会社から持ち帰ったときも真っ昼間だったじゃないか。まだ日の明るい午後のうちに持って帰ったぞ」

「でも、ここへは真っ昼間に持ち込まなかったわ。それに、今回は事情がちがう。あなたは身元がはっきりしている。あの会社の発送担当者、スタンリー・フィッシャーよ。でもアルノーは――彼は影、伝説に過ぎないの……あなたは愚かにもその包みをここへ持ち込んだうえに、値段交渉なんていう大馬鹿なことを言い出してるのよ」

スタンリーは顎を突き出した。「なあ、そうやって馬鹿呼ばわりされるのは、いい加減うんざりだ。じゃあ、おれが持って帰ろうか。どこか別のところへ持ち込んだっていいんだぜ」

「そんなことをしたら、どこに持ち込んだのかもわからないうちに、警察に捕まるわよ。想像以上の馬鹿なのね……仕方がない、持って来てしまったものはどうしようもないわ。でも、百ポンドですって?」彼女は軽蔑するように言った。「一ポンドでももらえたらありがたいと思うことね。小包を置いて、このまま帰りなさい。月曜日にお金を受け取りにいらっしゃい。さあ、今すぐ帰って!」

「ちょっと待てよ」スタンリーが不機嫌そうに食い下がる。「ちょっと待てって。なんで今すぐ金をもらえないんだ?」

「なぜって、わたしがそう言うからよ」ミセス・スピロントスの話す英語は、表現が単純明快になっていた。「わたしが命令を出して、あなたはそれに従うの」

「へえ、そうか? いつまで? 同じような荷物が、これからも届くんだろう?――もしおれがそれを放ったらかしにしたら、どうなる? もしマーカンティ社長のところに行って、うちの荷物の中によそのが紛れ込んでるって報告したら?」

女の黒い瞳が、新たな怒りに燃え上がった。「それは、あなたにとって最も愚かな行動だわ。あなたはすでにわたしたちの協力者なの。もし発覚すれば、あなたひとりが説明を求められるのよ――先にわたしたちに殺されずに、説明できたとすればだけどね!」

スタンリーは立ち上がった。「何だと――?」

「自分の置かれている立場をしっかりと、はっきりと頭に刻みつけなさい。あなたはわたしたちの協力者であり、わたしたちはずっとあなたを見張っていたの。これまでのところ、それはあなたを守るためだった。でも、あなたがこんな行動をとるのなら、これからはわたしたち自身を守るために目を光らせることになるわ。あなたはわたしたちにとって役に立つ存在ではあるけど、絶対に必要不可欠なわけではないの。ミスター・フィッシャー、あなたは今、わたしたちの組織のごくごく末端を構成する仲間のひとりよ。でもね、あなたが役に立たなくなったら、わたしたちにとって危険な存在になったら、その瞬間に関係を断つわ。そして関係を断つと言えば、方法はひとつしかない。最も確実なやり方でよ！」

彼女は立ち上がってデスクの向こうから出て来ると、スタンリーを真正面から見据えた。

「今言ったこと、考えてみて。じっくりと考えてみることね――特に、明日の朝刊を読んだ後で」

スタンリーは頭がくらくらして、怖くなってきた。

「朝刊に、何が載ってるって言うんだ?」

「見ればわかるわ。さあ、もう帰りなさい――今すぐに！」

彼女はドアのほうへ彼を押し出し、スタンリーはおとなしく出て行った。

第十七章

スタンリーは玄関ホールでカルロスの前を無言で通り過ぎた。カルロスはスタンリーがカーペット敷きの階段を上がって外の通りへ出て行くのを見届けてから、オフィスへと向かった。訊きたいことはいくつもあったが、彼が口を開く前に、オフィスの裏口を叩く音がした。レストランの通用口の隣にあった、そのもうひとつのドアは、〈グリーン・クカブラ〉の客が使うことはけっしてなく、九十九パーセントはそんなドアがあることさえ知らない。オフィスの中では、赤く長いカーテンでドアを隠してあった。カルロスとミセス・スピロントスは訳知り顔で互いを見合った。カルロスがカーテンに近づいて片側に掻き寄せ、鍵を開けてドアを開くと、男が入って来た。あの夜、橋の下でカルメッツと会ったときにはアルノーと名乗り、スタンリー・フィッシャーの会社を訪ねたときにはルヴァンと名乗っていた男だ。だが、オフィスにいるふたりは彼の本名を知っていた。マイロス・スピロントスだ。男は急いでオフィスに入って来る途中で、床に置かれたままの小包が目に入って凍りついたように足を止めた。

「あれは――?」

「そうなの」ジョセフィン・スピロントスが落ち着いた口調で言った。彼の苗字を名乗ってはいたものの、正式には妻ではなかった。「新しく届いた分よ。わたしたちの若き友人のフィッシャーが、よかれと思ってご親切にも自ら持って来てくれたのよ——あなたの手間を省くためにって。さっきまでここに来ていたの」

「持って来たって——この真っ昼間に——ここへ！」わかりきったことを強調してそう言ったのは、カルロスだった。

「あなたも見てたでしょう。知らないふりはやめてちょうだい、カルロス」

ドアに鍵をかけ直し、赤くて長いカーテンで隠していたカルロスが、両手を上げてフランス語で何かをまくしたてた。

「そんなことをして何になる」マイロス・スピロントスがぶっきらぼうに言った。注目すべきことに、この部屋の中では、ふたりの前では、彼の声は甲高くもなければ、その言葉にフランス語訛りもまったくなかった。「そのぐらいにしておけ、カルロス！」

カルロスはフランス語でわめくのをやめ、英語に切り替えた。「あの若い男は、ますます危険になっています。たった今も、怒り狂った雄牛のような態度でやって来たのです。そう！　ノックもせずに、雄牛のごとくいきなり部屋に突っ込んで来て。もしかすると、部屋の中に誰かがいたかもしれないのに。あれは愚かな危険分子になっています。あんなやつは早々に——」彼は文を締めくくる代わりに、喉元に指を当てて横に滑らせた。

「それで解決するかしら？」ミセス・スピロントスが静かに問いかけた。視線はウェイター長ではなく、内縁の夫に向けられていた。「わたしたちは厄介事を切り抜けるためにって、すでにふたりも殺しているのよ」

スピロントスが尋ねた。「どうしてあの馬鹿な若者はそんな行動に出たんだ、ジョー？」

「ゆうべのことで頭に来てたからよ」

「そうか、まあ、頭に来るだろうな」

「頭に来たついでに、報酬を吊り上げてもいいと思ったみたい」再びデスクに向かって座っていたジョセフィン・スピロントスは、スタンリーとの対面をかいつまんで説明した。

カルロスは、彼のほうこそ怒り狂った雄牛になったように腹立たしそうに鼻を鳴らしたが、スピロントスは静かに考え込んだ。

「あの男なら心配ないだろう。きみは充分にあいつを脅かした。でなければ、そうやっておとなしく帰らなかっただろう……金を取り返しに来るのはわかっていたことだ。ゆうべは、どこかのチンピラが金目当てで襲ったと見せかけるために、あいつの金を盗まなきゃならなかったからな……。そう、だから、あいつがそんなに危険だとは思わない。とは言え、たしかにわれわれの組織にとっての弱点にはちがいないし、対策は考えなければならないだろう」

「では、やはり！」カルロスが言った。

「ちがう、カルロス、そういう対策じゃない」

「対策を考えるには、手遅れじゃない？」ミセス・スピロントスが尋ねた。「カルメッツがなかなか帰国しないって、じきにエジプトで騒ぎになるわよ」

スピロントスが口髭を手で撫でた。「たしかにそうだな。もちろん、わたしたちは何も知らないと押し通すしかないが、あちらさんは遅かれ早かれ疑いを募らせるだろうから、そうなったらこいつも終わりだな」彼は再び床に置かれた箱を指さして言った。「残念だよ。せっかくうまくいっていたのに。だが、まあ」彼は考えながら、つけ足した。「そのほうがいいのかもしれない。なにせ、〈アルブマーレ〉のカルメッツのアパートでアルノーの死体が発見されるよりも前に、思いがけずカルメッツの死体の身元がばれて、いろいろとまずい状況になってきてたからな」

「わたしたちの修正計画はうまくいかなかったようね？　まずアルノーの死体が発見され、そこの住人がなぜか行方をくらましていることがわかる。すると警察の疑いの目は――」

「警察の目は節穴だったってことだ。結局アルノーの死体を発見したのも、私立探偵のジミー・スプリングだったのだから。だが、それもマックスが彼の事務所を訪ねたからこそだ。ジョー、そう言えばマックスは……」

「店に来てるわ。今夜もいつも通りにちゃんと働かせてくれって言い張るの……さすがに驚いたわ、マイロス。まさかカルメッツの実の弟が――」

「ああ、わかっている。だが、今さらそのことを蒸し返してもしょうがない。偶然が重なってしまったんだ。どれだけ用心しようと避けられない唯一の弱点だ。それでも、われわれにとって害はない。マックスがこのまま働き続けたいと言うなら置いてやれ。今夜も店に出たいと言うなら、そうさせておけ。ほんの少しの気配りと同情をかけていれば、それでいい」

「あいつの肝臓をくり抜いてやってもいいんですよ？」カルロスが熱を込めて言った。

「わかっている」スピロントスが無感動に言った。「だからこそ、気配りと同情を忘れるなと言ったんだ」

ミセス・スピロントスは、失敗に終わった自分たちの修正計画について考えていた。「マイロス、カルメッツはどうしても殺すしかなかったの？」

彼は答えをためらった。「そうだな……わからない。わたしが本物のアルノーではないとばれて、あいつがどんな手に出るか、まったく読めなかったからな。たしかに、少し拙速だったかもしれない、つい瞬間的に――」

「言い換えれば、あなたは我を失ったのね」

「そうかもしれない――少しは。だが、あの状況でわたしにほかに何ができた？　そういう意味で言えば、ジョー、アルノーはどうなんだ。どうしても殺さなきゃならなかったのか？」

「そうしなきゃ、彼こそどんな手に出たと思うの？　自分を裏切った妻と、その妻を寝取った男に、ばったり再会したのよ？　ええ、あれは絶対に殺さなきゃならなかったわ。あの男の性格は、わたしがよく知ってるもの。あいつを殺さなければ、あなたもわたしも生きてはいられなかったでしょうよ。カルロスもその点では同意してくれるはずよ」

カルロスは強く同意した。「ジョーは、あの男を捨てる前から、あなたと出会う前から、あいつとの生活で常に危険と隣り合わせにいました。あの男はサディストだったのですから……さっきおっしゃった〝いろいろとまずい状況になってきた〟というのは、どういう意味です？」

スピロントスは、さあねと言うような身振りをした。「まあ、警察の動きは活発になるだろうな。あちこちに首を突っ込んで、嗅ぎ回って。ここは〈アルブマーレ〉に近いからな。さし迫った危険は何もないとは思うが、どこまでも素直に、無垢に、協力的に振る舞うことだ。少なくとも、きみたちふたりはそうするべきだ。わたしのほうは今まで通り、誰も知らない、聞いたこともない――未亡人オーナーの、存在しないはずの夫のままでいるよ」

彼は愛しい女性にほほ笑みかけた。これで彼女は、法律上でも本当に未亡人になったのだ。だが、彼女からの笑みは返って来なかった。今はジョセフィン・スピロントスと名乗っている、このジョセフィン・アルノーという女性は、先週からの一連の出来事を思い返しながら、何かを見落としていないか、どこかに危険は潜んでいないかと考えていた。

彼女の言ったとおり、彼らは――いや、正確には三人を代表してマイロスひとりが――厄介事を切り抜けるためにと、男をふたりも殺さなければならなかった。最初に殺されたのは、彼女がマイロスと駆け落ちするときにカイロに残して来た夫、アルノーだった。世の中にはこれだけの人間がいるというのに、マリファナの売人としてカルメッツがエジプトからよこしたのが、よりにもよってアルノーだったなんて！　彼の乗った船が予定よりも早くシドニーに到着したため、カルメッツと会う約束をしていた日に、アルノーは偶然マイロスとジョセフィンと顔を合わせてしまったのだった。そこで、マイロスたちはアルノーを殺した。自分たちの身を守るには、そうするしかなかったのだ……。

アルノーと体格や顔つきが似ていたのも幸いして、マイロスはアルノーに成り代わることにした。これまではジョセフィンの陰に隠れて連絡を取っていたため、カルメッツとは直接顔を合わせたことがなかったからだ。マイロスはカルメッツとの面会場所を、船の中から、人目を避けた暗がりへと変更した。だが、アルノーの小指の特徴についてはうっかりしていた。そこで――マイロスが言うには、今回も自分たちの身を守るために仕方なく――カルメッツも殺した。彼こそは、金の卵を産むガチョウだったにもかかわらず。

あの夜、埠頭の柵の向こうにいた船員は、マイロスだった。あれは簡単だった。小型のスピードボートで乗りつけたのだ。その後で、カルメッツがハーバー・ブリッジに向かって徒歩でゆっくりとサーキュラー・キーを回っているうちに、彼はそのボートでシドニー・コーヴを突っ切り、先に着いて支柱の下でカルメッツを待ち受けることができた。アルノーの成りすましはうまくいったのだが、最後の最後にマイロスは握手というミスを犯した。その単純な行動が、取り引きを締めくくる代わりに、カルメッツの人生を締めくくることになってしまった。

そういうわけで、カルメッツもまた……命を落とした。ハーバー・ブリッジの下のあの静かな小道を、マイロスはカルメッツの死体を抱えて歩き、乗って来たスピードボートに彼を放り込んだ。その中で、ゆっくりと時間をかけて、特徴的な顎鬚を剃り落とし、衣類のタグを全部切り取り、身元の特定に繋がりそうなものはすべてポケットから抜いてから、死体を海へ投げ捨てた。それからここへ戻って来て、彼女に何があったかを全部話してくれた。

彼らは修正計画を練り上げた。〈グリーン・クカブラ〉の閉店後、夜明け前の暗いうちに、マイロスはカルロスの手を借りてアルノーの死体を〈アルブマーレ〉へ運び込み、カルメッツの部屋に置いて来た――マイロスはその部屋の鍵をすでに手に入れていた。謎の住人が姿を消したことに気づいた誰かが、遅かれ早かれその死体を発見し、警察がその件と海中の死体の件とを関連づけてくれれば、当然の結論にたどり着くはず。

いや、そうなるはずだった。ウェイターのマックスが、実はベラ・カルメッツの弟だったという、驚くべき、信じがたい偶然さえなければ……。

それが計画を一気に狂わせた。なぜなら、マックスはアッシュ・ストリートにある〈イーグル・アイ興信所〉を訪ね――ジョー自身がマックスを見かけ、興信所まであとをつけ、中に入って半開きのドアの外でふたりの話を立ち聞きした――その結果、〈アルブマーレ〉の住人は、もはや行方不明ではなくなってしまった。計画の狙い通りに、カルメッツがアルノーを殺したと推測されても、自殺したわけでないのは明らかだ。当然ながら、警察は今、第三の人間を探しているにちがいない。

それでもマイロスは、思わぬ展開にも過度の心配はしていないようで、自分たちの身はまだまだ安全で安泰だと考えていた。二件の死亡事件と自分たちを結びつけるものは何ひとつないからだ。二件？　いえ、三件だわ――あのコーマックという女がいた。だが、あれは単なる事故であり、彼らにとって思いもかけない幸運な出来事だった。コーマックの妻は、どんどん厄介で危険な存在になりつつあった。すでに麻薬中毒だった彼女は、あっという間にマリファナにも溺れた。しょっちゅう店に押しかけるようになり、人目につくようになっていた。そこでジョー・スピロントスは、ある朝――昨日の朝――彼女を自宅に誘い込み、大量のマリファナを与えた。何日も意識が朦朧とし続けるるほどの量だ。それから、安全な場所に彼女を放置した。薬物のせいで意識がはっきりせず、気が抜けたようになっていたコーマックの妻は、いったいどこをどうさまよったのか、最後にはトラックのタイヤの下敷きになったのだった。

とは言え、マイロスは何も心配していなかった。ミセス・コーマックの突然かつ残酷な死を知ったマイロスの感想は「やれやれ、清々した！」だった。あの女はうるさくつきまとってきたし、最近じゃマリファナを買うことさえおぼつかなくなっていた。どのみち、夫が姿を消したせいで――そう言えば、あの夫はどこへ消えたのかしら？――彼女の資金も底をつきかけていた。

マイロスの考えでは、たしかにしばらくは〝いろいろとまずい状況〟になるだろうが、心配するようなことは何もないとのことだった。すべてがうまくいっていた。ブツは安全に、確実に届いていた。彼らは自分たちの目的のために、あの抜け目のない、そして道徳心の欠落したボジーの少年たちに近づき、彼らをそそのかして、素晴らしい高値でマリファナを売りさばかせていた。そして、潜在的な買い手はまだまだいくらでもいた。

それでも、マイロス自身も認めたように、たしかにあのフィッシャーという若者は自分たちの弱点にちがいなかった。カルメッツは彼を見込みのありそうな若造だと、ずる賢くて良心の呵責がないのだと言って、仲間に入れた。きっとそれは見立て通りなのだろう。だがここに来て、ずる賢そうには見えても、スタンリーには鈍感なまでの愚かさがあることを、ジョセフィンもマイロスもカルロスも見抜いていた。取り分を吊り上げようなどという、あの幼稚な行動には驚いたわ。フィッシャーのことはしっかりと脅かしておいたと、ジョセフィンは確信していた。これで彼はわれわれの計画の、あるべき場所におとなしく戻ったはず。でも、やはりあの若者には過激な手に出るしかないのかもしれないわね——ひょっとすると、決定的な、引き返すことのできない手段に……。

これだけの考えが、声に出して言うよりもはるかに短い時間のうちに、彼女の頭の中を駆け巡った。その最後の結論に考えが到達したちょうどそのとき、スピロントスが驚いたように罵声を上げるのを聞いて、深い思案から我に返った。マイロスはいつの間にか彼女のそばを離れて、床に膝をついて箱の包装をほどいているところだった。

「すでに開封されている！」

「何ですって?」彼女は意味が理解できずに顔をしかめた。「どういうことなの、開封されてるって?」

「つまり、誰かが包装を一旦剝がして、箱を開けた跡があるということだ。だが、いったい何のために?」

「何のためですって?　きっと税関の役人でしょう。輸入会社の誰かかもしれない……」

スピロントスは、そのばかばかしい考えを軽蔑するように言った。「税関！　税関のやつらがこの中身を見て、そのまま通すと思うか？　輸入会社の誰かか……中身を偽り、嘘の申告書を作って、われわれに代わって荷物を受け取ったのはひとりだけだ。この箱を開けて――それからわれわれに届けることのできた男は、ひとりしかいない」

カルロスは指をパチンと鳴らし、喉元を掻き切るような恐ろしい仕草をした。

「あの出来損ないの間抜け、フィッシャーだ！」

しばらくは誰もが黙っていた。ジョーとカルロスは、スピロントスがどうするつもりなのかと、好奇心と期待を込めて見つめていた。スピロントスが立ち上がった。苦々しい顔をしてうつむき、箱を見下ろしている。

「やつはあれを売るつもりだろうか……自分の手で？　あるいは、自分で使うつもりなのか？」

「どうして中身を盗ったとわかるの？」ミセス・スピロントスが尋ねた。

「はん！」スピロントスは苛立ったように、短く叫んだ。「そうでなきゃ、何のために箱を開けたんだ？」彼は腕時計を見た。「まだやつを止められると思うか？」

「あいつなら、店から出て行きましたよ」カルロスが伝えた。「出るところを見ました」

「ああ、だが、どこへ向かった？〈マルコ〉か？」

ミセス・スピロントスは、その可能性はあると言った。「お金はたっぷり持ってるし、あそこのショーガールに夢中らしいから」

「たしかに夢中になっているらしいが、相手があの娘じゃ、どうにもならないだろうな」彼は一瞬、凍りついたように立ち尽くした。「まさか！　あいつ、そのために盗んだんじゃないだろうな！」

そう言うと、スピロントスは動きだした。顔を隠すような大きな真っ黒いサングラスをポケットから取り出し、鼻の上に載せて調整すると、壁にかかった金縁の鏡に映して確かめた。

「外に誰もいないか確認してくれ、カルロス。それから、それは――」床の箱を指さす――「さっさと片づけておけ。わたしが出たら、すぐにだ」

カルロスはカーテンに覆われたドアへ向かい、鍵を開けると、慎重に、静かに、外を覗いた。「大丈夫です」

「よし」

「マイロス！」ミセス・スピロントスが慌てて椅子から立ち上がると、彼のもとへ駆けつけ、彼の袖に手を置いた。「マイロス、最近何か……忘れてるんじゃない？」

彼は笑みを浮かべ、彼女に腕を回した。「いいや、ダーリン、何も忘れてないよ――何もね。ただ、最近は次々とトラブルが起きて、手いっぱいなんだ」

そう言うと彼女にキスをして、影のようにそっと出て行った。

その三秒後、カルロスがドアにきちんとカーテンをかけ直す間もないうちに、マイロスが戻って来て、静かに、だが慌てた様子でドアを軽く叩いた。

「鍵をかけろ――急げ！」

「どうしました？　いったい何が？」

「すぐ外に男がふたりいる」

ミセス・スピロントスは、急に心配そうな目つきで彼を見た。「男が？　ふたり？　いったいどういう男たちなの？」

「刑事にちがいない。気配を消した男たちが、外で待ちぶせしている……さっきはいなかったのに」

「そいつらに見られたの？」

「わからない。だが、大急ぎでここから出なきゃならない。カルロス、あっちの出口は……」

カルロスは急いでもうひとつのドアへ向かい、そこから外へ出た。スピロントスはジョーのほうを向いた。

「ジョー、もしもやつらがこの店にあれこれ質問をしに来たら、わたしは来ていないことにしてくれ、このオフィスには来なかったと。ここには誰も来ていないと言え。もしかすると裏のドアから入ってキッチンを通り抜けた人間がいたかもしれないが、店の者は何も知らないと、そう言うんだ。わかったか？」

「ええ、もちろん――」

「それから、とにかくあの箱をどこかへ隠せ！」

カルロスが部屋に戻って来た。「玄関ホールには、すでに何人かお客様がいます。ですが、紳士用化粧室でしたら……」

スピロントスが指を鳴らした。「それだ――それが答えだ！」

彼はそっと部屋を出た。カルロスは心配そうな目をジョーに向けた。彼女は法律上はミセス・ジョセフィン・アルノーであり、実質的にはミセス・ジョセフィン・スピロントスであったが、カルロスにとっては、血を分けた実の姉だった。

第十八章

　カルロスが玄関ホールに戻ってみると、ミスター・ジェイムズ・ソーントン・スプリングが入口の短い階段の最下段に立って、のんびりと待っていた。ほかにも早めに到着した客が何人か、連れの友人の到着を待ったり、テーブルに案内されるのを待ったりしていたが、ウェイター長はそうした人々を無視して、まっすぐ私立探偵のもとへ向かった。ジミー・スプリングは、カルロスが何かに苦悩し、少し驚いているようにも見えると思った。

「何だか戸惑っているように見えるぞ、カルロス。キッチンでトラブルでも起きたのかい？　シェフがヒステリーを起こしたとか？　それとも、きっちりと蝶ネクタイを絞めるのが嫌になったのかい？」スプリングは鼻の先に視線を落として、自分の絞めている明るい色の蝶ネクタイを見下ろそうとした。「わたしはときどき嫌になるけどね」

　カルロスは気持ちを立て直し、いつもの上品で仕事に徹した態度に戻った。両手を広げて肩をすくめ、裏でちょっとしたトラブルがあったと言いたげなジェスチャーを見せた。

「こんばんは、ミスター・スプリング」

　スプリングは最後の一段を降りて、カルロスといわば同じ目線に立って話をしようとした。そこへ別の男が、ゆっくりと、慌てることのない足取りで階段を降りて来て、ふたりの横に立った。

「やあ！」スプリングが大きな声で言った。「ウェッソンじゃないか！」

無感動なビルは顔の筋肉ひとつ動かすことなく、自分の存在を認めた。「ああ、おれだとも。〝ウェッソン来たりなば、春《スプリング》遠からじ〟というわけだ。いや、順番が逆か。まあ、言いたいことはわかるだろう」

スプリングはいつものいたずらっぽい笑みを浮かべた。「わかりすぎるほどだ。なにしろきみは、いつもわたしの後をついて回っているみたいだからね。あるいは、わたしを探しに来たとか。え、本当にそうなのか？」

「それは答えによるな」

「答え？」

「あんた、今からここで食事をするのか？」

「まあ、そうしようかと考えていたところだが」

「それなら、イエス、あんたを探しに来たんだ。あんたの考えに乗った。おれも一緒に食おう。これで午後のいやな出来事の口直しができる……ふたり分の席を頼む、ラスタス——」最後のは、カルロスに向けて言った。

カルロスはすっかり気分を害し、わざとビルを無視してミスター・スプリングのほうを見た。

「ふたり分の席を頼むよ、カルロス、こちら様のおっしゃるとおりに。それと、必ず勘定は分けてくれ——ここの支払いだけは、ウェッソン刑事の分まで払うつもりはないからね。もうすでにタクシー代やらレンタカー代やらを払わされてるんだ……ああ、ちょっと待ってくれ、カルロス——今夜、マックスは出勤してるのかな？」

「ああ！」カルロスが言った。「ええ、おりますよ、ミスター・スプリング」

「よかった。マックスが担当の席にしてもらうことはできるかい？」

「大丈夫だと思います」カルロスはカウンターの上にあったタイプ打ちのカードを取って、急いで目を通した。「ええ、ご希望の席にご案内できますよ」

スプリングは満足そうにうなずいた。カルロスは、まるで〝この安っぽい宝石を片づけよ〟と命じたクロムウェル（一六五三年に議会を解散させるとき、王笏を指してそう言ったというエピソードより）のように、怖い顔をしてカウンターの奥の金髪女性にそのカードを渡し、ふたりをレストランの中へ案内した。着いたのは、壁際のテーブル席だった。カルロスは、すぐそばにいたマックスに向かってわざわざ指を曲げて呼びつけてから、案内を待っている客の対応のために、玄関へ戻って行った。マックスがテーブルに近づいてふたりに挨拶しようとしたとき、別の男がそのテーブルにやって来た。口をへの字に結んだ、険しい目つきの男で、地味なグレーのスーツを着て、フェルト帽を手に持っていた。男の隣には、ジョセフィン・スピロントスがいた。

「やあ、ジョー！」スプリングは嬉しそうに言った。ビル・ウェッソンのほうへ手を振った。「覚えてるだろう、こちらは――」

そこで口をつぐんだ。男の険しい目がビルのポーカーフェースを一瞥した後、スプリングのほうをじっと睨みつけていたからだ。男は一、二秒ほど、スプリングを疑わしそうに見つめていた。すると、苦い顔をしたまま次のテーブルへ歩いて行った。ジョセフィン・スピロントスは息を少し弾ませながら「いらっしゃい、ジミー」とだけ言って、男の後を追いかけた。ふたりが薄暗い照明の中、次から次へとテーブル席を回るのを、ジミー・スプリングは見ていた。男は行く先々で男性客をじっと見つめ、ジョーは彼におとなしくついて行った。

「一瞬だがね」ジミーがビルにささやいた。「今の男がわたし個人に対して、何か恨みでもあるのかと思ったよ。だが、どうやらここの全員に同じ視線を向けているようだ。あれはいったい何だろうね？」

「きっとあんたのかわいい蝶ネクタイに魅入られたんだろう」ビルがぼそぼそと言った。さっさと椅子に座って、メニューを吟味している。

スプリングはその見当違いの答えは聞かなかったことにした。「全員を睨んでると言ったがね、ひとりだけ例外がいるようだ。きみだよ。あの男、きみのほうだけは、ほとんど見向きもしなかった。初めからきみのことは知ってたんだ。そして、きみもあの男を知ってる。つまり、あの男も刑事ってわけか。これは何事だい、ウェッソン？」

「特別班だな」ビルが気の抜けた返事をした。「この店の定期調査に来たんじゃないのか、たぶん」

「どういう意味だ？」

「つまり……客を見て回るんだ。知った顔が混じってないかってな。そんなことはどうでもいい。手を貸してくれ、ここにはフランス語しか書いてないぞ――いったい何を食えばいいって言うんだ？」

「ジョーのことをあんなふうに連れ回しているのが、どうにも気になるな……まるであいつに紐で繋がれてるみたいじゃないか。ほら、見てみろ！　あのゴリラめ、今ジョーのお尻をつねるか何かしたみたいだぞ」

それを聞いて、ビルもメニューから視線を上げた。「勘弁してくれよ、スプリング、おまえは阿保か！　彼女は連れ回されてるんじゃない、一緒について回ってるんだ。あの男が店じゅうを調べて回るのに、同行してるんだ、当然の権利として――彼女、ここの経営者なんだろう？」ビルの目が再びメニューに向かった。「いったい何を食えばいいんだ？」

またしても、ミスター・スプリングはその悲しげな問いかけを無視した。ほっとしたようにつぶやく。「ああ、なるほど……そうか……本当だ、連れ回されてるわけじゃないらしい。仮に、裏社会の人間が人目を避けてここに遊びに来ているのを、あの無礼な男が見つけたとしたら、それは彼女もすぐに知りたいだろうからね」スプリングはそう言うと、ようやく腰を下ろし、忍耐強く待機していたマックスに注意を向けた。「やあ、マックス……なあ、知ってたかい、マックス、シドニーじゅうの警官という警官がきみを探していたんだぞ」

マックスが静かな声で言った。「ええ、その警察に見つけ出されたんです。午後早くに、ランドウィックで声をかけられました」

「そうか！　なるほど、競馬場とはわたしも思いつかなかったな……それで、警察が何のためにきみを探していたのかも、もう聞いたんだろうね？」

「はい。そのままタクシーで警察署まで連れて行かれました。あれは――あれはまちがいなくベラでした、ミスター・スプリング」

スプリングは同情するように言った。「悪い予感はしていたんだ、マックス。きみが今朝、うちの事務所であの似顔絵を描いてくれたときから、そうじゃないかという確信はあったんだ。それに、一応忠告はしただろう？　もしも考えられる唯一のことがお兄さんの身に起きたのだとすれば、きっと警察が捜査に乗り出すと、そう言ったはずだ。そして、警察は動き出した。この件はもうわたしの手を離れたんだよ、マックス」

「はい、そうなりますね。警察は、その――手を下した人間を捕まえられると思いますか?」

「たぶんね。たいていは捕まえてくれる。直接訊いてみようじゃないか。こちらの紳士も警察の一員なんだ。紹介しよう、ウェッソン刑事だ。ウェッソン、こちらはマックス・カルメッツ――例の弟だよ」

「ああ、知ってる」ビルはマックスを見上げ、ぶっきらぼうな、だが冷たくはない会釈をした。「お気の毒だったな」

「ありがとうございます。犯人は捕まると思い――?」

「ああ」ビルはきっぱりと言った。「思うとも。必ず捕まえる。今日や明日や今週が無理だとしても――いずれ必ず」

マックスの戸惑ったような目が、再びミスター・スプリングに向けられた。「実を言うと、かなりのショックでした。たしかに、わたしと兄はもう何年も会っていなかったし、ほとんどお互いの存在を忘れていたようなものでしたが、どんなことがあろうと実の兄ですからね……警察では質問責めにされました。わたしにはさっぱりわからないことについて。その――マリファナについての質問です。どうやら警察は、ベラが――」

「もうその辺でいいだろう」ビルが素早く遮った。話題を変えようとやっきになっているらしい。「警察ってのは質問をするものだ、そうしなきゃ何も探り出すことができない。その話はもういいだろう。まったく、いつになったら何か食わしてもらえるんだ?」

ジミー・スプリングはようやくメニューに注意を向け、マックスはふたりの注文を受けてキッチンへ向かった。スプリングは椅子にゆったりと座り直してテーブルに両肘をついた。「それで?」

「それでって、何だ?」ビルが訊き返した。

「あのベッドの下の死体は、身元が判明したのかい?」

「そうせっつくな、さっき見つけたばっかりじゃないか。まだまだやることがあるんだよ。ところで、あんたはあの後いったいどうしたんだ? ずいぶんこそこそと帰ったんだな。あんたを探そうとしたときには、もう——いなくなってた」

「いつまでもあそこにいたって、何の役にも立たないと思ったからね。きみの上司のタイソン警部にわたしの知っていることを全部話したら——まあ、全部と言ったって、ほとんど何も知らないんだが——後は捜査の邪魔にしかならないと思ったんだ。あれから何かわかったのかい?」

「大して何も。だが、あれをやった男は、カルメッツを殺した犯人と同一人物だな。手口が同じだ——手で絞め殺している。シドニーのどこかに、冷酷な殺人犯がいるってことだ。それに、マリファナ密売の組織犯罪も絡んでる」

「ふたつの死亡事件に、関連があると考えてるわけか?」

ビルはその質問にはしばらく答えようとしなかった。やがて、素っ気なく言った。「かもな」

マックスは、スプリングのオードブルとビルの牡蠣、それからシャブリのボトルと瓶ビールを一本ずつ持って来た。

「ビールは」とスプリングはビルに言った。「きみが飲んでくれ——もちろん、きみもシャブリがいいなら別だが」

ビルは嫌なものを見るような目で、スプリングのボトルを見た。「女みたいな飲み物だな……おれはビールをもらうよ、ありがとう」

分だ」

「ああ、どうぞ。それから、その疑うような表情はやめてくれ、ちゃんと六時までに注文しておいた

「そうだろうとも」ビルが無感動につぶやいた。

マックスがワインとビールの栓を開け、それぞれのグラスに注ぐと、再び立ち去った。スプリングが自分のグラスを掲げた。

「美しい友情に乾杯と行こう……そう言えば、ミセス・コーマックの件の捜査はうまくいってるのかい？」

「少しだけ進展した。あちこちから、断片的な情報ばかりが集まった。あんたの言ってたとおり、彼女は昨日の朝、自分の車に乗って出かけている。だが、市内には行っていない。彼女の車がイサカ・ロードの大型マンションの前に駐まっていたという目撃証言が――」

「イサカ・ロードだって！」

「イサカ・ロードだ」ビルは特に強調するわけでもなく、もう一度言った。イサカ・ロードというのはエリザベス・ベイにある。ミセス・スピロントスのマンションも、イサカ・ロードにあった。それはふたりとも知っていたが、どちらもそのことには触れなかった。ビルが話を続ける。「しばらくすると、車はなくなっていた。次に見つかったのが、ウィリアム・ストリートのあの裏道だ。誰かがどこかで、ひょっとするとイサカ・ロードで、ひょっとするとイサカ・ロードとウィリアム・ストリートのあいだのどこかの地点で――誰かが彼女をマリファナ漬けにして、ベッラの店に置き去りにしたんだ」

「ベッラの店？　どういう店だ？　ベッラって誰だ？」

ビルが教えると、スプリングの整った顔が嫌悪感に歪んだ。「けっこう範囲が広いな。その〝誰か〟っていうのは、誰なんだろう？」

「こっちが教えてもらいたいね」ビルが暗い顔で提案した。「あんた、教えてくれよ」

スプリングはオードブルをひと口食べた。それだけで充分食事と呼べるほど素晴らしかった。「きみも同じものを頼めばよかったのに。これを食べないなんて、もったいない……なあ、ところで、本当のところ、きみは今夜ここで何をしてるんだい？」

「牡蠣を食ってる」

「ああ、まったく！　だから、どうしてよりによってこの店に来たのかと訊いてるんだ」

「来ちゃいけないか？　あんたはなんで来るんだ？」

「わたし？　ここはわたしにとって息抜きができる、お気に入りの店なんだ、しょっちゅう来ているよ。その話は前にもしただろう。でも、きみは……？」

ビルは最後の牡蠣を飲み込み、ビールをぐいっとひと口飲んだ。グラスをゆっくりとテーブルに戻しながら、その中の澄んだ琥珀色の液体を考え深そうに見つめた。

ビルが無感情に言った。「ウィリアム・スタンリー・フィッシャー」

「フィッシャーだって！」スプリングは驚いて声を上げた。「彼とここで待ち合わせでもしているのか……？　いや、待て！　まさかきみは、あの男が――」

「おれはあの男がどうしたとも言ってない。ウィリアム・スタンリー・フィッシャーは今朝、いつも通りに出勤した。どうやらゆうべ頭をぶん殴られたのは、何ともなかったようだ。昼頃、小包のようなものを持って退社している。それ以降、やつの姿を見た者はいない」

スプリングが顔をしかめてビルを見た。「だから？」

「なあ、あいつはどこへ行ったと思う？」

「わたしにわかるはずがないじゃないか……そうか！　またしても謎めいた行方不明事件というわけかい？」

「どうかな。そうだと考えるだけの具体的な根拠は何もない――今はな。だが、一度も〈ダニーン〉に戻っていないし、昼に会社を出てから見た者はいないしで、ひょっとするとここに来たら見つかるかもしれないと思ったわけだ」

「どうしてここだと？」

「そうだな、まあ、ゆうべも来ていたし――」

「彼がここに来たのは、明らかにゆうべが生まれて初めてだったぞ」

「――それに、あいつは誰かに頭を殴られて金を盗まれたし、あいつが持ってたっていう小包にも興味があるし、いい加減あんたには黙ってもらってゆっくり牡蠣が食いたいし、あのマックスってやつはどこに行ったかわからないし――」

ほかにも言いたいことがあったのだとしても、そのとき急にマックスが現れたせいで中断された。マックスは申し訳なさそうな小さな声で、ビルに会いたいと言っている人物が外にいると伝えた。

「誰だ？」

「男の方です。玄関ホールでお待ちです」

「オーケー。連れて来てくれ」

「その方が、レストランの中には入りたくないとおっしゃいまして。お食事はされないのだそうです」

「へえ！　そんな理由で入って来ないのか？」

マックスは両手を広げて、悲しそうな表情を浮かべた。ビルが立ち上がった。

「わかった、わかった。そいつのところへ連れて行ってくれ……一緒に来るか、スプリング？」

「わたしが？」ジミー・スプリングが驚いて言った。「だって、その人はきみに会いたいと言ってるんだろう？　わたしにもついて来てほしいのか？」

ビルはいつもの不愛想な口ぶりで答えた。「おれの考えが当たっているとしたら、外で待ってる男っていうのは、さっき店の中で現金払いの客たちを疑わしそうに見て回っていたやつにちがいない。あんたのガールフレンドを紐で繋いで歩いていたやつだ――覚えてるだろう？」

「彼女はガールフレンドなんかじゃ――」スプリングはうんざりしたように言いかけた。だが、そこでにやりと笑った。「ああ、そういうことか。ありがとう、ウェッソン、わたしもさっきのあれが何だったのか知りたいと思ってたんだ」


ビルの予想通り、玄関ホールでビルを待っていたのはあの目つきの鋭い刑事で、相変わらずジョセフィン・スピロントスは〝紐で繋がれている〟らしい。どういう状況であれ、彼女はまだその男と一緒にいて、忍耐強く口をつぐんでそばに立っていた。

「よお、マック！」ビルは男に短く声をかけながら、近くに立っている女には目もくれなかった。

「どうした？……ちょうどいい、これはおれの友人のミスター・スプリングだ――こっちはマクドナルド刑事だ、スプリング」

マクドナルド刑事は低い声で「どうも」と言い、ジミー・スプリングは礼儀正しく「初めまして」と言いながら堅い握手をした。

「自分のレストランから締め出されたのかい、ジョー?」

「ミスター・マクドナルドが、このドアを見張りたいとおっしゃって、どうもその手助けをわたしにさせたいらしいの」

マクドナルドはさし迫った口調で、同僚刑事であるウェッソンに話しかけた。

「ビル、今さっきあんたがこの店に入って来たときに、ここから出て行った男とすれちがわなかったか?」

ビルが首を横に振った。

「じゃ、ここへ来る途中で、店から出て来たと思われる男を見かけなかったか?」

「いいや。おれが来たときには、反対方向から歩いて来る人間はひとりもいなかった。どんな男だ?」

「五フィート十インチか十一インチ。黒っぽいスーツ。太縁の濃いサングラス。黒い口髭。すげえネクタイ」

「〝すげえネクタイ〟って、何だ?」

「明るい色のサテンのやつだ。まぶしいぐらい派手な色の」

「そんなの、珍しくないじゃないか」

「そいつのは格別派手だったんだ。それに、ここじゃあんなのは見かけない。あのネクタイを絞めてた男は、どうりでサングラスが必要だったわけだ」

「わかった！」ジミー・スプリングが言うと、みんなが一斉に期待を込めた視線を向けた。「さっききみが見て回っていたのは、それだったのか。ネクタイを探してたんだ！」

　マクドナルドの瞳に浮かんでいた期待感が、嫌悪感に変わった。ビルが皮肉たっぷりに低い声で言った。「このスプリングは私立探偵なんだよ、マック。それでこんなに勘が鋭いってわけさ。ほら、よくいるだろう？　片手に金髪美女、もう片手にスコッチのボトルを抱えて、驚くような難事件を解決し、最終章で悪者をぶん殴って、後始末は警察に丸投げってやつが」

「へえ、本物の私立探偵か！」マクドナルドが同じような皮肉を込めた口調で返した。

「本物だ。女房と揉めた際にはな、マック、是非こいつに相談に行くといい」

「ありがとう。おれには女房なんていないけどな」彼はスプリングを好戦的な目で睨んだ。「あんたはいつ、この店に来た？」

「わたし？」ミスター・スプリングが落ち着いた声で言った。「わたしなら、ウェッソンの数分前に着いたよ。わたしがカルロスにテーブル席を頼んでいるところへウェッソンがやって来たから」

「カルロスって誰だ？」

「ウェイター長」ビルがいつもの簡潔な答え方をした。

「そうか。なあ、スプリング、あんたはそういう男を見かけなかったか？　店に到着したときか、ここまで歩いて来る途中で」

　スプリングが眉根を寄せた。「会わなかったと思うな……申し訳ないが、そんなに注意深く周りを見ていなかったのでね。だが、男であれ女であれ、たぶん誰ともすれちがっていないと思うよ」

「あんた、どっち側から来たんだ？」

「スプリングフィールド・アヴェニューから、そこの階段を降りて来た」

「ふーん。ビル、あんたは？」

「同じだ」

マクドナルドはしばらく考え込んだ。「やつはまだ店の中にいるぞ、ビル、絶対にいるはずだ。正面のドアから出て、誰にも見つからずに逃げられたはずがないんだ――あんたが気づかずにすれちがったのでなければ」

「それは絶対にない」ビルが断言した。「スプリングが見落としたとしても、おれはすれちがったら気づいたはずだ。そんな男はいなかった……スプリングは、おれがこいつの数分後に来たと言ったな。いいか、おれが到着したとき、こいつは入口の階段の一番下の段にいて、その後、あのカルロスとかいう男としゃべってるところにおれも合流した。この玄関ホールに四、五分ほどいて、席に案内された。椅子に腰を下ろす間もなく、あんたが、明らかに誰かを探しながらやって来たんだ。ここで重要なのは、あんたはその男が出て行ってからどのぐらい遅れて店に着いたのかっていう点だ」

「ほんの数秒だ」マクドナルドが即答した。「つまり、こういう状況だった――」彼はそこで話を止め、ジミー・スプリングのほうを見た。

「かまわないから、続けろ」ビルが言った。「こいつなら大丈夫だ」

「そうか。おれたちはピカリング・レーン側の、この店の通用口を見張っていたんだ――」ビルは、その裏口があることをずっと知っていたかのようにうなずいた――「おれとデイヴ・スワンのふたりでな。そのとき、怪しいやつがやって来た。初めは関係なさそうな顔をしてぶらぶらと歩いて来たんだが、突然身を屈めてそのドアをくぐった。入るところを誰にも見られないように、大急ぎで。デイヴとおれは、男が出て来るのをドアのそばで待っていた。しばらくすると、そいつが出て来た。少なくとも、一度は出ようとしたんだが、まるで銃で撃たれたかのように、急に中へ引っ込んだ――」

「あんたに気づいたんだな」ビルが言った。

「ああ、たぶんな……とにかく、おれはそいつを追ってその通用口から飛び込んだ――ほんの数秒遅れでだぞ、ビル。デイヴはドアの前に残った――今もそこにいる。通用口を入ると短い通路があって、正面にドアがあった。そこを入ると、レストランのバンド用の壇の裏側へ出た。さらにそのすぐそば、壇の左側にもうひとつドアがあって、それはキッチンに繋がっていた。おれはまずそのキッチンを探してみた――」

「どうして真っ先にキッチンを?」スプリングは興味深そうに訊いた。

「外のドアが通用口だからに決まってるだろう、この間抜け」ビルが、けっしてお上品でない表現で答えた。だが、そう言う彼の声に怒りはなく、顔も能面をかぶっているかのようにすっかり無表情だった。「通用口。関係者専用の出入り口。さまざまな人間が出入りする――ただし、客以外の人間だ」

「そいつはキッチンにはいなかった」マクドナルドが話を続けた。「おれがキッチンの中を探し回っているうちに、この女《おんな》――こちらの女性が入って来た」

「へえ、そうだったのか」ビルが低くつぶやいた。彼女のほうを見もしなかった。

「そうなんだ。おれはそこで何をしていたかを説明したが、彼女はいったい何のことか、さっぱりわからないと言った。即座にそう断言したんだ。それで、彼女と一緒にレストランへ移動して、席をくまなく見て回ってたってわけだ。だが、まだ見つからない」

「どこもかしこも、全部を見て回ったのか?」

「ええ」突然ミセス・スピロントスがゆっくりと答えた。「この方、どこもかも全部を見て回られたわ。そして、さっきも言ったとおり、この方の言っていることは、わたしにはさっぱりわけがわからないの」

「わからない？」

「そうよ。あの通用口から男が出たり入ったりしたなんて……」

「わけがわからないのは、男がもう一度引っ込んだきり姿を消したことだ」

「とても考えられないわ」ミセス・スピロントスが冷たい口調で言った。「その男が、仮に本当にそんな男がいたのならだけど、うちのお客様の誰かだなんて。従業員のはずはないのよ。うちの従業員のことはわたしがよく知っているけど、全員その時間よりずっと前から店の中にいたと断言できるわ」

ビルはミスター・スプリングのほうを向いた。「どうだい、名探偵。謎は解けたか？」

スプリングは愛想のいい笑みを返した。「ミスター・マクドナルドに質問させてもらいたんだが」

「どうぞ」

「ミスター・マクドナルド、その男のいでたちなんだがね、どこまでが本当なんだろう？」

「何だと？」

「きみは男が入るのを見た。黒っぽいスーツ、派手なネクタイ、黒くて縁の太いサングラス、黒い口髭。きみは男を追って店に飛び込んだ後、何を探そうとしたんだい？――派手なネクタイ、黒くて縁の太いサングラス、黒い――」

「そう言えば」マクドナルドが意地悪く言う。「あんたの口髭とそっくりだった」

「そうかもしれないが、これは」とスプリングは、きれいに手入れされた自分の口髭を指先で撫でながら言った。「本物だ。実際に生えている、わたしの顔の一部だ。だが、きみが追っていた男は——」

「あんたの言いたいことはわかったぞ」ビルが割って入った。「そいつの口髭は本物じゃなかったんじゃないかって言うんだな？　その男は中へ引っ込んだ後、大急ぎでサングラスを外し、付け髭を外し、ネクタイを外した。よし、サングラスと付け髭とネクタイはポケットに突っ込んだとしよう——その特徴的なネクタイの代わりに、首に何を巻いたらいい？」

「何も」

「何もだって？　そんな馬鹿なことがあるか。マック、ネクタイを絞めてないやつなんかいたか？」

「いなかった」

「いや、いるよ」ジミー・スプリングがきっぱりと言った。「何人かいる。彼らは——気を悪くしないでくれよ、ジョー、これはあくまでもＣＩＢのために立てた理論上の仮説だから——彼らはキッチンで、襟元までボタン留めする長い白衣を着ている。ひょっとすると——」

ジョセフィン・スピロントスは首を振った。「そんなはずないわ、ジミー。その男がシェフか、調理スタッフのふりをしていたと言うの？　わたしは全員の顔をよく知っているのよ。あの中には見知らぬ男なんていなかった——」

「でもね、ジョー、そいつが見知らぬ男だったとは限らないよ。きみのよく知っている人間かもしれない。普段は、ミスター・マクドナルドに強い印象を植えつけたという派手なネクタイを絞めない、顔を隠すサングラスもかけない、口髭も——」

「その男はついさっき入って来たんでしょう？　その前から全員がキッチンにいたのなら、それはあり得ないじゃないの。みんなキッチンにいたのよ、ずいぶん前からずっと」

ジミー・スプリングは、ビルに向かってにっこりほほ笑んだ。「悪いね、ウェッソン、この仮説は成り立たないようだ」

ビルの顔は、相変わらず石のように無表情だった。彼の頭の中では、ミスター・スプリングの仮説が成り立たないとはまだ断定しきれなかった。「かもな」彼はつぶやいた。「ほかにないのか、あんたの仮説」

「そうだな……」

「言ってみろよ。かまわないから」

「ミセス・スピロントスは、その男がお客様の誰かだとはとても考えられないと言ったね。そう、たしかにそのとおりかもしれない。だが、まったくあり得ないわけじゃない。ひとりかふたり、あの通用口のことを知っていた客がいたとしてもおかしくないからね。たとえばその男が――そうだな、賭けの胴元かも知れないし、闇商人かも知れないし、チンピラの類かもしれない――そんなやつが、ミスター・マクドナルド、あんたの姿を見て警察だと気づき、パニックを起こして慌てて中に引っ込んだ。あんたがキッチンを探しているあいだに、レストランに入った――が、あんたがレストランに来る頃には、すでに出て行った後だった――」

「オーケー」ビルが苛立ったように言った。「そうだったと仮定しよう。その後、やつはどうなった？　おれとすれちがわずに店の外へ出れられたはずがない――」

「玄関のドアを通っては無理だ。だが、もうひとつの、あの通用口だったら？」

「だって、あそこはデイヴィッド・スワンがずっと見張ってたじゃないか！」

「そうだね」ミスター・スプリングは素っ気なく言った。

「それなら……」

「スワン刑事か。彼はずっとひとりきりなんだね？　通用口の見張りだけに神経を集中して、背後の警戒を怠っていないだろうか――」

「ちくしょう！」ビルが突然鋭い声を上げると、レストランのほうへ駆けだした。

だが、ほかの三人が彼の後からレストランを通り抜け、四人そろって〈グリーン・クカブラ〉の通用口を開けてみると、スワン刑事は無事だった。ずっとピカリング・レーンにいて、辛抱強く通用口のドアを見張り続けていた。彼が言うには、マクドナルド刑事が飛び込んで行った後、そのドアから入った者も出た者もひとりもいないとのことだった。

第十九章

イスタンブールから来た男――またの名をJ・モンタギュー・ベルモア――は、まだ尾行を続けていた。たしかに、一度は獲物を見失ったかと思われたが、しばらくまちがった匂いをたどった後、正しい足跡《そくせき》を見つけ直したのだった。

スタンリーがフィリップ・ストリートでトラムに飛び乗った後、モンティは彼がきっと〈ダニーン〉に帰って夕食を摂るつもりなのだろうと、誤った推理をした。そこで、そちらへ向かう次のトラムに乗り込んだのだった。ところが、〈ダニーン〉に戻ってみると、あの悪党――老モンティの頭の中では、もはやスタンリーはまちがいなく立派な〝悪党〟とみなされていた――が朝のうちに出勤してから、誰もその姿を見ていないと言う。モンティは困惑するとともに、悔しがった。さまざまな感情を大げさに態度に表した。ステッキの取っ手で自分の胸を打ちつけた。

「誰か、知る者はいないのか、あの悪――いや、あの若者がこの時分に、どこにおるのかを?」

マーリーンは彼のいそうな場所を、博打の勝負を持ちかけるような言い方で伝えた。「きっとまたアローラを追いかけてるのよ。〈マルコ〉にいるにちがいないわ、賭けてもいいわよ、ミスター・ベルモア」

「なるほど！」モンティが思案しながら言った。「そうだな、うん、きみの言うとおりだ、きっと」

「ええ、きっとあたしの言うとおりよ、賭けてもいいわ。どうしてスタンリーを探してるの？」だが、モンティはすでに階段を途中まで上がっており、その質問は耳に入らないようだった。

「夕食はどうするの、ミスター・ベルモア？」リル伯母さんが下から呼びかけた。「もうすぐ用意ができるけど？」

それはモンティの耳に届いた。「ありがとう、ミセス・ドノヴァン。だが、残念ながらJ・モンタギュー・ベルモアは今夜、いつも通りに夕餉《ゆうげ》の席に着くことはできなくなった」老モンティはそう言うと、アート伯父さんなら〝えらくめかし込んでる〟と言うであろう、きちんとした恰好に着替えた。建物を出ると、今度はバスで再び市内へ出かけて行った。

モンティは、スタンリーより三十分ほど遅れて〈マルコ〉に着いた。ナイトクラブらしいその雰囲気――分厚い絨毯、薄暗い照明、清潔感のあるウェイターたち、音楽、漂う幸福感と裕福感――には、店に入るなり衝撃を受けた。モンティは、最も威厳のある態度で店の玄関ホールへの階段を降りて行った――マシュマロ・ホールの大階段を降りて行くマシュマロ公爵になって。玄関ホールに立ち、片手につば広の黒い帽子を、もう片手に象牙の取っ手のステッキを持って、やわらかい照明に白い髪を銀色に輝かせている姿は、かなり人目を引いた。アンゴスティーノは、モンティの髪と、もの珍しく古めかしいクラバットに感銘を受けながら、まるで外国の使節が重要な相手国の大使に接するような凛とした尊敬の態度で彼を出迎えた。

マシュマロ公爵は身に着けていた宝冠類を王室付き御用人に預け――言い換えると、モンティは帽子とステッキを奥の小部屋にいた金髪女性に渡して――ウェイター長にレストランの中へ案内することを、寛大にも許可した。アンゴスティーノの後について狭いテーブルのあいだを縫いながら、十歩も歩かないうちに探していた人物を見つけた。スタンリー・フィッシャーは部屋の中ほど、ちょうど後ろの壁とダンスフロアの中間あたりのテーブル席に座っていた——今夜の〝忠実な犬〟は、フロア前の特等席には案内してもらえなかったのだ。

「ははん！」再びイスタンブールから来た男になったモンティは思わず声を上げ、柱の陰に駆け込んだ。

アンゴスティーノが振り返った。「お客様？」

「シーッ！」モンティが柱から覗きながら言った。スタンリーは厚さ二インチのステーキを、休むことなく口に運び続けていた。オーストラリア人というのは、肉汁のしたたるステーキが食べられるところでは、けっしてほかの料理を頼まない。「おのれの悪運もここまでだとは、夢にも思うまいな」モンティは不気味な声で言いながら、柱の陰からスタンリーに向かってふさふさの眉をひそめた。「哀れな犠牲者め——ああ、きみ、部屋の反対側のテーブルに案内してもらえないだろうか」

アンゴスティーノにとっては、この威厳あふれる、だが少しばかり風変わりな老紳士がどこの席に座ろうと、まったくかまわなかった。そこが予約席でない限りは。

「もちろんです、お客様。ただ、ダンスフロアに近い席にはご案内できかねるのですが」

「かまわん、かまわん。ダンスをしに来たわけではないからな。では、案内を頼もう……」

最終的にモンティは、自分の目的にぴったりの席に着くことができた。そこからはスタンリーがよく見える一方、彼からは見られないだろうと期待できた。アンゴスティーノがモンティのために椅子を引き、軽くお辞儀をして立ち去った。別のウェイターが音もなく現れて、大きすぎるほどのメニューのカードを差し出すと、モンティは急に空腹を感じた。顔の前でメニューのカードを、日本の屏風のようにテーブルの上に立てた。その上から目を覗かせ、続いて横から、その反対側から、最後にはメニューを数インチ持ち上げて、下の隙間から覗いた。椅子に座ったまま上体を横に低く下げ、いくつものテーブルの脚の隙間からレストランの反対側の端を見やった。それでも、スタンリーがその午後に持っていたはずの小包はどこにも見当たらなかった。

〈ふむ！〉とモンティは心の中でつぶやき、無理な姿勢に息を荒らげながら体を起こした。〈きっとさっきのウサギ穴の乙女に預けたのだろう。あるいは、若き悪党はすでにあれをどこかに捨ててしまったのか。はてさて……〉

モンティはメニューのカードを持ち上げた。それからテーブルの上に平らに置くと、改めて部屋の向こう側を興味深く見つめた。ウェイターのひとり――チャールズだった――がスタンリーに近づき、何かを伝えたのだ。すると、スタンリーはまずウェイターを見上げ、肩越しに玄関ホールのほうを振り向き、またウェイターに視線を戻した。そして今は、椅子を立って玄関ホールに向かって歩きだしていた。

モンティのテーブルのウェイターは、老紳士のお遊びが済んだものと判断し、敬意を払いながら彼の注目をメニューに向けさせようとした。モンティは手を振ってウェイターを追い払った。

「後だ、後だ――邪魔をしないでくれ、きみ」

ウェイターは一歩下がり、そこで待っていた。

モンティも待っていた。だが、スタンリーは戻って来なかった。何分かが過ぎていった……。

モンティは不安になってきた。ふさふさの白い眉毛をぎゅっと寄せた。今度はどうしたと言うのだ？　これはいったいどういうことだ？　あの若き悪党は、明らかに誰かの呼び出しに応じたようだが――この店から出て行ったきり戻らないような用件だったのか？　イスタンブールから来た男は、またしてもまんまとまかれてしまったのか？

その不安に、突然興奮が加わった。なんということだ、彼が誰かに呼び出されたのは、あの謎の小包と何らかの関係があるのではなかろうか――もしや、取り引きでは？

彼はいきなり立ち上がり、あまりの勢いで椅子が倒れそうになった。ウェイターが椅子を片手で支え、もう片手でメニューを摑んだが、またしてもモンティは手を振って彼を追い払った。モンティが言った。「気が変わった。食事はやめにする。このテーブルはほかの客に使ってもらってくれ」

彼は大急ぎで玄関ホールへ向かい、スタンリーから四分ほど遅れてたどり着いた。周囲を素早く見回したが、若き悪党の姿はどこにもなかった。羽目板や絵画や内装を観察するふりをしながらホールじゅうを歩き回り、さらにじっくりと探した。だが、スタンリーがいないのは明らかだ。彼が行きそうな場所で、まだ探していないのは、ホールの奥のあの一ヵ所のみだ――だが、まさかあそこにはいるまい。

少し戸惑いながら、老役者は小部屋の金髪女性のほうへ近づいた。「オッホン！　ふむ！　お嬢さん、たった今、若い男が店を出て行ったかどうか、見てなかったかね？」

金髪の女性はためらいもなく、見たと答えた。「はい、ちょうど若い男の方がひとり、階段を上がって外へ出て行かれました。あっ、でも、お客様がお探しの方かどうかは……」そう言って彼女が簡潔に描写した男は、まちがいなくスタンリーだった。

「その男にまちがいない。すると、外へ出て行ったのだね？」

「はい、出て行かれました」

「オッホン！　ひょっとしてだが、彼はきみに何か荷物を預けて行かなかったかね？　たとえば、四角い小包のようなものを？」

「いいえ、何も預けて行かれませんでした。いらしたときから、何もお持ちじゃありませんでした、帽子さえ」

「なぜこんなことを訊くかと言うと」とモンティは愛想よく言った。「誰かが急に彼を呼び出してしまったらしくて――」

金髪の女性がうなずいた。小部屋の入口から、玄関ホールで起きていることはすべて目に入っていたらしい。

「ええ、そのようでしたね。男性がおひとり入って来られて、その若い方を指さし、ミスター・アンゴスティーノに呼んで来てくれと頼んでいました」そこまではモンティも予測していた。「ミスター・アンゴスティーノがウェイターに呼びに行かせると、その方が出て来たんです」

モンティは「チッ！」と舌打ちをして、芝居がかった仕草で自分の額を指先で叩いた。「それはちょっと困ったな、わたしもその若者に話があったのだよ。それなのに、知らない男がいきなりやって来て彼を連れ去ってしまうとは――もしや、彼らがどこへ行ったのかは知るまいね？」

金髪女性は「申し訳ありませんが、存じません」と言った。

「ちょっと訊きたいのだがね、お嬢さん、そのもうひとりの紳士というのは――どんな男だった？　グレーのスーツを着た背の高くて痩せた男かね？　ちょっと猫背で、白髪混じりで、髭のない……？」

「まあ、ちがいます！」金髪女性はモンティが膨らませた空想を遮った。「全然ちがう方でしたよ。

背はそれほど高くなくて――」彼女自身、シドニーにあふれ返るほどいる背の高い、痩せた美女だったので、背が高くないという証言は事実というよりも、あくまでも個人的な感想だろう。彼女はその紳士の描写を続けた……。

マクドナルド刑事は急いで何本か電話をかけた。ビル・ウェッソンは改めて、自分が〈グリーン・クカブラ〉に到着したとき、あるいはその前後に、店から出た人間は絶対にひとりもいなかったと断言した。ジミー・スプリングも、ほとんど同じ内容の証言を繰り返したが、スプリングの場合、そこまでは断言できなかった。そうして三人は、やはりジョセフィン・スピロントスに付き添われたまま、建物内とそこにいる全員をもう一度念入りに見て回ったのだった。

こうした見回りが行われている最中に、カルロスはネオンサインの具合を確かめに玄関の外へ出ていた。ネオンはチカチカと点滅していて、このままでは消えてしまいそうだった。結果として、やはりネオンはすっかり消えてしまったのだが、それが電気系統に詳しくないカルロスがいじったせいなのか、それとも神の御業《みわざ》だったのかは、最後まで謎のままとなった。

一方、ミセス・スピロントスは自分のオフィスへ戻ることを許され、マクドナルド刑事はピカリング・レーンにある例の目立たない通用口でスワン刑事と合流し、ビルとジミー・スプリングは自分たちのテーブル席に戻った。ビルは中断を取り戻す勢いで食事を再開していた。

「穴だらけだな」しばらく黙って考え込んでいたスプリングが口を開いた。

「は？」ビルは料理から視線を上げた。「何が穴だらけなんだ？」

「捜査だよ。例の男を見つけるための。きっともうここにはいないな――外へ逃げたにちがいない」

ビルは何も言わなかった。がつがつと食べていたからだ。

「つまり」とスプリングが真剣に言った。「これは密室からの脱出ショーってわけじゃないんだ。その男が店に――」

「なあ」ビルは、急に少し興味を持ったような目で訊き返した。「密室っていうのは、なんで密室っていうんだろうな。いつも不思議に思ってた。秘密の部屋だからか」

「ふざけるなよ、ウェッソン！　さっきはわたしを間抜け呼ばわりしたくせに……とにかく、その男が通用口から入った後、正面玄関から――出られるとしたら、そこしかないからね――出て行ったと思われる瞬間に、必ずしもわたしたちふたりが居合わせていたとは言いきれないじゃないか――」

「あんたはちょうど店に到着したか、そろそろ到着するところだった。おれはその数分遅れで同じ道を歩いていた」

「わたしは、きみの姿だって見かけなかったんだぞ」

「ああ、おれもあんたの姿は見かけなかった」

「ということは、逃亡中の謎の男を視界にとらえるには、わたしたちはふたりとも現場に着くのが遅すぎたったんじゃないのか？　捜査が穴だらけだと言ったのは、そういうことだ」

「そうか、うん、なるほど」ビルにしては、やけに愛想がよすぎるような口ぶりだった。「何もあんたがそんなに怒ることはないじゃないか。あんたの言うとおりかもしれないんだから。つまり、あんたが言いたいのは、マックの時間の読みがずれている可能性があると」

「そうだ。ほんの数秒ちがうだけで、全然――」

「ほんの数秒――じゃあ、あんたは歩きながら眠ってたんだな。たしかにやつは、おれがスプリングフィールド・アヴェニューの階段に到着する前に逃げた可能性はあるが、あんたは絶対に見かけたはずだ。まだ充分明るい時間だったし」

「反対方向へ逃げたのかもしれない」

「表通りへ出るまではずいぶん遠い――」

「ピカリング・レーンで角を曲がったのかもしれない――」

「それなら、デイヴ・スワンと鉢合わせになったはずだ……いや、あるいは」とビルは考えながらつけ加えた。「あんたが誰も見かけなかったのは、そもそもそいつが外にいなかったからじゃないのか」

「どういう意味だ？」

「たしかに、やつはもう逃げてしまったのかもしれない。だが、まだこの中にいるのかもしれない」

「でも――」

「わかってる」ビルが不機嫌そうに言った。「建物の中は全部探した。だが、おれたちは何を探そうとしていた？　その頃にはすでに黒いサングラスをかけていない、派手なネクタイを締めていない、ひょっとすると小さな黒い口髭も生やしていない男だろう？　ふん、それなら、ここの誰であってもおかしくない！」

「ここにいる人たちはちがうよ」スプリングは腕を広げ、レストラン内の客たちを示した。

「ああ、客はちがうかもしれない、みんなネクタイを締めているからな。だが、キッチンにいる従業員は締めていない」ビルはナイフとフォークを置いてグラスを持ち、暗い面持ちでビールを見つめた。

「ああ、わかってる、あんたのガールフレンドが、キッチンにいる従業員は全員無関係だと、ずっとキッチンにいたと言ってたことだろう？　今日は仕事を休んでるやつもいない、ひどいショックを受けたばかりのマックスでさえもだ。だが、おれに言わせれば――」彼は一段と険しい声で、スプリングを正面から見据えながら言った――「おれに言わせれば、あんたのガールフレンドだって疑わしいし、そんな彼女の証言も信じられるかどうか怪しいものだ。さらに言えば、この店自体が実に疑わしい」

「馬鹿な、いったい何を！」ミスター・スプリングは、今にも怒りを爆発させそうだった。「いったい何を馬鹿なことを言ってるんだ、ウェッソン！　あの無礼なフィッシャーが店の外で頭を殴られて、たかが数ポンド盗まれたからって――」

「どうして店の外で殴られたなんて言うんだ？　あの通用口が何を示唆してるかわからないのか、この間抜け！　それに、どうして盗まれたのが数ポンドだってわかるんだ？」

「フィッシャー本人がそう言ってたからだ」

「本人が？　はん！　あいつはゆうべ、誰に会いにここへ来た？――ここで働いていると言っていた男だろう？　その男、今日はどこにいるんだ？」

腕を広げていたミスター・スプリングは、テーブルの縁を両手で掴んだ。驚いて、ショックを受けているように見えた。「フィッシャーはゆうべ、ここで働いている男に会いに来たと、そう言ってたのか？」

「ああ。そう言ってた。それでゆうべ、それは誰だと問い詰めたら、急に〝ジョー〟とか何とかつぶやいたんだ」

「ああ、そのことか！」ジミー・スプリング手を振り、唇を歪めて皮肉めいた笑みを浮かべた。「ウェッソン、頭がおかしいんじゃないのか！　そのことなら解決したじゃないか。この店でジョーと言えば、ミセス・スピロントス――ちなみに、わたしのガールフレンドじゃないんだから、いい加減その胸くその悪い表現をやめてほしいんだが――彼女しかいないわけで、見てわかるとおり――」

「そう言いきれるのか？」ビルが鋭く尋ねた。

「だから、それはもう勘弁――」

「そのことじゃない。この店には彼女以外にジョーと呼ばれている人間がいないと、そう言いきれるのか？」

「それは……」スプリングはためらい、顔をしかめた。「それは――改めて聞かれると……」

「言いきれないんだな、そうだろう？」

「その――言いきれないな」

「それに」とビルが情け容赦なく畳みかける。「あんたは、確実に、絶対的な、証明できる事実として、ミスター・ジョセフィン・スピロントスが存在しないことも、はっきりと言いきれない……そうだろう？」

「そうだね」ジミー・スプリングは残念そうに言った。濡れたような黒っぽい髪を、少し戸惑ったように撫でつけた。「確実に、絶対的に、証明できる事実としては、そう言いきれない……きみは？」

それを聞いてビルの閉じた唇が歪み、かすかに皮肉めいた笑みを浮かべたようにも見えた。

「それが、言いきれるんだ。ミスター・ジョセフィン・スピロントスという人物は、どこにも見つからない。存在すらしていないらしい。そこがますます奇妙なんだ。つまり、あんたの言うようにミセス・スピロントスが本当に未亡人だとすれば、さて、その死んだ亭主はいったい誰なんだろうな」

モンティ・ベルモアは、またしても新しい役になっていた。それはたしかにオリジナリティのある役柄とは呼べなかったものの、少なくとも誰か別の人間が書いた台本をただ演じているのではなかった。その役の芝居は、ラジオ局のスタジオであれ、照明のまぶしい舞台の上であれ、けっして誰にも、彼自身によってさえ、上演されることはない。鑑賞し、拍手を送ってくれる観客はひとりもいない。それでもなお、モンティがこれまで以上に自分のすべてを注ぎ込んでなりきろうとしている役だった。

モンティは今、〝名探偵〟になったのだ。

誰かが自分のすぐ目の前で若きフィッシャーを〈マルコ〉から誘い出し、どこかへ連れ去った。その誰かが彼をどこへ連れて行ったのかは、まったくわからない。自分の家かもしれないし――その誰かが住居をかまえていると仮定してだが――一緒に映画でも見に行っているのかもしれないし、ハーバーに浮かぶショーボートでクルージングをしているのかもしれない。あるいは、とモンティは残酷な考えを浮かべた。店を出て角を曲がったとたん、首を絞めたのかもしれない。マリファナ中毒者や麻薬漬けの凶悪犯たちがたむろする恐ろしい巣窟に連れ込んだのかもしれない。別のナイトクラブに連れて行ったのかも――。

その瞬間、〝名探偵〟は初めてピンとひらめいた。

ははん！　キングスクロスのあのナイトクラブ、〈グリーン・クカブラ〉だ！　十中八九、あそこに行ったに決まっている。昨夜もフィッシャーは、何やら謎めいた極悪非道にちがいない目的のために――そして明らかに、予想以上に大きなトラブルに自ら飛び込んで――あの店へ赴き、今度はそこへ呼び戻されたのだ。呼び出しはあの店からにちがいない。もうひとりの紳士というのはあの店からの使いで、フィッシャーを連れて来るようにと言われたのだろう。あのナイトクラブには、どうにも怪しいところがある。あの少女、マーリーンによれば、ボジーやら正体のわからない人間やらが大勢集まっているという話だ。悪事の温床になっているのは明らかだ。真っ当で法律にのっとった商売という仮面の下で、不道徳な行為が湧き返っているにちがいない。そうとも、何が起きていても驚くものか。たとえば――。

その瞬間、二度めのひらめきが来た。

そうか、〈グリーン・クカブラ〉か!

命を脅かす恐ろしいマリファナをばらまき、それを欲しがる好奇心旺盛な怖いもの知らずたちに強引に売りつけようとする組織が、シドニーのどこかで暗躍している。警察はその事実を認めている。この数日、奇妙な暴力事件が続いていた。まずは殺人で、ハーバーで男の死体が発見された。かわいそうなウィニフレッドの悲劇的な死も、その恐ろしい物質の直接的な結果だ。そして若きフィッシャーが、その小包を持ち歩いていた……。

少なくとも、その午後は持ち歩いていたのに、今は手元にないようだ。あの小包は、いったいどうしたのだろう?

モンティは頭の中で考えを素早く巡らせながら、その質問に彼なりに満足のいく答えを導き出した。若きフィッシャーは、ギャングのリーダーにあれを届けたにちがいない。フィリップ・ストリートでトラムに飛び乗ってから、〈マルコ〉で再び姿を見せるまでのあいだの、彼の居場所と行動はそれだ。〈グリーン・クカブラ〉へ行き、ブツを届け、報酬を受け取り、〈マルコ〉へ遊びに来た――。

そこまで来て、モンティの考えは行き詰まった。耳の奥に、マーリーンの甲高い小さな声がよみがえる。〝きっとまたアローラを追いかけてるのよ……〟そうだ。きっとまたあのテレイというお嬢さんを追いかけているのだ——あの美しく、魅力的で、だが、つれない態度のアローラを——ポケットにあのふたつの小袋を忍ばせたままで。今頃は〝リーファー〟に作り変えているかもしれない。アローラはときどき煙草を吸う……。モンティはほっと大きな息をついた。その謎の誰かというのは、本人の知らないうちに、アローラを大きな危機から救ってくれたのかもしれない。

　すると、スタンリーが持ち歩いているのがマリファナだと推理した後、真っ先に思いついていなければならなかった疑問が、ようやくモンティの頭に浮かんだ。そもそもあの若い悪魔は、あんなものをどうしたのだろう？　どこから手に入れた？　どうやって手に入れた？

〝名探偵〟は、またしても鋭い洞察力を発揮して、すぐにその答えを思いついた。若きフィッシャーはけっして首謀者になれるタイプではない。巨大な犯罪組織を構築したり統制したりすることはない。彼になれるとしたら、狡猾さは必要でも知性はまったく要らない、けちなこそ泥が関の山だろう。マリファナを持ち込んでいるのは彼ではなく、せいぜい供給路として仲介しているだけだ。誰か別の人間が、表には姿を見せない謎の人間が、この国にこっそり輸入している——そうだ！　そこで初めて若きフィッシャーが絡んでくるのだ。あの荷物は、彼が勤めている輸入会社によって持ち込まれているのではなく、その会社を通じて持ち込まれているのだ。そして彼の役割は、禁制品の入った荷物を密輸し、届けること。そう、その謎の誰かの元へ。ギャングのリーダーであり、組織のボスである人物のところへ。そして、その悪魔のような組織の本拠地はどこかと問われたら、Ｊ・モンタギュー・ベルモアはそれが〈グリーン・クカブラ〉であることに、全財産を賭けてもいいほどの確信を持っていた。

　Ｊ・モンタギュー・ベルモアには、さらにもうひとつわかったことがあった——いや、本人がわかったつもりになっているだけかもしれないが、ベルモアにとっては同じことだった。それは、どうして〈マルコ〉にいたスタンリーが、思いがけず突然呼び出されたのかだ。ギャングのリーダーは、あの小包を開けたのだ。そして、中身がいくらか減っていることに気づき、有無を言わさず仲介人を呼び出して説明を求めた……。

〝名探偵〟のその推論は、論理学者が聞けば身もだえするようなものだったが、実のところ、ほとんどの点においてモンティは真実をついていたのだった。

モンティが深い考えから我に返ると、金髪女性が不思議そうに彼を覗き込んでいた。老役者の顔には、その裏で頭脳を駆け巡る考えが表情となって表れ、険しいしわがはっきりと刻まれていたのだ。

「大丈夫ですか、お客様？」

「少なくとも、きみの心配には及ばないよ、お嬢さん」老モンティは苦しそうに言った。「だが、世界にとって今一番問題なのは、きみのような優しい若人《わこうど》ばかりではないということなのだ。わたしの帽子とステッキを出してくれるかね？」

金髪女性からそれらを受け取るのと入れ替わりに、彼女の手の中に素早く二シリング硬貨を滑り込ませた。ふたりを隔てている細長いカウンターの上には、チップを入れるための皿が置いてあったのだが、シドニーじゅうのほかのいわゆるナイトクラブにある同様のチップ皿同様に、その中身はこのお嬢さんの財布には入らず、店の裏金になるにちがいないと、モンティは鋭い猜疑心を抱いていたのだった。帽子を頭にかぶり、ジョージ・ストリートに出て、通りかかったタクシーに向かってステッキを振った。観察眼の鋭い運転手が舗道に車を寄せ、モンティが乗り込むと、タクシーはキングスクロスへ向かった。

運転手がモンティをスプリングフィールド・アヴェニューで降ろし、〈グリーン・クカブラ〉の入口への行き方を教えた。

「そこの階段を降りた、ネオンサインの下の店だよ。ただ、今は消えちまってるみたいだな」

「何だって？」モンティが言った。

「ドアの上のネオンサインだよ。今夜は壊れてるみたいだ。ヒューズでも飛んだかな」

「ははん！」ひどく興味を覚えたモンティは、教えられた階段を降りて行った。

帽子とステッキを、〈マルコ〉にいたお嬢さんと双子かと思うほどそっくりな金髪女性に預けた。こめかみの上辺りのふさふさとした白髪を手ぐしで掻き上げると、用心深くレストランに入って行った。テーブルのあいだをゆっくりと進みながら、スタンリーがいないかと視線を配ったが、見つからなかった。その代わりに、ミスター・スプリングが体格の大きな、無感動そうな若い男と一緒にテーブル席に座っているのを見つけ、嬉しさから声をかけた。スプリングこそは「まさしく、老モンティ・ベルモアが探していた人物だ」とモンティは言った。

スプリングは立ち上がってモンティと握手を交わしながら、驚きを隠せなかった。ジミー・スプリングの得意分野は、プレイボーイの亭主と腹に据えかねた女房たちだった。J・モンタギュー・ベルモアは、当然ながらそういう年頃は——果たして〝そういう年頃〟などという年頃があるのならだが——過ぎているはずではないのか？「わたしを探していたんですか？どうしてわたしを？」

「それが、警察に知らせずにアドバイスをもらうとしたら、きみ以外に——」

「警察に知らせずに、ですか！」スプリングはビル・ウェッソンのほうをちらりと見たが、相変わらず、ビルの顔はまったくの無表情だった。「いったいどんなトラブルに遭ったんですか、ミスター・ベルモア？」

「そのトラブルというのはだね、きみ」モンティもまた、ポーカーフェースを決め込んだ大柄の若い男のほうを横目でちらりと見ながら、声を落として話した。「そのトラブルというのは、フィッシャーという若者と、謎の小包について――」

ビルが突然立ち上がったので、モンティは言葉を切り、いったい何事かと彼を見上げた。ジミー・スプリングはいつものいたずらっぽい笑顔で、潔く打ち明けた。「ミスター・ベルモア、警察の代わりに話を聞くわたしの代わりに、直接警察の人間にお引き合わせしましょう。ここにいるわたしの友人は、ＣＩＢのウェッソン刑事です……ウェッソン、こちらはミスター・ベルモア、とても優れたラジオドラマの俳優だよ」

「お世辞がうまいね、きみ……よろしく、刑事さん」モンティは温かい口調でそう言うと、ビルと握手を交わした。「お会いできて本当に嬉しいよ――正直に言うと、きみたちふたりに――ふたりがそろっているところで会えてよかった。なぜなら、実に奇妙で不安になるような案件、いや、一連の案件に遭遇してね――」

ビルがモンティの話を遮った。「あんた、最近フィッシャーを見かけたのか？　つまり、今日会ったのか、昼以降に？」

「ああ、会ったとも。最後に見かけてから三十分も経っていないよ、〈マルコ〉で――」

「座ってくれ、ミスター・ベルモア」すっかり興味を引かれたビルが提案した。「ひとまず、みんな座ろう。よし、話してくれ」

モンティは椅子にかけ、ゆったりと腰を落ち着けてから、彼らにすべてを話した。「……そういうわけで、わたしは確信しているのだ」モンティは話の締めくくりに入った。「あの若きフィッシャー君はここへもう一度呼び出されたにちがいないと——彼を、その——尋問するために……」

「かもな」ビルは平然と言いながら、本心を隠していた。実際には、老モンティの考えと完全に同感だった。「だが、もしあいつがここに連れて来られたのだとしても、おれたちは見かけなかったぞ」

ジミー・スプリングは背もたれに上体を預けながら、明らかに不安な表情を浮かべていた。「つまり、あなたたちふたりの目には、この店は、わたしにとって今夜までまったく善良で真面目できちんと運営されているはずだったこのレストランは、盗賊の隠れ家だと、そしてわたしの友人であるミセス・スピロントスは、麻薬の密輸人や密売人、凶悪犯や殺人犯の仲間だと、そしてさらには——」

「ミセス・スピロントス?」モンティが尋ねた。

「ここを仕切ってる女だ」ビルが簡潔に答えた。「ミスター・ベルモア、〈マルコ〉でフィッシャーを連れ去った男だが——特徴はわかるか?」

「残念ながら、あやふやな説明しかできないのだよ、ミスター・ウェッソン、帽子やコートを預かるお嬢さんから聞き出した情報しかなくてな。彼女の曖昧な描写によれば、その男は黒っぽいスーツに派手なネクタイという服装に、小さな黒い口髭を生やし、太い縁の真っ黒いサングラスで完全に目を隠していたらしい……」

第二十章

「ほら見ろ」ミスター・スプリングが痛烈な口調で言った。「やつはやっぱりもう逃げていたんだ」

「何だね？」モンティがびっくりしたように訊いた。

「あなたがたった今、描写された男ですよ。少し前までここにいたんです」

「なんと、ここにいたのか！　では、きみたちも――」

「いいえ。そこが問題なんですが、わたしたちにもわからないのです。たしかにここにいたのですが、誰ひとり見ていないのですよ」

「何とも、なぞなぞのようなことを言うね、きみ」

「こういうわけです」ミスター・スプリングは何があったかを説明した。「ＣＩＢは――このウェッソンと、外に潜んでいるもうひとりの刑事のことですが――その男が誰にも見られずにここから逃げられたはずがないという考えだったのですが、これでやつは店を出たのだとはっきりしましたよ」

ビル・ウェッソンが半信半疑の低い声で言った。「かもな」

「〝かもな〟って、どういう意味だ？」

「〝かもな〟は、〝かもな〟だ」彼は立ち上がって、きょろきょろと辺りを見回した。「あんたらはここで座って待ってろ、おれは何ヵ所か電話をしなきゃならない。あのカルロスとかいうやつはどこだ？」

　ビルがカルロスとかいうやつを探しに行ってしまうと、モンティはスプリングに、ウェッソンは懐疑的なようだね、と言った。

「連中はいつだって懐疑的なんですよ」ジミー・スプリングは言った。「それこそが、彼らの〝獣の刻印〟（新約聖書『ヨハネの黙示録』より。神に背き〝獣〟に従う人間である目印として体につける数字の刻印）なんですから」

「ふむ！」モンティはわかったような顔で言った。「たしかにきみの言うとおりだね。例の男は誰にも見られずにここを抜け出し、再び変装してフィッシャーを探しに行った。そもそもここへ来た目的も、フィッシャーを探すためだったのかもしれないな」

「そう言われてみれば……ああ、ミスター・ベルモア、たしかにそれは考えられますね。ですが、ジョーを疑うのは――」

「ジョー？　誰だね、ジョーというのは？」

「ジョセフィンの愛称です。正しくはミセス・ジョセフィン・スピロントス、ここを経営しているレディで、この店が縁でわたしも友人として親しくしてもらっています。それが、ああ、どうしてこんなことに！」彼は悲しそうなうめき声を上げた。

「ふむ、気持ちはわかるよ」老モンティは、凶悪犯罪の話の中にレディの名前が出て来たことに、少し気まずさを感じながらつぶやいた。「で、その謎の男だが――いったい何者なんだね、スプリング？」

「それこそ」とスプリングは憂鬱そうに言った。「わたしたちみんなが知りたい疑問です……」

　カルロスを探していたビル・ウェッソンは、彼が紳士用化粧室から玄関ホールへ出て来るところを見つけた。カルロスは自分の両手を見つめ、何やらぶつぶつとフランス語で独り言を言いながら、ビルのいるほうへ歩いて来た。

「ああ、おれもそう思うぜ」ビルが言った。「それと〝なんてこった！《サクレブリュ》〟と、〝パイプの名前〟と、〝一万五千人のアルペン猟兵隊《ブルー・デビル》〟だな——おい、カルロス、いったいどこに隠れてやがった？」

「わたしは隠れてなどおりません、お客様」カルロスは威厳を見せながら答えた。「外のネオンサインの修理をしようとしていただけです」

「ネオンが壊れてるのか？」

「消えてしまったのです」カルロスが暗い声で言った。「どうしてもつきません。店の評判にかかわります」

「おいおい！　あんたはウェイター長なのか、電気技師なのか、どっちだ？」

「電気技師としての腕前から判断するなら、わたしは立派なウェイター長ということになりますね」

「誰か修理してくれるやつは——？」

「この時間帯には来てもらえませんよ。それに、店のほかの従業員を持ち場から呼び出すわけにもいきませんし——」

「わかった、わかった、その話はもういい。なあ、カルロス、人に聞かれずに電話をかけたいんだが、どこか使わせてもらえないか？」

「そうですね、ミセス・スピロントスのオフィスには電話がありますよ」

「ミセス・スピロントスがいるんじゃないのか？」

「ええ、でも間もなく出かけられる予定です」

「いいや、出さない！」ビルがきっぱり言った。

「はい？」

「ミセス・スピロントスは――あんたもだ――今この店にいる従業員は誰ひとり、おれがいいと言うまで外に出るな。みんなにもそう知らせて来い」

「そんなこと、断固として――」

「ああ、何とでも言え。とにかく、ひとりも店から出るんじゃないぞ――わかったな？　さて、どの電話を使えばいい？」

「そのカウンターの裏にあるテーブルの電話をどうぞ」カルロスが氷のような冷たい声で言った。

「それがお嫌《いや》なら、ミセス・スピロントスのオフィスの電話しかありません」

「オーケー、こっちでいい。あんたはおれが今言ったことをみんなに知らせに行け。ここを出ようとする者がいれば、力づくで止めると」

「まさか、あなたにはそんなこと――」

「おれがやらないとでも？」

ビルの言葉には疑いの余地がなかった。これまで彼を腹立たしく思っていたカルロスだが、今は彼に怯え始めていた。その恐怖が目に表れ、手が震えだした。

「いつまで――？」

「そうだな、まあ、閉店時間を越えることはないだろう。そこは心配するな」

カルロスが大股で立ち去った。ビルは細長いカウンターの裏に回り、角の壁際に置かれたテーブルへ行くと、電話機を抱えて床にしゃがみ込んだ。予想に反してすぐにタイソン警部に電話が繋がったので、しばらく話し込んだ。それが終わると電話を切り、店の前の階段をのぼって表へ出て、角を曲がったピカリング・レーンにいるマクドナルド刑事に話をしに行った。店に戻ると、クロークの若い娘と短く言葉を交わした。それから元のテーブル席に戻って、ひと言も言わずに椅子に座った。

「それで？」ジミー・スプリングはじりじりしながら尋ねた。

「何だ？」

「これからどうするんだ？」

「待つ」

「いつまで？　何を待つんだ？」

「さあな。警部かな」

「警部？　タイソン警部のことか？」

「ああ」

「その後は？　ああ、何でもいいから、ふた言以上の返事をしてくれよ」

ビルはゆったりと煙草に火をつけて、返事とともに煙を細く吐き出した。「警部はここへ、捜査令状を持って来るはずだ」

「捜査令状！　きみたちは店の中を、また一から探し回るつもりなのか——あれだけ探したのに？」

「まだ探し始めてもいない」

「そんな。いったい何を探すつもりなんだ？」

「フィッシャーがここに置いて行ったマリファナの小包」

「何だって？」ジミー・スプリングは目を剝かんばかりに見開いてビルを見つめた。「まさか——まさか、本気で――？」

「確信があるんだ」ビルが静かな口調で言った。「少なくとも、小包がここにあることは確信している。その中身が何なのかは、見つけた後で確かめる」

「ほお！」モンティは、自分の思ったとおりの展開に満足の声を上げた。

スプリングは相変わらず目を見開いていた。ビル・ウェッソンは、愛想がいいとさえ呼べそうな口調で言った。「なあ、スプリング、まさしくミスター・ベルモアの言っていたとおりだ――少なくとも、一部に関しては。フィッシャーは今日の午後六時頃、四角い小包を抱えてこの店を訪れたところを目撃されている。帽子係の娘が見ていた。やつはまっすぐミセス・スピロントスのオフィスへ向かった。少ししてからオフィスから出て来て、店を出て行った――だが、そのときには小包は持っていなかった。証明終了《QED》。小包の中身に関しては、ミスター・ベルモアの推理がまちがっている可能性はある。小包の中がまったく問題ないものだとわかれば、話はそこで終わる。だが、もし小包にマリファナが入っていたら、ビンゴだ！」

ミスター・スプリングは惨めな唸り声を上げた。彼自身が言ったとおり、この店の人間はみな彼の友人だ。そして、何度も主張したように、ここはきちんとした店のはずだ。いや――はたしてそうだろうか？

「なんてことだ！　ジョーは……」

ふさふさ眉毛のモンティ・ベルモアは目をきらめかせ、興奮したように葉巻を吸いながら言葉を差し挟んだ。

「ちょっと待ってくれ、ミスター・ウェッソン。きみの言うように、われわれはここで警部さんを待とう。だがね、きみ、誰でも自由にあのドアから出入りできるじゃ――」

「もうできなくなった、ミスター・ベルモア。今はマックがドアの番をしている」

それを聞いてジミー・スプリングが噛みついた。「今はそうかもしれないが――さっきまではずっと――」

「あの帽子係の娘がいた」ビルが満足そうに言った。「あのかわい子ちゃん、なかなかいい目をしてるし、すべてを観察できるだけの暇もあった。あのオフィスから四角い小包を持って出て来た者はひとりもいないそうだ。通用口はデイヴ・スワンがずっと見張ってたから、そっちから持ち去った可能性もない」

それを聞いたふたりが、すぐには何も言う様子がなかったので、ビルは話を続けた。「ミセス・スピロントスはずっとオフィスにいる。カルロスは、消えちまった外のネオンサインを直そうといじくっていたが、今は持ち場に戻っている。店の客に関しては、自由に玄関を出入りしてくれてかまわない――四角い小包を持っていなければだが――もちろん、あんたらふたりもだ。ただ、あんたらには警部が到着するまでここで待っていてもらいたいんだ。何と言っても、この件における重要な証人だからな。ここに至るまで、本当に力を貸してもらった――たぶん」

「わたしが力になった？」スプリングが暗い声で言った。「どんなふうに？」

「そうだな……探していた人間を見つけてくれた」

「わたしが見つけたのは人間じゃない、死体だけだ」

「何だって？」モンティが声を上げた。「死体？」

「ハーバーで発見された男の死体」とスプリングは、相変わらず暗い表情で眉を上げ、哀しそうに言った。「あれはわたしが見つけたわけじゃないが、間接的に身元を割り出した」

「誰だったんだね？」

「カルメッツという男です。ベラ・カルメッツ。どうしてウェッソンがその男の死と、この店とを繋げたがるのかは――」

「おれが繋げたんじゃない、繋がってたんだ」ビルが素っ気なく言った。「あいつはマックスの――このテーブルの担当ウェイターのことだよ、ミスター・ベルモア――彼の兄だった」

「なんと！」

「まあ、それはいい」スプリングがいらいらしながら言った。「それから、今日の午後、〈アルブマーレ〉というアパートのベッドの下で男を発見しました。またしても、死体です。そして、またしても首を絞められていた。ただ、その男が何者なのかは、今のところわかっていないようです」

「なんとまあ、死体が二体も！　それで、ミスター・ウェッソンはその死体もこのナイトクラブと繋げて考えておられるのかね？」

「かもな」ビルがぼそりと言った。「そいつが見つかったのは、カルメッツの部屋だったからな」

「わたしがどうしても理解できないのは」とスプリングは言った。「どうしてきみがそんなに自信たっぷりに、この店がマリファナ密売の本拠地だと言いきれるのか、ということだ――ミスター・ベルモアがその話を持って来る前から、きみはそう考えていたじゃないか」

「煙だ」ビルが短く答えた。

「え？」

「火のないところに煙は立たない。ここは煙が充満してるんだ」彼は煙草を消し、両肘をテーブルに載せて頬杖をついた。「これはジグソーパズルなんだよ。あんたはピースをひとつ持ってる。ミスター・ベルモアもひとつ。おれもひとつ」

ジミー・スプリングがビルをじっと見つめた。「きみが持ってるピースっていうのは、何だ?」

ビルは肩をすくめた。

スプリングが話を続けた。「わたしにはどうしても、きみがめちゃくちゃな話をしているようにしか思えないんだ。ジョー——カルロス——ウェイターたち……ジョーやカルロスがマリファナを持ち込んでいるなんて想像できるかい? この店にだぞ? きっとマックスまでがその一味だと言いたいんだろうね——『ビールを一本と〈シャブリ〉のボトルですね、お客様。すぐにご用意します——ご一緒に一服、マリファナもいかがですか?』ってね……おまけに、あちこちで人の首を絞めて回っては、死体をハーバーの海に投げ捨てたり、ベッドの下に押し込んだり——」

「ひとり忘れてるぞ」ビルが静かな声で言った。「ボスが抜けてる。裏で糸を引いている男、黒眼鏡をかけた、紳士用首飾りのセンスが抜群の男だ」

「まさか、あの男が?」スプリングが馬鹿にするように言った。「だってそいつは——! どうして無理やりそいつまでが仲間だって話にするんだ? だって、その男は単に——」

ビルがスプリングをなだめるように言った。「もう、そのへんにしといたらどうだ」

「え?」スプリングはわけがわからないというように言った。

「わかってる。あんたは傷ついてる、むかついてる、ガールフレンドを信じようと必死にもがいてる。わかるよ。だが、冷静になって考えてみろ、女にこけにされた男なんて、あんた以外にいくらでもいる。なあ、こういうことだ。カルメッツがシドニーに現れる。おれたちが見つけたときには死体だったが、それまでは生きてたはずだ。カルメッツが現れると同時に、マリファナの密売が広まる。若きフィッシャーがジョーという男を訪ねてこの店に来る――そうさ、あいつは絶対に〝ジョー〟を探しに来たんだ、〝わからない《ドント・ノー》〟だの何だのって言い張るのはやめろ。誰かがフィッシャーの頭をぶん殴る。店の外でだって？　あんたがそう思うのは勝手だが、おれはちがうと考えてる。あいつはここで、あのオフィスの中で殴られて、ほとんど誰も知らないはずの通用口から外へ運び出され、やつの車の中に放り込まれたんだ。それをあんたが偶然見つけた――フィッシャーを誰かに見つけさせるのがやつらの計画だったのか、あるいは別の目的があったのかはわからない。どっちだろうと、今となってはどうでもいい。

マックスは兄貴がいなくなったと言って、あんたに相談に行った。あんたとマックスのあいだに、何らかの関係があったのか？　おれはないと思ってる。もし関係があったのなら、あんたのところへは行かなかっただろうからな。兄貴がいるなんて話を、あんたにはしなかったはずだ。もしもマックスが本当に一味のひとりだとしたら、やはりこの店が絡んでくる。もしちがうのなら、偶然という名の運命がずいぶん遠くまで手を伸ばしていたというわけだな、これまで数えきれないほどそうしてきたように――たまたまっていうのも、あり得ないわけじゃないからな、スプリング。

マックスはあんたに兄の住所を教えた。あんたはそこへ行ってみた――当然な。そこで、ベッドの下の死体を発見する。その男は、ベラ・カルメッツが殺されたのと同じ時期に、しかも同じ方法で殺されていた。そこへ、なんとも正体のあやふやな、第三の男が現れる。そうだな？」

スプリングは肯定するように低い唸り声を上げた。

ビルが続けた。「どうしてフィッシャーはゆうべ頭を殴られたのか？　そもそも彼は、誰かに会いにここへ来たらしい。ティッチが言うには——」

「ティッチ？」ジミー・スプリングがすかさず訊き返した。

ビルは顔を赤く染め、少しのあいだ、鋭かった口調が緩んだ。「それは——ほら、あんたのとこの秘書の、何て名前だったか——」

「ああ！」スプリングが皮肉っぽく言った。「たしか〝ボー・ピープ〟じゃなかったのか？」

「誰のことかはわかるだろう——黙って聞けよ！……とにかく、ティ——いや、ボー・ピープの話によれば、フィッシャーはここで働いてるという男に会いに来たらしい。まあ、ここで〝働いてる〟っていうのがどういう意味かは、いろんな解釈ができるだろうが、どういう意味だったにしろ、この店と関係がある人間なのは確かだ。そこで、フィッシャーは好奇心から、その男が何者なのかを探り出そうとしたのかもしれない——その仮面を剝がそうとして——」

「そうか！」

「ああ。おれの言いたいことがわかってきたようだな、え？　それで、フィッシャーは今朝いつも通りに出勤したが、小包を持ってガーデンズを歩いているところをミスター・ベルモアに目撃された。ひどくおかしな様子だった。やつはここに——またしてもこの店に——小包を持ってやって来て、何も持たずに帰って行った。やつが帰ってほどなくして、なんともあやふやな、影のような第三の男が現れた。この〝なんともあやふやな影のような第三の男〟は善良な一市民とはほど遠い——マックが自分に目をつけたと感じるやいなや、逃げ出した。そして姿を消した。その方法はふたつ考えられる。ひとつめは、サングラスや付け髭やネクタイを外すこと。ふたつめは、ここを物理的に離れること——ミスター・ベルモアの話によれば、どうやらこれに成功したらしい。それからまたフィッシャーを探しに行った。なぜだ？」

その質問には、モンティ・ベルモアが答えた。「それは」と彼は、鼻息も荒く言った。「フィッシャーが箱からくすねた、ふたつの小袋が原因だ」

「そうだ。ベラ・カルメッツ、ベッドの下の死人、フィッシャー、〝なんともあやふやな影のような第三の男〟……その全員が、まさにこの店と繋がっている。そして、あの小包はここにある。どうだ、スプリング、これ以外に考えようがあるか？」

「そうだな」スプリングがゆっくりと、悲しそうに言った。「うん、そうだな」彼は親指の爪を噛んだ。「きみはある点について、完全に正しいよ、ウェッソン。わたしはたしかに、ひとり忘れていたらしい——カルメッツが殺されたのと同じ頃に、なぜか忽然と姿を消したある男のことを——ベッドの下の死体じゃない、別の男だ——まだ行方を摑めていない、ある男のことを……」

ビルは、スプリングが誰のことを言っているのかよくわかっているというようにうなずいた。

「だが、組織のボスとか——陰で糸を引いているとか——」

「ああ」ビルが言った。「おれが持ってるパズルのピースっていうのは、それだ」

しばらくしてからジミー・スプリングが言った。「ウェッソン、もしもその小包が店の中から見つかったとして、もしも中身がマリファナじゃなかったとしたら……」

「ほかに何があるって言うんだ？」ビルは簡潔に訊き返した。

〈グリーン・クカブラ〉の中が、急に混んできたように思われた。大柄で無口で無関心そうな顔の男たちが静かに入って来ては、空いているテーブル席に座っていった。その様子を思案深く眺めていた老モンティ・ベルモアは、自分のすぐ脇に、痩せて頭の禿げあがった人影が、まるでランプの精のように突然出現したのに気づいて、ぎょっとした。その痩せて頭の禿げあがった紳士こそ、かの恐るべきタイソン警部だった。その隣には、別の刑事に入口の見張りを交代してもらったマクドナルド刑事が立っていた。タイソン警部はモンティたちのいるテーブル席に座り、マクドナルドにも座るよう視線で伝えた。新たな客の注文を取ろうとマックスがテーブルに近づいたが、タイソンが追い払った。ビル・ウェッソンによって同席者それぞれの紹介が済むと、モンティはその一同の前で、再び午後の冒険談を披露した。

警部の疲れた目がきらりと光った。「こっちの読み通りだな、ビル」

「ええ」ビルは慎重に答えた。「ただ、まだフィッシャーの姿が見えないんです」

「それはあまり期待しないほうがいい。そもそも、やつらがフィッシャーをここへ連れて戻るって話も、あてにできないからな……マック、あの人相の悪いウェイター長を連れて来てくれ。そうしたら、取りかかろうじゃないか」

マクドナルドはのんびりとした足取りで、ひどい言われようのカルロスを呼びに行き、ほどなくして彼を連れて戻って来た。すると、今度はテーブル席にいた面々も加わって、一同は再び玄関ホールへと向かった。タイソンは途中の席にいた大柄で無口で無関心そうな顔の男たちのふたりにもついて来るよう命じ、連れ立って店の奥のオフィスまで歩いて行った。カルロスが彼らのためにオフィスのドアを開けたが、中には誰もいなかった。

ビルはウェイター長に厳しく詰め寄った。「おい、ミセス・スピロントスはオフィスにいると言ったじゃないか！」

カルロスが唇を舐めた。悲しそうな表情を浮かべたカルロスは、嘘をつくのが下手だった。「でも、たしかにいたのです――ここにいたはずです！　わたしにはわかりません……」

「嘘をつくな！」ビルは腕を伸ばして、カルロスに乱暴に摑みかかった。「何もわからないだと、え？　おい、よく聞けよ。さっき電話を貸してくれって頼みに行ったとき、あんたは、彼女はオフィスにいると言っていた。それでおれは、警部が到着するまでは、店の人間は誰ひとり外に出るな、そう彼女に伝えておけと言った。それ以降は、彼女が店を出られたはずがないんだ、マクドナルド刑事が玄関を、スワン刑事が通用口をずっと見張っていたんだから。つまり、彼女はそれまでに店を出ていたことになる。なのに、何もわからないだと！」ビルはカルロスを激しく揺さぶった。「あの女はいったいどこへ行った？」

「わかりません」カルロスが途切れ途切れに言った。「本当です。わたしには何もわからないんです！」

「ははん！」モンティが顔を輝かせながら声を上げた。〝名探偵〟の頭脳が再び動き始めていた。「この店からの謎の脱出が二件になったわけだ！　どこかに別の秘密の抜け道でもあるんじゃないのかね？」

「ない」ビルが短く答えた。「それははっきりしている。こんな頑丈な壁には細工などできない」彼がカルロスに、さらに乱暴な手段を使おうとした瞬間、タイソン警部が制止した。

「そこまでだ、ビル、離してやれ。こいつは自らを非常に苦しい立場に追い込んだ。これからそれを実感することになる」

「警部！」オフィスの中を調べていた刑事のひとりが、オーバーコートや帽子をかけるための、一般的なスチールキャビネットの前に立っていた。「警部、これを見てください！」

　モンティは即座に血なまぐさい発見を想像し、足をもつれさせながら慌てて部屋を横切って、刑事の広い背中越しにキャビネットを覗き込んだ。だが、そこには恐ろしいものは何もなく、ただ婦人ものイヴニングドレスと、高いヒールにストラップがついているだけの頼りなさそうな靴が一足入っているだけだった。ただ、そのイヴニングドレスは燃え上がるように赤く、無数の金色の小さな星に飾られていた……。

「どういうことだ！」ビルが怒声を上げた。「これはあの女が着ていたものだぞ！」

「ボブ」タイソン警部がいつもの静かな、疲れたような声で言った。「それからマック――きみたちふたりは、その女を探して店の中を大急ぎで見て回れ」

「わかりました。ですが――その――女性用トイレは……」

「クロークの娘がいる」警部が簡潔に答えた。カルロスに向かって、こちらへ来るようにと指を曲げて合図した。「なあ、これは非常に興味深いじゃないか。ミセス・スピロントスはいつもここでドレスと靴を脱いで、下着のまま帰るのかい？」

「わかりません」カルロスが必死で訴えた。「いえ、つまり、どうしてそんなものがここにあるのか、さっぱりわかりません。それに、彼女が普段キャビネットに何を入れていたのか――キャビネットを何に使っていたのか。それはわたしには関係のないことですから……」

　モンティが提案した。「タイソン警部、もしかするとその女性はそのキャビネットに、普段着のドレスと靴を入れていたのではないかな？　家に帰るときには、その服に着替える習慣があったのでは……？」

タイソンは首を振った。「女性はそんなことはしません。店で着るドレスが限られますからね。それに、ほかにも理由が――ご結婚はされていますか、ミスター・ベルモア？」

「いいや」モンティは早口で言った。「結婚はしていない。ご婦人は遠くから眺めて愛でている」

「そうですか、わたしには女房がいましてね。経験から申し上げるんですが、女というのは、出かけるにあたって、服だけ着替えればいいっていうものじゃないんですよ。ほかにもいろいろある――宝石だの、夜用の特殊な化粧だの、ヘアスタイルだの。ですからこれには、あなたのおっしゃったのとはちがう、別の理由があるはずです」彼はしゃがみ込んでドレスを調べ始めた。振り返って肩越しに、気のない声で言った。「きみたちは、小包の捜索を続けてくれ」

モンティはまだドレスに興味を向けていた。「その色……それだと――その――血がついていても、一見わからないいんじゃないかね……」

カルロスが鼻を鳴らし、ジミー・スプリングもあざ笑うような笑みを浮かべた。

「ずいぶん残酷な方ですね、ミスター・ベルモア。何を思いついたんですか――またもや殺人があって、どこか床下に死体が隠されているとでも？」

「そう言うがね」とモンティが厳しい口調で話し始めた。「では、若きフィッシャー君の身に、いったい何が起きたんだね？　彼がこの店に来るところをきみたちが見ていないからと言って、ここに連れ込まれなかったとは言いきれないのではないか？」

「ああ、勘弁してくれ！」スプリングが怒声を上げた。時間が経つにつれて、いつもの気安い、温和な態度を維持するのが難しくなっているようだった。

「勘弁してほしいのはこっちだ、スプリング！」とビル・ウェッソンが返したが、その声に勢いはなく、まったくの無感情だった。「なあ、フィッシャーの身には何が起きたんだ、スプリング？　それにあの女――あんたのガールフレンド――はどうなった？　それとも、もう彼女には興味がなくなったのか？」

「興味だと！」スプリングが頭に血がのぼったように言った。だが急に、キャビネットと、その前にしゃがみ込んでいるタイソン警部の後ろ姿とに背を向けて、装飾のついた重厚なデスクのほうを不機嫌な顔で見つめた。「興味だと？」彼は小さな声で繰り返した。「そんなものじゃない、ただ――ああ、気分が悪い……」

タイソンが赤いドレスをキャビネットの中に放り込んだ。「血はついていない」短くそう言った。マクドナルドと、ボブと呼ばれていた刑事がオフィスに戻って来た。「彼女、どこにもいません、警部。客の何人かがカルロスを探し始めています」

「ふーむ……」タイソンは長い顎を撫でた。「それなら、カルロスは普段通りの勤務に戻ったほうがいいだろう、どんなものかは知らないが。そうしなければ、客は憶測を巡らせるだろうし、人間、憶測を巡らせるとろくなことがないからな……ちょっと待て」と、カルロスに声をかける。「最後にもう一回だけ訊く。ミセス・スピロントスはどうした？」

カルロスは、自分の顔の前で拳を握って振って見せた。わめくように訴える。「わかりません！　何度もそう言ってるでしょう、わからないのです――こっちが知りたいぐらいです！」

「そうか」タイソンはつぶやき、カルロスを見た。そのまましばらくウェイター長をじっと見つめていた。警部の態度や姿勢からは、危険をはらんだ、見せかけの優しさが漂っている。彼は内ポケットから紙を一枚取り出した。「そういうことなら、仕事に戻る前にちょっと用がある。ミセス・スピロントスが不在である以上、これはきみが目を通してくれ」

カルロスの怯えた、きょろきょろと視線の定まらない黒い目の前に、警部はその紙を掲げた。カルロスは息をのんだが、その紙の重要性はよくわからなかった。

「これはね」タイソンが優しい声で言う。「捜査令状だよ。つまり、われわれにはこの建物の中を探す権利がある――そして、この場合の〝探す〟とは、〝徹底的に探し尽くす〟ということなのだよ」

「探す！」カルロスがどもりながら言った。「でも、いったい何を――？」

「マリファナ」とタイソンが言った。だが、その声に優しさはなかった。まるで鞭で激しく打ちつけるように、そのひと言を鋭く言い放った。カルロスの目に浮かんだ表情を読み取ると、警部はゆっくりと満足そうにうなずいた。再び優しさの戻った声で言う。「やはりマリファナか。そしてそれは、ここにあるんだな……よし、店に戻って客の応対をしろ。だが、逃げるなよ――逃げようとしたところで、逃がさないがね」

刑事たちはカルロスをオフィスからつまみ出し、徹底的な捜索が始まった。

その三十分後、警察はオフィスをひっくり返し、すでに一インチ残らず探し尽くしていた。オフィスの真ん中に集まった刑事たちは、それぞれ煙草に火をつけた。

ジミー・スプリングとモンティは実際の捜索には加わらなかったが、モンティは何度も口を出した。役に立つ助言もあれば、現実離れしたものもあった。だが、ミスター・スプリングはずっと知らん顔を決め込んでいた。それは彼の仕事ではなく、専門家に任せておけばいいという考えだった。今は椅子の肘掛けに軽く腰を下ろし――椅子はずいぶんと手荒に扱われてみすぼらしくなっていた――荒れ果てた部屋の中を見回していた。

「見つかったかい?」

スプリングの質問に答える代わりに、刑事のひとりがビル・ウェッソンに向かって言った。

「ここにはないぞ、ビル」

「いや、あるはずだ」ビルが怒った声で言う。「フィッシャーはこの店に小包を持って来て、それを置いて帰った。論理的に考えれば、この部屋にあるはずなんだ——関係者以外は立ち入り禁止のオフィス、一般の客も従業員も入れないこの部屋に」

モンティに、またしてもある考えが浮かんだ。「きみたちがまだずたずたにしていないものと言えば、どうやらあの金庫だけのようだ。もしや——?」

「いいや」先ほどの刑事が断言した。「あんたの素晴らしいひらめきとやらが、金庫の底が二重になっているとか、秘密の引き出しがあるとかっていうのなら、無駄だ。そんなものはない……なあ、本当にこの部屋にはないぞ、ビル」

ビルは暗い声で言った。「そのようだな」

「そうがっかりするな」スプリングは寛大に、だがどこか皮肉っぽく言った。「夜はこれからだし、まだひとつめの部屋じゃないか。ほかに探すところはいくらでもある」

タイソン警部が刑事たちの一団を離れてスプリングの前に立ち、禿げた頭を考え深そうに撫でた。

「われわれには見つけられないと考えているようだね、ミスター・スプリング?」

ジミー・スプリングは立ち上がって、警部に煙草入れを差し出した。「わたしが何を考えているか、教えてあげましょうか、警部。もしその考えが少々偏っていると思われたら、それはわたしがミセス・スピロントスと――ああ、そうだ、カルロスとも――友人なのだということを思い出していただきたい。少なくとも、わたしは友人だと信じていたのですがね……この馬鹿騒ぎは」彼は曖昧に手を振って示した。「フィッシャーが今夜、何かしらの包みをここへ持って来て、それを持たずに帰ったという、玄関のクローク係の女の子の話を根拠にしています。彼女は、フィッシャーが荷物を持ってやって来るのも、荷物を持たずに帰るのも見たと言っていましたね。ところが、おかしなことに、彼女はミセス・スピロントスが出て行くところは見ていないのですよ――どの時点で出て行ったのかはともかくとして。あのクロークの子はミセス・スピロントスのことをよく知っていて、フィッシャーなんかよりもすぐに目に留まったはずだろうに。そしてミセス・スピロントスは、あの玄関の入口からしか、それもマクドナルド刑事が見張りに立つ以前にしか、外に出ることはできなかったのです」

「そしてそのときには、ミセス・スピロントスは小包を持って出ることもできたわけだ」タイソンはスプリングの話に同意するかのようにうなずいた。「ミスター・スプリング、二点、反論がある。クロークの娘は、たまたま仕事が忙しかったのかもしれない。もうひとつ、ミセス・スピロントスが出て行ったときにどんな恰好をしていたのかも、大いに関係しているだろう――何を着ていたにしても、この真っ赤なドレスではなかったわけで、その娘の頭にあったのは、このドレス姿だったのかもしれない」

「警部」スプリングが率直に言った。「あなたは本当に見つけられると思っているんですか――あなたがたが探しているものを」

「ああ、見つけられると思っているとも」タイソンが言った。「あのカルロスという男が、ここにあると自白したも同じだ。もちろん、ミセス・スピロントスが本当に店から持って出たのでなければ、だがね。そうだとしても、捜索は続けなければならない。それに、きみの言ったとおり、夜はまだまだこれからで、われわれはひとつの部屋しか探し終わっていないのだ。さて――」

そこへ刑事のひとりがドアを開けて入って来た。「警部、警部宛てに電話です。この部屋の回線に転送しておきました」

タイソンは会釈ひとつで刑事に礼を伝え、デスクに向かった。受話器を耳に当て、「そうだ」と二回言った後は黙って聞き入っていた。やがて「ありがとう、すぐに向かう」と言った。

タイソンは部下たちのほうを振り向いた。「聞いてくれ、捜査はしばし中断だ。われわれはちょっと出かける。われわれというのは、わたしと、ビルと、マックと、ご同行いただけるならミスター・スプリングだ。あのウェイター長も連れて行ったほうがいいだろう……ああ、それから、ミスター・ベルモア――何を置いても、ミスター・ベルモアにはご一緒いただきたいのですが」

「ははん！」モンティは顔をぱっと輝かせた。「なんと、今度は何があったんだね？」

「どこへ行くんです？」ビルが尋ねた。

「ちょっとしたドライブだ、死体安置室まで」

「死体安置室？」ジミー・スプリングが鸚鵡返しにした。

「そうだ」タイソン警部が言った。声はやわらかく、いつにも増して優しかったが、その目には光が宿り、何でも見通せるかのようだった。「みんな、聞いてくれ、またしても死亡事故が起きたそうだ。少し前にエンジェル・プレイスで、男が車に轢かれて死んだ。轢き逃げ事件らしい。今の時点では、事故の目撃者がいるかどうかは不明で、轢いた車は発見されていない。ブラドック巡査が道路の端で倒れている男を発見し、救急車を呼んだ。

その死んだ男というのは」とタイソンは、わざとゆっくりと言った。「黒っぽいスーツを着て、黒い帽子をかぶり、非常に派手なネクタイを絞め、縁の太い濃いサングラスをかけ、小さな黒い口髭を生やしていたそうだ」

「そんな、まさか！」スプリングが息をのんだ。

「サングラスは死体のそばに転がっていた。帽子の下には、髪がずいぶんたっぷり生えていた。小さな黒い口髭は簡単に剝がせたそうだ。そして、男のポケットの中には小袋がふたつあり、その中身はマリファナだと確認された……」

「ははん！」モンティは、さもあらんというような、得意げな声を上げた。

ジミー・スプリングは無言のまま、しばらく警部をじっと見つめていた。それから、ビル・ウェッソンに目を向けた。「それを聞いていても、不思議と驚きはないよ」

「もう一点だけ、興味深い情報がある。その〝男〟というのは」とタイソンは落ち着き払った声で言った。「実は女だったそうだ」

第二十一章

男物のスーツを着た女の死体は、マッコーリー・ストリートにある市民病院に運び込まれ、すぐに死体安置室に移された。

またしてもシドニー特有の暑く、風のない、気だるい夜だったが、市内に向かう一台の警察車に詰め合わせて乗った六人の男のうち、少なくとも四人は天候のことなどまったく頭になかった――たとえ雪が降っていたとしても気づかなかっただろう。タイソン警部はすでに、エンジェル・プレイスで発見された死体が誰なのかを確信しており、さらにその先へと考えを巡らせていた。ビル・ウェッソンも、それが誰の死体かは、ほぼ見当がついていた。彼はしばらく前からある直感を温めていた。今ではその直感がますます確かなものとなり、ゆっくりと、着実に証拠が集まりつつあった。

そしてジミー・スプリングは、死んだのが自分の想像する人物ではないかと恐れていた。頭の中で、何かが崩れ去るような奇妙な感覚があった。崩れ落ちているのは〈グリーン・クカブラ〉だった――いや、正確には〈グリーン・クカブラ〉の見せかけの、いかにも罪がなさそうに見える正面の壁だ。崩れる瓦礫とともに、不名誉と死へと次々に落ちていくのは、彼の友人たちだった……。ゆっくりと、ほとんどわからない程度に始まった崩壊は今、ものすごい勢いで加速している。奇妙なことに、それは警察の介入とはほとんど無関係だった。最初のひびを入れたのは、ほかでもない自分自身だったのだと振り返り、後悔混じりの怒りがこみ上げた。その壁に、あの想像力豊かな大根役者——J・モンタギュー・ベルモア——が激しい一撃を食らわせ、最後には誰ともわからない車の運転手が、どうにか残っていたものまでほとんど叩き壊した。ウェッソンただひとりが、友情によって偏ることも曇ることもない思考力で、最初のひびが入った瞬間に、その隙間から見える偽善者の姿を捉えていた……。

老モンティ・ベルモアは、すっかり好奇心をそそられて舞い上がっていたものの、鋭い勘を働かせ、こうして自分まで呼ばれたのは、死体のポケットに入っていたという小袋と関係があるのだろうと想像していた。

カルロスはまだ事故について知らされておらず、何があったのかと不安のうちに考えを巡らせていた。ふたりの刑事に挟まれた後部座席で、彼は口をつぐんだまま堂々と座っていた。恐怖に胃がきりきりと痛んだ。マイロスは以前〝いろいろとまずい状況になる〟と警告していたが、はたしてこんな状況まで予測していたのだろうか?

車が病院の入口で止まったことに驚き、その中の死体安置室へ連れて行かれているのだとわかると、さらに不快な驚きに包まれた。安置室の中には〝生ける者と死にたる者〟が入り混じっていた。制服警官がひとり。私服警官が二、三人。みな刑事なのだろうが、そのうちのひとりは巡査部長だ。タイソン警部の一団が入って来たとたん、部屋の中は一気に混み合った。死体安置室特有の恐ろしい、静まり返った、死を身近に感じずにはいられない空気が、その混雑のおかげで吹き払われるかと思うほどだ。そう思うほどではあったが——実際に吹き払われることはなかった。特に、ジミー・スプリングにとっては……。

だがカルロスは、そこに連れて来られたことに驚きはしても、ある程度予測はしていたようだった。

なぜ連れて来られたのかも予測済みで、先ほどからの胃の不快感もなんとか抑え込めそうだった。断固として、堂々と振る舞い続けようと心に決めていた。

「いったいどういうわけで」と彼は強く問いかけた。「こんなところへ連れて来たのですか?」

タイソンはその質問に答える代わりに、布で全身を覆われた安置台の死体の、顔にかかった布だけをさっと外して、死人の顔を露わにした。

言うまでもなく、それはアルノーだった。カルロスは不愉快そうな表情を浮かべて後ずさった。

「いったい誰ですか?　わたしと何の関係があるのです?」

「この男を知っているかね?」

「とんでもない、知りません。知っているはずだとでも言いたいんですか?」

「見かけたことはあるんじゃないかと思ってね——たとえば〈グリーン・クカブラ〉で」

カルロスははっきりと首を横に振った。「たしかにうちの店には、いろんなお客様がいらっしゃいます。大勢の人間が出入りします。ですが、わたしの記憶と良心に照らし合わせる限り、この男は一度も見たことがないと断言できます」

「ふーん、そうか」タイソンがつぶやいた。その口調は曖昧で、カルロスの言葉を信じるとも信じないともはかりかねた。「ほかのみなさんはどうですか?　ひょっとして、どこかで見かけたことはありませんか?」

タイソンのいう〝ほかのみなさん〟というのは、実のところ、警察官ではないミスター・スプリングとモンティ・ベルモアだけだったが、ふたりとも首を横に振った。

「どこの誰だか、知りませんね」スプリングがぼそぼそと言った。「それに、見ていて気持ちのいいものじゃない——お願いですから、もう布をかけてください」

「たしかに、気持ちのいいものではないね」タイソンが同意した。「だが、どんな人間も突然殺されれば、こんなありさまになる。ミスター・スプリングはたしか、この男を見たことがある——」

「見たことですって？　それどころか、わたしが死体を発見したんですよ！」

「——はずだが、ミスター・ベルモアは……」

「いやはや、ないとも！」モンティは震えあがった。「なんとも恐ろしい……いったい誰なんだね、警部？」

タイソン警部は、その息絶えた、恐ろしい顔を布で覆い、何気ない口調で言った。「アルノーという男です」

ビル・ウェッソンは、隣にいるジミー・スプリングが驚くのに気づき、どうしたのかと彼のほうを向いた。

「おい！」スプリングが低い声で、ビルを責めるように言った。「身元はまだわからないと言ってたのは、嘘だったのか？」

ビルもまた、かすかに驚いた顔をしていた。「嘘じゃない、おれも知らなかったんだ。きっと、ついさっき判明したんだろう」

スプリングが警部に尋ねた。「身元の確認は、誰がしたんですか？」

「誰も」

「誰も？　それじゃ、どうしてこの男が——？」

「指紋だ」タイソンが簡潔に答えた。「この男には前科があった。以前にもシドニーに来たことがあってね。大戦の何年か前だ。麻薬を売りさばいていて逮捕された――そのときはヘロインだったが。禁固六ヵ月をくらっている。釈放後は、強制帰国となった」

「帰国？」

「自分の国へ帰されたんだよ。エジプトへ。より正確に言うなら、カイロへ」

ジミー・スプリングが警部をじっと見た。「つまり」小さな声で言う。

「そのとおり。以前この国に来たときには、ヘロインを売っていた。その男がまたここに現れた――そして今、マリファナが広まっている。何かありそうだと思わないかい？」

「どうでしょう。わたしには何もわかりませんよ。それはカルメッツのしわざだと思ってましたから――そういう話だったでしょう？　オーストラリアに来ていたことも、彼が何者なのかも、われわれが何も知らないうちにカルメッツは殺された。そこへ、今度はこの男もですか――この男も、やはり、この国に来ていたことさえ誰も知らないうちに殺された。しかも、何が一番奇妙かって、このふたりをマリファナと結びつけるようなものは、何ひとつ見つかってないことですよ」スプリングは腹立たしげに両手を上げて訴えた。「まったく筋が通らない！」

誰も何も言わなかった。多くの者が内心で、彼の言うとおりだと思っていた。

「そうでしょう？」スプリングは続けた。「互いに何の関連もないふたりの人間が、おそらくはごく最近、この国にやって来た。たしかに、彼らにはマリファナを持ち込めた、あるいは実際に持ち込んだのかもしれないし、別の密輸ルートを持っていたのかもしれない――でも、ふたりとも死んでしまった……」

「第三の男がいる」タイソンが言った。「店から逃げ出した男。裏で糸を引いていた男が」

「だって、その男ならもう——」無意識のうちに、スプリングは手を上げて誰かを、あるいは死体を指さそうとした。が、そこで思い出したように言葉を切り、ぎこちなく腕を下ろした。

「いや、ちがう」警部が急いで言葉を挟んだ。「第三の男が誰であれ、女ではない——いや、女ではなかったはずだ」

スプリングは突然何かを思い出した。その夜の早いうちに一度思いついたことだった。髪を手で撫でてから、ゆっくりと言った。「裏で糸を引いている男ですか……カルメッツの死体が発見されたのと同じ頃、つまり、この哀れな悪党が殺されたのとも同じ頃、実に謎めいた失踪を遂げた人間がいるんです。ある女性の夫です——行方をくらました後で、未亡夫になりましたがね。そして彼が未亡夫となった原因は、妻のマリファナ中毒だったのです」

「何だって？」モンティ・ベルモアが鋭く訊き返した。

だが、誰もモンティに答えなかった。タイソンだけが、禿げた頭を縦に振って同情するようにうなずいたが、それ以上この話題には触れずにカルロスに向き直った。アルノーの死体のほうへ手を振って言った。

「本当にこの男のことを知らないんだな？　見たこともないと言うんだな？」

「ええ、そうです」カルロスが突っかかるように答えた。「何度もそう言っているでしょう、わたしは——」

「ああ、よくわかったよ」タイソンが愛想よく言った。「それなら——」と突然、驚くほど素早い動きで、二体めの死体の顔にかかっていた布をめくった——「こっちはどうかな？」

カルロスはそれに目を止め、凝視し、雄叫びを上げて、完全に錯乱状態に陥った。死体に駆け寄ると、損壊した体にしがみついて、フランス語で支離滅裂なことをわめき散らした。タイソンはしばらく彼の好きなようにさせてやった。スプリングのほうに向けた穏やかな目が、何かを問いかけていた。顔から血の気を失い、胸がつぶれる思いのスプリングは、悲愴な面持ちでうなずき返した。

「ええ。まちがいありません――ジョー・スピロントスです……それにしても、あなた、ずいぶんと残忍なことをするものですね」苦々しく言い添えた。

「残忍かもしれないな」タイソンは静かに言った。「だが、わたしに言わせれば、マリファナ密売のほうがはるかに残忍だ。それに、おかげで知りたかったことがわかった」

「何がわかったんですか？　カルロスが雇用主を心から慕っていたことですか？　こんなふうに引き合わされて、それがそんなに意外ですか？」

「それだけじゃない」タイソンはカルロスに歩み寄って、その肩に手を置いた。初めはそっと。だが、やがてその手に力を込め、自分のほうを向かせた。カルロスがわめき散らしていたフランス語の中に、いくつか知っている単語が聞き取れた。「なるほど、彼女はきみの姉さんだったのか。だったら、きみと苗字が同じはずだな。つまり、彼女のフルネームはジョセフィン……何という名だ？」

何を言っても無駄だった。カルロスの耳には何も届いていなかった。タイソンの手を振り払い、流れる涙を止めようともせず、穏やかで蠟のように真っ白な姉の顔を愛しそうに撫でながら、途切れ途切れに優しい言葉をかけ続けた。タイソンがもう一度問いかけた。

「放っておいてやってくださいよ」ジミー・スプリングが同情を込めて言った。「すっかりまいってるじゃないですか。故人を悼む時間を作ってやってください。名前が知りたいのなら、わたしが答えます。彼はルノアール、カルロス・ルノアール。それが彼のフルネームなのだから、彼女はミス・ルノアールということになるのでしょう」

「なるほど。きみは彼女がカルロスの姉だということを知っていたのか?」

「いいえ、そんなことは考えたこともありませんでした。でも、何かのパートナーどうしなのかもしれないとは思っていました」

「ミスターは? ミスター・スピロントスは? 彼はパートナーじゃなかったのか?」

スプリングはかすかに肩をすくめた。「ミスター・スピロントスなどという人間は存在するのでしょうか? 彼女は、自分が未亡人だと言ってました。それに、わたし自身は一度もそんな男の――」

そこで彼は口をつぐみ、ビル・ウェッソンをじっと見た。ビルの顔には、なんとも奇妙な疲れきった表情が浮かび、石のような死んだ目をしていた。タイソンもスプリングの視線の先をたどった。

「どうした、ビル? 妖精の声でも聞こえるのか?」

ビルははっと我に返った。「ちょっと思いついたことが」彼はぼそぼそと言った。「警部、いろいろ考えてみたのですが、やっぱり何かが足りません」

「足りない?」

「ええ」ビルは、警部たち一行が死体安置室に入って来る前から部屋にいた刑事たちのそばのテーブルへ向かった。そこには死んだ女が着ていた衣類があった。男物のスーツ、シャツ、女物の下着。さらには、濃いサングラス、派手なネクタイ、付け髭もあった。そして、マリファナの入った小袋がふたつ。どちらの袋も開けた跡がある。

「ほら」ビルが言った。「今日〈グリーン・クカブラ〉に入った男、マックが見かけた男は……このネクタイを絞めていた――そうだな、マック?」

「そうだ」マクドナルドが言った。「まちがいなく、そのネクタイだ」

「オーケー」ビルが言った。「その男が姿を消した後、そいつのネクタイはこのスピロントスという女が着けていた。ミスター・ベルモアは、彼女がキャビネットに着替えを置いていたんじゃないかと言っていましたが、それはまったくのまちがいではなさそうです。ただし、彼女の着替えじゃない、このスーツが置いてあったんです。そしてこのスーツは、まちがいなくあの男のものだ、賭けてもいい」彼はカルロスのほうへ親指を向けた。「店から帰るとき、普段着に着替えていたのは、あいつだった。どうですか？」

「そうかもしれないな」タイソンが認めた。「すぐに確認をとろう。話を続けてくれ」

「はい。あのスピロントスとかいう女は、フィッシャーを探して盗まれた小袋を取り返そうと思った。そこで、自分のイヴニングドレスとハイヒールを脱ぎ、この靴に履き替え――おそらく、靴もカルロスのものでしょう――カルロスの足は小さくて、女のわりには彼女の足が大きかったのかもしれない――彼の帽子をかぶり、スーツを着て……彼女が店から出て行くのに帽子係の娘が気づかなかったのは、このスーツ姿だったせいでしょう……そして、彼のシャツを着た。では、ネクタイは？」

「そうか！」タイソン警部が小さな声で言った。

「おわかりですか、警部？」

「わかったぞ、ビル。カルロスが日頃から、普段用のスーツにまであの白い蝶々みたいなやつを着けて外を歩き回っていたのでなければ――それはとても考えにくいことだ――自分のネクタイがキャビネットに入っていたはずだ。ミセス・スピロントスはほかのものは全部着たのに、どうしてネクタイだけをつけなかったのか？　そんなネクタイはなかったからだ。ネクタイだけが足りなかったのだ。

どうして足りなかったのか？　すでにほかの人間の首に巻かれていたからだ。大急ぎで自分のネクタイと交換し、代わりにこのネクタイをキャビネットに残して行った誰かの首に。サングラスと付け髭を置いて行ったときに、このネクタイも残して行ったんだな」

「まさしく、そのとおりです！」ビルの声は、これまでにミスター・スプリングが聞いたこともないほど生き生きしていた。「そうすると、さらなる疑問が生じます。もしもその男が店から抜け出すのに成功していたのなら、どうして彼自身がフィッシャーを探しに〈マルコ〉へ行かなかったのか？　どうしてあのスピロントスとかいう女が行かなきゃ――？」

　ジミー・スプリングは、その不快な呼び方がこれ以上繰り返されるのは我慢できなかった。乱暴に話に割り込んだ。「彼女のことを〝スピロントスとかいう女〟と呼ぶのはやめろ！」

　ビルは片手でシッシッと追い払うような身振りをした。その動作が、気遣いが足りなかったことを軽く謝っているつもりなのか、黙れという命令なのかは判断がつかなかった。タイソン警部がまたしても、ビルの疑問に答えた。

「仮にだが、ビル、それはやつが店から脱出していなかったから、として考えよう」

「わかりました。やつは店から出なかった。すると、マックが店の中を探して回っているとき、やつはカルロスのネクタイを首に巻いて、客のひとりとして店にいたことになる――それなのに、カルロスはマックに何も言わなかった！」

「当たり前だ。きみがすでに知っている情報を集めれば、カルロスが何か言うはずがあるまい？」

「ええ、言うはずがありませんね――でも、その男は今もまだあの店の中にいるのかもしれない。カルロスは自分自身のネクタイは見分けられるはずです――これからカルロスに、その男を特定させに行きますか！」

「ははん！」J・モンタギュー・ベルモアは思わず大きな声を上げた。声を出さずにいられなかった。答えが出た。そうとも、それこそが解決法じゃないか！　カルロスにネクタイを特定させれば、そのネクタイの後ろには彼らが探し求めていた謎の男が、裏で糸を引いていた男がいる――これで一件落着だ。

だがタイソン警部は、茶色い瞳になんとも奇妙な表情をたたえてビルを見つめていた。そこには当惑が見えた。さらには驚きと、そして――そして別の何かがあった。モンティはその別の何かを、何と呼べばいいのかわからなかった。タイソンはそっと首を横に振った。

「いやな空白の時間帯があるんだ、ビル。きみとマックが探していたときには、やつは店から出なかったとしよう。だが、探すのをあきらめてマックがピカリング・レーンの通用口へ戻ってから、ミスター・ベルモアが店にやって来てきみのテーブルに着席するまで――そのあいだには、やつが出て行くのを阻むものは何もなかったんじゃないのか？」

ビルの声にあふれていた生き生きとした活力が消えた。「ああ！」彼はつぶやいた。「そうか――そうか……」そう言ったきり、いつもの無感動なビルに戻ってしまった。

本来ならそこでビルが訊くべき質問を持ち出したのはジミー・スプリングだった。「それなら、どうしてその男は店を出た後、フィッシャーを見つけに行かなかったんです？　どうして――」彼はそこで少したためらい、当惑しながら次の言葉を口にした「――ジョーが、行ったんですか？　そんな変装までして行ったのは、どういうわけですか？」

「最後の質問は簡単だ」タイソンが言った。「彼女だとわからないようにするためだ。だが、その前の質問に関しては、われわれにもわからない。わからないことが、まだたくさん残っている。車に轢かれたとき、彼女がエンジェル・プレイスで何をしていたのかもわからない。それに、フィッシャーがどうなったのかもわからない……早く〈グリーン・クカブラ〉に戻ったほうがよさそうだな」

マリファナ入りのふたつの小袋については、その午後スタンリー・フィッシャーが持っていたものであるかどうかまではわからないとしても、少なくとも自分が目撃したものとまったく同じに見えるとモンティが証言をした後、一行は捜索を再開しに〈グリーン・クカブラ〉へ戻った。

マリファナの発見には、ずいぶんと手間取った。ようやく見つけることができたのは、ビルがふとしたことを思い出したのがきっかけだったし、蓋を開けてみると、厳密に言うなら、マリファナは〈グリーン・クカブラ〉の建物の中にはなかった。

警察に代わって木箱を発見したのは、最新の役になりきって最高の見せ場を演じていたモンティ・ベルモアだった。キッチンのベンチの下に、調理スタッフが乾いたゴミだけを投げ込む大きな箱があって、その中にお目当ての箱が捨てられているのをモンティが見つけたのだった。ただし、箱はすでに壊されていて、元の形ではなくなっていた。それでもモンティは、その木片に見覚えがあった。そこで、木片を二、三枚取り出し、ほかにも残っていないかとゴミ箱の中を丁寧にさらったところ、どうにか元通りの箱に組み立てて、蓋を留めていたネジ穴までをタイソンとビル・ウェッソンに示すことができた。

それから、箱を包んでいた麻布を発見したのもモンティのお手柄だった。キッチンの流しの前の細長いベンチの下に棚があり、そこの釘に布巾が何枚もかかっていた。そのうちの二枚は見るからに真新しく、からからに乾燥していて使われた様子がなかった。モンティは、そこに妙な折り目がついているのに目をつけた。その二枚を広げ、並べてくっつけてみた。

「この布には見覚えがあるぞ、警部。ただし、前に見たときには一枚の大きな布で、あの木箱を包んでいた。ほら、ここに、木箱に合わせて折った線が残っているだろう？」

「お見事ですよ、ミスター・ベルモア」タイソンが気前よく誉めた。「では、これらはどうやってキッチンに持ち込まれたのかな？」

彼は温かい目で調理スタッフを見回した。だが、警察の突然の侵入について説明を受けていなかったスタッフは、そんなものに興味はなく、敵意さえ募らせていた。タイソンの口調が少しばかり鋭くなった。

「どうだね？　この布について——あるいはあの木片について、誰か何か知らないか？　キッチンに持ち込んだのは誰だ？」

スタッフの男のひとりが、口の片端を引き上げて言った。「ミセス・スピロントスだよ。二時間ほど前かな。それがどうかしたのかい？　あんたら、皿拭き用の布巾も見たことがないのかい？」

「この布は見たことがないね」タイソンは、再び優しい声で言い返した。「特別なものだからね……」

この発見を励みに、刑事たちは少しだけ熱意を持って捜索を続けた。だが、探せば探すほど、子どもの探しもの遊びなら、目標からますます遠ざかって〝冷たい、冷たい〟とはやし立てられそうだった。時間だけが過ぎていった。〈グリーン・クカブラ〉の最後の客が帰ってしまうと、正面の扉が閉められた。タイソン警部にはスタッフを引き留めておく正当な理由がなく、彼らを帰宅させた。だが、カルロスだけは帰ることを許されず、目の届くところに置かれていた。カルロスにも役目を与えるため――と同時に老モンティ・ベルモアが餓死するのを防ぐため――みんなの分のコーヒーとサンドイッチの用意を彼に頼んだ。通常通りの代金は払うとの約束を取り付けたカルロスは、ふたりの素人助手、モンティとジミー・スプリングの助けを借りながら準備に取りかかった。それから数分間の〝煙草休憩〟を挟んで、捜査は忍耐強く続けられた。

そしてついに、彼らはあきらめた。いや、正確には、捜査活動が一時的に中断された。彼らはまた一堂に会し――今回は玄関ホールに集まっていた――さらに多くの煙草に火をつけた。

ボブと呼ばれた刑事が考え深そうに言った。「そうだな……あとは、壁の羽目板をひっぺがして、家具をびりびりに切り裂くしかないかな……」

「そんなことはない」ビルがきっぱりと言った。「きっと店のどこかにある、どこか単純で手の届きやすいところに。見つけにくいところに隠すだけの時間も機会もなかったはずだ。単におれたちが、探すべきところを見落としてるだけだ」

「だって！　もう探すべきところなんて残ってないじゃないか」

モンティが重要な発言をするかのように咳払いをした。「店から逃げ出した男だがね、彼のことを忘れていないか？　ひょっとすると、やはり、その男が――その――ヤクを持って行ったんじゃないのかね？」

「いつその意見が出るかと思っていたんですよ」ジミー・スプリングも賛同した。彼の声は疲れきっていて、立ったまま居眠りをしているような顔をしていた。「もうひとつ、誰かが気づいて言い出すのを待っていたことがあるんです。それは――ウィリアム・スタンリー・フィッシャーの身に何が起きたのか、ということです」

ビルがタイソン警部のほうをちらりと見た。「わたしもその点を確認したいと思うのですが」

「電話か?」タイソンが訊いた。

「はい」

「よし、かけて来い」

ビルが受付カウンター裏の電話のところへ行って〈ダニーン〉に電話をかけるのを、モンティは興味深そうに眺めていた。自分が代わって説明したほうがいいのではないかという提案は全員に無視されたが、ジミー・スプリングだけは黙ってほほ笑んでいた——ジョセフィン・スピロントスの死体を目の当たりにしてから、初めて見せる笑顔だった。それは、ビルが電話に出てほしいと期待している相手が誰かを、自分は知っているという笑みであり、だからミスター・ベルモアは余計な心配をしなくていいのだ、と言っているようだった。

数分後に電話が繋がったが、ビルの受け答えがあまりにもぶつ切りだったので、相手になかなか言葉を差し挟ませてもらえないらしいことが察せられた。

「もしもし! おまえか、ティッチ?……ああ、ああ、ビルだ……なあ、ティッチ……知らないな。何かあったのかもな……いや、おれは大丈夫……は?……ああ、うん、彼もここにいる——ずっと一緒だった——刑事ごっこができて大喜びらしい……はん!……〈グリーン・クカブラ〉だ……ああ、まだいる……聞いてくれ、ハニー——いいから、ちょっと聞けよ! おまえに頼みたいことがある。スタン・フィッシャー——そう、そのことで電話をかけてるんだ、おれたちにもわからない……だから、確認してくれないか? あいつの部屋に行って、帰ってるかどうか……」

ビルは電話機から視線を上げ、モンティとスプリングのほうを見て、それからほかの刑事たちを見た。「おれたちのことを心配してくれてたらしい」小さくにやりと笑いながら、そうつぶやいた。「早くも母性本能が芽生えてるようじゃないか」スプリングがビルに言った。「いい前兆だよ、ウェッソン、いい前兆だ」

「黙れ！」ビルが恥ずかしそうに、怒った声で言った。

さらに数分が過ぎた頃、再び受話器に向かって話した。「ああ……いないって？……いや、わからない……いや……なあ、ハニー、心配しなくていい、おれたちに任せておけ……わかった、わかった、これからそうするところだ。さあ、おまえはもうベッドに入りな……ああ、もちろん、明日の朝また電話する。じゃあな」

彼は電話を切った。「やつは帰っていないそうです、警部」

「そうらしいな」タイソン警部は無関心に言った。「会話の端々から、そうだと思った……いったい何があったんだろうな、ビル？　どうも少し——妙だ……」

警部の声音が微妙に変わり、ふたりの男は目配せを交わした。モンティがそれに気づいた。ふたりで何か秘密を分かち合っているかのような視線だった。

モンティが考えながら言った。「わたしなりに推理してみたのだがね、警部。ミセス・スピロントスは、例の衣服と小物で変装して、若きフィッシャーを説き伏せに〈マルコ〉へ行った。あの変装ではいずれぼろが出ただろうが、とにかく彼をナイトクラブから連れ出すまでは騙し通せただろう。その後、例の男が待っている場所までフィッシャーを連れて行った。〝謎の男〟、別名〝店から逃げおおせた男〟だ。ところで、わたしは今も、その男がマリファナを持って逃げたんじゃないかと思うのだがね。われわれがこれだけ探しても見つからないということは……」

彼はそこで口をつぐんだ。まだカウンターの裏の小さなテーブルの前に座っていたビルが、首を振っていたのだ。「それは考えられないね、ミスター・ベルモア。例のブツは、絶対にここにある。店から持ち去られてはいない」

モンティは彼の言葉を受けて、額にしわを寄せた。「だが、どうしてそう言いきれるんだね？」

「どうしてって、あの男は絶対に店から出なかったのだし、彼以外には――」

「何だって？」老モンティはひどく驚いた。その新しい考えを聞いて、ミスター・スプリングまでがビルを見つめていた。「いやいや、きみ、いったいなぜそんなことが――？」

「とにかく、そういうことだ」ビルが素っ気なく言った。だが、すぐにその素っ気なさは消えた。「絶対にここにあるはずだ。しかも、どこか単純で手の届きやすいところに。あの男は持って逃げたりしなかった。そんな時間はなかった。せいぜいネクタイを取り換えて、あんたのいう変装の小道具とやらを外すぐらいの時間しかなかった。ミセス・スピロントスも、あれを店から持ち出していない――もし彼女が持ち出して、誰かに引き渡したのだとすれば、箱に入っていた全部を渡していたはずだ。ふた袋だけが彼女の死体から見つかるはずがない。さらには、彼女のほかには誰も店から出た者は――」

彼はそこで急に言葉を切った。口をわずかに開けたままで、身動きひとつせずに椅子に座っていた。すると、大急ぎで立ち上がり、指を鳴らした。

「大変だ、やっぱりほかに店を出たやつがいた！ そこから外に出て――」彼は玄関のドアを指さした――「そこから出て、しばらく外にいた人間が。おまえだよ、ラスタス！」指が弧を描いて、今度はカルロスを指した。

カルロスは凶悪犯には向いていなかった。突然のショックに耐えられない性格だったからだ。そんなカルロスを睨みつけているうちに、マリファナがどこに隠されているのかがビルにはわかった。

「脚立をくれ」ビルがわめいた。「ほかのものでも、何でもいい」

集まっていた男たちが銘々に動きだし、散らばった。誰かが脚立を持って来た。ビルはそれをカーペット敷きの短い階段の上まで運び、ネオンサインのすぐ下のドア枠に立てかけてのぼった。

〝緑色のワライカワセミ〟の鳥の骨格の真上と真下にひとつずつ、金属製の囲いがあった。ネオンの配線を保護し、雨風から守るための箱で、それぞれにスライド式の蓋がついていた。ビルがその蓋を外すと、中からマリファナが出て来た。何十もの小袋が、身を寄せ合うようにびっしりと詰まっていた。カルロスが隠した、そのままに……。

カルロスは逮捕され、店から連行されて行った。モンティ・ベルモアは、刑事のひとりが同乗して、タクシーで帰宅した——モンティを無事に送り届けた後も、その刑事はタクシーには戻らなかったのだが、モンティは後になるまでそのことを知らなかった。そしてビル・ウェッソンは、ミスター・スプリングに付き添い、今は静まり返って人影ひとつないキングスクロスの細い通りや路地を歩いて、スプリングのアパートメントへ向かっているところだった。

ふたりとも無言で考えにふけり、ほとんど同じことを頭に巡らせていた。裏で糸を引いている男の正体がわかっておらず、いまだに強い影響力を持っている状態では、まだ安心できそうになかったが、それでも彼らはその夜、降って湧いたように現れたマリファナの密売網を叩きつぶしたかに思えた。それにしても、問題はその肝心の男だ——どうやって見つけ、どうやって捕まえる？　亡霊のような、影のような存在。サングラスと付け髭だけの存在。もちろん、カルロスから聞き出すという手はあるが、はたしてしゃべるだろうか？　仮にしゃべったとして、彼はどこまで知っているのだろうか？　謎の男にたどり着くほどの情報を持っているだろうか？

初めに沈黙を破ったのは、ビルだった。まるで相手の頭の中を見透かしていたかのように言った。

「スタン・フィッシャーさえ見つかれば」と彼は言った。「謎の男も見つかる」

ジミー・スプリングが疑い深そうに唸り声を返した。「そうかもしれない……だが、フィッシャーは――生きているんだろうか、もう死んでるんじゃないのか？」

「なんで死んでると思う？」

「さあ」スプリングは感情のない声で言った。「何となくそんな気がしただけだ。もし死んでないなら、もし無事でいるのなら、どうして家に帰って来ないんだ？」

「簡単だ。非常にまずい立場にいるからだ。あまりに危険だ。どこかに身を隠してるんだろう――あるいは、隠されているのか」

「そのとおりだよ。あまりに危険だ。彼の存在が危険なんだ――だからこそ、わたしは訊いたんだ、彼は生きているのか、死んでいるのかと」

「おかしいな」ビルがつぶやいた。

「おかしいって、何が？」

「あんたが当然考えそうな疑問に気づかないことだ。ジョセフィン・スピロントスはエンジェル・プレイスで車に轢かれた。つまり〈マルコ〉のそばだ。彼女は車の前で倒れたのか――あるいは、誰かに押し出されたのか？」

ジミー・スプリングは突然足を止め、凍りついたように立ち尽くした。ビルは話を続けた。「そのとき、彼女と一緒にいたのは誰だ？　彼女は〈マルコ〉で誰を呼び出した？　マリファナの小袋をふたつ横取りして、ギャングの仲間から追い詰められていたのは誰だ？　車が角を曲がって来るのが目に入って——その機会を利用したのは……？」

「ちくしょう！」スプリングが激しく悪態をついた。

「今の今まで、考えてもみなかったのか？　おれはそのことが真っ先に頭に浮かんだがね」

しばらく間を置いてから、スプリングがゆっくりと言った。「こうなったら、フィッシャーを見つけるのは難しいかもしれないな」

「見つけるさ。今、シドニーじゅうの警察官がやつを探してる。それにやつは正体が、わかっている。問題なのは、謎の男のほうだ……」

ふたりはしばらく黙って歩いた。すると、またもスプリングが突然立ち止まり、ビルの腕を摑んだ。

「おい、聞こえるか？」

ビルも合わせるように足を止め、静かな声で訊いた。「何が？」

「足音だ。聞こえなかったのか？　わたしたちが立ち止まったとたんに止んだ。誰かが尾行しているんだ」スプリングは振り向いたが、暗すぎて何も見えなかった。

「ああ、なんだ」ビルが素っ気なく言った。「あいつか」

「あいつかって、どういう意味だ？」

「あんたには、守護天使がついてるんだ。あんたと、ベルモアのじいさんと」

「何がついてるって？」

「警察による身辺警護ってやつだな。後ろからついて来ているのは、うちの刑事だ。無視してやってくれ」

「いったいどういうわけで、わたしに身辺警護なんてつけたんだ?」

ビルはこれまでにないほど忍耐強かった。「なあ、よく聞けよ。あんたとベルモアのじいさんは、この件を裁判にかける際の最重要証人なんだ。あんたが自分で招いた状況じゃないか。おれたちがどこを捜査すべきかは、あんたが教えて――わかってる、わかってる、あんたにはそのつもりはなかったんだろうが、結果としてそうなったんだから――そして何を探すべきかは、ベルモアが教えてくれた。その情報を元に――あと、エンジェル・プレイスの事故のおかげもあって――おれたちはギャングの組織をつぶし、密輸網をつぶした。だが、謎めいたジョーカーはまだどこかで自由を謳歌している。おれたちにはやつの正体はわからないが、向こうはおれたちのことを知っているし、まちがいなく、あんたやベルモアのことも知っている。ベルモアはともかく、あんたについて、あんたが何をしたかについて、やつはよく知っているはずだ。おれたち警察とちょっとばかり行動をともにしてきたこともそうだが、あんた自身についてはあんたのガールフ――いや、ジョセフィン・スピロントスを通して筒抜けだったろうからな」

「そうだな」スプリングが苦々しそうに言った。「わたしはすべての始まりから、ずっとこの一件に巻き込まれていたんだな。わたし自身は望んでいなかったにもかかわらず。こんなことに、関わりたくはなかったのに」

「だが、その男はあんたのことをどう見ているんだろうな? けっして感謝はしてないはずだ。それに、さっきも言ったように、あんたとベルモアは裁判における最重要証人なんだ。切り刻まれたりしたら、おれたちが困る。そんなわけで、警護を――」

「でも、どうしてわたしにまで？　まだ若いんだぞ！　それに職業柄、実績もある！」

「ああ、大した実績だよ」ビルがひやかした。

「本気で言ってるんだ、ウェッソン、自分の身ぐらい自分で――」

「殺されるまでは、みんなそう言うらしいぜ」ビルが皮肉っぽくすごんでみせ、また重い足取りで歩きだした。

第二十二章

〈ダニーン〉の住人たちは、すっかり浮足立っていた。

まず新聞の日曜版を読んだ彼らは、前日の午後から夜にかけての一連の出来事について知った——と言っても、すべてが網羅されているわけではなかった。印刷所への入稿の締め切り時間が早かったからだ。なにせ日曜版の新聞は、土曜日の夜のうちから映画館で買うことができるのだから。それでも紙面には、誰もが知る著名な私立探偵のミスター・ジェイムズ・ソーントン・スプリング——その名前が数百万人の読者にとっては初耳だということを、新聞社はさりげなく無視していた——が、〈アルブマーレ〉というアパートの無人の部屋の中で死体を発見したことは書かれていた。死んだのはエティエンヌ・アルノーという男で、悪名高き裏社会の一員とみなされており、彼が発見された〈アルブマーレ〉の部屋の住人は行方不明になっていたのだが、どうやら一週間前にハーバーから引き上げられた死体がその住人であり、ベラ・カルメッツという男だと判明した、と記事には書いてあった。そのほかにも、〈グリーン・クカブラ〉という、これまた誰もが知る有名なナイトクラブの女性経営者、ミセス・ジョセフィン・スピロントス——次々に出て来る外国風の名前に〈ダニーン〉の全員が閉口していた——が突然、明らかな事故死を遂げたこと、その死体からマリファナが発見されたという驚くべき事実、さらには彼女が男物のスーツを着ていたという風変わりな点について、大急ぎでまとめたらしい記事も載っていた。それに続いて、CIBがミスター・スプリングの協力のもとに――詳細は不明ながら――いくつかの手がかりを調べており、さらなる衝撃的発見が期待される、と書かれていた。

この新聞記事に加えて、〈ダニーン〉の人気者であるJ・モンタギュー・ベルモアが、殺人やら解けない謎やらに疲れ果てて、夜明け間近のなんとも非常識な時間帯に帰宅した一件もあった。一方、スタン・フィッシャーはとうとう帰って来なかっただけでなく、警察からの問い合わせの電話を受けたマーリーンによれば、どうやら地球上からぷっつりと姿を消してしまったとのことだった。

〈ダニーン〉の住人たちは、何社かの新聞を読みながら、好奇心や興奮をますます募らせ、J・モンタギュー・ベルモアが遅い朝食を摂りにようやく降りて来たときには、彼の周りに集まった。ことの顚末を話したくてたまらなかったモンティは、芝居がかった調子で、昨夜起こった出来事や自らの体験を再現してみせた。自分自身を主役に据えて。だが、スタン・フィッシャーが戻って来ない点に話が及ぶと何の説明もできず、ただもったいぶって首を横に振り、唇をぎゅっと結んで、火遊びをすれば火傷をするものだと、神託のような言葉を伝えただけだった。さらに厳かな声で、残念ながらあの若き悪党は何かしらの不運に遭遇した、その不運は新聞の期待する衝撃的な発見に繋がるだろう、と言った。

よく晴れて暑いその日曜日の朝、新聞を読んでいたのは〈ダニーン〉の住人だけではなかった。たとえば、ビル・ウェッソンだ。彼は新聞を読み終えると脇へ放り投げ、腕時計をちらりと見て、CIB本部で開かれる会議に出席するために家を出た。その会議が終わると、シドニーじゅうの警察官にとって、スタンリー・フィッシャーを探し出すことが最優先課題となり、最も重要な疑問が残された。つまり、裏で糸を引いていた男、組織の生みの親にして、マリファナ密売網のリーダーは、どうやったら捕まえられるのか、だ。

拘留期間の長さにまいっていたカルロスは――判事の前に引き出されるのは月曜日の朝になる予定だった――この疑問に関しては、何の役にも立たなかった。カルロスは気力をなくして、むっつりと黙り込んでいたからだ。そして、ロンドン同様にシドニーでも、人道的に厳しすぎる尋問に眉をひそめる人間が多いとあっては――もっとも、一般的なシドニー市民は、警察はきっとその手の尋問はしているだろうと疑っていたが――タイソン警部とその仲間には、カルロスから話を聞き出す手立てがないのだった。それでも、会議が終わる頃には、マイロス・スピロントスの思い描いていた組織の全貌が、警察にもよりはっきりと見えていた。

スピロントス自身もまた新聞を読み、運命を呪っていた。警察ではなく、偶然の重なりこそが、彼の組織を破壊し、密売網を叩きつぶし、彼にも辛うじて残っていた心をとりこにした唯一無二の女性までをも殺した。その偶然とはすなわち、さまざまな人間の存在だ。この件にスプリングを巻き込んだマックス・カルメッツ――思い出すだけで怒りが込み上げ、スピロントスは頭を激しく振った――J・モンタギュー・ベルモア、そして酒に酔っていたであろう車の運転手……いや、あの交通事故も、はたして完全な偶然だったのか？　あの考えられないほど馬鹿でならず者の若きフィッシャーが、いきなり目の前に現れた車と、ジョーが油断した瞬間とを見逃さず、その偶然の巡り合わせに自ら手を加えたのではないのか？　スピロントスはそう考えると、何かを掻きむしりたい衝動に指先を曲げながら、アパートメントの部屋の中を行きつ戻りつしながら歩いていた。

だが、たしかにその朝はすっかり動揺し、はらわたが煮えくり返っていたものの、自身の安全については過剰な不安に襲われてはいなかった。〈グリーン・クカブラ〉はおしまいだ――それに関しては疑問の余地がない――あの店のすべてが警察にさらされてしまった。今頃はイサカ・ロードのジョーの豪華なマンションも、刑事たちがひっくり返していることだろう。それでも、そこから彼に繋がるものは何ひとつ出て来ることはない。ジョーの部屋からも、〈グリーン・クカブラ〉からも、シドニーの、ついでに言えば広大なオーストラリア大陸のどこからも、マイロス・スピロントスという名の男の存在を示すわずかな手がかりさえ見つけることはできない。誰ひとり彼の名前を知る者がいないこと、それこそが彼の身の保証だった。カルロスも含めて。そう、あのカルロスでさえ証拠を示し、彼を指さして「この男がマイロス・スピロントスです」と証言することはできないのだから。

彼は窓枠に両手をつき、口元を歪めて狡猾で邪悪な笑みを浮かべながら、下の通りを見下ろした。自分の安全は二重、三重に確保されている。警察はたしかにアルノーのことを割り出したが、アルノーはすでに死んでいる。カルメッツの身元も判明したが、やつも死んでいる。関係者はみんな死んでいるのだ――あのミセス・ウィニフレッド・コーマックとかいう女まで。彼女に関しては、別に生きていようと死のうとかまわなかったし、今ではその死は重要でもないのだが。これで残っているのは、カルロスと――あのフィッシャーだけだ。

フィッシャーめ……あいつはどこへ消えた? 彼の存在を不安がっているわけではまったくない。ただ、やつに関しては謎が残っていた。問いただしたい疑惑があった。どうしてもその答えが知りたい。なぜなら、もしもあの馬鹿がジョーの死に何らかの責任があるのなら――そう考えるうちに、自然とまた指先が曲がってくるのだった……。

誰もがその同じ疑問を口にしていた。ひとり残らず、誰もが。

〈スタンリー・フィッシャーはいったい、どうなったのだろう?〉


ビル・ウェッソンがミスター・スプリングに会いにキングスクロスへ行ってみると、スプリングはコーヒーを飲みながら来客をもてなしているところだった。パジャマ姿で裸足のまま、涼しい顔で落ち着き払っているスプリングに対して、来客のほうはシャツのカラーとネクタイをきっちりと絞め、涼しくも落ち着いてもいない表情を浮かべていた。

「やあ、どうぞ入って」とジミーは歓迎するように言った。「一緒にコーヒーをどうだい?……ところで、きみたちふたりは、顔見知りなんだろうね?」

ビルがうなずいて、不機嫌そうに低く「よお!」と声をかけると、その正式な挨拶に対して、グリフィン刑事はただ持っていたコーヒーカップを振って応えた。

「呼ばれたんだ」グリフィンは、スプリングのことを指して説明した。「どうせ天使みたいにずっと見守るんなら、一緒にいたほうが楽だろうって。そうしちゃいけないって決まりもないしな……」

「だからって、部屋にまで上がり込んでるのか。なんでおれにはそういう楽な仕事が回って来ないんだろうな」

「まあまあ、座れよ」スプリングが命じた。「上着も脱いで、そのみじめな人生を、せめてこの数分ぐらいは楽しむといい。どうする、コーヒーは要らないのか?」

「遠慮するよ。暑すぎる」

「じゃあ、一杯飲むかい? よく冷えた、グラスたっぷりの」

ビルが首を振った。「〝わが後ろに引き下がれ、サタンよ〟（新約聖書より）。おれはまだ勤務中だ」

「きみに勤務中じゃない時間なんてあるのかね。最新情報を聞かせてくれ。フィッシャーは見つかったのか?」

「いいや。だが、鍵は見つけた」

「鍵?……ほら、もったいぶってないで、さっさと吐き出せよ」

ビルは彼をまじまじと見つめた。「今朝のあんたは、またえらく上機嫌じゃないか。ゆうべはあれだけ落ち込んでいたのに」

スプリングが真面目な顔で言った。「きみがわたしの立場だったら、落ち込まないのか? あの後、ひと晩ぐっすりと眠ったんだ。何があっても新しい朝は来る……それで、鍵がどうしたって?」

「エンジェル・プレイスの、ミセス・スピロントスが発見された近辺で見つかった。彼女か、カルロスのものかと思ったんだが——彼女が着ていたのは、カルロスのスーツだったからな——その鍵がどこにも合わない。〈グリーン・クカブラ〉でも、カルロスの部屋でも、おまけに彼女自身のマンションでも、鍵に合うものが何ひとつ見つからなかった」

「驚いたな!」とミスター・スプリングは言った。「きみ、一睡もしてないのか?」

「いや、そんなことはない。何時間かは寝た。だが、ひと晩じゅう調べ続けてる連中もいる」ビルは問題の鍵をポケットから取り出して、スプリングに渡した。ありふれた形をしており、どこにでもあるバネ錠の鍵だった。スプリングは両面をひっくり返して観察した。

「こんな鍵じゃ大したことはわからないね。おまけに、これはオリジナルでもない、そこらへんの、たとえば〈コールズ〉とか〈ウールワース〉とかのスーパーマーケットにオリジナルキーを持ち込んで作った合鍵だ。同じような鍵は、毎日何百と製造されているだろう。この鍵に合うものがひ、と、つ、も見つからないというのは、むしろ不思議なくらいだ――この手の鍵が、一つひとつ全部ちがうというのは迷信に過ぎないからね。まあ、それはきみもよく知っているだろうが」

そのとおり、ビルはそれをよく知っていた。スプリングはアパートメントの玄関へ歩いて行って、そのドアに鍵を挿そうとしたが、うまく合わなかった。ほかのふたつのドアでも試してみた。

「鍵がどうあれ、あんたはどのみちしっかり守られてる」

「おかげさまで」スプリングがにやりと笑いながら言った。「だが、シドニーにはここ以外にもいくらでもドアがある。あとはこの鍵で一個一個試していけばいいんだ――ほんの何世紀かで合うものが見つかるだろう」

ビルはスプリングから鍵を取り返し、睨みつけるようにそれを見た。

「なあ」スプリングが言った。「その鍵が――その――例の現場で見つかったからと言って、ジョーと関係があるとは言えないんじゃないか。誰が落としたとしてもおかしくない……ただ、ひとつだけ気になることがある」彼は考えながらつけ足した。「ウィリアム・スタンリー・フィッシャー――彼とその鍵の関連は考えてみたのかい？」

ビルは、今回ばかりは本心からの敬意のこもった目でスプリングを見た。「たしかに、それには一理あるな」

「わたしには何ともわからないがね。〈ダニーン〉については、どのドアにも鍵なんてついていないだろうから、あそこのものじゃない可能性は高いが、勤め先の会社のどこかのドアの鍵を持っていたとは、考えられるんじゃないのかな」

「そうだな」ビルが言った。「うん、そうだな」

「ああ。だが、たとえその鍵に合うドアを見つけられたとしても、それで何がわかるんだろう。それに、たまたまどこかのドアが開いたからと言って、その鍵が本当にそのドアのものかどうかまでは、やはりわからないじゃないか」

「そうだな」ビルが言った。「うん、そうだな……ああ、この鍵がえらく厄介なものに思えてきた。それでも、これに合うドアが見つかったら、とにかくそこを開けてみるまでだ」彼は鍵を再びポケットに放り込み、話題を変えた。「今日は、新しい情報を伝えに来たんだ、スプリング」

「へえ、珍しいこともあるものだな」

「コーマックを見つけた」

ジミー・スプリングが姿勢を正してビルをじっと見た。「本当か！」

「本当だとも！」

「どこにいたんだ？……いやいや、待ってくれ！　何かおちがあるのか？」

ビルは純粋にわけがわからなかった。「おちって、何だ？」

「つまり、コーマックは生きているのか、それとも――？」

「ああ！」ビルがなるほど、と言うようににやりと笑った。「もちろん、生きているとも――それも〝珍しいことだ〟と言いたいんだろう――？」

「だって、人が死んでない話なんて、珍しいじゃないか」

「たしかにな……とにかく、そいつを見つけた。メルボルンにいた」

「どうしてそんなところに？」

「初めからずっとメルボルンにいたらしい。あのとき、あんたが言ってたとおりだったんだ。シドニーにはいないって言ってただろう？　だが、パースに行ったわけでもなかった。どうやらパースに行く前に、メルボルンで片づけなきゃならない仕事があったらしい。メルボルンにいるうちに、女房が死んだという新聞記事を目にした。そりゃ、たしかに妻を裏切って浮気はしていたし、近々離婚裁判も開かれる予定だったが、それでも女房に変わりはない。その女房が轢き殺された。そこで——シドニーに戻ろうとした」

「戻ろうとした？」ミスター・スプリングは、今まで以上に本当に驚いているようだった。「こんなに経つのに、まだ一度も戻っていないのか？」

「われわれの知る限りでは、戻っていない。本人が戻っていないと言っているし、それを覆すだけの——」

「ちょっと待て。ちょっと待ってくれよ——だって、彼こそは……」スプリングは裸足のまま、髪を掻き乱しながら部屋の中をうろうろと歩きだした。その姿を見ながら、ビルの唇にはほんのうっすらと笑みが浮かんでいた。

「続けてくれ。彼こそは……？」

「彼こそは」とジミー・スプリングがゆっくりと言った。「裏で糸を引いていた人物なんじゃないのか？」

「マリファナ密売網を牛耳っていた男のことだな。そういう話も出ていたが、あくまでも憶測だ。それが今では、憶測ですらなくなった。なあ、スプリング、たしかにその男がずっとメルボルンにいたかどうかはわかっていない。だが、ゆうべに関しては、まちがいなくメルボルンにいたことが確認された。メルボルンにいたのだとしたら、その男がゆうべの〈グリーン・クカブラ〉のジョーカーであるはずがない。

「別名〝店から逃げおおせた男〟」その呼び名が弱々しくスプリングの口をついて出た。

「やつは、逃げおおせなかったわけだ」

「きみはゆうべもそう言ってたね。だが、わたしはあまりに疲れきっていて、聞く耳を持たなかった。てっきりその男はコーマックだと信じていたから、きみの言うことを信じなかった。コーマックなら絶対に店に残っていなかった、もしいれば、必ずわたしがやつに気づいたはず——彼の顔は知っているからね——そう思っていたんだ」

「あんたはゆうべ、こんな疑問を口にしたな？　『どうしてジョーがフィッシャーを追ったのか？　なんでそんな変装をしたのか？』ってな。二番めの質問から先に答えるなら、彼女が変装をしていたのは、その謎の男が店から逃げたと思わせるためだった。だが、そもそもそんなことをしたのは、やつが逃げていないからだ」

「なるほど」スプリングがきびきびとした口調で言った。「では、別の質問をしよう。やつはどうして逃げなかったんだ？　われわれが最初の捜索をあきらめた後、逃げる時間はいくらでもあったのに」

ビルがゆっくりと、意味ありげに言った。「逃げることは、できなかったんだ」

ジミー・スプリングはうろうろと歩き回るのをやめて、ぴたりと立ち止まった。重苦しい沈黙の中でビルをじっと見つめる。それから口を開いた。「意味がわからないな、ウェッソン。彼が逃げなかったのは、逃げることができなかったから。どうして、逃げることができなかったんだ？　店を出るのを阻むものがあったのか?……その男はコーマックじゃなかったんだろう? コーマックこそは、密売網が破壊されたと同時にひどく謎めいた失踪を遂げた、考え得る唯一の人間だったのに……わたしにはさっぱりわからない。もう誰ひとり残っていないじゃないか」

「いや、残っている!」

「え? いったい誰が?」

「頭を使えよ、スプリング。フィッシャーは、あの店で働いていた男に会うと言っていた。営業中の店から、誰にも気づかれずに抜け出すことができないのは、どういう人間だ? 考えろ。そんな職種はひとつしかない」

ジミー・スプリングは考えた。それから、部屋の中をうろうろともうひと回りした。すると足を止め、指をパチンと鳴らして言った。「ウェイターだ!」

「そうだ。もっと考えろ。どのウェイターだ?」

「そんなこと、わたしに――」再び動きが止まった。「マックス!」彼はささやいた。

「ああ」

「馬鹿な! そんなはずはない。だって、彼のお兄さんは――」

「そう、ふたりは兄弟だった」

「まさかマックスが! 彼は単なるウェイターだよ。ごく普通の、平凡なウェイターだ……」

「そうか?」ビルが静かな声で尋ねた。「彼は本当に、ごく普通の、平凡な――?」

「だって、マックスはあの場にいたじゃないか! ずっと前から――」

「そうか?」

またしても重苦しい沈黙が流れた。するとスプリングが言った。「ふう！　そう言われると考えてしまうな！」

「クイズを出すぞ」ビルが言った。「問題。マリファナの密売網を作り上げ、供給路を確保しようと、エジプトからシドニーにやって来たのは——」

「それは確実な情報じゃないだろう？」

「今は確実だ。カイロ警察と情報交換したからな」

「情報交換……？　ああ、無線電話とか、そういうことか？」

「ああ。おかげでいろいろとわかった。だからクイズの答えも、いくつか教えてやれるぜ。問題。マリファナの密売網を作り上げ、供給路を確保しようと、エジプトからシドニーにやって来たのは誰だ？　答え。ベラ・カルメッツ。問題。論理的に考えて、彼が訪ねるとしたら誰だ？　答え。弟のマックス——それから、マックスの仲間であるジョセフィン・スピロントスとカルロス・ルノアール。問題。組織の本拠地を構えた後、実際の密売を束ねるためにオーストラリアに派遣されたのは誰だ？——ベラ・カルメッツは、ほかの国にも手を広げるために、エジプトに帰ることになっていたからな。答え。エティエンヌ・アルノー」

「クイズか」ミスター・スプリングが言った。「わたしからも出題させてくれ。問題。ベラ・カルメッツを殺したのは誰で、その動機は何だ？」

「それは」ビルが率直に言った。「その答えはわれわれにもまだわからない」

「問題。アルノーを殺したのは誰で、その動機は何だ？」

「答え。マックス・カルメッツ。動機については、実はジョセフィン・スピロントスはアルノーの妻だったんだが、婚姻関係があるうちに、当時カイロにいたマックスと駆け落ちしたんだ――おそらく駆け落ち相手が誰だったのか、アルノーもベラ・カルメッツも知らなかったのだろう」

「なるほど。ところが、この件でアルノーがシドニーにやって来て、彼女と再会した。マックスも一緒だった。三者三様にびっくりしたことだろう。それで、ふたりはアルノーを殺したんだね。だが、どうして彼女はミセス・スピロントスなどと名乗ったのだろう?」

「まあ、何かしら名前は必要だっただろうからな。アルノーという名は捨てたし、カルメッツは使いたくないし、〝ミセス〟を名乗るなら結婚前の旧姓を使うわけには行かなかった。あるいは以前に、彼女かマックスか、ふたりそろってなのか、スピロントスという名を使ったことがあったのかもしれない」

「それなら、いったいまたどうしてマックスは、わたしのところへ兄の捜索を依頼しに来たのだろう?」

「さあ、なぜだと思う? 誰かに手を貸してもらいたいなら、なぜわれわれ警察に頼まなかったのか? 答えは」ビルは少し残忍な口調で言った。「おれたちが余計なことまで探り出すんじゃないかと恐れたからだ」

「それはまちがいなくそのとおりだが、わたしの質問の答えにはなっていない。どうして彼は――?」

「なぜなら、あんたがハーバーの水死体のことをすでに聞いていたとは思っていなかったからだ。あいつよりも先におれがあんたの事務所に行ったことも、あいつが帰った後におれがもう一度訪ねたことも知らなかった。あいつがよく知っていたのは、あんたなら必ず教えられた住所を訪ね、そこでアルノーの死体を発見してくれるだろうってことだけだ！　だからあんたに依頼したんだよ。あいつはアルノーの死体を誰かに発見してもらいたかった。ベラ・カルメッツがアルノーを殺した後で自ら姿を消したと思わせるために、カルメッツとアルノーのあいだを関連づけたかった。ところが、そのベラのアパートの住所が、われわれ警察にとっても手がかりとなった。あいつは知らなかったんだ。われわれがハーバーの水死体とその住所を関連づけることになるとは」

　スプリングはその情報を理解しようと、懸命に頭を働かせた。腰を下ろし、椅子のそばのローテーブルに置いてあった銀の煙草入れから、無意識に煙草を一本取り出した。ふと気づいて、ふたりの刑事にも一本ずつ投げてやった。

「ミセス・ジョンソンに会ったのを覚えているだろう？」スプリングが尋ねた。「彼女はどう関わってるんだ？」

「関わりはない」ビルがすぐに答えた。「彼女はマックスの、もうひとつの人生の中の人間だ。危険とは無縁の、堅実で、まともな人生の」

「だが、彼女だって夫の本名がカルメッツだと知っていたぞ」

「ああ、でも彼女が知ってるのはせいぜいそれだけだ」

　スプリングはまた考え込んだ。「まあ、きみの言うとおりだとしたら、ウェッソン、きみは今、苦しい板挟み状態にいるようだね。困難な疑問がふたつ残されている。ひとつめは、フィッシャーがどうなったのかということ。ふたつめは、マックスについてどれだけの証拠を摑んでいて、どうやって彼を捕まえるのかだ」

　ビルは椅子に座ったまま、少しだけ身を乗り出した。「ひとまずは、ひとつめの疑問は置いておくとしよう。その答えはまだ誰も知らないらしい、マックスを含めてな。さて、ふたつめだが、カルロスが口を割らない限り――」

「しゃべってくれそうなのかい？」

「まだ何とも言えないな。今のところ、しゃべりそうもない」

「無理にしゃべらせることはできないのか？」

「チッチッ！」ビルが深刻な表情で言った。「おれたちは、相手が何人《なんびと》だろうと残酷な仕打ちはしない。とにかく、仮にカルロスがしゃべったとしても、そのときには手遅れかもしれない。マックスは、今すぐ捕まえなきゃならない。そこで、あんたの力を借りたいというわけだ」

「わたしの？」ジミーは本心から驚いた。

「おれたちには何もできない、警察だってばれてるからな――当然ながら。だが、あんたの場合はちがう。あいつにとってあんたは、行方不明の兄探しを依頼した私立探偵だ――」

「それだけじゃないぞ」ミスター・スプリングは冗談混じりに言った。「わたしはこの事件に関して警察に協力している、聡明なアマチュア犯罪学者でもある」

「そんなことを信じるやつなんかひとりもいないさ。あいつも、おれたちも――あんた自身もな」ビルがスプリングに、にやりと笑い返した。「何と言っても、あいつはあんたのことを能無しだと思ってるはずだろう？」

「能無し本人にそれを確認するきみの率直な質問には、大いに感銘を覚えるよ。残念ながら、きみの言うとおりだ。それにしても、警察に協力など、わたしの専門外だ。わたしの得意分野は離婚とそれに類するトラブルだから――ああ、それで思い出した……」

「むしろ、そのほうがこっちもありがたい。専門外なんてことは心配するな、それでこそわれわれにとって意味があるんだから。実は、マックスに罠を仕掛けようと考えている――」

「へえ、そうかい？　まさか、ネズミを誘い出すチーズ役をわたしにやれと言うんじゃないだろうね？」

「どんな罠になるのかは、おれもまだ知らない。詳細は警部とほかの刑事たちに任せて来たからな。われわれが知りたいのは、そしておれがここへ来た本当の理由は――あんたにその気があるか、確かめることだ」

「やるよ」ジミー・スプリングが険しい表情で答えた。

ビルは感謝のしるしにうなずいてから、いつものようにいきなり帰って行った。「じゃあ、またな」ドアまで行ったところで、スプリングが呼び止めた。「ちょっと待ってくれ、ウェッソン」無感情で異常なほど無口なグリフィンを指さして言う。「あの刑事。あいつも連れて帰ってくれないか？」

「そんなに邪魔か？」とグリフィンが言った。ビルが来て以来、発言するのはこれが二度めだ。

ビルが言った。「あいつのことなら、あんたが気を遣うことはない。気を遣って警護するのは、あいつの仕事だ。あんたはあいつが警護についてることも知らないことになってるんだから」

「でも、実は、今夜は出かける予定があるんだ。仕事がらみでね」

ビルが訝しむような薄目をスプリングに向けた。「またプレイボーイの亭主か？」

「今回の対象は女房のほうだよ」スプリングは、もはや幸せな結婚生活というものには夢も希望も持てないような口ぶりで言った。「彼女がどこに行くかは見当がついてる。今夜にははっきり――」

「大丈夫だ。あいつも連れて行けばいい。浮気の目撃者がふたりになる」

「ふたりめの目撃者なんて、邪魔になるだけだよ、今夜の行き先では」

「どこへ行くんだ?」

「それが、たぶんフレンチ・フォレストにある一軒家で――」

「おい、冗談だろう! あんたは本当に間抜けだな、スプリング。何のためにグリフィンをつけてると思ってるんだ? フレンチ・フォレストなんて寂しい地区にひとりで出かけるつもりとは!」

「よしてくれよ、ウェッソン、わたしは子どもじゃないんだ!」

「そうとも、あんたは立派な大人だよ。だからこそ、格好の標的になる。とにかく、グリフィンのことなら心配するな、こいつの姿さえ見かけることはないから。と言うより、こいつはいないから」

「それはどういう――?」

「言ったとおりの意味さ。その頃にはグリフィンの受け持ちが終わって、ほかの刑事があんたを見張っているはずだ。じゃ、またな」


建物を後にすると、ビルは一番近い公衆電話を見つけて〈ダニーン〉に電話をかけ、ミス・シムズはいるかと尋ねた。彼女の苗字を覚えていたのは、彼にしては賞賛に値することだった。

「もしもし?」電話の向こうから、甲高い小さな声が聞こえた。甲高いが、どこか妙に魅力的な響きがあった。

「よお、ティッチ」ビルが弾んだ声で言った。

「あら、あんたなの、ビル?」

「ほかに誰がいる? 今日はマイ・ガールのご機嫌はどうだい?」

「いったいいつからあたしは、あんたのガールになったわけ?」マーリーンは生意気な口ぶりで訊き返した。

「二十四時間前からだ」ビルが澄ました声で言った。「ほぼな。どうしてたんだい、ハニー?」

マーリーンは元気にしていると答えた。「ねえ、ビル——スタンのことなんだけど……」

「ああ、わかってる。まだ帰ってないんだな?」

「そうなの。ビル、いったいスタンに何があったんだろう?」

「やつが心配なのか?」ビルがいたずらっぽく訊いた。

「当たり前じゃない。いえ、そういう意味じゃ——」

「わかってる、わかってる……おれたちもまだ何も摑んでないが、引き続き探してはいる。きっと見つけるさ」

「そうかもしれないけど……ビル、今は何をしてるの? あんた個人としてって意味よ」

「いろいろ」ビルは曖昧に答えた。「まだ勤務中だ。それが訊きたかったのか?」

「勤務中……今日はずっと仕事なの?」

「ほとんどな」ビルは言った。だが、心の中は歌いだしたい気分だった。いろんな考えが頭に浮かんできた。たとえば、婚約指輪というのはいくらぐらいで買えるのだろうか、とか。「そっちへ会いに行けたらいいんだがな、ハニー、難しそうだ」

「夜になってからでも?」

「行けそうにないな」ビルは考えながら言った。「ああ、今夜は絶対に無理だ」

マーリーンがその言葉に鋭く反応した。「なんでそんな言い方をするの? 今夜、何があるの?」

「何も。おまえが気にするようなことは何もない。ただ、おれは今夜は勤務があるってことだ」

「だって、いつも勤務中なんてこと、あるわけないじゃない」

「あるんだよ、特にこういう事件の場合はな。それが刑事っていう仕事の難点なんだよ、ハニー――医者の奥さんと同じだ」

「何が医者の奥さんと同じなの?」

「刑事の奥さんになることだよ」

マーリーンはまた生意気な口調になった。「誰が刑事の奥さんになんかなるのよ?」だが、すぐにまた口調をやわらげ、急いで尋ねた。「ねえ、ビル、あんたどこに住んでるの?」

「住んでる?」ビルは、それがまるで突飛で的外れな質問であるかのように訊き返した。「パディントンの寮だ。どうして?」

彼女が身震いするのが手に取るようにわかった。「怖いところに住んでるのね」(当時のパディントンはスラム化しており、大規模な再開発計画の対象に上がっていた)

「まあな。おれはそんなに気にならないが」

「どんなものを食べさせてもらってるの?」

「そうだな……普通の食事だ。言われてみれば、いつも何を食ってるかなんて、おれ自身もわからない。目の前に出されたものを食うだけだ」

「昼食は?」

「昼はいつも外で済ませる」

「今日の昼食は?」

「さあな、まだ決めてない。これは何の尋問だ、ハニー？」

「今日の昼食はこっちに来て、あたし達と一緒に食べないかなって」

「それは……」

「どうかした？　魅力的なアイディアだと思わない？」

「魅力的かだって？　魅力的と思わないかだって、まったく。……まあ、都合が合えばだな。これから警部に会いに行かなきゃならないんだ。ああ、でも、やっぱり行くよ、昼に」

「何だか、いやいや来るみたいに聞こえるけど」

「そういうわけじゃない」ビルは熱っぽく言った。「さっきも言ったように、都合が合うかどうかだ。警部に会ったときに、どんな任務を言いつけられるか。なあ、ティッチ、この間抜け。おれは――ああ、ちくしょう、おれはおまえが好きなんだ。粉々に割れたガラスの上を這ってでも会いに行くよ」

マーリーンは嬉しそうにクスクスと笑った。「もう、ビルったら、そういう優しいことはめったに言ってくれないんだから……十二時じゃ早すぎるかな？　うちは日曜日には、だいたいいつも十二時から昼食なの」

「都合がつけられるようなら、絶対に行くよ。行けなかったら電話で知らせる……昼食のメニューは何だ？」

「何が食べたいの？」

「パンとチーズ。あとはキス」

「まあ、ミスター・ウェッソンったら！　変な夢を見てるんじゃないでしょうね？」

「夢じゃ困るよ！」ビルは熱っぽく言って、電話を切った。

ビルは昼食を、マーリーンとリル伯母さんとアート伯父さんと一緒に摂った。食事を始める頃までには、アート伯父さんは姪よりもビルについて詳しくなっていた。初めは家族にサツが加わることをあまりよく思っていなかったが、よくよく考えるうちに、かえって役に立ちそうだと思うことにした。何にしても、この若者はマーリーンを怪しげなナイトクラブやら何やらに連れ出すような男じゃなさそうだし……。

ビルはまだ例の鍵を持っており、昼食が済むとマーリーンに頼んでスタンリーの部屋に入れてもらった。部屋じゅうをくまなく探したものの、スタンリーの日頃の習慣についてはほとんど情報が得られなかった。それに、鍵に合うものも見つからなかった——だが、それは予想の範囲内だった。なにせ、その鍵で開くドアを、警察はすでに発見していたからだ。

ビルは再び階段を降りて、マーリーンと一緒にプールのほうまでぶらぶらと歩いた。そこでしばしのあいだ、スタンリーや〈グリーン・クカブラ〉やマリファナや、そのほかの不快なものすべてについて、頭からさっぱりと消し去った……。

第二十三章

その日、ＣＩＢの面々は時間超過で勤務を続けた。〈グリーン・クカブラ〉を包囲して、徹底的に調べ尽くした。イサカ・ロードにあるジョセフィン・スピロントスのマンションの各部屋を、大挙して押し寄せた警察官たちが這い回り、木のてっぺんの鷲の巣のようなカルロスのダーリング・ポイントの高層マンションを乱暴にひっくり返し、驚愕する使用人の男を発狂寸前まで追い立てた。彼らはまた、何の非もない、尊敬すべきミスター・マーカンティに、マリファナ密輸入の証拠を突きつけてショックを与え、ナポレオン・ストリートまで引きずるように連行して、そこにある彼の会社の社屋を捜査した。タカのように目を光らせてマックス・クラメッツを見張り、ジミー・スプリングと老モンティ・ベルモアを見守り続けた。

ジミー・スプリングはその午後のほとんどを眠って過ごし、グリフィン刑事はそのあいだ、心地のいい椅子に座って足を上げ、ゆったりとくつろぎ、ラジオを流し聞きしながら雑誌のページをめくっていた。夜が近づいた頃、スプリングは起き上がり、しっかり目を覚ますためにシャワーを浴びて着替えた。紺色のスーツに身を包み、濃いブルーのシャツのボタンを首元までしっかり留めたが、ネクタイは締めなかった。居間へぶらぶらと入って行くと、グリフィンが窓際に立っていた。

「やあ、犬ころ《ファイドー》！　一杯飲むかい？」

グリフィンは首を振り、ぼそぼそと小さな声で勤務中とか何とかつぶやいた。スプリングは不思議そうに彼を見てから、開いたままの窓まで歩いて行って、外を見下ろした。

「本当に勤務中なのか?」

「うーん、正確に言えば、勤務時間は終了した。五分前に」

「どうせなら、見張り番は全員、好きに上がって来ればいいのに」ミスター・スプリングはため息をついた。「次のやつも呼んでやってくれ、自己紹介ぐらいしておこう」

グリフィンがまた首を横に振った。「あいつはきっと上がって来ない……気を悪くしないでもらいたいんだがね、ミスター・スプリング、昼のあいだ、あんたから目を離さないでいるのと、夜にあんたの警護をするのとではまったくわけがちがう——今夜、あんなところへ出かけるって言うんなら、なおさらだ」

「仕事のためには、どんなことだってしなきゃならない、そうだろう、ファイドー。それは、きみみたいな仕事じゃなくても同じことだ……さっきのきみの言い方は引っかかるな——わたしから目を離せないって」

グリフィンがにやりと笑った。「言いたいことはわかるだろう?」

「ああ、わかるよ。それで、どうする、一杯飲まないのかい?」

「うーん、どうしてもって言うんならいただくよ。ただし、本当に一杯だけ」

「スコッチ?」

「ありがとう。ジンジャーエールを混ぜてくれるかな——たっぷりと」

「女学生だな!」スプリングはからかうように言いながら、グラスに注いでやった。「きみの交代要員はどんな男なんだ？」

「それが何か関係あるのか？」

「そうだな、あると思う。わたしがこの後どこへ、何をしに行くのかは知っているだろう？　道を踏み外そうとしている妻を尾行するんだ——少なくとも、亭主によれば、彼女は〝正しい道〟からふらふらと外れているらしいんだが。わたしは相手の男がどこの誰なのかを突き止めるために、彼女の後をつける。そのわたしの後を、刑事がつけて来る。仮にだが、そう、まったく仮の話だがね、わたしが目当ての男と刑事とをまちがえて、その刑事が浮気相手だと……笑うなよ、ファイドー、冗談じゃないんだから」

　そのあだ名を甘んじて受け入れているらしいグリフィンは、それでも笑い続けていた。「あり得る話だな……だが、その心配はまずないと思う。ジンジは監視のためにあんたにくっついて回るわけじゃないんだから。襲いかかるやつがいないか、しっかり見守るためだ」

「わかってるよ。ありがたい限りだ。それでもやっぱり、ちょっとしつこいな」スプリングも思わずグリフィンにほほ笑み返していた。「とにかく、ヒントをありがとう。なるほど、ジンジか……わたしが赤毛の男を尾行していたら、浮気相手と取りちがえてるってことかい？（〝ジンジャー〟は赤毛の人につけられることの多いあだ名）」

「あんたがジンジャー・バクスター刑事を尾行したら、互いに追いかけ合って、輪になってぐるぐる回ることになっちまうな。なあ、ミスター・スプリング、余計な心配は要らない、たぶんあいつの姿なんて目に入りもしないから。あんたが自分の仕事に集中していれば、あいつのことなんて忘れるだろう。おれとちがって——まあ、こうなったのはおれのせいじゃないが——あいつはあんたの邪魔にはならないはずだ」

ジミー・スプリングは、何かを考えるようにグリフィンをじっと見つめた。「きみら刑事はみんな今ごろ大忙しだな。わたしと、ベルモアと、きっとカルメッツのことも……」

グリフィンが急に険しい表情を浮かべた。「マックスには、そりゃあ大勢張りついてる。それに――その――〝守護天使〟がついてるのは、あんたとベルモアだけじゃない。ビル・ウェッソンは今夜、お熱い任務の真っ最中だ」

「どんな任務だ？」

グリフィンの顔に、にやりとした笑みが戻った。「自分のガールフレンドのボディガードさ」

「ガールフレ――まさか！　マーリーンのことか？」

「ああ、そうか！　彼女、あんたの事務所の秘書だったな。ほかにも、ナイトクラブのショーガール――何て名前だっけ？――ミス・テレイだ――彼女の警護にもふたりばかりついてる。ああいういい女は、ふたりがかりじゃないと見張りができないらしい」

「たしかに、魅力的な娘だな。がっかりするなよ、ファイドー、次はきみにもそういう役が回って来るかもしれない」

「それはないだろうな」ファイドーは悲しそうに言った。「おれはまた明日の朝ここに来て、あんたが無事に事務所に出勤するのを見届けるんだから」

「嘘だろう？　いったいいつまでこんなことが続くんだ？　まあ、いい。どうしても来たいって言うなら、好きにしてくれ。事務所に着いた後は、きみをマーリーンの見張りに押しつけるから――きみとウェッソンとでやり合うといい……さて、何か食べて来るよ。一緒に来るかい？」

「いや、遠慮しておく。うちで待ってるんでね……あんた、まさかその恰好で出かけるんじゃないだろうな？」

「その恰好って？」

「ネクタイも絞めてないじゃないか。どこで食事をするつもりだ？」

「フレンチ・フォレストじゃ、ネクタイなんて邪魔なだけだ。余計なものを着けていないほうが、暗闇の中で目立たなくなる。それに、何も〈ロイヤル・アデレード・ホテル〉で食事をするわけじゃないんだ、ファイドー」スプリングは、かつてそのホテルで著名な客が、慣習通りのネクタイではなく、シルクのスカーフを首に巻いてアフターヌーンティーに現れ、大騒ぎになった一件を思い出しながら言った。「今夜は〈ウォンの店〉で中華料理を食べるよ――服装規定が厳しくないからね」

ふたりは一緒に建物を出た。スプリングはわざと赤毛の男を、いや、誰であれ、どこかに潜んで自分を待っていそうな人物を探すふりをして、グリフィンを笑わせた。通りには何人かの人間がいたが、スプリングに多少なりとも興味を持っているような者はひとりもいなかった。スプリングは、肩をすくめてあきらめた。

「まあ、いいか……なあ、ファイドー、アローラ・テレイにまでボディガードをつけるっていうのは、どういうわけだい？　彼女はこの件には全然関わってないんじゃないのか？」

「フィッシャーがミス・シムズを連れて〈グリーン・クカブラ〉を訪れた夜、彼女も一緒にいた。どんな小さなリスクも見逃すわけにはいかないのでね」

「ふーん……なるほど、何ひとつ見逃していないようだ」ジミー・スプリングは、わけがわからないという表情で、帽子をかぶっていない頭を手で撫でた。「フィッシャーか……いったいぜんたい、彼の身には何が起きたんだろうね？」

ミスター・スプリングは車を持っていたが、調査に出かけるときにはめったに乗ることがなかった。自分の正体を堂々と明かす以外の何ものでもないからだ。だが、今夜はハーバー・ブリッジの向こうの、田舎と呼べるような地区まで行くために、自分の車を使いたいと提案していた。

西の空から最後の光の帯が消えゆく頃――シドニーでは夕日が沈んだ瞬間から真っ暗になる――スプリングは再びアパートメントの部屋を出て、いつも車を駐めている中庭へ向かった。ゆっくりと歩きながら、周りに鋭い視線を配る。だが、〝ジンジャー〟・バクスター刑事がどこか近くに潜んでいたとしても、その姿はまったく見えなかった。もっとも、そのバクスターとかいう男がどんな姿形をしているのかは見当もつかないのだが、とジミー・スプリングは密かに認めた。それでもやはり、彼にも、彼の行動にも、多少なりとも興味を持っていそうな人間はどこにもいなかった。スプリングは車に乗って中庭を出発すると、ダウンタウンを通り抜けて、橋の上を走る、ブランドフィールド・ハイウェイという名の道路を通って、ハーバー・ブリッジを渡った。目的地であるフレンチ・フォレストの住宅までは七マイルの道のりだったが、初めの六マイル半までは大きな道路ばかりだった。だから、ずっと同じ車が何台か走っているように見えても、特に驚くことではなかった。そのうちのどれかに彼の新しい〝守護天使〟が乗っていたとしても、スプリングにはそれがどの車なのかさっぱりわからなかった。

目的地まであと半マイルというところで、彼は側道へ入り、元の大通りと並行して少し走った後、大きく曲がって道路を降りた。やがて生い茂る木々の下に建つ、ある一軒家のフェンス脇に車をぴたりと寄せた。そこから先は、いわゆる〝森《フォレスト》〟が広がっている。車のエンジンを切り、ライトを消し、車から降りて、ドアをロックした。

そのまま、じっと待った。しばらく様子を見ていたが、ほかの車がやって来ることはなく、人影も見えなかった。肩をすくめ、徒歩で家の入口に向かった。その頃にはかなり暗くなっていて、道の両側の木々の上空に、かすかなきらめきがひとつ見えるだけだった。

家の正面は暗く、門には鍵がかかっていたが、建物の裏側には明かりの漏れている窓がふたつあるようだった。だが、それが窓の明かりだと確認に行く途中、暗い中であやうく真新しい豪華なアメリカ車にぶつかりそうになった。車の中には誰もいなかった。用心深く車の後ろへ回ると、しばらくじっと立って耳を澄ませた。死んだように静止した暗闇を掻き乱すような音は何ひとつ聞こえない。ポケットから鉛筆ほどの大きさの懐中電灯を取り出すと、危険を冒して点灯してみた。

ミセス・メイバリーの車だった。これまでにも何度となく思ってきたことだが、本当に女というのは愚かな生き物だな、とジミー・スプリングはしみじみ考えた。こんなところまで、彼女のものだとわかる目立つ車で堂々と乗りつけて、目的の家の門の真ん前に、まるでここに来ていることを宣伝するかのように駐めるとは……。

彼はその車から門へと移動し、留め金を手で探った。門を押し開けようとした瞬間、家の玄関から外に向かって照明がついた。慌てて門を閉めると、明かりが消えた。なるほど、これはうまいアイディアだ！　暗く人気《ひとけ》のない夜道を通って、暗く人気《ひとけ》のない我が家に帰って来る。庭の門を開ける――と同時に、玄関のドアを照らしてくれる明かりがつくというわけだ。

だが、この仕組みは、それだけが目的だろうか？　ひょっとすると、明かりがつくのは、家の中にいる人間に危険を知らせる信号なのでは？　彼は急いで道の奥へ走って行き、様子を見守った。

長く待つ必要はなかった。すぐにドアを開ける音が聞こえてきた。やはり、何かの信号だったのか。

ドア口から鋭い槍のような光が暗闇を突き刺した。門扉に留まっていたその光が、やがてあちらこちらへゆっくりと移動しだした。そして前進を始めた。光の奥にいるのが誰であれ、玄関を出て門に向かっている。

ミスター・スプリングは大急ぎで、二重に撚ったワイヤーを張り巡らせた道路脇のフェンスの隙間をくぐり、道の反対側の木々や茂みの陰に滑り込んだ。身を隠しているうちに、前方で衣擦れのような音が聞こえた。懐中電灯を持った人物にもその音が聞こえたらしく、門の外へ出て来た。門の開閉に合わせて、男の背後で玄関の明かりが点滅したが、その人物はスプリングのいる方向へと、道をどんどん近づいて来た。スプリングは、懐中電灯を持っているのが男だと確信した――あれほど大胆に突き進んで来るとは、女であるはずがない。

スプリングは、さらに道路から遠ざかった。ちょっとした偵察のはずだった今夜の仕事は、想像を絶するほど厄介なものになっていた。ここに来たのは、ミセス・メイバリーの愛人と疑われる、この家の主にこっそり近づき、その正体を突き止めるためだった。それが、こっそり近づくどころか、向こうがどんどん近づいて来ている。そのうえ、別の誰かが、いや、人間じゃないかもしれないが、何かが正面の木のあいだに潜んでいるのだ。辺りはまったくの暗闇だったが、今は懐中電灯をつけるわけにはいかない……。

背後では、道路にいる男の懐中電灯の光がこちらを照らそうとしていた。それが何者であれ、明かりを灯すことをリスクとは考えていないようだが、声を出して正体を明かす気もないらしい。男がフェンスをくぐり、木々や下生えの中を執拗に調べ始めた。なりふり構わず、当てもなく、スプリングはとにかくその場から走って逃げ出した。とりわけ太い木の裏側へ回り込もうとして、別の男に勢いよくぶつかった。頭の中は真っ白のまま、自分の身を守ろうとする本能だけが働き、スプリングはひたすら殴りかかった。そのうちの一発がたまたま命中した。見えない相手は顎にパンチを食らって、丸太が転がるように倒れ込んだ。スプリングは殴った衝撃で、腕から肩までが痺れた。

一瞬のうちに片がついて、スプリングは再び落ち着いて考えられるようになった。懐中電灯を持った男が今のパンチの音を聞きつけたらしく、光がスプリングのいるほうへまっすぐ、いや、邪魔になる木を避けながら可能な限りまっすぐ向かって来る。このままではすぐに見つかってしまう。スプリングは足音を忍ばせてその場を離れた。安全な距離まで離れて見ていると、光は倒れ込んだ男のところまで来て止まり、すっと低く落ちた。追って来た男が膝をついたのだろう。さらに、その光は気を失っている男の顔と頭を照らし出した。帽子が落ちたらしく、彼の赤い髪がスプリングの目に入った。

その瞬間、スプリングは何があったかを悟った。なんてことだ！　パニックに陥ったあの瞬間、わたしを守ってくれていた〝守護天使〟を、自分自身の手で殴り倒してしまったのだ！　あれがジンジャー・バクスターだったのか！　バクスターはずっと、どこか自分のすぐ近くに潜んでいたにちがいない……。

突然、懐中電灯の光が乱暴に上を向き、スプリングは素早く頭を物陰に引っ込めた。槍のような光線がぐるっと一周して、しばらくじっと止まった後、ほとんど地面の近くまで下ろされた。スプリングは隠れていた木の陰から用心深く覗いてみた。家の主が膝をついて、倒れた男の体を調べている。彼の瞼をこじ開け、脈に手を当てている——それを見たスプリングは、その男が医者で、バクスターの手当をしているにちがいないと思った。

それは大きな意味を持っていた。あれは医者だ。しかも、あのミセス・メイバリーが逢引きの相手に選ぶからには、ただの一般開業医ではないはずだ。おそらく、シドニーのどこかに立派な邸があり、フレンチ・フォレストのこの家は単に週末を過ごすための別荘なのだろう。これは大きな手がかりになる。

医者は、今度はバクスターの顎を調べていた。と思うと、すっと立ち上がり、初めて声を出した。「まだそこらへんにいるんなら」と大きな声で言った。「手を貸してくれ。この男、意識を失っている」

スプリングの頭に真っ先に浮かんだのは、いますぐ出て行って、できる限りの手助けをすることだった。だが、すぐに考え直した。そんなことをすれば、自分の顔を見られるだけでなく、ここに来た目的までがばれてしまう。何よりも優先させるべきは、依頼人だ。スプリングはその場を動かなかった。バクスターならきっと大丈夫だ。あの医者がこれからどうするかはわかっている。きっとあの刑事を抱えてか引きずってかして家まで連れ帰り、あの目立ちすぎる車ごとミセス・メイバリーを帰せ――そう、彼女は追い返さなきゃならない！――応急手当をして、警察を呼ぶだろう。

ジミー・スプリングは現在の状況について考えた末に、自分の取るべき最善策は、あの懐中電灯の光からできるだけ遠くにいることだという結論に至った。

マックス・カルメッツはその夜、外出した。タウンホールへオーケストラのコンサートを聴きに行ったのだ。

「コンサートか」タイソン警部はぼんやりと瞑想するように禿げ頭を撫でて、考えにふけった。「ふーむ……」

「ええ」ボブという名の刑事が、語尾を引き伸ばすようなしゃべり方で言った。「その同じコンサートに行ってる人間が、ほかにもいるんですよ。マーリーン・シムズです」

「あの子が？　それは驚いたね。若い連中はみんな、今流行《はや》りのビバップ（一九四〇年代に生まれた新しいスタイルのジャズ）が好きかと思ったんだが」

「最近の子は、どっちも受け入れてるみたいですよ。若いやつが言ってたんですがね、ジャズってのは、クラシックみたいな古い音楽にとっての〝左手〟なんだそうです。ぼくにもさっぱり意味がわからないんですが……スプリングはフレンチ・フォレストに出かけましたよ――」

「ほお、やっぱり行ったのか。襲ってくれと言ってるようなものだがな――本人がわかってるならいいんだが。バクスターがついてるんだな？」

「ええ」ボブが素っ気なく言った。「ジンジがぴったり張りついてますよ……ベルモアのじいさんは、強引に俳優組合の会合に出かけて行きました。ブラニガンがついてます」

「会合の中までか？」

「ええ」

「どうやって潜り込んだんだ？　メンバーじゃなきゃ入れないはずじゃ――？」

ボブが楽しそうな笑顔を上司に見せた。「今頃はやつもメンバーになってますよ。内務省が例のドキュメンタリー映画を作ってからというもの、ブランはすっかり俳優気取りですから」

タイソンが不満そうに唸り声を上げた。「ほかの連中は？」

「ドラモンドは散歩に出てます」

「本当か？　どこへ行った？」

「さあ、あの近辺でしょう。きっと広いマンションにひとりきりでいるのに退屈したんですよ。それに、散歩にはもってこいの夜ですからね」ドラモンドというのは、カルロスのところにいた使用人の男の名前だ。「三十分ぐらい前に車でシドニー市街へ向かって――」

「車でか?」

「ええ。主人の車を借りたんです――カルロスは車を持ってたんですよ、警部、すごくかっこいい型の――」

「そうだろうな」タイソンが暗い声で言った。「正しき者たちは己の足で歩き、邪悪な者たちはかっこいい車を乗り回す」

「ええ……まあ、とにかく、ドラモンドは車でシドニー市街へ出かけて、マッコーリー・ストリートのミッチェル図書館のそばに車を駐めて、ぶらぶら歩き回ってます。どこにも行かずに――ただあちこちの通りを歩いてるだけです。きれいな明かりを見て回るのが好きなんでしょうかね……あのテレイって娘は」とボブは、残念そうな口ぶりで言った。「いつものように〈マルコ〉に出勤して、サンダーズとオーミストンが彼女のショーを見てます、ただでね。ああ、悔しい！　なんでぼくにもそういう任務を回してくれないんですか?」

「それはな」とタイソン警部は優しい声で説明した。「そういうことを言うからだよ。まずは、その青臭い幻想を少しばかり捨てることだな、ボブ。ちなみに、〈マルコ〉に客として紛れ込むには、男ひとりじゃ目立つから、ふたり組を送り込まなきゃならなかったんだ。そうがっかりするな、今度はおまえにもオーケストラのコンサートの任務を回してやるから……」

マイロス・スピロントスは、チャンスが訪れるのを待ち続けてきた。そしてその朝、ずっと引っかかっていた疑問の答えがひらめいた。ゆうべ車に轢かれたとき、ジョーはエンジェル・プレイスでいったい何をしていたのか、という疑問だ。その答えを見つけることはさほど難しくなかったし、彼自身の身の安全を脅かすほど重要な疑問でもなかった。だが、その答えがわかれば、さらに別の疑問への答え――そうだったのかもしれない、あるいは、そうだったのだろうと思われるような答え――が、導かれるはずなのだ。そして、そちらの疑問こそは、どうしても確かめなければならない、重要なものだった。

今こそ、機は熟した。今でなければ、これから実行するつもりの行動を起こすわけにはいかなかった。そしてそれは、どうしても今夜でなければならない。緊急を要することだった。命がかかっていた。明日になれば手遅れになりかねない。機は熟した。そして、彼自身が慎重に下調べをした結果、見つかる危険はまずないはずだ。

スピロントスはピット・ストリートの先に駐めておいた車に戻って乗り込むと、再びそこを通ってエンジェル・プレイスへと曲がった。ピット・ストリートから入ると、エンジェル・プレイスはまず左へ、すぐにまた右へ曲がってから、少し先の、ちょうどジョージ・ストリートへ抜ける直前に右へ曲がる。そこから先は、アッシュ・ストリートと名前が変わる。スピロントスはアッシュ・ストリートの端まで車を走らせて、そこに車を駐めた。危険な様子はどこにも見られない。エンジェル・プレイスにはそこを通り抜けようとする歩行者が常にちらほらいたり、車が一、二台通ったりするものだが、夜のこの時間帯にはアッシュ・ストリートはまったくの無人となる。仮に誰かが通っても、問題はなかった。〈ハーミテージ・レストラン〉の外に車が駐めてあっても、関心を向ける者は誰もいないからだ。

だが、マイロス・スピロントスは〈ハーミテージ・レストラン〉には行かなかった。その角にある、何の特徴もない木の扉の鍵穴に鍵を挿し込み、扉を開けると、短く暗く狭い廊下に入った。躊躇なく、だが慌てることもなく、彼は鷲の絵が描かれたドアを押して開けた——そして、これまで生きてきた中で最大の衝撃を受けた。受付スペースに明かりがついていて、目の前に若い女が立っていたのだ。

マーリーンだ。片手に封筒を持っている。彼女もちょうどそのドアを開けようと手を伸ばしていたところに、いきなりスピロントスが入って来たのだった。

マーリーンは驚愕のあまり、息ができなくなった。その場に根が生えたように立ち尽くした。恐怖を感じるほど突然、目の前に現れたその見知らぬ男を、大きく見開いた目で見つめた。それから悲鳴を上げようと、口を開いた。

スピロントスは瞬時に彼女に飛びかかった。片腕で彼女を抱き寄せ、もう片方の手で彼女の口をふさいだ。再び運命を呪った。またしても悪い偶然が彼の足を引っぱろうとして、自分とこの不運な娘を同時にここに呼び寄せたのか。彼は窮地に陥っていた。何があろうと、この娘だけは傷つけたくなかった。だが、どうすればいい？　どうやって彼女の口を封じればいい？

マーリーンは、迷い続ける男の代わりにその答えを摑み取った。激しくもがくうちに、口をふさいでいた男の手が一瞬離れたのを見逃さず、心からの恐怖を込めて悲鳴を上げた。

怒りに襲われ、その悲鳴がもたらすものを危惧して、スピロントスは冷静さを失った。もう見逃すわけにはいかない、この娘を黙らせなければ。いや、それだけじゃ駄目だ。こちらの生死を分けかねない次の数分間だけでも、彼女を気絶させる必要がある。男はマーリーンを乱暴に壁に押しつけ、襲いかかるヘビのような素早さで両手の位置を入れ替え、今度は左手で彼女の口をふさぎながら動きを封じていた。空いた右手には自動拳銃を握った。それを手の中でひっくり返し、銃身を握ってこん棒のように振り上げた——。

するど、背後から鋭い声が聞こえた。「銃を捨てろ！」

男はマーリーンを押さえ込んだまま、素早く後ろを向いた。ドア口にタイソン警部が立っていた。その後ろにはビル・ウェッソンが、そのさらに後ろには刑事が何人もいる。タイソンの手には、警察仕様の回転式拳銃が握られていた。

スピロントスがもう一度体を翻し、マーリーンの後ろへ回り込んで、彼女を盾代わりにした。そして彼女の陰からタイソンに向かって銃を撃った。

ところが、マーリーンがもがいたために、その照準が狂った。弾はタイソンから数インチ外れて、事務所の奥の壁にめり込んだ。撃った反動でかすかに男の重心が崩れ、マーリーンの口をふさいでいた手が緩んだ。マーリーンはその指の一本を歯で捕えると、骨まで砕かんばかりに思いきり噛みついた。

スピロントスは悲鳴を上げて、手を放した。突然男の腕を逃れられたマーリーンは、よろけながら離れた。男が再び銃口を上げる。だが、先に引き金を引いたのはタイソンのほうだった。スピロントスの銃がゴトリと床に落ちた。一瞬、耐え難い苦悶に顔を歪めたかと思うと、腹を押さえながら倒れ込んだ。

ビル・ウェッソンは事務所の中へ大股で二歩踏み込み、マーリーンを両腕に掻き抱いた。タイソンがスピロントスのそばに立って見下ろすと、まちがいなく死んでいるのがわかった。タイソンが、マーリーンの赤毛の頭越しに、ビルと目を見合わせた。

「その子を、外で待機している車に連れて行ってやれ」警部が優しい声で言った。

だが、マーリーンは頑として動こうとしなかった。ショックと安堵の両方で泣きじゃくりながら、ビルにしがみついて離れない。首だけ振り向いて、倒れている男を見下ろした。

「この人は誰?」彼女が大声で訊いた。「いったい何者なの? ここへ何をしに来たの?」

タイソンがまたビルのほうを見ると、ビルがうなずいた。タイソンはしゃがみ込んで床に片膝をついた。死んだ男の、濡れたような黒髪にかぶさっていた黒いフェルト帽を外す。開いたままの両目を覆っていた、大きすぎるほどの真っ黒いサングラスも外す。ぼさぼさの付け髭を剥がすと、その下から手入れの行き届いた本物の髭が見えた……。

マーリーンは、すっかり息絶えた、今は平穏そうな表情を浮かべている、ミスター・ジミー・スプリングの顔を見下ろしていた。

第二十四章

翌日の夜。あれからまだ二十四時間と経っていなかった。今夜も暖かく、風のない、静かな夜だった。マーリーンとモンティ・ベルモアはプールのそばで、草の上に並んで座っていた。ビル・ウェッソンはマーリーンの膝に頭を載せて、仰向けに寝そべっていた。モンティは葉巻を吸いながら、考え深そうに眉を上下させていた。

「まさか、ミスター・スプリングが！」マーリーンは信じられないというように言った。「だって、あ、あのミスター・スプリングよ！」

「そうだな」ビルがゆったりとした口ぶりで言った。「まあ、それがやつの本名だとすればな。警察はちがうと見ている」

「本名は何というんだね？」モンティが尋ねた。

「まだわからない。永遠にわからないかもしれない」

家の中から、マシュマロ公爵を含むさまざまなヒーローたちが――実のところ、尊敬すべきマシュマロ公爵は、彼が主役を務める終わりなき連続ドラマにおいて、けっしてヒーローとは言えなかったのだが――あらゆる悲惨な経験をし、テノール歌手たちが三十分にわたって魅力をふりまいているのが聞こえてきた。だが、人の価値観は常に変遷し、少女はひと晩で大人の女性へと変身を遂げるものだ。少なくともマーリーンはその瞬間、ラジオドラマの幻影に興味を失い、懸命に声を張り上げて歌うテノール歌手たちを無視していた。それはマーリーン自身が冒険をくぐり抜け、いつ、どんなきっかけでそうなってしまったのかは忘れたが、運命の男性と巡り会うことができたからだ。

テノールの歌声を遮るように、またしてもアナウンサーが割って入り、節約したいならこの商品を買えと、要りもしないものを聴衆に勧めている。その夜芝生の上にいた三人には、その商品に対する購買意欲はまるでなく、何の影響も受けずに聞き流した。ただ、ラジオを熱心に聞いていた大半の人々の反応を考えれば、そのアナウンサーは無駄にまくし立てているとしか言えなかった。なぜなら、こうした度重なる番組の中断によって、彼が熱弁を振るえば振るうほど、築き上げようとしているスポンサーの良いイメージを破壊しているにほかならなかったからだ。

モンティはくわえていた葉巻を外した。Ｊ・モンタギュー・ベルモアのことをあまりよく知らない人であれば、今夜はいつもの声とちがって妙にどすが効いていることや、いかにも凶悪そうな目つきにしようと片目だけを細めていることが気になっただろう。だが、〈ダニーン〉のみんなは、彼のことをよく知っていた。その午後、〝イスタンブールから来た男〟として初めての収録を終えたＪ・モンタギュー・ベルモアには、まだその感覚が残っているのだった。

「なあ、きみ、教えてくれないか。犯人があのスプリングという男だと、どうやって気づいたんだね？　いつから彼を疑って――？」

「そうだな」ビルはマーリーンの膝の上で頭の向きを変えながら言った。「いつからかな。だんだんあいつが浮かび上がってきた。あいつしかいないと思った。どの現場にも、あいつはなぜか居合わせていたからな。あいつも煙の一部だったんだ」

「煙？」モンティが訊き返した。

ビルは、彼のいう煙が何を指しているかを説明した。〈グリーン・クカブラ〉に立ち込めていた煙。燃え盛る邪悪な炎の中心へと警察を呼び込んだ煙。「マックスがやつの興信所を訪ねた後、おれがやつを〈グリーン・クカブラ〉へ連れて行ったときから、何かおかしいと感じていたんだ。あいつはあの店に行きたくない様子だった、それはおれにもわかった。それから、おれがあの店の中をつつき回すのも嫌がった。それは大いにわかった。ほかにも、後から考えればわかったことがある。マックス・カルメッツの兄が行方不明になっていることを、あいつは本当は自分の口からおれに伝えたくなかったんだ。だが、話さないわけにはいかなかった、話の流れとして避けられなかったんだ。とは言え、彼にとってはよくない流れだった。〈グリーン・クカブラ〉とハーバーで死んだ男とのあいだに繋がりができてしまったからだ」

「それから、どうなったの？」マーリーンは、膝でビルの頭を小さく跳ね上げた。

「それで、その頃からなんとなく疑いを持っていたんだが、その疑いを強める事実が次々と出て来た。まず、ミセス・コーマックがマリファナ漬けになって死んだ。そのことには大した意味はなかった」と、ビルは冷淡に言った。「ただ、やはりそこにはジミー・スプリングが関わっていた——彼女が調査を依頼した相手がスプリングだったからな。彼女からスプリングに向かって糸が伸びていて、そこからさらに何本かの糸が〈グリーン・クカブラ〉に伸びていたわけだ。次に、あのネクタイの一件が持ち上がった。あれで疑いが強まった。それから——何だっけな。あいつが死体安置室で言った言葉だ。それを聞いて、これは確実だと、あいつにまちがいないと……。

つまり、われわれが現在摑んでいる話は、こういうことだ。ベラ・カルメッツは、シドニーでマリファナの密売網を構築しようとエジプトから出て来た。そして、この街にいたエジプトの知人に声をかけた。カルロス・ルノアールだ。カルロスと姉のミセス・スピロントスは、話には乗るが、自分たちの手で売りさばくのは嫌だと言った。そこでカルメッツは、エティエンヌ・アルノーを呼んだ。これが原因で、話は大混乱に陥るんだ。ミセス・スピロントスが、実はアルノーの女房で、別の男と駆け落ちして逃げて来たことを、カルメッツはまったく知らなかった。反対に、カルロスとジョセフィンとその間男の三人は、マリファナを売りさばく役として呼ばれたのがアルノーだとは知らなかった。その間男は、言うまでもないが、スプリングだったわけだ——ちなみに憶測だが、ミセス・アルノーがミセス・スピロントスと名乗っていたということは、スプリングの本名はスピロントスなのかもしれない。今のところ、あくまでも憶測だがな。

さてさて。ベラ・カルメッツとやつらは、アルノーがやって来るのを待っていた。そんなある日、町を歩いていたベラが、実の弟のマックスに出くわした。もちろん、単なる偶然だが、ベラはマックスとの再会を、面白い冗談だと思ったそうだ——それがどういう意味か、今ならわかる——が、そのときは何も起きなかった。

そこへ、アルノーがシドニーに到着する。そして、逃げた妻と間男を見つけた。みんな大いにびっくり仰天したわけだ。ここから先はおれにもわからないから、好きに想像してくれ。そのうちカルロスの口から聞き出せるとは思うが、今はまだしゃべってないんでね。おれの推理では、取っ組み合いか何かになって、スプリングが——そう呼んだほうがわかりやすいな——アルノーを絞め殺した。

さて、ベラ・カルメッツはキングスクロスの〈アルブマーレ〉というアパートに住んでいた。そしてそのベラ・カルメッツが姿を消した。そこで、スプリングとカルロスは、夜闇に乗じてアルノーの死体を〈アルブマーレ〉に運び込み、カルメッツの部屋に隠した。警察に死体を発見させ、カルメッツがアルノーを殺した後で姿を消したと思わせるためだ」

「どうしてベラ・カルメッツまで殺されたんだね？」モンティが尋ねた。

「それも」とビルは率直に言った。「われわれにはわからない。何らかの理由はもちろんあったんだろうが、今はまだわかっていない。はっきりしてるのは、スプリングが殺したってことだけだ。ふたりともスプリングが同じ方法で殺した。素手で首を絞め殺したんだ。

そのふたりがいなくなると、密売組織はスプリングが実質的に取り仕切るほかなかった。マリファナは次々と届いて、スタン・フィッシャーがやつらのために税関を通過させていた。やつらがどうやってスタンを誘い込んだのか、その詳しい事情まではわからないが、スタン自身にも悪党の素質はあったし、いい儲け話はないかと、いつもアンテナを張っていたようだ。スタンはギャングの正式なメンバーというわけじゃなく、雇われていた——その意味は後で説明する。

スプリングは、ふたつの人生を同時に生きていた。私立探偵のジミー・スプリングという顔は、もうひとつの顔を隠すための格好のカモフラージュとなった。すなわち、裏で糸を引いている謎の男、われわれがスピロントスと呼ぶ男としての顔だ。そして、どうしてもスピロントスにならなければならない希少な機会には、例の黒いサングラスと付け髭をつけた。簡単な変装だし、あんたらは子ども騙しだと笑うかもしれない。だが、あの付け髭は悪くないアイディアだった。たとえそれが付け髭だと見抜かれたとしても、まさかその下に本物の髭が隠されているとは誰も思わないからな……うん、あれはなかなかのアイディアだ」とビルは、のんびりとした口調で言った。

マーリーンがまたビルの頭を小さく跳ね上げた。「さっさと続きを話して」

ビルは思い出すようにぼそぼそと話しだした。「よく〝詩的正義〟（悪者が相応の報いを受けて、最後は正義が勝つこと）という表現を耳にするだろう？　その本当の意味はおれにもよくわからないが、今回はそれがうまく働いてくれたらしい。この密売計画は、始める前からすでに終わってたってことだ。悪者ふたりが殺されたこと――これは詩的正義と呼べるかどうか怪しいが、とにかく殺されるにはそれなりの理由があったはずで、それはこれから調べる――それに、弟のマックスがあの店で働いていたこと……それから、あんたたちふたりが――」

モンティは、葉巻を持った手を優雅にひと振りして受け入れたが、マーリーンは驚いたように訊き返した。「あたし？　あたしまで関係あるって言うの？」

「おまえとアローラは」とビルは言った。「スタンがあの店で働いている男に会いに行ったと言って、〈グリーン・クカブラ〉に注目するヒントをくれた。まあ、スプリングはあの店で働いていたわけじゃなかったんだがね……さて、そこで、先週の金曜日の話だ。金曜日の朝、ミセス・コーマックがいなくなった。スプリングは彼女を見つけるんだと、大げさな芝居を打った。あれは警察向けの芝居で、ティッチ、おまえはあいつのアリバイ証人にされたんだ。実際には、ミセス・コーマックはその頃、イサカ・ロードにあるミセス・スピロントスのマンションへ行って、彼女にたっぷりとマリファナ漬けにされた挙句、どこかに置き去りに――」

「何ということだ」モンティが強い口調で尋ねた。「いったいなぜ？」

「ギャングの邪魔にならないように、しばらくおとなしくさせたかったからだ。ミセス・コーマックは〈グリーン・クカブラ〉に頻繁に来るようになって、それがやつらには気に入らなかったんだな。危険な存在になり始めていた。コーマックの亭主も、彼女がしばらく前から麻薬を常習するようになっていたと証言している。それが原因で彼は——脇道にそれたのだと。ミセス・コーマックがキングスクロスのあちこちのナイトクラブに出没していたことは、われわれも摑んでいた——どうやら彼女は、どのナイトクラブへ行けばマリファナが手に入るのか、わかっていなかったらしい。おれはあの夜、彼女を探してキングスクロスを歩き回っていた。スプリングも同じ行動を取った。おれが彼女を探していると知って、私立探偵スプリングとしての当然の行動を取ると同時に、おまえと同じ時間に〈グリーン・クカブラ〉にいたというアリバイ作りのためだ」

「どういうこと？」マーリーンが訊き返した。

ビルが説明した。「スタンはおまえとアローラを〈グリーン・クカブラ〉に連れて行き、誰かに会いに行くと言って、おまえらをテーブル席に残して席を立った。今ならわかるが、やつは協力した報酬を受け取りに行ったんだろう。その際には〝ジョーに会いに来た〟と言えと言われてたんだ。ところが、あそこでジョーと言えば、ミセス・ジョセフィン・スピロントスしかいない。でも、彼女は〝ジョー〟じゃなかった。じゃ、ほかに誰がいる？　そう、裏で糸を引いている男だ。スタンはその男に会いに行った。どこで会ったのか？　あのオフィスだ。そこで殴られて気を失い、外の車へ運び出された。どうして殴られたのか？　その答えは明らかだと思う。スタンは好奇心を出しすぎて、黒いサングラスと付け髭の奥の顔を見てやろうと思ったんだ。そのときはスピロントスになっていたスプリングが、ひょっとするとカルロスの手を借りて、通用口からスタンを車まで運んだ。おかげで彼は、今度はスプリングとして堂々と玄関から店に入り、おまけにスタンを探していたおれを手伝うことができた。スタンには、たった今オフィスで会っていた——それも面と向かってだぞ——男だとばれることもない。

あのときの一件はそういうことだ。その夜遅く、おれはスプリングと一緒に、ミセス・コーマックがトラックに轢かれる現場を目撃した。言わせてもらうが、あれは完全な事故で、トラックの運転手に非はない。彼女を殺したのは、マリファナだ。

次の朝、土曜日。マックス・カルメッツが、私立探偵としてのスプリングを訪ねて興信所に現れる。スプリングは人生最大級のショックを受けるが、何とかうまく隠して私立探偵らしい受け答えに徹する。ほかにどうしようもないからな。マックスが帰った後、今度はおれが興信所へ――」

「何しに行ったの？」マーリーンが強い口調で尋ねた。

「おまえを探してたんだ。スタンや〈グリーン・クカブラ〉や、ほかにもいろんなことを考えているうちに、おれは例の煙に気づき始めていた。そう言えば、あの後おまえと会ったんだったな――知らん顔するなよ、ティッチ、覚えてるんだろう――」

マーリーンはまたビルの頭を跳ね上げた。

「いい加減、やめろよ！」とビルは愛しさを込めた怒声を上げて、頭を置き直した。「とにかく、スプリングを訪ねたとき、マックスが来ていたと聞かされた。そして、あの死体がベラ・カルメッツだと判明した――そのことはもう話したな。その午後、スプリングは警察の代わりにアルノーの死体を発見してみせた。そうしないわけにはいかなかった、私立探偵スプリングとしては、それが論理的な行動だからだ。それに、アルノーとベラ・カルメッツのあいだに繋がりがあったとわかれば、警察は〈グリーン・クカブラ〉に注目するのをやめるだろうと、やつらは期待したんだな。ところが実は、少なくともおれに関しては、その反対の結果となった。煙はますます濃くなっていた」

「また煙！」マーリーンが言った。

「まあ、おれの言いたいことはわかるだろう？」

「うまい舞台だ」モンティが称賛するように言った。「なかなかうまい舞台だ」彼の言いたいことは、ふたりともさっぱりわからなかった。

「土曜日に、スタンリー・フィッシャーが姿を消した。小包を小脇に抱えて職場を後にしたそうだ。それを聞いて、おれは新たな意味で興味を持った。そこで、その夜再び〈グリーン・クカブラ〉へ行った。その頃には、ＣＩＢもジミー・スプリングを疑い始めていて、タイソン警部はおれにやつを――その――助長させる役目を命じた」

「それはいったいどういう意味？」マーリーンが知りたがった。

「好きなように解釈してくれ」ビルが言った。「とにかくだ、スプリングに会えることを期待して、おれは〈グリーン・クカブラ〉へ行った。ついでに、スタン・フィッシャーを見つけられたらとも思っていた。その頃にはまだ何もはっきりとはわかっていなかったが、それでも関係者はみんな〈グリーン・クカブラ〉に集まって来ると思っていた。結果的には、そのとき〈グリーン・クカブラ〉に行ったのは正解だった。なぜならその夜、やつらが大失敗をしでかしたからだ。あの夜、われわれは裏で糸を引いている男の姿を初めて目撃した。そしてそれ以来、一度も見失ったことはない」

「そう、それだ！」モンティが突然声を上げた。「いやはや、そこなんだ！　わたしが聞きたいのはその話なんだよ。〝逃げおおせた男〟――ところがそいつは、店を出てはいなかった！」

「今なら何があったか、すべてを説明できる。詳細まで、すべて」

ビルは上体を起こし、さらに熱のこもった、さっきに比べててきぱきとした口調で話を続けた。

「スタン・フィッシャーは午後六時頃に小包を持って〈グリーン・クカブラ〉に行った。少し後に、小包を持たずに店を出た。ミスター・ベルモアはその日の午後早く、彼をガーデンズで見かけていた。そのとき彼が小包を開け、小袋をふたつ取り出すのを目撃した。本物かどうかの確信はないまま――結論としては本物だったが――ミスター・ベルモアは〝あれはマリファナだ〟と思い、すぐに行動を起こした。その見事な行動たるや、勲章ものだ――」

「ありがとう、きみ、どうもありがとう」

「スタンが〈グリーン・クカブラ〉を出てしばらくしてから、サングラスと口髭と派手なネクタイが特徴的な男が店の通用口から入って行くのを、そこを見張っていたふたりの刑事が目撃した。さらにしばらくしてから、その男がまたそこから出て来たかと思うと、刑事に気づき、中に引っ込んだ。その後どうなったか、表向きの話はもう知っているだろう？　だが、本当は何があったかを説明しよう。その男は、言うまでもなくスプリングだった。慌てて通用口の中へ戻ると、サングラスと付け髭を外し、自分のネクタイと、キャビネットに入っていた蝶ネクタイを取り替えた。オフィスにある、カルロスが普段着のスーツを入れていたキャビネットだ。それから玄関ホールへ逃げ込んだ――そして、おれが店に到着したときには、そこで平然とカルロスとしゃべっていたんだ。

そのときのおれは、何もわかっていなかった。後から考えて気づいたがな。当時はわけがわからないながらに、〈グリーン・クカブラ〉という密閉空間から人が脱出したという馬鹿な話を大いに怪しんで、マクドナルドとスプリングと一緒に店の中を調べて回った。たしかに、その男は逃げ出したように見えた――そうでなければどこか店内の、ネクタイを絞めていなくてもおかしくないところ、たとえばキッチンにいるはずだった。そこへミスター・ベルモアがやって来て、話がすっかり変わってきた。さらにタイソン警部が刑事を引き連れて来て、店内の一斉捜索が開始された。

次に何があったか？　黒いサングラスと付け髭と派手なネクタイを着けた人間がエンジェル・プレイスで車に轢かれて死んだ。マックとデイヴ・スワンが目撃したという、〈グリーン・クカブラ〉の通用口から引っ込んだ男と、それに〈マルコ〉の帽子娘が目撃した男と、完全に特徴が合致するその事故の犠牲者は——女だった。そしてそれは、ミセス・スピロントスだとわかった。その事実から、すべての答えが出た。さらには、スプリング自身からも、真相の完全な証拠となる事実がもうひとつ提供された。

こういうことだ。どうしてミセス・スピロントスは〈マルコ〉へ行ったのか？　答えは明白だ。スタン・フィッシャーを捕まえ、抜き取られたマリファナを取り戻すためだ。未開封だと偽って〈グリーン・クカブラ〉に置いて行った小包から、スタンが抜き取る現場をミスター・ベルモアが見たという、あの小袋だ。どうして彼女がスタンを追ったのか？　謎の男には追うことができなかったからだ。どうして彼には無理だったのか？　やつが〈グリーン・クカブラ〉から逃げ出しておらず、まだ店内のどこかにいたからだ。どうして彼女は男に変装したのか？　彼女だと気づかれずに店を抜け出すため、そして、謎の男はやはりすでに店の外にいると思わせるためだ。その男物のスーツはどこで手に入れたのか？　彼女が着ていたドレスや靴を置いて行ったのと同じ、オフィスのキャビネットの中だ。誰のスーツだったのか？　スーツの持ち主が誰であろうと大して重要ではないが、おそらくカルロスのものだろう。だが、そこから一番肝心な疑問が生じる。マクドナルドが目撃したという謎の男のネクタイを、死んだ彼女が着けていたのなら——スーツと一緒にあったネクタイはどこへ行った？」

ビルはそこで少し間を空けた。「その疑問は、今はちょっと保留にしよう。死体安置室にいるとき、タイソン警部がカルロスに苗字を尋ねた。憔悴していたカルロスは答えなかった。スプリングが代わりに答えた。カルロスの苗字は、ルノアールなのだと。だが、その朝スプリングはおれに、カルロスの苗字は知らないと言ってたんだ。それだけじゃない。後になって思い返すと、その朝スプリングは、〈グリーン・クカブラ〉の捜査を続けることにひどく後ろ向きだった。スタン・フィッシャーが金曜日の夜に〝ジョー〟と言ったんじゃないかとおれが言うたびに、絶対にそんなことは言っていないと言い張っていた。それに、もうひとつ疑問がある。ミセス・スピロントスとスタンは一緒に〈マルコ〉を出た——彼女が何と言って連れ出したのかはわからないが。それなのに、エンジェル・プレイスで発見されたのは、彼女の死体だけだ。いったい何があったんだ？」

マーリーンの緑色の目が、突然燃え上がったように光った。「ビル！　まさか本当にスタンが彼女を——」

ビルがすかさず言った。「おれたちも真っ先にそう考えたが、はっきりしたことがわからない以上、その疑問は追求しないことにした。代わりに別の疑問が湧いた——少なくとも、おれの中では。つまり、こういう疑問だ。ミセス・スピロントスはどうしてエンジェル・プレイスにいたのか？」ビルは、情けない、というように、片手を振ってみせた。「そのあまりにも簡単な答えに、声を上げそうになったよ。彼女が発見された場所から道を曲がったすぐ先に何がある？　アッシュ・ストリート——ジミー・スプリングの興信所だ！

さあ、さっき保留にした質問に戻るぞ。カルロスのスーツと一緒に置いてあったはずのネクタイはどうなった？　キャビネットにはなかったし、ミセス・スピロントスの首にもなかった。いったい誰が首に巻いていたのか？　謎の男は絶対に店から逃げおおせてはいない。その謎の男が通用口から

〈グリーン・クカブラ〉に飛び込んで以来、ウェイターやキッチンの調理スタッフ以外で、蝶ネクタイを締め、一歩も店を出ていない唯一の男は誰だ?」

「ミスター・ジミー・スプリング」モンティが言った。

「ジミー・スプリングだ」

「まあ!」とマーリーンが言った。「あんたって賢いのね、ビル」

ビルも同意見だった。「それを忘れるなよ、ティッチ。夫のことを賢いと思うのは正しい道だ」

「夫!」マーリーンが金切り声で叫んだ。「ずいぶん話が先走ってるんじゃないの?」

ビルはただ嬉しそうににやにや笑うだけで、再び仰向けに寝そべった。

モンティが唐突に口を挟んだ。「わかったぞ。あのとき死体安置室でネクタイの話が出たとき、きみがわけのわからない話をしたわけが」

「そうなんだ。あのとき話をしているうちに突然真相に行き当たったんで、どうにか話題を変えなきゃならないと思って、適当なことを口走ったんだ」

「スタン」マーリーンが静かな声で言った。「スタンは……」

「スタンなら、あの翌朝に見つけたよ」

「えっ?」マーリーンは悲鳴かと思うほど声を張り上げた。

「そうさ。だが、その話はちょっと待て……あの夜、つまり、マリファナを発見できた夜以降、スプリングから目を離すわけにはいかないとわれわれは思った。そこで、スプリングにはグリフィンを見張りにつけて、おまえやほかの連中にも身辺警護の刑事が張りついてると伝えた。本当に警護をつけたやつもいるが、そうでないやつ——たとえば、おまえだ、ティッチ——もいる。問題は、どうやってスプリングを騙すかだった。なにせ、陪審の前に提示できるほどの証拠は何ひとつなかったからな。スタンを発見したことで、われわれはようやくスプリングを捕まえる方法を見つけた。あとは、それをいつ実行するかだった」

ビルはマーリーンの手を取って強く握った。「ここから先はつらい話になるぞ、ティッチ……ミセス・スピロントスの着衣から、鍵が発見された。疑わしいと思われたドアで試してみたら、ぴたりと合った。おれは今、その鍵を持ってないが、おまえは同じ鍵を持ってるはずだ。〈イーグル・アイ興信所〉のドアの鍵だからな……」

マーリーンは身動きひとつせず、口も開かなかった。

「あそこでスタンを発見したんだ。ミセス・スピロントスはスタンをあの興信所にうまく誘い込み、一緒に煙草を吸った。ただし、スタンが渡されたほうには、煙草の葉に別のものが混ざっていた。それでスタンが気を失うと、彼女はスタンの首にハンカチを巻いて結び、定規を差し込んで——ねじり上げた……それから、スタンの死体を事務所のソファの下に押し込んだ……」

マーリーンはすすり泣きを始めた。スタン……彼がどんな悪人だったとしても、彼女にとってはいい人だった。同じ建物で寝起きする、〈ダニーン〉という大家族の一員だった。ビルは彼女の肩に腕を回した——初めからそうしておくべきだった。

「ここでも〝詩的正義〟が働いたんだろうな。ミセス・スピロントスのせいで、ミセス・コーマックはトラックに轢かれて死んだ。そのミセス・スピロントスはスタンを殺し、興信所を出てドアを閉め、エンジェル・プレイスに出たところで——自分も車に轢かれて死んだ。これぞ〝詩的正義〟だ……。

さて、話をまとめるぞ。グリフィンはスプリングを見張っていた。おれはスプリングのアパートメントへ行って、やつに鍵を見せた。警察はすでにそれが何の鍵か――興信所の鍵だということを――わかっていたが、おれは知らないふりをして鍵を見せたんだ。あいつが、それがどこの鍵かに気づいたら、ミセス・スピロントスが死ぬ前に興信所に何をしに行ったのか、きっとその日のうちに確かめに行くだろうと思った。ついでに、われわれが追い求めている謎の男はマックス・カルメッツなのだという話も吹き込んでおいた。実を言うと、そのときあいつに向かって事件の真相を語ってやったんだよ、ただし、ジミー・スプリングの名前を全部マックス・カルメッツに置き換えて。そしてその後、あいつは本当に興信所に現れたわけだ。

ところがあの夜、バクスター刑事がグリフィンと交代して見張りについた後、あいつはジミー・スプリングとして受けた調査依頼のために、まずフレンチ・フォレストへ向かった。バクスターが尾行についていた。と言うより、実はやつよりも先に目的地に着いていた。スプリングが張り込みをするはずだった家の主人は、隣から彼らふたりの足音がするのに気づいて、懐中電灯を持って外に出た。探し回っているうちに、気を失って倒れているバクスターを発見した。スプリングが殴ったんだな。バクスターを狙ったというより、偶然殴ってしまったようだが、実際のところ、スプリングがフレンチ・フォレストまで行った本当の目的は、バクスターの尾行をまくためだったのだと思う。

家の主人は医者だった。彼がバクスターを家の中に運び込むと、スプリングはすぐに自分の車に乗って市内に戻って来た。まっすぐアッシュ・ストリートへ向かい、自分の事務所のすぐ外に車を駐めた。誰も見ていないと思ったはずだ。その行動を予測して、われわれがずっと待ち伏せしていたことなど知る由もなかっただろう。警察はその夜、マックス・カルメッツを見張るのに人手を大幅に割いており、残っている刑事たちもおまえたちの守護天使をするのにあちこちへ散らばっていると、そう伝えてもあった。万が一やつが確認したときのために、何人かは本当に見張り任務に行かせていた。ミスター・ベルモア、土曜日の夜はあんたにも見張りがついていたが、日曜日にはもういなかった。それから、マックスの見張りは大っぴらにやった。万が一を考えて、ついでにアローラ・テレイにも刑事をふたりつけた——たぶんあいつらは、単にダンスショーが見たかっただけなのだろうが。

そういうわけで、スプリングは自分の事務所に戻って来て、ドアを開けた——そして、おまえに出くわした！」ビルは急にけんか腰になった。「こんな馬鹿な話は聞いたことがない！　ふざけるなよ、ティッチ。おまえいったい、何をしにあそこへ行ったんだ？　コンサートを聴きにタウンホールへ行ったんじゃなかったのか？　おまえは安全な場所に、事務所からは遠く離れた場所にいたはずなのに——あんな時間に、何の用があって事務所に行ったんだ？」

「手紙を忘れたのよ」マーリーンが何でもないような口調で言った。何でもないような口調だったが、体が震えているのがビルに伝わった。

「手紙を忘れただと！」

「だって、すごく大事な手紙だったのよ。金曜日の夜に投函するつもりだったのに、コンサートの途中で急に出し忘れたことを思い出したの。それで、コンサートが終わった後で——」

「ふざけるな！」ビルがもう一度言った。「スプリングの手紙なんか——」

「ちがうの、仕事の手紙じゃないの。あたしが書いたものよ。すごく大事な手紙」

モンティがクックッと笑った。「ちょっと考えれば、すぐわかることだよ、きみ。上司だとか、上司の郵便物だとか、最近はそんなものを優先する人間などいないからね」

ビルは唸り声を上げた。「それで？　パリングス・プレイスのほうから入って来たのか？」

「そうよ」

「なるほどな。あそこを見張ってた警官は、若い娘が通り抜けるのを止めはしなかっただろうな。おまえの顔は知らなかっただろうし、男が来ないか見張れと命令されてたんだから……それにしても、まったく！　殺されてたかもしれないんだぞ。いや、おまえは殺されかけたんだぞ！」

「そうね。でも、殺されなかったわ。助けてくれてありがとう、ビル」

「ありがとうで済むか」ビルは思っていることを素直に言葉にできないようだった。マーリーンはビルの腕を手にとると、その腕に強く抱きついた。

「今度からは気をつけるわ、ビル、あんたがそんなに言うんなら」

「今度って――！」ビルはそう言うと、ゆっくりと笑みを浮かべた。「まあ、それが一番かもしれないな。とにかく、今度なんていう状況は、おれが作らせないから。これからずっとな、マイ・ガール――」

「何ですって！」マーリーンは馬鹿にするように、だが嬉しそうに言った。

「やれやれ！」モンティがため息をついた。「これで話は全部終わったようだな。それにしても、いっときは警察があの黒いサングラスと付け髭を押収したのかと思ったのだがね。きみたちが捕まえたとき、スプリングは――」

「ああいうものは、どこででも買える」ビルが素っ気なく言った。「あいつは一応、用心のためにつけてたんだろう」

「とにかく、見事だったよ。ふたりとも、お見事だった。ひと言言わせてもらえるなら、きみは実に鋭敏で聡明な警察官だよ。そして、お嬢さん」彼はクックッと笑いながらマーリーンに向かってつけ足した。「きみの見事な分別と判断力で、この男を――そう――〝確保〟できたことを祝福しよう」

モンティはこわばった体を伸ばすようにゆっくりと立ち上がった。ビルには、言うべきことは何も残っていないようだった。すべては語り尽くされた。一方のマーリーンは、悲しそうに黙り込んでいた。ビルは大きな手の中に彼女の片手を握りしめ、それを自分の頬に押し当てた。マーリーンは空いたほうの手でビルの髪をいじり、そのひと房を指でねじって角のような形を作っていた。

モンティ・ベルモアは今、一番お気に入りの役であるマシュマロ公爵になって、若いふたりをいたずらっぽい目で見下ろしていた。「若さ――若さだな……子らよ、きみたちに神のご加護があらんことを」マシュマロ公爵は父親のような口ぶりでそう言うと、家に向かってよろよろと戻って行った。

訳者あとがき

ノーマン・ベロウの『消えたボランド氏』(二〇一六年、論創社)を読まれた方の中には、〝お茶目なじいさん〟J・モンタギュー・ベルモアが再登場するのを心待ちにしてくださっていた方もおられるかもしれない。だが再登場というのは正しくもあり、誤りでもある。というのも、邦訳としては『消えたボランド氏』が先行したが、実際にベロウが書いた順では本作『十一番目の災い』のほうが一年早く、ベルモアとＣＩＢのタイソン警部は『消えたボランド氏』でこそ再登場するからだ。

今回の凸凹コンビは私立探偵のスプリングとＣＩＢのウェッソン刑事であり、次作でさらに活躍するモンティとタイソン警部は、非常に味のあるキャラクターではあるものの、残念ながら本作では準主役にすぎない。

歳をとって舞台を引退した時代遅れの俳優ベルモアは、よく響く重厚な美声とその大根役者ぶりが、かえってラジオドラマ(いわゆる昼メロ)にはぴったりだともてはやされている。黒い大きな帽子、マント、ネクタイの原型と言われるクラバット、象牙の取っ手のステッキという時代錯誤も甚だしいスタイルを頑なに変えないことと、日常生活の中で突然、これまでに演じてきた役柄に次々となりきることの、二つの風変わりな特徴がある。そんなベルモアがある謎めいた殺人事件の捜査に巻き込まれた『消えたボランド氏』の中に、こんな場面が出てくる。

彼はかつて別の機会にも、こうして舞台ではない場所でいきなり何の準備もなく、とある役を演じなければならなくなったことがある。彼はそれを心から楽しんだだけでなく、驚くほどの大成功を収めた。（中略）一見不可能そうな状況とも向き合ううちに、彼は最近生み出したばかりのその新しい役に再び挑もうとしていた。J・モンタギュー・ベルモアは今、ひと言で言うなら、〝名探偵〟になったのだ。

ここで言われている〝別の機会〟こそ、本作における〈グリーン・クカブラ〉の殺人および麻薬密売事件の捜査だったわけだ。どの時点でモンティの中に初めて〝名探偵〟が降臨したのかは、是非ご自分で確かめていただきたい。

また『消えたボランド氏』では、一応は〝旧友〟関係のタイソン警部とベルモアが、本作では初対面同士として、多少は遠慮しつつ、それぞれに冴えわたる推理を披露している関係性も面白い。

著者のノーマン・ベロウは、不可能としか思えない状況の中での犯罪を扱うことを得意としていた作家だ。日本で初めて翻訳された『魔王の足跡』（国書刊行会、二〇〇六年）では、木の枝から吊るされた死体の周りが一面の雪で、その上には悪魔のような蹄の足跡だけが残されていた。『消えたボランド氏』では、断崖絶壁から飛び降りたはずの人間が、下の岩場に落ちることなく消えてしまった。どちらも人間の力ではなく、悪魔か魔法のなせるわざかと思わせる。今回は、ナイトクラブにいたはずの男が忽然と姿を消す。先の二作に比べるとオカルト的な要素はないが、ストーリーに『旧約聖書』の〝十《とお》の災《わざわ》い〟をからめることで、ストーリーに少しばかり神秘的な要素を加えているのかもしれない。

『消えたボランド氏』を引き合いに出してばかりで、まだ同書をお読みでない方には申し訳ないが、本作と共通する人物がもう一人だけいることを指摘しておきたい。本作の主人公のひとり、ビル・ウェッソン刑事だ。と言っても、本人は『消えたボランド氏』には一度も姿を現さない。捜査の中でタイソン警部に報告の電話をかけてきたり、道路封鎖の指示を受けたりする部下として、名前だけ、または電話の声だけで登場するのだ。また、ナイトクラブ〈グリーン・クカブラ〉がその後どうなったかについてもちらりと触れられているので、以前読まれた方はもう一度、まだお読みでない方はこの機会に是非お手に取って、本作に続いて読んでくださると、また面白い発見があるかもしれない。

奇しくも両方の翻訳を担当させていただいた者として、二作品併せてお楽しみいただけたら幸いである。

〔著者〕
ノーマン・ベロウ
本名シリル・ノーマン・ベロウ。1902年、イングランド南部イースト・サセックス州、イーストボーン生まれ。詳しい経歴は不詳。生後間もなく一家でニュージーランドへ定住し、カンタベリー大学へ進学。第二次世界大戦中に六年間の軍役に就いたとされている。1986年死去。

〔訳者〕
福森典子（ふくもり・のりこ）
大阪生まれ。国際基督教大学卒。通算十年の海外生活を経験。主な訳書に『消えたボランド氏』、『盗まれたフェルメール』、『間に合わせの埋葬』（いずれも論創社）など。

十一番目《じゅういちばんめ》の災《わざわ》い
——論創海外ミステリ 234

2019年5月20日　初版第1刷印刷
2019年5月30日　初版第1刷発行

著　者　ノーマン・ベロウ
訳　者　福森典子
装　丁　奥定泰之
発行人　森下紀夫
発行所　論　創　社
〒101-0051 東京都千代田区神田神保町2-23 北井ビル
TEL:03-3264-5254　FAX:03-3264-5254　振替口座 00160-1-155266
WEB:http://www.ronso.co.jp

印刷・製本　中央精版印刷
組版　フレックスアート

ISBN978-4-8460-1830-6